Os Pecados do Pai

Do autor:

O Quarto Poder
O Décimo Primeiro Mandamento
O Crime Compensa
Filhos da Sorte
Falsa Impressão
O Evangelho Segundo Judas
Gato Escaldado Tem Nove Vidas
As Trilhas da Glória
Prisioneiro da Sorte

As Crônicas de Clifton
Só o Tempo Dirá
Os Pecados do Pai
O Segredo Mais Bem Guardado
Cuidado Com o Que Deseja
Mais Poderosa Que a Espada
É Chegada a Hora

JEFFREY ARCHER

Os Pecados do Pai

AS CRÔNICAS DE CLIFTON
(VOLUME 2)

Tradução:
Marcello Lino

2ª edição

Rio de Janeiro | 2020

Copyright © Jeffrey Archer 2012
Publicado originalmente por Macmillan, um selo da Pan Macmillan, divisão da Macmillan Publisher Limited

Título original: The Sins of the Father

Editoração: Futura

Texto revisado segundo o novo
Acordo Ortográfico da Língua Portuguesa

2020
Impresso no Brasil
Printed in Brazil

Cip-Brasil. Catalogação na publicação.
Sindicato Nacional dos Editores de Livros, RJ.

A712p Archer, Jeffrey, 1940-
2ª ed.   Os pecados do pai / Jeffrey Archer; tradução Marcello Lino. — 2ª ed. — Rio de Janeiro: Bertrand Brasil, 2020.
23 cm. (Crônicas de Clifton; 2)

Tradução de: Sins of the father
Sequência de: Só o tempo dirá
ISBN 978-85-286-1823-5

1. Ficção britânica. I. Lino, Marcello. II. Título. III. Série.

16-29691   CDD: 823
                                     CDU: 821.111-3

Todos os direitos reservados pela:
EDITORA BERTRAND BRASIL LTDA.
Rua Argentina, 171 — 3º andar — São Cristóvão
20921-380 — Rio de Janeiro — RJ
Tel.: (0xx21) 2585-2000 — Fax: (0xx21) 2585-2084

Não é permitida a reprodução total ou parcial desta obra, por quaisquer meios, sem a prévia autorização por escrito da Editora.

Atendimento e venda direta ao leitor:
sac@record.com.br

SIR TOMMY MACPHERSON

CBE, MC**, TD, DL

Cavaleiro da Legião de Honra
Cruz de Guerra com 2 Palmas e uma Estrela
Medalha de Prata e Medalha de Resistência, Itália
Cavaleiro da Ordem St Mary of Bethlehem

Agradeço às seguintes pessoas por seus
inestimáveis conselhos e pesquisa:
Simon Bainbridge, Eleanor Dryden, Dr. Robert Lyman,
Alison Prince, Mari Roberts e Susan Watt.

OS BARRINGTON

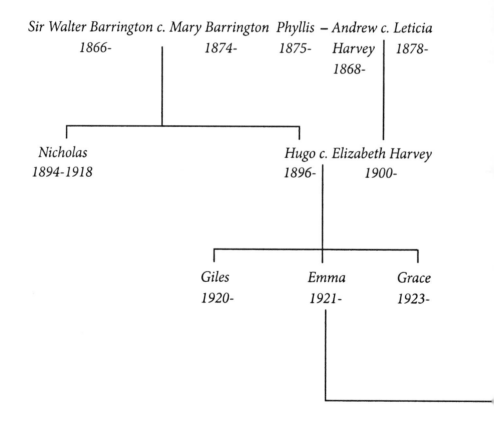

OS CLIFTON

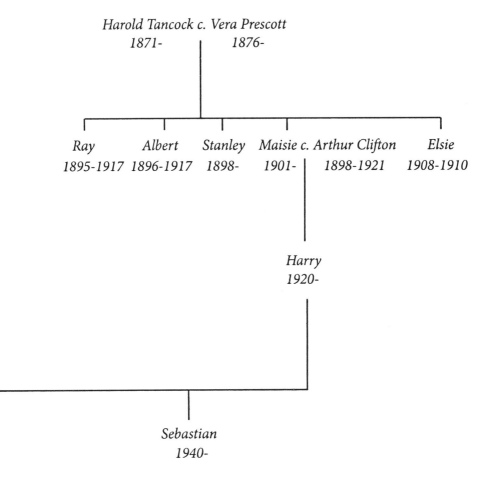

"Porque eu, teu Deus, sou um Deus ciumento que puno a iniquidade dos pais sobre os filhos até a terceira e a quarta geração..."
Livro de Oração Comum

HARRY CLIFTON

1939-1941

1

— Meu nome é Harry Clifton.

— Claro, e eu sou Babe Ruth — disse o detetive Kolowski enquanto acendia um cigarro.

— Não — rebateu Harry —, você não está entendendo, aconteceu um erro terrível. Eu sou Harry Clifton, um inglês de Bristol. Servi no mesmo navio que Tom Bradshaw.

— Guarde essa história para o seu advogado — disse o detetive, soltando uma baforada profunda e enchendo a pequena cela com uma nuvem de fumaça.

— Não tenho advogado — protestou Harry.

— Se eu estivesse encrencado como você, rapaz, acharia que ter Sefton Jelks ao meu lado seria minha única esperança.

— Quem é Sefton Jelks?

— Talvez você não tenha ouvido falar do advogado mais astuto de Nova York — respondeu o detetive enquanto soltava outra pluma de fumaça —, mas ele verá você às nove horas amanhã, e Jelks não sai do escritório sem que a conta já tenha sido paga.

— Mas... — iniciou Harry enquanto Kolowski batia com a palma da mão na porta da cela.

— Portanto, quando Jelks aparecer amanhã de manhã — Kolowski continuou, ignorando a interrupção de Harry —, é melhor você ter uma história mais convincente do que aquela de que "a polícia prendeu o homem errado". Você disse ao oficial da imigração que era Tom Bradshaw e, se isso foi suficiente para ele, será suficiente para o juiz.

A porta da cela se abriu, mas não antes que o detetive tivesse soltado outra baforada de fumaça que fez Harry tossir. Kolowski saiu para o corredor sem outra palavra e bateu a porta atrás de si. Harry se jogou em uma cama presa à parede e encostou a cabeça em um travesseiro duro como tijolo. Olhou para o teto e começou a pensar como tinha ido parar na cela de uma delegacia do outro lado do mundo com uma acusação de homicídio.

A porta se abriu muito antes que a luz matutina pudesse atravessar as barras na janela e penetrar na cela. Apesar de ser tão cedo, Harry já estava desperto.

Um carcereiro entrou carregando uma bandeja de comida que nem o Exército da Salvação teria cogitado em oferecer a um indigente. Depois de pôr a bandeja sobre a mesinha de madeira, saiu sem nada dizer.

Harry deu uma olhada na comida antes de começar a andar de um lado para outro na cela. A cada passo, ele ficava mais confiante de que, explicando ao sr. Jelks o motivo para ter trocado de nome com Tom Bradshaw, a questão seria rapidamente resolvida. A pior punição que eles poderiam aplicar seria certamente deportá-lo, e, como sua intenção sempre fora voltar à Inglaterra e se alistar na Marinha, tudo se encaixava em seu plano original.

Às 8h55, Harry estava sentado na beirada da cama, impaciente pela chegada do sr. Jelks. A enorme porta de ferro só se abriu doze minutos depois das nove. Harry se pôs de pé com um salto enquanto o guarda da prisão dava um passo para o lado para deixar entrar um homem alto, elegante e grisalho. Harry achou que ele devia ter mais ou menos a mesma idade do seu avô. O sr. Jelks trajava um terno risca de giz azul-marinho transpassado, uma camisa branca e uma gravata listrada. O olhar cansado em seu rosto sugeria que poucas coisas o surpreenderiam.

— Bom dia — ele disse, abrindo um leve sorriso para Harry. — Meu nome é Sefton Jelks. Sou o principal sócio da Jelks, Myers e Abernathy, e meus clientes, o sr. e a sra. Bradshaw, me pediram para representá-lo em seu julgamento.

Harry ofereceu a Jelks a única cadeira da cela, como se estivesse recebendo a visita de uma velho amigo para tomar uma xícara de chá em seu estúdio em Oxford. Empoleirou-se na cama e ficou observando o advogado abrir a pasta, retirar um bloco amarelo e colocá-lo sobre a mesa.

Jelks tirou uma caneta de um bolso interno e disse:

— Talvez o senhor queira começar me dizendo quem é, pois nós dois sabemos que o senhor não é o tenente Bradshaw.

Se o advogado ficou surpreso com a história de Harry, não demonstrou. Com a cabeça abaixada, redigiu copiosas anotações em seu bloco amarelo enquanto Harry explicava como tinha acabado pernoitando na cadeia. Quando chegou ao fim, Harry deduziu que seus problemas certamente deviam ter acabado, pois tinha um advogado tarimbado ao seu lado — isso até ouvir a primeira pergunta de Jelks.

— O senhor disse que escreveu uma carta para a sua mãe enquanto estava a bordo do *Kansas Star* explicando por que assumiu a identidade de Tom Bradshaw?

— Correto, senhor. Eu não queria que minha mãe sofresse desnecessariamente, mas, ao mesmo tempo, precisava que ela entendesse por que eu havia tomado uma decisão tão drástica.

— Sim, posso entender por que o senhor cogitou que a troca de identidade resolveria todos os seus problemas imediatos sem levar em consideração que isso poderia envolvê-lo em uma série de questões ainda mais complicadas — disse Jelks. Sua pergunta seguinte surpreendeu Harry ainda mais. — O senhor se lembra do conteúdo dessa tal carta?

— Claro. Eu a escrevi e reescrevi tantas vezes que poderia reproduzi-la quase palavra por palavra.

— Então, permita-me testar sua memória — disse Jelks e, sem dizer outra palavra, arrancou uma folha do bloco amarelo e a entregou junto com sua caneta-tinteiro a Harry.

Harry ficou algum tempo tentando se lembrar das palavras exatas antes de começar a reescrever a carta.

Minha querida mãe,

Fiz todo o possível para garantir que você receberia esta carta antes que alguém pudesse dizer que eu morri no mar.

Como a data desta carta comprova, não morri quando o Devonian foi afundado em 4 de setembro. Na verdade, fui resgatado do mar pelo marinheiro de um navio americano e, graças a ele, estou bem vivo. No entanto, surgiu uma oportunidade inesperada para que eu assumisse a identidade de outro homem, e foi isso o que fiz propositalmente, na esperança de livrar Emma de todos os problemas que, ao que parece, causei involuntariamente a ela e à sua família ao longo dos anos.

É importante que você perceba que meu amor por Emma não diminuiu de forma alguma, pelo contrário. Acredito que nunca viverei novamente um outro amor assim. Mas acho que não tenho o direito de esperar que ela passe o resto da vida agarrada à vã esperança de que, em algum momento no futuro, eu possa provar que Hugo Barrington não é meu pai e que, na verdade, sou filho de Arthur Clifton. Desta maneira, ela pode pelo menos pensar em um futuro com outro homem. Eu o invejo.

Planejo voltar à Inglaterra em breve. Caso você receba alguma comunicação de um tal Tom Bradshaw, saiba que é minha. Entrarei em contato assim que puser os pés em Bristol, mas, por enquanto, devo implorar que a senhora guarde meu segredo com a mesma firmeza com que guardou o seu por tantos anos.

Com amor, do seu filho,

Harry

Quando terminou de ler a carta, Jelks surpreendeu Harry mais uma vez.

— O senhor mesmo postou a carta, sr. Clifton? — perguntou ele.
— Ou deu essa responsabilidade a outra pessoa?

Pela primeira vez, Harry ficou desconfiado, e decidiu não mencionar que havia pedido ao dr. Wallace para entregar a carta à sua mãe quando ele voltasse a Bristol dali a duas semanas. Ele temia que Jelks persuadisse o dr. Wallace a entregar-lhe a carta e que sua mãe não tivesse como saber que ele ainda estava vivo.

— Postei a carta quando desembarquei — disse ele.

O advogado demorou antes de esboçar alguma reação.

— O senhor tem alguma prova de que é Harry Clifton, e não Thomas Bradshaw?

— Não, senhor, não tenho — respondeu Harry sem hesitar, dolorosamente ciente de que ninguém a bordo do *Kansas Star* tinha motivo para acreditar que ele não fosse Tom Bradshaw e que as únicas pessoas que poderiam confirmar sua história estavam do outro lado do oceano, a mais de cinco mil quilômetros de distância, e que logo seriam informadas de que Harry Clifton fora enterrado no mar.

— Então, talvez possa auxiliá-lo, sr. Clifton, presumindo que o senhor ainda queira que a srta. Emma Barrington acredite que o senhor está morto. Se esse for o caso — disse Jelks, um sorriso fingido em seu rosto —, talvez eu possa apresentar uma solução para o seu caso.

— Uma solução? — disse Harry parecendo confiante pela primeira vez.

— Mas apenas se o senhor se sentir capaz de continuar a representar o personagem de Thomas Bradshaw.

Harry permaneceu em silêncio.

— A promotoria aceitou que a acusação contra Bradshaw é, na melhor das hipóteses, circunstancial, e a única prova real à qual eles estão se agarrando é que ele deixou o país no dia seguinte ao assassinato. Cientes da fragilidade de tal argumento, eles concordaram em retirar a acusação de homicídio se o senhor for capaz de se declarar culpado da acusação menos grave de deserção durante o serviço militar.

— Mas por que eu concordaria com isso? — questionou Harry.

— Posso pensar em três bons motivos — respondeu Jelks. — Primeiro, se o senhor não o fizer, provavelmente acabará passando seis anos na prisão por entrar nos Estados Unidos sob falsos pretextos. Segundo, manteria seu anonimato; portanto, a família Barrington não teria motivo para acreditar que o senhor ainda está vivo. E, terceiro, os Bradshaw estão dispostos a pagar dez mil dólares para que o senhor assuma o lugar do filho deles.

Harry percebeu imediatamente que aquela seria uma oportunidade para recompensar a mãe por todos os sacrifícios feitos a seu favor ao longo dos anos. Uma quantia tão alta transformaria a vida dela, possibilitando que ela deixasse a modesta casa em Still House Lane e se livrasse da visita semanal do cobrador do aluguel. Talvez ela até pensasse em deixar o trabalho de garçonete no Grand Hotel para ter uma vida mais tranquila, embora Harry achasse isso improvável. Porém, antes de concordar em tomar parte nos planos de Jelks, ele tinha algumas perguntas.

— Por que os Bradshaw estão dispostos a dar continuidade a tal embuste quando, a esta altura, já devem estar sabendo que o filho morreu no mar?

— A sra. Bradshaw está desesperada para limpar o nome de Thomas. Ela nunca aceitará que um dos seus filhos pode ter matado o outro.

— Então é disso que Tom está sendo acusado, de matar seu próprio irmão?

— Sim, mas, como eu disse, as provas são fracas e circunstanciais, e certamente não se sustentariam em um tribunal, e é por isso que a promotoria está disposta a retirar a acusação, mas somente se o senhor concordar em se declarar culpado da acusação menos grave de deserção.

— E qual seria minha pena se eu concordasse?

— A promotoria concordou em recomendar ao juiz uma sentença de um ano; portanto, com bom comportamento, o senhor poderia estar livre em seis meses, muito melhor do que os seis anos que o senhor pode esperar se continuar a insistir que é Harry Clifton.

— Mas, no momento em que eu pisar no tribunal, alguém certamente vai perceber que não sou Bradshaw.

— Improvável — disse Jelks. — Os Bradshaw são de Seattle, na costa oeste, e, embora sejam abastados, raramente visitam Nova York.

Thomas se alistou na Marinha aos 17 anos, e, como o senhor bem sabe, não pôs os pés nos Estados Unidos nos últimos quatro anos. E, se o senhor se declarar culpado, não permanecerá no tribunal por mais de vinte minutos.

— Mas, quando eu abrir a boca, as pessoas não vão perceber que não sou americano?

— É por isso mesmo que o senhor não vai abrir a boca, sr. Clifton.

O sofisticado advogado parecia ter uma resposta para tudo. Harry tentou outro estratagema.

— Na Inglaterra, os julgamentos de homicídios sempre ficam repletos de jornalistas, e o público faz fila fora do tribunal desde cedo na esperança de entrever o réu.

— Sr. Clifton, atualmente há quatorze julgamentos de homicídios acontecendo em Nova York, incluindo o do famigerado "assassino da tesoura". Duvido que mesmo um jornalista novato seja designado para esse caso.

— Preciso de tempo para pensar a respeito.

Jelks olhou para o relógio.

— Devemos nos apresentar perante o juiz Atkins ao meio-dia; portanto, o senhor tem pouco mais de uma hora para tomar uma decisão, sr. Clifton — Jelks disse, chamando em seguida um guarda para abrir a porta da cela. — Caso decida não utilizar meus serviços, desejo-lhe boa sorte, pois não nos encontraremos novamente — acrescentou antes de deixar a cela.

Harry ficou sentado na beira da cama avaliando a oferta de Jelks. Embora não duvidasse que o advogado grisalho tivesse seus próprios motivos, seis meses pareciam muito mais palatáveis do que seis anos, e a quem mais ele podia recorrer senão àquele experiente advogado? Harry desejou que fosse possível aparecer no escritório de Sir Walter Barrington por alguns instantes e pedir seu conselho.

Uma hora mais tarde, Harry, trajando terno azul-escuro, camisa creme, colarinho engomado e gravata listrada, foi algemado, acompanhado de sua cela até uma viatura da delegacia e levado até o tribunal sob escolta armada.

— Ninguém deve acreditar que você seja capaz de cometer um assassinato — Jelks havia se pronunciado após um alfaiate ter visitado a cela de Harry com uma dúzia de ternos, camisas e um sortimento de gravatas para que ele escolhesse.

— E não sou mesmo — Harry lembrou ao advogado.

Harry voltou a se encontrar com Jelks no corredor. O advogado deu aquele mesmo sorriso antes de abrir caminho empurrando as portas vaivéns e atravessar o corredor central, só parando ao chegar até os dois assentos vazios atrás da mesa reservada à defesa.

Depois de se acomodar e ter as algemas retiradas, Harry olhou à sua volta e viu uma tribunal quase vazio. Jelks tinha razão. Poucos curiosos, e certamente ninguém da imprensa, pareciam interessados no caso. Para eles, devia ser apenas mais um assassinato doméstico no qual o réu provavelmente seria absolvido: nenhuma manchete de "Caim e Abel" se não houvesse possibilidade de cadeira elétrica na vara número quatro.

Enquanto a primeira campainha soava para anunciar o meio-dia, uma porta se abriu na extremidade oposta da sala e o juiz Atkins apareceu. Ele atravessou lentamente o tribunal, subiu os degraus e assumiu seu posto atrás da mesa colocada sobre um tablado. Em seguida, acenou com a cabeça em direção ao promotor, como se soubesse exatamente o que ele estava prestes a dizer.

Um jovem advogado se levantou de trás da mesa da promotoria e explicou que o Estado retiraria a acusação de homicídio, mas processaria Thomas Bradshaw por deserção da Marinha dos Estados Unidos. O juiz anuiu e voltou a atenção para o sr. Jelks, que se levantou no momento apropriado.

— E, em relação à segunda acusação, de deserção, o que seu cliente tem a dizer?

— Ele se declara culpado — disse Jelks. — Espero que Vossa Excelência seja clemente com o meu cliente nesta ocasião, pois não preciso lembrar, Excelência, que ele é réu primário e que, antes desse insólito lapso, seu prontuário era imaculado.

O juiz Atkins franziu a testa.

— Sr. Jelks — disse ele —, algumas pessoas talvez julguem que um oficial que abandona o posto ao servir o próprio país é um crime tão hediondo quanto um homicídio. Não preciso lembrar *ao senhor* que, até recentemente, seu cliente encararia um pelotão de fuzilamento por tal crime.

Harry ficou nauseado enquanto olhava para Jelks, que não tirava os olhos do juiz.

— Com isso em mente — continuou Atkins —, condeno o tenente Thomas Bradshaw a seis anos de prisão — proferiu e bateu o martelo. — Próximo caso — disse antes que Harry tivesse chance de protestar.

— O senhor me disse... — começou Harry, mas Jelks já tinha dado as costas ao seu ex-cliente e estava se afastando. Harry estava prestes a correr atrás dele quando dois guardas o seguraram pelos braços, torceram-nos para trás e rapidamente algemaram o criminoso condenado antes de fazê-lo cruzar o tribunal em direção a uma porta que Harry não vira anteriormente.

Ele olhou para trás e viu Sefton Jelks apertando a mão de um homem de meia-idade que, obviamente, o estava cumprimentando por um trabalho bem-feito. Onde Harry já havia visto aquele rosto? Foi então que ele percebeu: só podia ser o pai de Tom Bradshaw.

2

Harry foi acompanhado sem cerimônias por um corredor longo e mal iluminado e saiu por uma porta anônima para um pátio árido.

No meio do pátio estava um ônibus amarelo que não exibia nem número nem dica alguma do seu destino. Um motorista musculoso segurando um rifle estava de pé ao lado da porta e indicou com a cabeça que Harry deveria subir a bordo. Os guardas lhe deram uma mãozinha, caso alguma ideia diferente estivesse passando pela sua cabeça.

Harry se sentou e olhou taciturno pela janela enquanto uns poucos prisioneiros condenados eram acompanhados até o ônibus, alguns de cabeça baixa, outros, que claramente já haviam trilhado aquele caminho, adotavam um passo arrogante e desafiador. Harry deduziu que o ônibus logo partiria rumo ao seu destino, seja lá qual fosse, mas ele estava prestes a aprender sua primeira dolorosa lição como prisioneiro: depois de ter sido condenado, ninguém tem pressa.

Harry pensou em perguntar a um dos guardas para onde eles estavam indo, mas nenhum deles tinha ares de um solícito guia turístico. Virou-se ansioso quando um corpo se jogou no assento ao seu lado. Ele não queria ficar olhando para o novo companheiro, mas, como o homem se apresentou imediatamente, Harry o observou mais de perto.

— Meu nome é Pat Quinn — ele anunciou com um leve sotaque irlandês.

— Tom Bradshaw — disse Harry, que teria trocado um aperto de mão com seu novo companheiro se ambos não estivessem algemados.

Quinn não parecia um criminoso. Seus pés mal tocavam o chão; portanto, ele não podia ter mais do que um metro e cinquenta e cinco e, enquanto os outros prisioneiros no ônibus eram musculosos ou simplesmente gordos, Quinn parecia que seria carregado por uma lufada de vento. Seus ralos cabelos ruivos estavam começando a ficar grisalhos, embora ele não pudesse ter mais do que 40 anos.

— Você é primário? — Quinn disse confidencialmente.

— É tão óbvio assim? — perguntou Harry.

— Está escrito na sua testa.

— O que está escrito na minha testa?

— Que você não tem a mínima ideia do que vai acontecer em seguida.

— Então, *você* obviamente não é primário.

— Esta é a décima primeira vez que subo neste ônibus. Ou talvez seja a décima segunda.

Harry riu pela primeira vez em dias.

— Por que você está aqui? — perguntou Quinn.

— Deserção — Harry respondeu sem elaboração.

— Nunca ouvi falar disso — disse Quinn. — Abandonei três mulheres, mas nunca me puseram no xadrez por causa disso.

— Não abandonei uma mulher — Harry disse, pensando em Emma. — Abandonei a Marinha Real, quer dizer, a Marinha.

— Quanto tempo você pegou por isso?

— Seis anos.

Quinn assobiou através de seus dois dentes restantes.

— Parece que pegaram pesado. Quem foi o juiz?

— Atkins — Harry respondeu com raiva.

— Arnie Atkins? Você pegou o juiz errado. Se você algum dia for a julgamento novamente, trate de escolher o juiz certo.

— Eu não sabia que você podia escolher o juiz.

— E não pode — observou Quinn —, mas existem maneiras de evitar os piores.

Harry observou melhor o companheiro, mas não o interrompeu.

— Os juízes que trabalham nesta região são sete, e você precisa evitar dois deles a qualquer custo. Um é Arnie Atkins. Ele carece de bom humor e exagera nas sentenças.

— Mas como eu poderia tê-lo evitado? — indagou Harry.

— Atkins é o presidente da quarta vara há onze anos; portanto, se estou sendo levado para aquela direção, tenho um ataque epilético e os guardas me levam para ver o médico do tribunal.

— Você é epilético?

— Não — respondeu Quinn —, você não está prestando atenção — ele parecia exasperado e Harry ficou em silêncio. — Quando finjo estar recuperado, eles já atribuíram meu caso a outra vara.

Harry riu pela segunda vez.

— E você se safa sempre?

— Não, não sempre, mas, se calhar de eu estar com dois guardas novatos, tenho uma chance, embora esteja ficando mais difícil dar sempre o mesmo golpe. Não precisei me preocupar desta vez porque fui levado direto para a segunda vara, que é território do juiz Regan. Ele é irlandês, como eu, caso você não tenha notado, e tende a aplicar a sentença mínima a um conterrâneo.

— Qual foi o seu delito? — perguntou Harry.

— Sou batedor de carteiras — Quinn anunciou como se fosse um arquiteto ou um médico. — Sou especialista em corridas de cavalo no verão e lutas de boxes no inverno. É sempre mais fácil se o otário estiver de pé — explicou. — Mas ando meio sem sorte ultimamente porque muitos funcionários me reconhecem. Então tive de ir trabalhar no metrô e nas estações de ônibus, onde a féria é baixa e o risco de ser pego é maior.

Harry queria fazer muitas perguntas ao seu novo tutor e, como um estudante entusiasmado, se concentrou naquelas que o ajudariam a passar no exame de admissão, bastante satisfeito por Quinn não ter questionado seu sotaque.

— Você sabe para onde estamos indo? — ele perguntou.

— Lavenham ou Pierpoint — respondeu Quinn. — Depende se pegarmos a saída doze ou quatorze na rodovia.

— Você já esteve em ambas?

— Já, diversas vezes — disse Quinn casualmente. — E, antes que você pergunte, se existisse um guia turístico das prisões, Lavenham receberia uma estrela e Pierpoint seria fechada.

— Por que simplesmente não perguntamos ao guarda para qual estamos indo? — disse Harry, que queria acabar logo com aquele sofrimento.

— Porque ele nos diria a opção errada só para nos irritar. Se for Lavenham, sua única preocupação deve ser em qual ala vão pôr você. Se você for primário, provavelmente irá para a ala A, onde a vida é bem mais fácil. Os reincidentes, como eu, geralmente são mandados para a ala D, onde não tem ninguém com menos de 30 anos nem com histórico de violência; portanto, é o lugar ideal se você simplesmente quiser ficar na sua e cumprir sua pena. Tente evitar as alas B e C. Estão cheias de viciados e psicopatas.

— O que preciso fazer para garantir que irei parar na ala A?

— Diga ao oficial na recepção que você é um cristão devoto, não fume e não beba.

— Eu não sabia que era permitido beber na prisão — comentou Harry.

— Não é, seu idiota — disse Quinn —, mas se você puder fornecer algumas verdinhas — acrescentou, esfregando o polegar na ponta do indicador — os guardas de repente viram barmen. Nem mesmo a lei seca os detêve.

— Qual é a coisa mais importante a que devo estar atento no meu primeiro dia?

— Trate de arrumar o trabalho certo.

— Quais são as opções?

— Faxina, cozinha, hospital, lavanderia, biblioteca, jardinagem e capela.

— O que preciso fazer para ir para a biblioteca?

— Diga que você sabe ler.

— O que você diz para eles? — perguntou Harry.

— Que fiz treinamento como chef de cozinha.

— Deve ter sido interessante.

— Você ainda não entendeu, não é? — disse Quinn. — Nunca fiz treinamento algum para ser chef, mas assim sempre sou mandado para a cozinha, que é o melhor trabalho na prisão.

— Por quê?

— Você sai da cela antes do café da manhã e só volta depois do jantar. É quente e você tem a melhor opção de comida. Ah, vamos para Lavenham — Quinn observou enquanto o ônibus virava na saída doze da rodovia. — Isso é bom porque, agora, não vou precisar responder nenhuma pergunta idiota sobre Pierpoint.

— Mais alguma coisa que eu preciso saber sobre Lavenham? — perguntou Harry, sem se incomodar com o sarcasmo de Quinn, já que ele suspeitava que o reincidente estava gostando de ministrar uma palestra para um aluno tão ávido.

— Coisas demais para dizer a você — suspirou ele. — Apenas lembre-se de ficar perto de mim depois que tiver sido registrado.

— Mas eles não vão mandar você automaticamente para a ala D?

— Não se o sr. Manson estiver de serviço — Quinn disse sem explicação.

Harry conseguiu fazer várias outras perguntas antes que o ônibus finalmente parasse do lado de fora da prisão. Na verdade, ele sentiu que havia aprendido mais com Quinn em duas horas do que em uma dúzia de tutoriais em Oxford.

— Grude em mim — repetiu Quinn enquanto o enorme portão se abria. O ônibus avançou lentamente rumo a um desolador terreno coberto por vegetação rasteira que jamais vira um jardineiro. Parou na frente de um vasto edifício de tijolos que exibia fileiras de pequenas e imundas janelas, sendo que, atrás de algumas, olhos espreitavam.

Harry observou enquanto uma dúzia de guardas formou um corredor que ia dar na entrada da prisão. Dois deles, armados com rifles, se postaram um de cada lado da porta do ônibus.

— Desçam do ônibus dois a dois — um deles anunciou rispidamente — com um intervalo de cinco minutos entre cada par. Ninguém se mexe a menos que eu mande.

Harry e Quinn ficaram no ônibus mais uma hora. Quando finalmente foram acompanhados para fora, Harry olhou para o topo dos altos muros com arame farpado que circundavam toda a prisão e pensou que nem mesmo o campeão mundial de salto com vara seria capaz de fugir de Lavenham.

Harry entrou atrás de Quinn no edifício, onde pararam diante de um oficial que estava sentado atrás de uma mesa e trajava uniforme azul brilhoso e gasto com botões que não brilhavam. Ele parecia já ter cumprido uma pena de prisão perpétua enquanto estudava a lista de nomes em sua prancheta. Sorriu quando viu o prisioneiro seguinte.

— Seja bem-vindo de volta, Quinn — disse ele. — Você não vai encontrar muitas mudanças desde a sua última vez aqui.

Quinn sorriu.

— É um prazer ver o senhor também, sr. Mason. Talvez o senhor possa ter a cortesia de pedir a um dos seus carregadores para subir com a minha bagagem para o quarto de sempre.

— Não abuse da sorte, Quinn — disse Mason —, senão posso ficar tentado a dizer ao novo médico que você não é epilético.

— Mas, sr. Mason, tenho um atestado médico para provar.

— Certamente da mesma fonte que emitiu seu certificado de chef de cozinha — rebateu Mason, voltando a atenção para Harry. — E quem é você?

— Esse é meu amigo Tom Bradshaw. Ele não fuma, não bebe, não fala palavrões nem cospe — disse Quinn antes que Harry tivesse chance de falar.

— Bem-vindo a Lavenham, Bradshaw — disse Mason.

— Capitão Bradshaw, na verdade — disse Quinn.

— Costumava ser tenente — disse Harry. — Nunca fui capitão.

Quinn pareceu desapontado com seu protegido.

— Primário? — perguntou Mason, observando Harry com mais atenção.

— Sim, senhor.

— Vou colocá-lo na ala A. Depois de tomar uma ducha e pegar seu uniforme de presidiário no depósito, o sr. Hessler o levará para a cela número três-dois-sete.

Mason verificou a prancheta antes de se virar para um jovem oficial que estava em pé atrás dele com um cassetete balançando na mão direita.

— Alguma esperança de eu me juntar ao meu amigo? — perguntou Quinn depois que Harry assinou o registro. — Afinal de contas, o tenente Bradshaw talvez precise de um ordenança.

— Você é a última pessoa de quem ele precisa — disse Mason.

Harry estava prestes a falar quando o batedor de carteiras se inclinou, retirou uma nota dobrada de um dólar da meia e a pôs no bolso superior de Mason em um piscar de olhos.

— Quinn também ficará na cela três-dois-sete — disse Mason ao jovem oficial.

Se Hessler testemunhou a troca, não fez comentário algum.

— Vocês dois, sigam-me — foi tudo o que disse.

Quinn saiu atrás de Harry antes que Mason pudesse mudar de ideia.

Os dois novos prisioneiros foram acompanhados ao longo de um comprido corredor de tijolos verdes até que Hessler parou do lado de fora de um quartinho com chuveiros e dois estreitos bancos de madeira presos à parede e cobertos de toalhas descartadas.

— Tirem a roupa — disse Hessler — e tomem um banho.

Harry tirou lentamente o terno ajustado sob medida, a elegante camisa creme, o colarinho engomado e a gravata listrada que o sr. Jelks fez questão que ele usasse no tribunal para impressionar o juiz. O problema era que ele havia escolhido o juiz errado.

Quinn já estava debaixo do chuveiro antes que Harry tivesse desamarrado os sapatos. Girou a torneira, e um fio d'água pingou relutante em seus cabelos cada vez mais ralos. Em seguida, pegou do chão uma lasquinha de sabonete e começou a se lavar. Harry entrou debaixo da água fria do outro chuveiro e, logo depois, Quinn passou para ele o que restava do sabonete.

— Lembre-me de falar com a gerência sobre as instalações — disse Quinn enquanto pegava um toalha úmida, não muito maior do que um pano de prato, e tentava se secar.

Os lábios de Hessler continuaram cerrados.

— Vistam-se e sigam-me — disse antes que Harry tivesse terminado de se ensaboar.

Mais uma vez, Hessler os acompanhou ao longo do corredor com um passo acelerado, seguido por um Harry semivestido e ainda molhado. Eles só pararam quando chegaram a uma porta dupla onde se lia DEPÓSITO. Hessler bateu com firmeza e, um instante mais tarde, a porta foi aberta, revelando um guarda cansado do mundo, com os cotovelos sobre o balcão, fumando um cigarro enrolado por ele mesmo. O guarda sorriu quando viu Quinn.

— Não sei bem se seu último lote já voltou da lavanderia, Quinn — ironizou.

— Então, vou precisar de tudo novo, sr. Newbold — disse Quinn, que se inclinou e tirou da outra meia algo que, mais uma vez, desapareceu sem deixar rastros. — Minhas exigências são simples — acrescentou. — Um cobertor, dois lençóis de algodão, um travesseiro, uma fronha...

O guarda pegou cada um dos itens das prateleiras às suas costas antes de colocá-los em uma pilha bem arrumada sobre o balcão. — Duas camisas, três pares de meias, seis pares de calças, duas toalhas, uma tigela, um prato, uma faca, garfo e colher, um barbeador, uma escova de dente e um tubo de pasta de dente; prefiro Colgate.

Newbold não fez nenhum comentário enquanto a pilha de Quinn aumentava cada vez mais.

— Mais alguma coisa — perguntou ele por fim, como se Quinn fosse um cliente importante que provavelmente voltaria.

— Sim, meu amigo, o tenente Bradshaw vai precisar das mesmas coisas, e, por ser um oficial e um cavalheiro, trate de dar a ele tudo do melhor.

Para surpresa de Harry, Newbold começou a fazer uma outra pilha, aparentemente demorando para selecionar cada item, tudo isso por causa do prisioneiro que havia se sentado ao seu lado no ônibus.

— Sigam-me — disse Hessler quando Newbold terminou sua tarefa. Harry e Pat pegaram suas pilhas de roupas e se trocaram no fundo do corredor. Houve várias paradas no caminho, pois um guarda de serviço tinha de destrancar e trancar portões à medida que eles se aproximavam das celas. Quando finalmente chegaram à ala, foram recebidos pelo barulho de mil prisioneiros.

— Vejo que estamos no último andar, sr. Hessler — disse Quinn —, mas não vou pegar o elevador, pois preciso me exercitar.

O guarda o ignorou e continuou a avançar em meio aos gritos dos prisioneiros.

— Achei que você tivesse dito que esta era a ala tranquila — disse Harry.

— Obviamente o sr. Hessler não é um dos guardas mais populares — sussurrou Quinn pouco antes que os três chegassem na cela 327.

Hessler destrancou a pesada porta de ferro e a abriu para permitir que o novato e o veterano entrassem naquele que seria o lar de Harry pelos próximos seis anos.

Harry ouviu a porta bater atrás de si. Correu os olhos pela cela e notou que não havia maçaneta na parte interna da porta. Duas camas, uma em cima da outra, uma pia de aço presa à parede, uma mesa de madeira, também presa à parede, e uma cadeira de madeira. Seus olhos finalmente se detiveram em uma tigela de aço sob a cama de baixo. Ele achou que fosse vomitar.

— Você fica com a cama de cima — disse Quinn, interrompendo os pensamentos de Harry —, já que é primário. Se eu sair antes de você, mude-se para a de baixo, e seu novo companheiro de cela ficará com a de cima. Etiqueta carcerária — explicou.

Harry ficou em pé na parte inferior do beliche e fez lentamente a própria cama, em seguida subiu, deitou-se e pôs a cabeça sobre o travesseiro fino e duro, dolorosamente consciente de que demoraria um tempo até ser capaz de dormir uma noite inteira.

— Posso fazer mais uma pergunta? — disse a Quinn.

— Pode, mas não fale novamente até que as luzes tenham sido acesas amanhã de manhã.

Harry se lembrou de Fisher dizendo quase as mesmas palavras na sua primeira noite em St. Bede's.

— É claro que você conseguiu contrabandear aqui para dentro uma considerável quantia em dinheiro. Então, por que os guardas não a confiscaram assim que você desceu do ônibus?

— Porque se tivessem feito isso — respondeu Quinn —, nenhum prisioneiro jamais traria dinheiro novamente e todo o sistema ruiria.

3

Harry ficou deitado na cama de cima do beliche observando o teto com uma demão de tinta branca que ele podia tocar com os dedos se esticasse a mão. O colchão era empelotado e o travesseiro tão duro que ele só conseguia dormir por alguns minutos de cada vez.

Seus pensamentos se voltaram para Sefton Jelks e a facilidade com que o velho advogado o ludibriara. *Livrar meu filho da acusação de homicídio é tudo o que me interessa*, ele podia ouvir o pai de Tom Bradshaw dizendo a Jelks. Harry tentou não pensar sobre os seis anos seguintes, que não interessavam ao sr. Bradshaw. Será que aquilo valia 10 mil dólares?

Ele afastou da mente o advogado e pensou em Emma. Sentia muito sua falta e queria escrever e dizer que ainda estava vivo, mas sabia que não podia. Ficou imaginando o que ela deveria estar fazendo em um dia de outono em Oxford. Como será que seu trabalho estava progredindo no início do primeiro ano? Será que ela estava sendo cortejada por outro homem?

E o irmão dela, Giles, seu melhor amigo? Agora que a Grã-Bretanha estava em guerra, será que Giles havia deixado Oxford e se alistado para lutar contra os alemães? Se assim fosse, Harry rezaria para que ainda estivesse vivo. Bateu na lateral da cama com o punho cerrado, com raiva por não poder fazer sua parte. Quinn não falou, deduzindo que Harry estivesse sofrendo de "primeira-noitite".

E Hugo Barrington? Será que alguém o vira desde o seu desaparecimento no dia em que Harry deveria ter se casado com a sua filha? Será que ele acharia uma maneira de recuperar sorrateiramente sua posição quando todos acreditassem que Harry estava morto? Ele afastou Barrington da mente, ainda não querendo aceitar a possibilidade de que aquele homem fosse seu pai.

Quando seus pensamentos se voltaram para a mãe, Harry sorriu, esperando que ela fizesse bom uso dos 10 mil dólares que Jelks prometera enviar para ela depois de Harry ter aceitado tomar o lugar de Tom Bradshaw. Com mais de 2 mil libras no banco, Harry esperava que ela largasse o emprego de garçonete no Grand Hotel e comprasse aquela casinha no campo do qual sempre falara; aquele era o único resultado positivo daquela farsa.

E Sir Walter Barrington, que sempre o tratou como um neto? Se Hugo era o pai de Harry, então Sir Walter *era* seu avô. Se aquilo se revelasse verdade, Harry teria todo o direito de herdar a propriedade dos Barrington e o título familiar, e, com o tempo, se tornaria Sir Harry Barrington. Mas Harry queria que seu amigo Giles, filho legítimo de Hugo Barrington, herdasse o título e, sobretudo, estava desesperado para *provar* que seu pai verdadeiro era Arthur Clifton. Isso ainda lhe daria uma remota chance de se casar com sua amada Emma. Harry tentou esquecer onde passaria os próximos seis anos.

Às sete horas, uma sirene soou para acordar os prisioneiros que, já estando ali havia tempo suficiente, conseguiam dormir à noite. Você não está na prisão quando está dormindo, foram as últimas palavras que Quinn murmurou antes de cair em um sono profundo e, em seguida, roncar. Aquilo não incomodava Harry. Em matéria de ronco, seu tio Stan deixava qualquer um no chinelo.

Harry havia tomado várias decisões durante sua longa noite insone. Para ajudar a passar a entorpecente crueldade do tempo desperdiçado, "Tom" seria um detento modelo na esperança que sua sentença fosse reduzida por bom comportamento. Arrumaria um emprego na biblioteca e escreveria um diário sobre o que havia acontecido antes de ter sido condenado e tudo o que se passou enquanto estava atrás das grades. Também se manteria em boa forma, de maneira que, se a guerra ainda estivesse assolando a Europa, ele estaria pronto para se alistar assim que fosse libertado.

Quinn já estava vestido quando Harry desceu da cama superior do beliche.

— E agora? — perguntou Harry, parecendo um calouro no primeiro dia de escola.

— Café da manhã — disse Quinn. — Vista-se, pegue seu prato e caneca e trate de estar pronto quando a porta for destrancada. Se você se atrasa alguns segundos, certos guardas se divertem batendo a porta na sua cara — acrescentou enquanto Harry começava a vestir as calças. — E não fale a caminho do refeitório. Isso chama atenção, o que incomoda os veteranos. Na verdade, não fale com nenhum desconhecido até seu segundo ano.

Harry teria rido, mas não tinha certeza se Quinn estava brincando. Ouviu uma chave girando na fechadura e a porta da cela se abrindo. Quinn saiu em disparada como um cão liberado da coleira, com seu colega de cela somente um passo atrás. Eles entraram em uma longa fila de prisioneiros silenciosos que atravessavam o corredor para o qual se abriam as portas das celas vazias antes de descer uma escadaria em caracol até o térreo, onde se juntavam aos outros detentos para o café da manhã.

A fila parou bem antes de eles chegarem ao refeitório. Harry observou os serventes com seus curtos jalecos brancos em pé atrás da bancada. Um guarda com um cassetete e um longo jaleco branco estava de olho neles para garantir que ninguém receberia uma porção extra.

— Que prazer em revê-lo, sr. Siddell — Pat disse baixinho para o guarda quando eles chegaram à frente da fila. Os dois homens trocaram um aperto de mãos como se fossem grandes amigos. Daquela vez, Harry não viu dinheiro trocando de mãos, mas um breve aceno de cabeça do sr. Siddell indicou que um trato havia sido concluído.

Quinn foi avançando enquanto seu prato de latão era preenchido com um ovo frito com a gema dura, uma pilha de batatas que eram mais pretas do que brancas e as duas fatias regulamentares de pão dormido. Harry o alcançou enquanto o café era despejado em sua caneca. Os serventes pareceram intrigados quando Harry agradeceu a cada um deles, como se fosse um convidado do chá da tarde no vicariato.

— Droga — ele disse quando o último servente lhe ofereceu café —, esqueci minha caneca na cela.

O servente encheu a caneca de Quinn até a borda.

— Da próxima vez, trate de não esquecer — disse o companheiro de cela de Harry.

— Nada de conversa na fila! — gritou Hessler, batendo com o cassetete na outra mão enluvada.

Quinn levou Harry até o final de uma mesa comprida e se sentou no banco à sua frente. Harry estava com tanta fome que devorou tudo o que estava no prato, inclusive o ovo mais gorduroso que ele jamais havia provado. Até pensou em lamber o prato e se lembrou do seu amigo Giles em outro primeiro dia.

Quando Harry e Pat terminaram aquele café da manhã de cinco minutos, subiram escoltados a escada em caracol até o último andar. Depois de a porta da cela ter sido batida e trancada, Quinn lavou o prato e a caneca e os pôs ordenadamente embaixo da cama.

— Quando você vive em um cubículo por anos a fio, aproveita cada centímetro do espaço — explicou.

Harry seguiu seu exemplo e ficou pensando quanto tempo passaria até que ele pudesse ensinar algo a Quinn.

— E agora? — Harry perguntou.

— Atribuição do trabalho — respondeu Quinn. — Vou me juntar a Siddell na cozinha, mas ainda temos que garantir que vão pôr você na biblioteca. E isso vai depender do guarda que estiver de serviço. O problema é que estou ficando sem dinheiro.

Quinn mal acabara de pronunciar aquelas palavras quando a porta foi aberta novamente e a silhueta de Hessler surgiu na soleira, o cassetete batendo na mão enluvada.

— Quinn — ele disse —, apresente-se imediatamente na cozinha. Bradshaw, vá para a estação nove e se junte aos outros faxineiros da ala.

— Eu tinha esperança de ir trabalhar na biblioteca, senhor...

— Não me interessa o que você estava esperando, Bradshaw — disparou Hessler. — Como supervisor da ala, eu dito as regras aqui.

Você pode ir à biblioteca às terças, quintas e domingos entre seis e sete, como todos os outros detentos. Está claro? — acrescentou e Harry anuiu. — Você não é mais um oficial, Bradshaw, apenas um condenado, como todos aqui. E não perca tempo pensando que pode me subornar — disse antes de se encaminhar para a cela seguinte.

— Hessler é um dos poucos guardas que você não pode subornar — sussurrou Quinn. — Sua única esperança agora é o sr. Swanson, o diretor do presídio. Mas lembre-se de que ele se considera uma espécie de intelectual, o que provavelmente significa que tem uma boa caligrafia. Ele também é um batista fundamentalista. Aleluia!

— Quando terei uma chance de vê-lo? — perguntou Harry.

— Pode ser a qualquer momento. Mas certifique-se de que ele sabe que você quer trabalhar na biblioteca, pois ele só dedica cinco minutos do próprio tempo a cada novo prisioneiro.

Harry se jogou na cadeira de madeira e pôs a cabeça entre as mãos. Se não fosse pelos 10 mil dólares que Jelks havia prometido mandar à sua mãe, ele usaria seus cinco minutos para contar ao diretor a verdade de como ele tinha ido parar em Lavenham.

— Enquanto isso, vou fazer o possível para que você vá para a cozinha — acrescentou Quinn. — Talvez não seja o que você esperava, mas é sem dúvida melhor do que ser faxineiro.

— Obrigado — disse Harry.

Quinn saiu apressado rumo à cozinha sem precisar de instruções. Harry desceu novamente a escada até o térreo e saiu à procura da estação nove.

Doze homens, todos primários, estavam aglomerados em pé esperando instruções. Iniciativa não era algo bem visto em Lavenham, cheirava a rebelião ou sugeria que um prisioneiro podia ser mais esperto do que um guarda.

— Pegue um balde, encha-o d'água e arrume um esfregão — comandou Hessler. Sorriu para Harry enquanto ticava seu nome em outra prancheta. — Como você foi o último a descer, Bradshaw, você vai trabalhar nas latrinas durante o próximo mês.

— Mas não fui o último a descer — protestou Harry.

— Acho que foi — retrucou Hessler sem tirar o sorriso do rosto.

Harry encheu o balde de água fria e pegou um esfregão. Não precisava que dissessem que direção deveria tomar, dava para sentir o fedor das latrinas a distância. Começou a ter ânsia de vômito antes mesmo de entrar no grande cômodo quadrado com trinta buracos no chão. Apertou o nariz, mas tinha de sair constantemente dali para respirar. Hessler estava um pouco apartado, rindo.

— Você vai se acostumar, Bradshaw — ele disse —, com o tempo.

Harry se arrependeu de ter comido tanto no café da manhã que até vomitou minutos depois. Uma hora deve ter se passado até ouvir um outro guarda gritar seu nome.

— Bradshaw!

Harry saiu cambaleando das latrinas, branco como uma folha de papel.

— Sou eu — disse.

— O diretor que ver você; portanto se apresse.

Harry conseguia respirar mais fundo a cada passo que dava e, quando chegou ao gabinete do diretor, estava se sentindo quase humano.

— Espere aí até ser chamado — disse o guarda.

Harry sentou-se em uma cadeira vaga entre dois outros prisioneiros que logo se viraram. Ele não podia culpá-los. Tentou reunir seus pensamentos enquanto cada novo prisioneiro entrava e saía do gabinete do diretor. Quinn tinha razão, as entrevistas duravam cerca de cinco minutos, algumas até menos. Harry não podia se dar ao luxo de desperdiçar um minuto sequer do seu tempo.

— Bradshaw — disse o guarda e abriu a porta. Pôs-se de lado enquanto Harry entrava no gabinete do diretor.

Harry decidiu não se aproximar demais do sr. Swanson e ficou a vários passos de sua grande mesa com o topo forrado de couro. Embora o diretor estivesse sentado, Harry pôde ver que ele não conseguia fechar o botão central do seu paletó esporte. Seus cabelos haviam sido tingidos de preto na tentativa de fazer com que parecesse mais jovem, mas só o tornavam ligeiramente ridículo. *O que Bruto diz da vaidade de César? Ofereça-lhe guirlandas e o elogie como se fosse um deus, e essa será sua derrocada.*

Swanson abriu o dossiê de Bradshaw e o estudou por alguns instantes antes de levantar a cabeça e olhar para Harry.

— Vejo que você foi condenado a seis anos por deserção. Nunca me deparei com isso antes — admitiu.

— Sim, senhor — Harry disse, não querendo desperdiçar nem um segundo do seu precioso tempo.

— Não se dê ao trabalho de me dizer que é inocente porque só um em mil realmente é; portanto, as chances estão contra você — Swanson continuou e Harry teve de sorrir. — Mas se você mantiver seu nariz limpo — Harry pensou nas latrinas — e não causar nenhum problema, não vejo por que você teria de cumprir todos os seis anos.

— Obrigado, senhor.

— Algum interesse especial? — Swanson perguntou com ar de quem não estava minimamente interessado.

— Leitura, apreciação das artes e canto coral, senhor.

O diretor lançou um olhar incrédulo para Harry sem saber se o detento estava gozando da sua cara. Apontou para um quadro pendurado na parede atrás da escrivaninha e perguntou:

— Sabe me dizer qual é a próxima linha?

Harry estudou o tecido bordado: *Ergo os olhos para as montanhas.* Agradeceu silenciosamente à srta. Eleanor E. Monday e as horas passadas nos ensaios do seu coro.

— De onde virá meu socorro, disse o Senhor. Salmo 121.

O diretor sorriu.

— Diga-me, Bradshaw, quais são seus autores favoritos?

— Shakespeare, Dickens, Austen, Trollope e Thomas Hardy.

— Nenhum dos nossos conterrâneos é suficientemente bom?

Harry queria dizer um palavrão em voz alta por ter cometido um erro tão óbvio. Olhou para a estante semicheia do diretor.

— Claro — disse. — Considero F. Scott Fitzgerald, Hemingway e O. Henry do mesmo nível de todos os outros, e, na minha opinião, Steinbeck é o melhor escritor americano moderno.

Ele esperava ter pronunciado o nome corretamente. Ia sem falta ler *Ratos e Homens* antes de cruzar novamente com o diretor.

O sorriso voltou aos lábios de Swanson.

— Para que tarefa o sr. Hessler o designou? — perguntou.

— Faxineiro da ala, mas eu gostaria de trabalhar na biblioteca, senhor.

— É mesmo? — disse o diretor. — Então, vou precisar verificar se há uma vaga.

Fez uma anotação no bloco à sua frente.

— Obrigado, senhor.

— Se houver, você será informado mais tarde hoje — disse o diretor enquanto fechava o dossiê.

— Obrigado, senhor — Harry repetiu.

Saiu rapidamente, ciente de que havia demorado mais do que os cinco minutos a ele destinados.

Quando já estava no corredor, o guarda do turno o escoltou de vota à ala. Harry agradeceu por Hessler não estar à vista e pelos faxineiros já terem ido para o segundo andar quando ele voltou a se unir ao grupo.

Muito antes de a sirene soar indicando o almoço, Harry já estava exausto. Entrou na fila da comida e viu que Quinn já estava instalado atrás do balcão servindo os outros detentos. Grandes porções de batatas e carne cozida demais foram jogadas no prato de Harry. Ele se sentou sozinho na longa mesa e ciscou a comida. Temia que, se Hessler reaparecesse de tarde, ele fosse despachado de volta para as latrinas, assim como o seu almoço.

Hessler não estava de serviço quando Harry se reapresentou para o trabalho, e um guarda diferente pôs outro primário para limpar as latrinas. Harry passou a tarde varrendo corredores e esvaziando latas de lixo. Seu único pensamento era se o diretor dera ordem para remanejá-lo para a biblioteca. Se não, Harry seria obrigado a torcer por um trabalho na cozinha.

Quando Quinn voltou à cela para o jantar, a expressão em seu rosto não deixou dúvidas de que Harry não se juntaria a ele.

— Havia uma vaga disponível para lavador de pratos.

— Eu aceito.

— Mas quando o sr. Siddell indicou seu nome, Hessler o vetou. Disse que você teria de ficar pelo menos três meses como faxineiro da ala antes que ele pensasse em uma transferência para uma função na cozinha.

— Qual é o problema daquele homem? — perguntou Harry desesperado.

— Correm boatos de que ele se alistou na Marinha, mas foi reprovado no exame e teve de se contentar com o serviço na penitenciária. Portanto, o tenente Bradshaw tem de sofrer as consequências.

4

Harry passou os vinte e nove dias seguintes limpando as latrinas da ala A e foi só quando um outro primário apareceu na ala que Hessler finalmente o liberou de suas tarefas e começou a infernizar a vida de outra pessoa.

— Aquele maldito é um psicopata — disse Quinn. — Siddell ainda está disposto a oferecer a você um trabalho na cozinha, mas Hessler o vetou — acrescentou, mas Harry não comentou. — Mas a notícia não é de todo ruim porque acabei de ouvir que Andy Savatori, o bibliotecário assistente, ganhou a condicional. Ele deve ser libertado no próximo mês e, melhor ainda, mais ninguém parece estar interessado pelo trabalho.

— Deakins estaria — disse Harry baixinho. — Então, o que preciso fazer para ter certeza de que vou consegui-lo?

— Nada. Na verdade, tente dar a impressão de que você não está muito interessado e fique longe de Hessler porque sabemos que o diretor está do seu lado.

O mês seguinte se arrastou, cada dia parecia mais longo do que o anterior. Harry visitava a biblioteca todas as terças, quintas e domingos entre seis e sete horas, mas Max Lloyd, o bibliotecário-chefe, não dava motivo para ele acreditar que seria levado em consideração para a vaga. Savatori, seu assistente, continuava de bico fechado, embora obviamente soubesse de algo.

— Acho que Lloyd não quer que eu seja seu assistente — disse Harry depois que as luzes foram apagadas uma noite.

— A opinião de Lloyd não vai ser levada em consideração — disse Quinn. — A decisão é do diretor.

Mas Harry não estava convencido.

— Acho que Hessler e Lloyd estão mancomunados para que eu não consiga a vaga.
— Você está ficando para... qual é mesmo a palavra? — disse Quinn.
— Paranoico.
— Isso, é isso mesmo que você está ficando, embora eu não saiba o que significa.
— Sofrendo de suspeitas infundadas — disse Harry.
— Eu não poderia ter explicado melhor!

Harry não estava convencido de que suas suspeitas fossem infundadas e, uma semana mais tarde, Savatori o puxou para um canto e confirmou seus piores temores.

— Hessler indicou três detentos para que o diretor avalie, e seu nome não está na lista.

— Então, está tudo acabado — disse Harry batendo na lateral da perna. — Serei faxineiro da ala pelo resto dos meus dias.

— Não necessariamente — argumentou Savatori. — Venha me visitar na véspera da minha dispensa.

— Mas aí já vai ser tarde demais.

— Acho que não — disse Savatori sem explicar. — Enquanto isso, estude minuciosamente cada página disto aqui — e entregou a Harry um tomo pesado e encadernado em couro que raramente saía da biblioteca.

Harry sentou-se na cama superior do beliche e abriu a capa do manual da prisão com suas 273 páginas. Antes de ter chegado à página 6 começou a fazer anotações. Muito antes de começar a ler o livro uma segunda vez, um plano começara a se formar em sua mente.

Ele sabia que a escolha dos momentos seria crítica e que os dois atos teriam de ser ensaiados, especialmente porque ele estaria no palco quando a cortina subisse. Aceitou que só poderia prosseguir com seu plano depois que Savatori tivesse sido libertado, apesar de, até lá, um novo bibliotecário já ter sido nomeado.

Quando Harry realizou um ensaio detalhado na privacidade da cela, Quinn disse que ele não era apenas paranoico, mas também maluco, pois certamente sua segunda apresentação seria na solitária.

O diretor fazia sua ronda mensal de cada ala em uma segunda-feira pela manhã. Então, Harry sabia que teria de esperar três semanas após Savatori ter sido libertado para que ele reaparecesse na ala A. Swanson sempre percorria o mesmo itinerário, e os prisioneiros que davam valor à própria pele sabiam que deviam sumir assim que ele aparecia.

Quando Swanson chegou ao último andar da ala A naquela manhã de segunda-feira, Harry estava esperando para cumprimentá-lo com um esfregão nas mãos. Hessler apareceu atrás do diretor e balançou seu cassetete para indicar que, se Bradshaw dava valor à própria vida, devia se afastar. Harry não se mexeu, deixando o diretor sem opção a não ser parar.

— Bom dia, diretor — disse Harry, como se eles se esbarrassem regularmente.

Swanson ficou surpreso por estar cara a cara com um prisioneiro em sua ronda e mais ainda quando o tal prisioneiro se dirigiu a ele. Olhou mais atentamente para Harry.

— Bradshaw, não é mesmo?

— O senhor tem boa memória.

— Também me lembro do seu interesse por literatura. Fiquei surpreso quando você recusou o trabalho de bibliotecário assistente.

— Nunca me ofereceram essa vaga — disse Harry. — Se tivessem me oferecido, eu teria aceitado de bom grado — acrescentou, causando surpresa no diretor.

Virando-se para Hessler, Swanson disse:

— Você me disse que Bradshaw não quis a vaga.

Harry falou antes que Hessler pudesse reagir.

— Provavelmente foi culpa minha, senhor. Eu não percebi que precisava ter me inscrito para obter a vaga.

— Entendo — disse o diretor. — Bem, isso explicaria tudo. E posso dizer, Bradshaw, que o novo encarregado não sabe a diferença entre Platão e Plutão.

Harry começou a rir. Hessler permaneceu de bico calado.

— Boa analogia, senhor — disse Harry enquanto o diretor tentava prosseguir. Mas Harry não havia terminado. Quando tirou da jaqueta um envelope e o entregou ao diretor, achou que Hessler fosse explodir.

— O que é isso? — Swanson perguntou desconfiado.

— Uma solicitação oficial para me dirigir ao conselho em sua visita trimestral à prisão na próxima terça-feira, minha prerrogativa de acordo com o artigo 32 do Código Penal. Enviei uma cópia da solicitação ao meu advogado, o sr. Sefton Jelks.

Pela primeira vez, o diretor pareceu ansioso. Hessler mal conseguia se conter.

— Você vai fazer uma reclamação? — perguntou cautelosamente o diretor.

Harry olhou direto para Hessler antes de responder.

— De acordo com o artigo 116, é meu direito não revelar a nenhum membro da prisão o motivo pelo qual desejo me dirigir ao conselho, como o senhor certamente sabe, diretor.

— Sim, claro, Bradshaw — disse o diretor com ar agitado.

— Mas é minha intenção, dentre outras coisas, informar ao conselho a importância que o senhor atribui à inclusão da literatura e da religião em nossa vida cotidiana.

Harry deu um passo para o lado a fim de deixar que o diretor seguisse em frente.

— Obrigado, Bradshaw — ele disse. — Muito gentil.

— Vejo você mais tarde, Bradshaw — sibilou Hessler baixinho.

— Aguardo ansioso — disse Harry, alto o suficiente para que o sr. Swanson ouvisse.

O confronto de Harry com o diretor foi o principal assunto de conversa entre os prisioneiros na fila do jantar e, quando Quinn voltou da cozinha mais tarde naquela noite, avisou a Harry que o boato que corria na ala era que Hessler o mataria assim que as luzes fossem apagadas.

— Duvido — disse Harry calmamente. — Sabe, o problema de ser valentão é que, do outro lado dessa mesma moeda, você encontra a marca de um covarde.

Quinn não parecia convencido.

Harry não precisou esperar muito para provar seu argumento. Logo depois que as luzes foram apagadas, a porta da cela se abriu e Hessler entrou balançando seu cassetete.

— Quinn, saia — disse ele sem tirar os olhos de Harry.

Depois que o irlandês saiu apressado para o corredor, Hessler fechou a porta da cela e disse:

— Fiquei esperando por isto o dia inteiro, Bradshaw. Você está prestes a descobrir quantos ossos tem seu corpo.

— Acho que não, sr. Hessler — Harry disse sem mexer um músculo.

— E o que você acha que vai salvá-lo? — perguntou Hessler enquanto avançava. — O diretor não está por perto para salvar você desta vez.

— Não preciso do diretor — respondeu Harry. — Não enquanto você estiver sendo avaliado para uma promoção — acrescentou encarando Hessler. — Estou sabendo de fonte segura que você vai se apresentar perante o conselho na próxima terça-feira às duas da tarde.

— E daí? — disse Hessler, a menos de trinta centímetros de distância.

— Você certamente se esqueceu de que *eu* vou me dirigir ao conselho às dez da manhã do mesmo dia. Um ou dois deles podem ficar curiosos para descobrir por que tantos ossos do meu corpo foram quebrados depois de eu ter ousado falar com o diretor.

Hessler baixou o cassetete com força na lateral do beliche, a centímetros de distância do rosto de Bradshaw, mas Harry não se mexeu.

— Claro — continuou Harry —, é possível que você queira permanecer como guarda de ala pelo resto da vida, mas eu duvido. Nem mesmo você pode ser tão idiota a ponto de arruinar sua única chance de promoção.

Hessler levantou o cassetete outra vez, mas hesitou quando Harry tirou um caderno grosso debaixo do travesseiro.

— Fiz uma extensa lista de regras que você violou nos últimos meses, sr. Hessler, algumas delas em várias ocasiões. Tenho certeza de que o conselho terá interesse em lê-la. Esta noite vou acrescentar mais duas indiscrições: ficar a sós com um prisioneiro em uma cela com a porta fechada, artigo 419, e fazer ameaças físicas quando o prisioneiro não tem como se defender, artigo 512 — recitou, e Hessler deu um passo para trás. — Mas sem dúvida o que mais influenciará a avaliação do conselho em relação à sua promoção será o motivo pelo qual você teve de deixar a Marinha tão rapidamente — ameaçou e Hessler empalideceu. — Certamente não foi porque você foi reprovado no exame para oficial.

— Quem alcaguetou? — perguntou Hessler, suas palavras não mais do que um sussurro.

— Um dos seus ex-colegas de navio que, infelizmente, veio parar aqui. Você o calou dando a ele a posição de bibliotecário assistente. Eu não espero menos do que isso.

Harry entregou o trabalho realizado no último mês a Hessler, fazendo uma pausa para que ele absorvesse aquela última informação antes de acrescentar:

— Vou ficar de boca fechada até o dia em que for libertado, a menos, é claro, que você me dê algum motivo para mudar de opinião. E, se você encostar um dedo que seja em mim, farei com que você seja expulso do serviço carcerário mais rápido do que foi exonerado da Marinha. Fui claro?

Hessler anuiu, mas não falou.

— Além disso, se você decidir implicar com algum outro pobre primário, o trato estará desfeito. Agora, caia fora da minha cela.

5

Quando Lloyd se levantou para cumprimentá-lo às nove horas da sua primeira manhã como bibliotecário assistente, Harry percebeu que, até então, só o tinha visto sentado. Lloyd era mais alto do que Harry esperava, tinha bem mais do que um metro e oitenta. Apesar da insalubre comida da prisão, ele tinha uma silhueta enxuta e era um dos poucos prisioneiros que se barbeava todas as manhãs. Com seus cabelos corvinos penteados para trás, parecia mais um ídolo das matinês que estava envelhecendo do que um homem que estava cumprindo uma pena de cinco anos por estelionato. Quinn não conhecia os detalhes do crime dele, o que significava que ninguém além do diretor conhecia a história por inteiro. E a regra na cadeia era simples: se um prisioneiro não revelasse por que estava ali, você não perguntaria.

Lloyd explicou a Harry a rotina diária que o novo bibliotecário assistente já havia dominado ao descer para o jantar naquela mesma noite. Durante os dias seguintes, ele continuou a crivar Lloyd de perguntas sobre questões, como a recuperação de livros atrasados, multas e convites, para que os prisioneiros doassem seus próprios livros à biblioteca quando fossem libertados, algo que Lloyd nem havia considerado. A maioria das respostas do bibliotecário era monossilábica. Então, Harry finalmente permitiu que ele voltasse à sua posição de descanso atrás da escrivaninha, escondido por uma cópia do *New York Times*.

Embora houvesse cerca de mil prisioneiros trancafiados em Lavenham, menos de 10% deles sabiam ler e escrever, e nem todos os que sabiam se davam ao trabalho de visitar a biblioteca em uma terça, quinta ou domingo.

Harry logo descobriu que Max Lloyd era preguiçoso e desonesto. Ele parecia não se importar com as iniciativas imaginadas pelo seu novo assistente, desde que não envolvessem trabalho extra.

A principal tarefa de Lloyd parecia ser manter uma jarra de café pronta, caso um guarda aparecesse. Depois que o exemplar do *New York Times* do dia anterior era descartado pelo diretor e entregue à biblioteca, Lloyd se instalava atrás da sua escrivaninha pelo resto da manhã. Primeiro, ele lia as resenhas dos livros e, quando terminava, voltava a atenção para os classificados, seguidos das notícias e, por fim, do caderno esportivo. Depois do almoço começava a fazer as palavras cruzadas que Harry completava na manhã seguinte.

Quando chegava a Harry, o jornal já passava de dois dias. Ele sempre começava pelas páginas das notícias internacionais, pois queria descobrir como a guerra na Europa estava progredindo. Foi assim que soube da invasão da França e também que Neville Chamberlain havia renunciado como primeiro-ministro e que Winston Churchill o sucedera. Ele não era uma unanimidade, mas Harry nunca esqueceria o discurso de Churchill ao entregar os prêmios na Bristol Grammar School e que não tinha dúvida de que a Grã-Bretanha estava sendo liderada pelo homem certo. Harry várias vezes amaldiçoava o fato de ser bibliotecário assistente em uma prisão americana, e não um oficial da Marinha Real.

Durante a última hora do dia, quando nem mesmo ele conseguia encontrar algo para fazer, Harry atualizava seu diário.

Harry demorou pouco mais de um mês para reorganizar todos os livros nas categorias certas: primeiro, ficção; depois, não ficção. Durante o segundo mês, ele os separou de acordo com uma classificação ainda mais específica para que os prisioneiros não precisassem perder tempo procurando os únicos três livros sobre marcenaria que havia nas prateleiras. Explicou a Lloyd que, quando o assunto era não ficção, a categoria era mais importante do que o nome do autor. Lloyd deu de ombros.

Nas manhãs de domingo, Harry empurrava o carrinho da biblioteca pelas quatro alas, recuperando livros com empréstimo vencido, dos quais alguns estavam atrasados havia mais de um ano. Ele esperava que alguns dos veteranos da ala D fossem ficar chateados ou até mesmo ofendidos por causa da intrusão, mas todos eles queriam conhecer o homem que fizera Hessler ser transferido para Pierpoint.

Depois da entrevista com o conselho, Hessler recebeu a oferta de um alto posto em Pierpoint e aceitou a promoção, já que ficava mais perto da sua cidade. Embora Harry nunca houvesse sugerido que teve algo a ver com a transferência de Hessler, essa não foi a história que Quinn espalhou de orelha em orelha até se tornar uma lenda.

Durante suas rondas pelas alas em busca de livros faltantes, Harry muitas vezes ouvia anedotas que eram registradas no seu diário à noite.

O diretor aparecia ocasionalmente na biblioteca, sobretudo porque Harry, ao se apresentar diante do conselho, descreveu a postura do sr. Swanson em relação à educação dos detentos como ousada, criativa e visionária. Era incrível a quantidade de elogios imerecidos que o diretor estava disposto a aceitar.

Depois de seus primeiros três meses, os empréstimos aumentaram 14%. Quando Harry perguntou ao diretor se podia instigar uma aula noturna de leitura, Swanson hesitou por um instante, mas cedeu quando Harry repetiu as palavras *ousada, criativa* e *visionária*.

Apenas três prisioneiros assistiram à primeira aula de Harry, e um deles era Pat Quinn, que já sabia ler e escrever. Mas, no final do mês seguinte, a turma havia crescido e contava com dezesseis alunos, mas vários deles fariam qualquer coisa para sair das celas durante uma hora à noite. Todavia, Harry conseguiu uma ou duas vitórias notáveis dentre os prisioneiros jovens e sempre lembrava que o fato de não ter frequentado a escola "certa", ou simplesmente uma escola, não significava que você era burro, e vice-versa. Quinn era um exemplo.

Apesar da atividade extra, Harry descobriu que ainda tinha tempo à disposição. Então, estipulou para si mesmo a tarefa de ler dois novos livros por semana. Depois de ter terminado os poucos clássicos americanos da biblioteca, voltou-se para os livros policiais, disparados os mais populares entre os detentos, ocupando sete das dezenove prateleiras da biblioteca.

Harry sempre gostou de Conan Doyle e estava ansioso para se dedicar a seus rivais americanos. Começou com *Divórcio sangrento*, de Erle Stanley Gardner, antes de passar para *O sono eterno*, de Raymond Chandler. Sentia-se um pouco culpado de gostar tanto daqueles livros. O que o sr. Holcombe pensaria?

Durante a última hora antes de a biblioteca fechar, Harry continuava a atualizar seu diário. Uma tarde, surpreendeu-se quando Lloyd, tendo terminado o jornal, perguntou se podia lê-lo. Harry sabia que Lloyd havia sido um agente literário em Nova York e que foi por isso que conseguiu o trabalho na biblioteca. Às vezes, ele citava os nomes dos escritores que havia representado, em sua maioria desconhecidos para Harry. Lloyd só falou de como tinha ido parar em Lavenham em uma ocasião, olhando para a porta para ter certeza de que ninguém o ouviria por acaso.

— Um pouco de azar — Lloyd explicou. — Investi de boa-fé dinheiro dos meus clientes na Bolsa de Valores e, quando as coisas não saíram como previsto, paguei o pato.

Quando Harry repetiu a história aquela noite, Quinn virou os olhos para o céu.

— É mais fácil que ele tenha gastado o dinheiro em cavalos lentos em mulheres rápidas.

— Então, por que ele daria tantos detalhes — perguntou Harry — se nunca contou a ninguém o motivo para estar aqui?

— Às vezes, você é muito ingênuo — disse Quinn. — Com você como mensageiro, Lloyd sabe que a chance de acreditarmos em sua história é muito maior. Só trate de nunca fazer trato algum com esse cara porque ele tem seis dedos em cada mão — uma expressão de batedores de carteira que Harry registrou no diário naquela noite. Mas não deu muita importância ao conselho de Quinn, em parte porque não conseguia imaginar circunstância alguma em que faria um trato com Max Lloyd, a não ser para decidir de quem era a vez de servir café quando o diretor aparecia.

No final do primeiro ano em Lavenham, Harry havia preenchido três cadernos com as suas observações a respeito da vida na prisão, e só podia imaginar quantas outras páginas daquela crônica diária conseguiria escrever antes de ter cumprido sua pena.

Ficou surpreso com o entusiasmo de Lloyd, sempre querendo ler o episódio seguinte. O bibliotecário até sugeriu que talvez pudesse mostrar o trabalho de Harry a um editor. Harry riu.

— Não consigo imaginar alguém demonstrando interesse pelas minhas divagações.

— Você pode se surpreender — disse Lloyd.

EMMA BARRINGTON

1939-1941

6

— Sebastian Arthur Clifton — disse Emma, entregando a criança adormecida à avó.

Maisie sorriu enquanto segurava o neto nos braços pela primeira vez.

— Não me deixaram vir visitá-la antes que eu fosse despachada para a Escócia — disse Emma, sem tentar esconder seu desdém. — Por isso liguei no momento em que voltei a Bristol.

— Foi gentileza sua — disse Maisie, enquanto olhava fixamente para o menininho, tentando se convencer de que Sebastian herdara os cabelos louros e os olhos azul-claros do seu marido.

Emma sentou-se à mesa da cozinha, sorriu e tomou um gole de chá: Earl Grey, era típico de Maisie se lembrar. E sanduíches de pepino e salmão, os favoritos de Harry, o que deve ter esgotado sua caderneta de ração. Ao observar o cômodo, seus olhos se fixaram na prateleira em cima da lareira, onde ela viu uma fotografia sépia de um soldado raso na Primeira Guerra. Como Emma gostaria de ver o tom dos seus cabelos, escondidos sob o capacete, ou até a cor de seus olhos! Será que eram azuis, como os de Harry, ou castanhos, como os dela? Arthur Clifton era uma bela figura em sua farda do Exército. O queixo quadrado e o olhar resoluto mostravam a Emma que ele se orgulhara de servir a seu país. O olhar de Emma se deslocou para uma foto mais recente de Harry cantando no coro da escola St. Bede's, pouco antes de sua voz mudar, e ao lado dela, apoiado na parede, estava um envelope com a inconfundível caligrafia de Harry. Emma deduziu que era a última carta que ele havia escrito para a mãe antes de morrer. Ficou se perguntando se Maisie permitiria que ela a lesse. Levantou-se, foi até a lareira e ficou surpresa ao descobrir que o envelope não fora aberto.

— Fiquei muito triste ao ouvir que você teve de deixar Oxford — Maisie se arriscou a dizer quando viu Emma fixando o envelope.

— Entre continuar os estudos e ter o filho de Harry, a decisão era clara — disse Emma, seus olhos ainda fixos na carta.

— E Sir Walter me disse que seu irmão Giles se alistou no regimento Wessex, mas infelizmente foi...

— Vejo que a senhora recebeu uma carta de Harry — atalhou Emma, incapaz de se conter.

— Não, não é de Harry — disse Maisie. — É de um tal tenente Bradshaw que serviu com ele no SS *Devonian*.

— O que o tenente Bradshaw tem a dizer? — perguntou Emma, ciente de que o envelope não fora aberto.

— Não faço ideia — respondeu Maisie. — Um tal dr. Wallace a entregou para mim e disse que era uma carta de condolências. Achei que não precisava de mais nada que me lembrasse a morte de Harry. Então, nunca a abri.

— Mas não é possível que essa carta esclareça o que aconteceu com o *Devonian*?

— Duvido — Maisie respondeu. — Afinal de contas, eles só se conheceram por alguns dias.

— Gostaria que eu lesse a carta para a senhora? — Emma perguntou, ciente de que Maisie poderia ficar envergonhada por ter de admitir que não sabia ler.

— Não, obrigada, minha querida — Maisie respondeu. — Afinal, isso não vai trazer Harry de volta, não é mesmo?

— Concordo — disse Emma —, mas talvez a senhora me permita lê-la para pôr meu coração em paz.

— Com os alemães atacando as docas à noite — disse Maisie — espero que a Barrington's não tenha sido muito afetada.

— Escapamos de um disparo direto — confirmou Emma, relutando em aceitar que não receberia permissão para ler a carta. — Imagine, acho que nem os alemães ousariam jogar uma bomba no vovô.

Maisie riu e, por um instante, Emma pensou em pegar o envelope e abri-lo antes que Maisie pudesse detê-la. Mas Harry nunca teria aprovado algo assim. Se Maisie saísse do aposento, mesmo que só por um instante, Emma usaria o vapor da chaleira em ebulição para abrir o envelope, verificar a assinatura e pôr novamente a carta em seu devido lugar antes que ela voltasse.

Mas era quase como se Maisie pudesse ler seus pensamentos, pois ficou ao lado da lareira e não arredou pé.

— Vovô me disse que devo parabenizá-la — Emma disse, ainda se recusando a desistir.

Maisie corou e começou a conversar sobre seu novo cargo no Grand Hotel. Os olhos de Emma continuaram a se fixar no envelope. Inspecionou cuidadosamente o M, o C, o S, o H e o I no endereço, sabendo que teria de guardar a imagem daquelas letras em sua mente, como uma fotografia, até voltar a Manor House. Quando Maisie devolveu o pequeno Sebastian à mãe, explicando que, infelizmente, precisava voltar ao trabalho, Emma, relutante, se levantou, mas não antes de dar uma última olhada no envelope.

No caminho de volta a Manor House, Emma tentou manter a imagem da caligrafia em sua mente, grata por Sebastian ter adormecido profundamente. Assim que o carro parou na alameda de cascalho diante dos degraus da entrada, Hudson abriu a porta traseira para que Emma saltasse e carregasse o filho para dentro de casa. Ela o levou direto para o quarto das crianças, onde a babá Barrington os estava esperando. Para surpresa da babá, Emma deu um beijo na testa do menino e saiu sem dizer uma só palavra.

Quando chegou ao quarto, Emma destrancou a gaveta central da escrivaninha e tirou uma pilha de cartas que Harry havia escrito para ela ao longo dos anos.

A primeira coisa que verificou foi o H maiúsculo da assinatura de Harry, muito simples e inclinado, exatamente como o H em Still House Lane, no envelope fechado de Maisie. Aquilo lhe deu confiança para prosseguir em sua investigação. Em seguida, procurou um C maiúsculo e acabou encontrando um, além de um M maiúsculo também, nos votos de Muitas Conquistas em um cartão de Ano-Novo. Harry certamente deve estar vivo, ela continuava a repetir em voz alta.

Encontrar um Bristol foi fácil, mas Inglaterra foi mais difícil, até ela se deparar com uma carta que ele havia escrito na Itália, quando os dois ainda estavam na escola. Emma demorou mais de uma hora para recortar com cuidado as 42 letras e dois números antes de conseguir reproduzir o endereço no envelope.

Sra. M. Clifton
27 Still House Lane
Bristol
Inglaterra

Emma caiu exausta na cama. Não fazia ideia de quem fosse Thomas Bradshaw, mas uma coisa era certa: a carta fechada sobre a lareira de Maisie havia sido escrita por Harry e, por algum motivo pessoal, ele não queria que ela soubesse que ele ainda estava vivo. Emma ficou pensando se ele teria agido diferente se soubesse que ela engravidara do seu filho antes de partir naquela fatídica viagem.

Emma estava desesperada para contar à mãe, ao avô e, é claro, à Maisie, a notícia de que Harry talvez não estivesse morto, mas percebeu que teria de ficar em silêncio até obter uma prova mais conclusiva do que uma carta fechada. Um plano começou a se delinear em sua mente.

Emma não desceu para o jantar naquela noite, mas ficou no quarto e continuou a analisar por que Harry queria que todos, exceto a mãe, acreditassem que ele havia morrido naquela noite.

Quando foi para a cama, pouco antes da meia-noite, ela só conseguia deduzir que deveria ser por algo que ele considerava uma questão de honra. Talvez Harry imaginasse, pobre homem tolo e desiludido, que assim ela estaria livre de qualquer obrigação em relação a ele. Será que ele não percebia que, desde o primeiro momento em que ela, aos 10 anos de idade, o viu na festa de aniversário do irmão, não haveria outro homem em sua vida?

A família de Emma ficou felicíssima quando ela e Harry ficaram noivos oito anos mais tarde, com exceção do pai, que vivia uma mentira havia muito tempo, uma mentira que só foi revelada no dia do casamento. Os dois estavam em pé no altar, prestes a fazer os votos, quando o Velho Jack encerrou a cerimônia de maneira improvisada e inesperada. A revelação de que o pai de Emma talvez fosse também o pai de Harry não a fez, nem nunca a faria, parar de amá-lo. Ninguém ficou surpreso por Harry ter se comportado como um cavalheiro, ao passo que o pai de Emma não desmentiu o próprio caráter e se comportou como um calhorda. Um deles ficou lá e encarou as consequências enquanto o outro escapuliu pela porta dos fundos da sacristia e, desde então, nunca mais foi visto.

Harry havia deixado claro, muito antes de pedir Emma em casamento, que, se a guerra fosse declarada, ele não hesitaria em deixar Oxford e se alistar na Marinha Real. Na melhor das conjunturas, ele era um homem teimoso, e aquela era a pior. Emma percebeu que não adiantava tentar dissuadi-lo, pois nada que ela pudesse dizer ou fazer o teria convencido a mudar de ideia. Ele também a alertou de que não pensaria em voltar a Oxford a menos que os alemães se rendessem.

Emma também deixou Oxford antes do tempo, mas, ao contrário de Harry, ela não teve escolha. Para ela, não haveria chance de retorno. Gravidez era algo desaprovado em Sommerville, ainda mais quando a moça não era casada com o pai da criança. A decisão deve ter partido o coração da sua mãe. Elizabeth Barrington quis muito que a filha obtivesse as honras acadêmicas que lhe foram negadas única e exclusivamente por causa do seu sexo. Um lampejo de esperança surgiu no horizonte um ano mais tarde, quando Grace, a irmã caçula de Emma, ganhou uma bolsa de estudo para o Girton College, em Cambridge, e, desde o primeiro dia em que chegou naquele templo do saber, destacou-se mais do que os homens mais inteligentes.

Quando a gravidez ficou bem evidente, Emma foi despachada para a propriedade do avô na Escócia para dar à luz o filho de Harry.

Os Barrington não produziam prole ilegítima, pelo menos não em Bristol. Sebastian já estava engatinhando pelo castelo quando a filha pródiga recebeu permissão para voltar a Manor House. Elizabeth queria que eles tivessem ficado em Mulgelrie até o fim da guerra, mas Emma já estava farta de ficar escondida em um remoto castelo escocês.

Uma das primeiras pessoas que ela visitou após voltar a West Country foi o avô, Sir Walter Barrington. Foi ele que contou que Harry havia se juntado à tripulação do SS *Devonian* e planejado voltar a Bristol dali a um mês com a intenção de se alistar como marinheiro raso no HMS *Resolution*. Harry nunca voltou, e seis semanas se passaram antes que ela soubesse que seu amante havia sido enterrado no mar.

Sir Walter fez questão de visitar cada um dos parentes e comunicar a trágica notícia. Começou pela sra. Clifton, embora soubesse que ela já tomara conhecimento do que havia acontecido por meio do dr. Wallace, que lhe entregou a carta de Thomas Bradshaw. Em seguida, ele viajou até a Escócia para dar a notícia a Emma. Sir Walter ficou surpreso por sua neta não ter derramado uma lágrima sequer, mas, a bem da verdade, Emma simplesmente se recusou a aceitar que Harry estava morto.

Após ter voltado a Bristol, Sir Walter visitou Giles e contou a ele a notícia. O amigo mais próximo de Harry mergulhou em um silêncio desolado e não havia nada que alguém da família pudesse dizer para consolá-lo. Quando ouviram a notícia da morte de Harry, Lord e Lady Harvey foram estoicos. Uma semana mais tarde, quando a família foi à cerimônia em memória do capitão Jack Tarrant na Bristol Grammar School, Lord Harvey observou que estava feliz pelo Velho Jack nunca ter sabido o que acontecera ao seu protegido.

A única pessoa da família que Sir Walter se recusou a visitar foi seu filho Hugo. Deu a desculpa de que não sabia como entrar em contato com ele, mas, quando Emma voltou a Bristol, Sir Walter admitiu para ela que, mesmo que soubesse, não teria se dado ao trabalho, e acrescentou que o pai dela provavelmente era a única pessoa que ficaria feliz com a morte de Harry. Emma não disse nada, mas não duvidou de que o avô tivesse razão.

Durante vários dias após a visita a Maisie em Still House Lane, Emma passou horas sozinha em seu quarto, avaliando infinitamente o que faria com a sua recente descoberta. Concluiu que não havia esperança de descobrir o conteúdo da carta que estava apoiada sobre a lareira havia mais de um ano sem prejudicar seu relacionamento com Maisie. No entanto, resolveu não apenas provar a todo o mundo que Harry ainda estava vivo, mas também encontrá-lo, onde quer que ele estivesse. Com isso em mente, ela marcou outro encontro com o avô. Afinal de contas, Sir Walter Barrington era a única pessoa além de Maisie que havia se encontrado com o dr. Wallace; portanto, era sem dúvida sua melhor chance de desvendar o mistério de quem exatamente era Tom Bradshaw.

7

Uma ideia que o avô incutiu em Emma desde a mais tenra idade era nunca se atrasar para um compromisso. Isso causa a impressão errada, ele disse à neta; quer dizer, se você quiser ser levada a sério.

Com isso em mente, Emma deixou Manor House às 9h25 naquela manhã e o carro atravessou o portão do estaleiro Barrington's exatamente quando faltavam oito minutos para as dez. Quando ela pôs os pés fora do elevador no quinto andar e atravessou o corredor até o escritório do presidente, faltavam dois minutos para as dez.

A secretária de Sir Walter, a srta. Beale, abriu a porta do escritório quando o relógio sobre a lareira do chefe começou a soar dez horas. O presidente sorriu, levantou-se de trás da mesa e atravessou a sala para cumprimentar Emma com um beijo em cada lado do rosto.

— E como vai minha neta favorita? — ele perguntou enquanto a guiava até uma confortável cadeira próxima ao fogo.

— Grace está ótima, vovô — disse Emma. — Saindo-se brilhantemente em Cambridge, pelo que me disseram, e manda beijos.

— Não seja impertinente comigo, mocinha — ele disse, retribuindo o sorriso da neta. — E Sebastian, meu bisneto favorito, como ele anda?

— Seu único bisneto — Emma lembrou enquanto se instalava em uma macia poltrona de couro.

— Como você não o trouxe consigo, deduzo que tenha algo importante a discutir.

Os preâmbulos foram assim encerrados. Emma sabia que Sir Walter tinha alocado um certo tempo ao encontro. A srta. Beale uma vez disse que, aos visitantes, eram concedidos quinze minutos, trinta minutos ou uma hora, dependendo da importância que Sir Walter lhes atribuía. Os parentes não estavam excluídos de tal regra, exceto aos domingos. Emma tinha várias perguntas que precisavam de resposta; portanto, esperava que o avô tivesse reservado a ela pelo menos meia hora.

Ela se recostou e tentou relaxar porque não queria que o avô deduzisse o verdadeiro motivo da sua visita.

— O senhor se lembra de quando gentilmente foi à Escócia — iniciou — para me informar que Harry havia morrido no mar? Receio que eu tenha ficado tão chocada que não assimilei tudo. Então, gostaria que o senhor me falasse um pouco mais dos últimos dias da vida dele.

— Claro, minha querida — disse Sir Walter compreensivamente. — Tomara que minha memória não me falhe. Há algo específico que você gostaria de saber?

— O senhor me disse que Harry se alistou como quarto oficial no *Devonian* após chegar de Oxford.

— Exato. Foi meu velho amigo, o capitão Havens, que tornou isso possível, e ele foi um dos poucos sobreviventes da tragédia. Quando o visitei recentemente, ele não poderia ter falado com mais carinho de Harry. Descreveu-o como um jovem corajoso, que não apenas o salvou após o navio ter sido atingido por um torpedo, mas que também sacrificou a própria vida ao tentar resgatar o engenheiro-chefe.

— O capitão Havens também foi resgatado pelo *Kansas Star*?

— Não, por um outro navio que estava nas proximidades; portanto, infelizmente, ele nunca mais viu Harry.

— Então, ele não presenciou o enterro de Harry no mar?

— Não, o único tripulante do *Devonian* que estava presente quando Harry morreu era um americano chamado Thomas Bradshaw.

— O senhor me disse que um tal dr. Wallace entregou uma carta do tenente Bradshaw à sra. Clifton.

— Correto. O dr. Wallace era o médico-chefe do *Kansas Star*. Ele me garantiu que toda a sua equipe fez todo o possível para salvar a vida de Harry.

— Bradshaw também escreveu para o senhor?

— Não, apenas para a pessoa mais próxima, se bem me lembro das palavras do dr. Wallace.

— Então, o senhor não acha estranho ele não ter escrito para mim?

Sir Walter ficou em silêncio por um certo tempo.

— Sabe, nunca pensei muito a respeito. Talvez Harry nunca tenha mencionado você para Bradshaw. Você sabe como ele podia ser reservado.

Emma havia pensado muitas vezes a respeito, mas mudou rapidamente de assunto.

— O senhor leu a carta que ele enviou à sra. Clifton?

— Não, não li, mas a vi sobre a lareira quando a visitei no dia seguinte.

— O senhor acha que o dr. Wallace tinha alguma ideia do que Bradshaw havia escrito naquela carta.

— Acho que sim. Ele me disse que era uma carta de pêsames de um colega de tripulação que serviu com Harry no *Devonian*.

— Se eu pelo menos pudesse me encontrar com o tenente Bradshaw... — disse Emma jogando verde.

— Não sei como você poderia fazer isso, minha querida — disse Sir Walter —, a menos que Wallace tenha mantido contato com ele.

— O senhor tem o endereço do dr. Wallace?

— Só aos cuidados do *Kansas Star*.

— Mas eles certamente pararam de viajar para Bristol quando a guerra foi declarada.

— Não enquanto houver americanos encurralados na Inglaterra dispostos a pagar mundos e fundos para voltar para casa.

— Com tantos submarinos alemães patrulhando o Atlântico, esse não seria um risco desnecessário?

— Não enquanto os Estados Unidos permanecerem neutros — respondeu Sir Walter. — A última coisa que Hitler quer é começar uma guerra com os ianques simplesmente porque um de seus submarinos afundou um navio de passageiros americano.

— O senhor sabe se o *Kansas Star* vai voltar a Bristol proximamente?

— Não, mas posso descobrir facilmente.

O velho se levantou da poltrona e caminhou lentamente até a escrivaninha. Começou a virar página após página do cronograma mensal de atracações.

— Ah, aqui está — disse por fim. — Está programado para zarpar de Nova York daqui a quatro semanas e deve chegar em Bristol em 15 de novembro. Se você espera se encontrar com alguém a bordo, saiba que o *Kansas Star* não vai ficar atracado muito tempo, pois, aqui, estaria vulnerável a ataques.

— Eu poderia subir a bordo?

— Não, a menos que você seja membro da tripulação ou esteja procurando trabalho e, francamente, não consigo ver você nem como taifeiro nem como garçonete de coquetéis.

— Então, como posso fazer para ver o dr. Wallace?

— Vamos ter de esperar nas docas na esperança de que ele desembarque. Quase todo mundo desembarca depois de uma viagem de uma semana. Então, se ele estiver no navio, tenho certeza de que você vai ter oportunidade de vê-lo. Mas não se esqueça, Emma: Harry morreu há mais de um ano; portanto, Wallace talvez não seja mais o médico do navio — advertiu, e Emma mordeu o lábio. — Mas, se você quiser que eu arranje um encontro privado com o capitão, eu ficaria feliz...

— Não, não — Emma disse rapidamente. — Não é tão importante assim.

— Se você mudar de ideia — iniciou Sir Walter, percebendo repentinamente como aquilo era importante para Emma.

— Não, obrigada, vovô — ela disse enquanto se levantava da poltrona. — Obrigada por me dedicar tanto tempo.

— Nem de longe o suficiente — disse o velho. — Eu só gostaria que você aparecesse com mais frequência. E trate de trazer Sebastian da próxima vez — acrescentou enquanto a acompanhava até a porta.

Sir Walter não tinha mais dúvida alguma do motivo para a neta tê-lo ido visitar.

Dentro do carro no caminho de volta para Manor House, uma frase permanecia impressa na mente de Emma. Ela continuava a repetir silenciosamente aquelas palavras, como a agulha de um gramofone presa em um sulco.

Depois de chegar em casa, ela se juntou a Sebastian no quarto das crianças. Ele precisou ser convencido a descer do cavalinho de pau depois de ter derramado algumas lágrimas. Depois do almoço, ele se enroscou como um gato satisfeito e caiu em um sono profundo. A babá o pôs na cama enquanto Emma tocava a sineta para chamar o chofer.

— Eu gostaria de ir novamente a Bristol, Hudson.
— Algum lugar em especial, senhorita?
— O Grand Hotel.

―

— Você quer que eu faça o quê? — disse Maisie.
— Contrate-me como garçonete.
— Mas por quê?
— Prefiro não dizer.
— Você faz alguma ideia de como esse trabalho é pesado?
— Não — admitiu Emma —, mas não vou decepcioná-la.
— E quando você quer começar?
— Amanhã.
— Amanhã?
— Sim.
— Por quanto tempo?
— Um mês.
— Deixe-me ver se entendi direito — disse Maisie. — Você quer que eu a treine como garçonete, a partir de amanhã, para ir embora daqui a um mês e não quer me dizer por quê?
— Mais ou menos isso.
— Você espera ser paga?
— Não — respondeu Emma.

— Bem, isso é um alívio.
— Então, quando começo?
— Às seis horas amanhã de manhã.
— Às seis horas? — repetiu Emma incrédula.
— Isso pode surpreender você, Emma, mas tenho clientes que precisam ser alimentados até as sete horas e estar no trabalho às oito; portanto, você vai precisar estar no seu posto às seis da manhã.
— Meu posto?
— Explicarei se você aparecer antes das seis.

Emma não se atrasou uma vez sequer para o trabalho nos vinte e oito dias seguintes, talvez porque Jenkins tenha batido à sua porta às 4h30 todas as manhãs e Hudson a tenha deixado a cem metros da entrada dos funcionários do Grand Hotel às 5h45.

A srta. Dickens, como ela era conhecida pelo resto dos funcionários, aproveitou-se de suas habilidades de atriz para garantir que ninguém descobrisse que ela era uma Barrington.

A sra. Clifton não demonstrou nenhum favoritismo quando Emma derramou sopa em cima de um cliente regular e menos ainda quando ela deixou cair uma pilha de pratos que se espatifaram no meio da sala de jantar. O custo normalmente teria sido deduzido do salário, se ela tivesse um. E demorou um tempo até Emma pegar o jeito de como usar o ombro para cruzar as portas vaivém que serviam de entrada e saída da cozinha sem colidir com outra garçonete vindo na direção oposta.

Apesar disso, Maisie logo descobriu que só precisava dizer as coisas uma vez e Emma não as esquecia. Também ficou impressionada com a velocidade com que Emma conseguia limpar e preparar uma mesa, embora nunca tivesse posto nenhuma antes. E, embora a maioria das aprendizes demorasse várias semanas para dominar a habilidade de como servir os clientes, algumas nunca conseguiam —, Emma não precisava mais de supervisão já no final da segunda semana.

Ao final da terceira semana, o desejo de Maisie era que ela não fosse embora e, ao final da quarta, esse era o mesmo desejo de vários clientes regulares que insistiam para ser servidos apenas pela srta. Dickens.

Maisie estava ficando ansiosa, pensando em como explicaria ao gerente do hotel que a srta. Dickens havia pedido demissão após somente um mês.

— A senhora pode dizer ao sr. Hurst que me ofereceram um trabalho melhor com um salário mais alto — disse Emma enquanto começava a dobrar o uniforme.

— Ele não vai ficar contente — disse Maisie. — Poderia ter sido mais fácil se você tivesse se revelado inútil. Ou pelo menos tivesse chegado atrasada algumas vezes.

Emma riu e arrumou a touquinha branca sobre as roupas pela última vez.

— Há algo mais que posso fazer por você, srta. Dickens?

— Sim, por favor — disse Emma. — Preciso de referências.

— Vai se candidatar a outro trabalho sem pagamento?

— Algo assim — respondeu Emma, sentindo-se um pouco culpada por não poder se abrir com a mãe de Harry.

— Então, vou ditar uma carta de referências, você a escreve e eu a assino — Maisie disse, passando para Emma uma folha do papel timbrado do hotel. — A quem interessar possa — começou Maisie. — Durante o breve período...

— Posso omitir o "breve"? — perguntou Emma.

Maisie sorriu.

— Durante o período em que esteve conosco no Grand... — Emma escreveu "srta. Barrington", mas não disse a Maisie —, a srta. Dickens se revelou trabalhadora, eficiente e popular tanto com os clientes quanto com os funcionários. Suas habilidades como garçonete são impressionantes e sua capacidade de aprender no trabalho me convencem de que seria uma sorte para qualquer estabelecimento tê-la como parte de sua equipe. Ficaremos tristes em perdê-la e, caso ela algum dia queira retornar a este hotel, será um prazer recebê-la de volta.

Emma sorriu ao devolver a folha de papel. Maisie rabiscou sua assinatura em cima das palavras *Gerente do Restaurante*.

— Obrigada — agradeceu Emma, abraçando-a.

— Não faço ideia do que você está aprontando, minha querida — disse Maisie depois que Emma a soltou —, mas, seja lá o que for, desejo que você tenha sorte.

Emma queria dizer: "Vou em busca do seu filho e só volto quando o tiver encontrado."

8

Emma estava em pé nas docas havia mais de uma hora quando avistou a proa do *Kansas Star* despontando no porto, mas outra hora se passou antes que o navio finalmente atracasse.

Naquele ínterim, Emma pensou sobre a decisão que havia tomado e já estava começando a questionar se teria a coragem para levá-la a cabo. Tentou afastar dos pensamentos o afundamento do *Athenia* alguns meses antes e a possibilidade de sequer chegar a Nova York.

Ela havia escrito uma longa carta tentando explicar por que ficaria longe por algumas semanas — três no máximo — e esperava que a mãe entendesse. Mas não podia escrever uma carta para que Sebastian soubesse que ela estava indo à procura de seu pai e que já estava sentindo sua falta. Ela continuava tentando se convencer de que estava fazendo aquilo tanto pelo filho quanto por si mesma.

Sir Walter se ofereceu mais uma vez para apresentá-la ao capitão do *Kansas Star*, mas Emma declinou educadamente, pois isso atrapalharia seus planos de permanecer anônima. O avô também fez uma vaga descrição do dr. Wallace e, sem dúvida, ninguém com aquela aparência havia desembarcado do navio naquela manhã. Todavia, Sir Walter conseguiu passar duas outras informações valiosas. O *Kansas Star* partiria na última maré daquela noite. E o intendente geralmente podia ser encontrado em seu escritório entre duas e cinco horas todas as tardes, preenchendo formulários de embarque. Mais importante ainda: ele era responsável pela contratação de pessoal não pertencente à tripulação.

Emma escrevera ao avô no dia anterior para agradecer pela ajuda, mas não revelou o que estava tramando, embora tivesse a sensação de que ele já tinha intuído.

Após o relógio de Barrington House ter soado duas vezes sem sinal da presença do dr. Wallace, Emma pegou sua malinha e decidiu que era chegada a hora de cruzar a prancha de embarque. Ao pisar nervosamente no convés, perguntou à primeira pessoa uniformizada que viu onde ficava o escritório do intendente e foi informada de que ficava no convés de popa inferior.

Ela avistou uma passageira descendo uma larga escadaria e a seguiu até onde presumiu ser o convés inferior, mas, como não fazia ideia do que fosse popa, entrou em uma fila diante do balcão de informações.

Atrás do balcão estavam duas garotas trajando uniformes azul-escuros e blusas brancas que estavam tentando responder a todos os questionamentos dos passageiros mantendo o sorriso estampado em seus rostos.

— Em que posso ajudá-la, senhorita? — uma delas perguntou quando Emma por fim chegou à frente da fila.

A garota claramente presumiu que ela era uma passageira e, de fato, Emma havia pensado em comprar uma passagem para Nova York, mas decidiu que as probabilidades de descobrir aquilo de que precisava saber seriam maiores desde que se alistasse como tripulante.

— Onde fica o escritório do intendente? — perguntou.

— Segunda porta à direita descendo aquela escada de escotilha — respondeu a garota. — Não há como errar.

Emma seguiu a direção apontada pelo dedo da moça e, quando chegou a uma porta com a inscrição *Intendente*, respirou fundo e bateu.

— Entre.

Emma abriu a porta e entrou no escritório, onde viu um oficial elegantemente vestido sentado atrás de uma escrivaninha coberta de formulários. Ele estava usando uma impecável camisa branca de colarinho aberto com duas dragonas douradas em cada ombro.

— Em que posso ajudá-la? — ele perguntou com um sotaque que ela jamais ouvira e que mal conseguia decifrar.

— Estou procurando emprego como garçonete, senhor — disse Emma, esperando soar como uma das criadas de Manor House.

— Lamento — ele disse voltando a baixar a cabeça. — Não precisamos de nenhuma outra garçonete. A única vaga disponível é no balcão de informações.

— Eu ficaria feliz de trabalhar lá — disse Emma, voltando à sua voz normal.

O intendente a olhou com mais atenção.

— O salário não é bom — advertiu — e o horário é pior ainda.

— Estou acostumada — Emma disse.

— E não posso oferecer uma vaga permanente — continuou o intendente — porque uma das minhas garotas está de licença em Nova York, mas voltará para o navio depois desta travessia.

— Isso não é problema — disse Emma sem dar explicações.

O intendente ainda não parecia convencido.

— Você sabe ler e escrever?

Emma até gostaria de ter respondido que obtivera uma bolsa de estudos em Oxford, mas disse simplesmente:

— Sim, senhor.

Sem dizer outra palavra, ele abriu uma gaveta e tirou lá de dentro um longo formulário e entregou a Emma uma caneta-tinteiro.

— Preencha isso — disse. — E também vou precisar de uma referência — acrescentou enquanto Emma começava a responder às perguntas.

Após ter preenchido o formulário, Emma abriu a bolsa e entregou a carta de recomendação de Maisie.

— Bastante impressionante — ele disse. — Mas você tem certeza de que tem as qualidades necessárias para ser uma recepcionista?

— Era o que eu ia fazer em seguida no Grand — respondeu Emma. — Parte do treinamento para que eu me tornasse gerente.

— Então, por que abrir mão dessa oportunidade para vir trabalhar conosco?

— Tenho uma tia-avó que mora em Nova York, e minha mãe quer que eu fique com ela até o final da guerra.

Daquela vez, o intendente pareceu convencido, pois não era a primeira vez que alguém queria pagar a própria passagem trabalhando para ir embora da Inglaterra.

— Então, vamos começar logo — disse ele, levantando-se rapidamente.

Saiu do escritório e a guiou no curto trajeto de volta até o balcão de informações.

— Peggy, encontrei alguém para substituir Dana nesta viagem. Então é melhor que você comece a prepará-la imediatamente.

— Graças a Deus! — disse Peggy, levantando uma parte da bancada para que Emma pudesse se juntar a ela atrás do balcão. — Qual é o seu nome? — perguntou com o mesmo sotaque quase impenetrável. Pela primeira vez, Emma entendeu o que Bernard Shaw quis dizer quando sugeriu que ingleses e americanos eram divididos por um idioma comum.

— Emma Barrington.

— Muito bem, Emma, esta é minha assistente Trudy. Estamos muito ocupadas, talvez você possa ficar só observando por enquanto e nós vamos explicando tudo aos poucos.

Emma deu um passo para trás e ficou observando enquanto as duas garotas davam conta do que aparecia pela frente, conseguindo, de alguma maneira, sempre manter o sorriso.

Em uma hora, Emma já sabia a que horas e onde os passageiros deviam se apresentar para as simulações de evacuação com botes salva-vidas, em que convés ficava o restaurante, quanto ao largo eles precisavam estar antes que os passageiros pudessem pedir um drinque, onde eles poderiam encontrar um parceiro para uma partida de bridge após o jantar e como chegar ao convés superior para apreciar o pôr do sol.

Durante a hora seguinte, Emma ouviu, na maioria das vezes, as mesmas perguntas sendo feitas repetidamente e, na terceira hora, deu um passo à frente e começou a responder ela mesma as indagações dos passageiros, precisando consultar as outras garotas apenas ocasionalmente.

Peggy ficou impressionada e, quando a fila diminuiu e foram ficando só os retardatários, ela disse a Emma:

— É hora de mostrar seus aposentos e jantar enquanto os passageiros estão tomando um aperitivo. Volto mais ou menos às sete para render você — acrescentou, virando-se para Trudy. Depois, levantou a bancada e saiu de trás da mesa. Trudy anuiu com a cabeça enquanto outro passageiro se aproximava.

— Você pode me dizer se precisamos nos arrumar para o jantar hoje à noite?

— Não na primeira noite — foi a resposta firme —, mas em todas as outras, sim.

Peggy não parou de falar enquanto guiava Emma por um longo corredor, chegando até a parte de cima de alguns degraus isolados por um cordão com um sinal que dizia em grossas letras vermelhas: SOMENTE TRIPULANTES.

— Este é o caminho para os nossos aposentos — ela explicou enquanto soltava o cordão. — Você vai precisar dividir uma cabine comigo — acrescentou à medida que elas avançavam — porque a cama de Dana é a única disponível no momento.

— Tudo bem — disse Emma.

Elas foram descendo cada vez mais; as escadas se tornando mais apertadas a cada convés. Peggy só parava de falar quando um tripulante se afastava para deixá-las passar. Ocasionalmente, ela os recompensava com um sorriso caloroso. Emma nunca havia conhecido alguém como Peggy, tão ferozmente independente, mas que, de alguma maneira, conseguia manter a feminilidade, com os seus cabelos claros e na altura do queixo, saia pouco abaixo dos joelhos e paletó justo que não deixava dúvida quanto à sua bela silhueta.

— Esta é nossa cabine — ela disse finalmente. — É onde você vai dormir durante a próxima semana. Tomara que você não esteja esperando nada majestoso.

Emma entrou em uma cabine menor do que qualquer aposento de Manor House, inclusive o armário das vassouras.

— Terrível, não é? — disse Peggy. — Na verdade, esta lata velha tem apenas uma vantagem.

Emma não precisou perguntar o que era, já que Peggy ficava feliz em responder a suas próprias perguntas, bem como as de Emma.

— A proporção homens/mulheres é melhor do que em quase qualquer outro lugar do mundo — Peggy disse rindo. E acrescentou: — Aquela é a cama de Dana e esta é a minha. Como você pode ver, não há muito espaço para duas pessoas aqui ao mesmo tempo, a menos que uma delas esteja na cama. Vou deixar que você desfaça sua mala. Volto em meia hora para levar você ao refeitório dos tripulantes para o jantar.

Emma ficou imaginando como era possível descer ainda mais, mas Peggy desapareceu antes que ela pudesse perguntar. Emma sentou-se na cama, atordoada. Como fazer com que Peggy respondesse a todas as suas perguntas se ela não parava de falar? Ou será que isso se revelaria uma vantagem; será que ela, com o tempo, revelaria tudo o que Emma precisava saber? Ela tinha uma semana inteira para descobrir; portanto, podia se dar ao luxo de ser paciente. Começou, então, a enfiar seus poucos pertences em uma gaveta que Dana nem tentara esvaziar.

Dois longos apitos do navio e, um instante mais tarde, Emma sentiu um leve tremor. Embora não houvesse nenhuma escotilha da qual olhar, ela podia sentir que eles estavam se deslocando. Sentou-se novamente na cama e tentou se convencer de que havia tomado a decisão certa. Embora planejasse voltar a Bristol em um mês, ela já estava sentindo saudade de Sebastian.

Emma começou a examinar com mais atenção o que seria sua residência durante a semana seguinte. Em cada lado da cabine, presa à parede, ficava uma cama estreita cujas dimensões presumiam que qualquer ocupante seria mais baixo do que a média. Ela se deitou, testou um colchão que não afundava porque não tinha molas e repousou a cabeça sobre um travesseiro cheio de espuma de látex, e não de plumas. Havia uma pequena pia com duas torneiras que forneciam o mesmo filete de água morna.

Ela vestiu o uniforme de Dana e tentou não rir. Quando voltou, Peggy riu. Dana devia ser pelo menos uns oito centímetros mais baixa e certamente uns três números maior do que Emma.

— Agradeça por ser só uma semana — disse Peggy enquanto levava Emma para jantar.

Elas desceram ainda mais nas entranhas do navio e se juntaram a outros membros da tripulação. Vários homens jovens e um ou dois mais velhos convidaram Peggy para se sentar à mesa deles. Ela preferiu um rapaz alto que, conforme disse a Emma, era engenheiro. Emma ficou se perguntando se aquilo explicava por que não eram apenas os cabelos dele que estavam besuntados de óleo. Os três entraram na fila da comida. O engenheiro encheu o prato com quase tudo o que era oferecido. Peggy pegou metade, já Emma, sentindo-se um pouco tonta, se satisfez com um biscoito e uma maçã.

Após o jantar, Peggy e Emma voltaram ao balcão de informações para render Trudy. Como o jantar dos passageiros era servido às oito, poucos deles apareceram no convés, apenas aqueles que precisavam pedir instruções sobre como chegar ao salão das refeições.

Durante a hora seguinte, Emma aprendeu muito mais sobre Peggy do que sobre o SS *Kansas Star*. Quando terminaram o turno às dez horas, baixaram a grade e Peggy guiou a nova companheira de volta pela escadaria do convés inferior.

— Quer ir tomar um drinque conosco no refeitório da tripulação? — perguntou.

— Não, obrigada — disse Emma. — Estou exausta.

— Você acha que consegue encontrar o caminho de volta até a cabine?

— Convés inferior sete, quarto cento e treze. Se eu não estiver na cama quando você voltar, acione uma equipe de buscas.

Assim que entrou na cabine, Emma rapidamente se despiu, se lavou e entrou embaixo do único lençol e coberta disponíveis. Ficou deitada na cama tentando se ajeitar, os joelhos quase batendo no queixo, enquanto os solavancos irregulares do navio não a deixavam permanecer na mesma posição por mais do que alguns instantes. Seus últimos pensamentos antes de cair em um sono espasmódico foram dedicados a Sebastian.

Emma acordou com um tranco. Estava tão escuro que ela não tinha como verificar o horário no relógio de pulso. Primeiro, ela deduziu que a oscilação fosse causada pelo movimento do navio, até que seus olhos focaram e ela pôde divisar dois corpos na cama do outro lado da cabine se mexendo ritmicamente para cima e para baixo. Um dos corpos tinha pernas que ultrapassavam, e muito, o final da cama e estavam apoiadas na parede; só podia ser o engenheiro. Emma queria rir, mas só ficou deitada sem se mexer até Peggy soltar um longo suspiro e o movimento cessar. Uns instantes mais tarde, os pés conectados às longas pernas tocaram o chão e começaram a serpear dentro de um macacão velho. Pouco depois, a porta da cabine se abriu e se fechou silenciosamente. Emma caiu em um sono profundo.

9

Quando Emma acordou na manhã seguinte, Peggy já estava de pé e vestida.

— Vou tomar o café da manhã — anunciou ela. — Vejo você no balcão mais tarde. A propósito, devemos começar a trabalhar às oito.

Assim que a porta se fechou, Emma pulou da cama e, depois de se lavar lentamente e se vestir depressa, percebeu que não teria tempo para tomar café da manhã se quisesse estar atrás do balcão de informações no horário.

Depois de se apresentar para o trabalho, Emma rapidamente descobriu que Peggy levava o serviço muito a sério e se desdobrava para auxiliar qualquer passageiro que precisasse de ajuda. Durante o intervalo matutino, Emma disse:

— Um dos passageiros me perguntou sobre o horário de consulta do médico.

— De sete às onze da manhã — respondeu Peggy — e das quatro às seis da tarde. Em caso de emergência basta discar 111 do telefone mais próximo.

— E qual é o nome do médico?

— Parkinson. Dr. Parkinson. É o homem pelo qual todas as garotas a bordo têm uma paixonite.

— Ah, um dos passageiros pensou que fosse um tal dr. Wallace.

— Não, Wally se aposentou há uns seis meses. Um velhinho meigo.

Emma não fez mais perguntas durante o intervalo, apenas tomou café.

— Por que você não passa o resto da manhã explorando o navio? Assim, você saberá para onde está mandando as pessoas — sugeriu Peggy quando elas se apresentaram novamente no balcão. — Vejo você no almoço. — disse, entregando a Emma um guia do navio.

Com o guia aberto, Emma começou sua pesquisa pelo convés superior: os salões de jantar, bares, salão de jogos, biblioteca e até um salão de baile com uma banda de jazz residente. Ela só parou para fazer uma inspeção mais detalhada quando chegou à enfermaria no convés inferior dois, abrindo timidamente a porta dupla e pondo a cabeça lá dentro. Encostadas na parede oposta havia duas camas bem arrumadas e vagas. Será que Harry havia dormido em uma e o tenente Bradshaw na outra?

— Posso ajudar? — disse uma voz.

Emma se virou e viu um homem alto em um jaleco branco comprido. Imediatamente entendeu por que Peggy tinha uma queda por ele.

— Comecei a trabalhar no balcão de informações agora mesmo — ela deixou escapar — e devo descobrir onde fica tudo.

— Eu sou Simon Parkinson — ele disse, abrindo um sorriso amistoso. — Agora que você descobriu onde eu fico, pode aparecer sempre que quiser.

— Obrigada — disse Emma.

Ela rapidamente voltou para o corredor, fechou a porta atrás de si e saiu apressada. Não conseguia se lembrar da última vez que alguém flertara com ela, mas queria que tivesse sido o dr. Wallace. Emma passou o resto da manhã explorando cada convés até achar que conhecia bem o navio e que poderia dizer com mais confiança a qualquer passageiro onde tudo ficava.

Ela estava ansiosa para passar a tarde testando suas novas habilidades, mas Peggy pediu que ela estudasse as fichas dos passageiros como havia feito com o navio. Emma sentou-se sozinha na salinha dos fundos e começou a se inteirar de pessoas que ela nunca mais veria em toda a sua vida.

À noite, ela tentou jantar, torradas com feijão e um copo de limonada, mas voltou para a cabine logo em seguida na esperança de dormir um pouco caso o engenheiro voltasse.

Quando a porta se abriu, a luz no corredor a acordou. Emma não conseguiu discernir quem entrou na cabine, mas certamente não era o engenheiro, pois seus pés não chegavam até a parede. Ela ficou acordada na cama por quarenta minutos e só voltou a dormir quando a porta se abriu e se fechou novamente.

Emma logo se acostumou com a rotina do trabalho diário seguida das visitas noturnas. Aquelas visitas não variavam muito, apenas os homens, embora em uma ocasião o visitante amoroso tenha se encaminhado para a cama de Emma, e não para a de Peggy.
— Garota errada — disse Emma com firmeza.
— Desculpe — foi a resposta, antes de o homem mudar de direção.
Peggy deve ter deduzido que a colega de quarto adormecera, já que, depois de o casal ter feito amor, Emma pôde ouvir cada palavra da conversa sussurrada pelos dois.
— Você acha que sua amiga está disponível?
— Por quê, você se interessou por ela? — disse Peggy soltando um risinho.
— Não, não é para mim, mas conheço alguém que gostaria de ser o primeiro homem a desabotoar o uniforme de Dana.
— Sem chance. Ela tem um namorado em Bristol e eu soube que nem mesmo o dr. Parkinson a impressionou.
— Que pena! — disse a voz.

Peggy e Trudy costumavam falar da manhã em que nove marinheiros do *Devonian* foram enterrados no mar antes do café da manhã. Instigando-as sutilmente, Emma conseguiu obter informações que nem seu avô nem Maisie poderiam conhecer. Mas, apenas três dias antes da chegada a Nova York, ela não estava mais perto de descobrir se era Harry ou o tenente Bradshaw que havia sobrevivido.

No quinto dia, Emma assumiu o comando do balcão de informações pela primeira vez e não houve surpresas. A surpresa aconteceu na quinta noite.

Quando a porta da cabine se abriu, sabe-se lá a que horas, um homem mais uma vez se dirigiu à cama de Emma, mas, daquela vez, quando ela disse firmemente "garota errada", ele saiu imediatamente. Emma ficou acordada pensando em quem poderia ter sido.

No sexto dia, Emma não descobriu nada de novo sobre Harry ou Tom Bradshaw e estava começando a temer que talvez fosse chegar em Nova York sem pista alguma a seguir. Foi durante o jantar daquela noite que ela decidiu perguntar a Peggy a respeito do "sobrevivente".

— Só vi Tom Bradshaw uma vez — disse Peggy —, quando ele estava perambulando pelo convés com a enfermeira. Pensando bem, ele não estava exatamente perambulando, já que o coitado estava de muletas.

— Você falou com ele? — perguntou Emma.

— Não, ele parecia muito tímido. De qualquer maneira, Kristin não o perdia de vista.

— Kristin?

— Era a enfermeira do hospital na época, trabalhava com o dr. Wallace. Os dois sem dúvida salvaram a vida de Tom Bradshaw.

— Então, você nunca mais o viu?

— Só quando atracamos em Nova York e o avistei desembarcando com Kristin.

— Ele deixou o navio com Kristin? — perguntou Emma, ansiosa.

— O dr. Wallace estava com eles?

— Não, só Kristin e o namorado dela, Richard.

— Richard? — disse Emma com ar aliviado.

— Sim, Richard alguma coisa. Não me lembro do sobrenome dele. Era o terceiro oficial. Pouco depois, ele se casou com Kristin e nunca mais vimos nenhum dos dois.

— Ele era um homem bonito? — perguntou Emma.

— Tom ou Richard?

— Posso pegar um drinque para você, Peg? — perguntou um jovem que Emma nunca tinha visto, mas que achava que o veria de perfil mais tarde naquela mesma noite.

Emma tinha razão e não dormiu antes, durante nem depois da visita, pois outra coisa estava ocupando sua mente.

Na manhã seguinte, pela primeira vez na viagem, Emma estava em pé atrás do balcão de informações esperando que Peggy chegasse.

— Devo preparar a lista de passageiros para o desembarque? — perguntou quando Peggy finalmente chegou e levantou a bancada.

— Você é a primeira pessoa que conheço que se oferece voluntariamente para essa tarefa — disse Peggy —, mas fique à vontade. Alguém precisa garantir que a lista esteja atualizada caso a imigração decida fiscalizar os detalhes de algum passageiro após atracarmos em Nova York.

Emma foi direto para o escritório. Pondo de lado a lista dos passageiros atuais, ela voltou sua atenção para os arquivos dos tripulantes anteriores, encontrados em um gaveteiro separado que parecia não ser aberto havia algum tempo.

Ela começou uma pesquisa lenta e meticulosa pelos nomes Kristin e Richard. Kristin se revelou fácil porque só havia uma pessoa com aquele nome, que trabalhara como enfermeira-chefe no *Kansas Star* de 1936 a 1939. No entanto, havia vários Richards, Dicks e Dickies, mas o endereço de um deles, o tenente Richard Tibbet, ficava no mesmo prédio em Manhattan em que morava a srta. Kristin Craven.

Emma anotou o endereço.

10

— Bem-vinda aos Estados Unidos, srta. Barrington.
— Obrigada — disse Emma.
— Quanto tempo planeja ficar nos Estados Unidos? — perguntou o oficial da imigração enquanto verificava seu passaporte.
— Uma semana, duas no máximo — respondeu Emma. — Vim visitar minha tia-avó e, depois, vou voltar para a Inglaterra.
Era verdade que Emma tinha uma tia-avó que morava em Nova York, a irmã de Lorde Harvey, mas ela não tinha intenção alguma de visitá-la, ainda mais porque não queria que o resto da família descobrisse no que ela estava metida.
— O endereço da sua tia-avó?
— Rua 64 com Park.
O oficial da imigração fez uma anotação, carimbou o passaporte de Emma e o devolveu a ela.
— Aproveite sua estadia na Big Apple, srta. Barrington.
Após ter passado pela imigração, Emma entrou em uma longa fila de passageiros do *Kansas Star*. Outros vinte minutos se passaram antes de ela entrar na traseira de um táxi amarelo.
— Preciso de um hotel pequeno e a preços módicos localizado perto de Merton Street em Manhattan — disse ela ao motorista.
— Pode repetir, por favor? — disse o taxista, a guimba apagada do seu charuto pendurada no canto da boca.
Tendo achado difícil entender o que motorista falava, Emma deduziu que ele estava tendo o mesmo problema.
— Estou procurando um hotel pequeno e barato perto de Merton Street, na ilha de Manhattan — ela disse, pronunciando lentamente cada palavra.

— Merton Street — repetiu o taxista, como se fosse a única coisa que tivesse entendido.

— Isso mesmo — confirmou Emma.

— Por que você não disse logo da primeira vez?

O motorista partiu e só voltou a falar novamente quando baixou a bandeirada diante de um edifício de tijolos vermelhos com um estandarte que proclamava *The Mayflower Hotel*.

— São quarenta *cents* — disse o taxista, o charuto balançando para cima e para baixo com cada palavra.

Emma pagou a corrida com parte do salário ganho no navio. Depois de se registrar no hotel, ela pegou o elevador até o quarto andar e foi direto para o quarto. A primeira coisa que fez foi se despir e preparar um banho quente.

Quando saiu relutante da banheira, secou-se com uma toalha grande e macia, vestiu o que considerava ser um vestido recatado e voltou para o térreo. Estava se sentindo quase humana.

Emma achou uma mesa silenciosa no canto da cafeteria do hotel e pediu uma xícara de chá — eles não sabiam o que era Earl Grey — e um club sandwich, algo que ela desconhecia. Enquanto esperava ser servida, ela começou a redigir uma longa lista de perguntas em um guardanapo de papel na esperança de que houvesse alguém morando em 46 Merton Street disposto a respondê-las.

Depois de ter assinado a conta, Emma perguntou ao recepcionista como chegar à Merton Street. Três quarteirões ao norte, dois quarteirões a oeste, ele disse. Ela não havia percebido que todo nova-iorquino tinha uma bússola interna.

Emma gostou da caminhada e parou várias vezes para admirar vitrines cheias de mercadorias que ela nunca havia visto em Bristol. Chegou a um alto prédio de apartamentos pouco depois do meio-dia, incerta sobre o que faria caso a sra. Tibbet não estivesse em casa.

Um porteiro elegantemente vestido a cumprimentou e abriu a porta.

— Posso ajudá-la?

— Vim ver a sra. Tibbet — disse Emma, tentando dar a entender que estava sendo esperada.

— Apartamento trinta e um, terceiro andar — disse o porteiro, tocando a aba do chapéu.

Era verdade, um sotaque inglês parecia mesmo abrir portas.

Enquanto o elevador subia lentamente até o terceiro andar, Emma ensaiou algumas falas que esperava pudessem abrir uma outra porta. Quando o elevador parou, ela empurrou a grade, saiu para o corredor e começou a procurar o número 31. Havia um pequeno círculo de vidro encaixado no meio da porta dos Tibbet, o que fez Emma pensar no olho de um ciclope. Ela não conseguia enxergar lá dentro, mas deduziu que os moradores pudessem ver o lado de fora. Uma campainha, algo mais familiar, ficava na parede, ao lado da porta. Ela a apertou e esperou. Um certo tempo se passou até que a porta finalmente se abrisse, mas apenas alguns centímetros, revelando uma corrente de latão. Dois olhos a observavam.

— O que você quer? — perguntou uma voz que ela pelo menos conseguia entender.

— Lamento incomodá-la, sra. Tibbet, mas você pode ser minha última esperança — disse Emma. Os olhos pareciam desconfiados. — Sabe, estou tentando encontrar Tom desesperadamente.

— Tom? — repetiu a voz.

— Tom Bradshaw. Ele é o pai do meu filho — disse Emma, jogando sua última cartada para que aquela porta se abrisse.

A porta se fechou, a corrente foi removida e a porta se abriu mais uma vez, revelando uma jovem com um bebê nos braços.

— Sinto muito — disse ela —, mas Richard não gosta que eu abra a porta para estranhos. Entre, por favor — acrescentou e guiou Emma pela sala de estar. — Sente-se enquanto eu ponho Jake de volta no berço.

Emma sentou-se e correu os olhos pelo cômodo à sua volta. Havia várias fotografias de Kristin com um jovem oficial naval que ela deduziu ser Richard, o marido.

Kristin voltou alguns minutos mais tarde carregando uma bandeja de café.

— Preto ou com leite?

— Com leite, por favor — respondeu Emma, que nunca bebia café na Inglaterra, mas que estava rapidamente aprendendo que os americanos não tomam chá, nem mesmo de manhã.

— Açúcar? — perguntou Kristin depois de ter servido dois cafés.

— Não, obrigada.

— Então, Tom é seu marido? — perguntou Kristin enquanto se sentava na frente de Emma.

— Não, sou a noiva dele. Para ser sincera, ele não fazia ideia de que eu estava grávida.

— Como você me encontrou? — indagou Kristin, ainda soando um pouco apreensiva.

— O intendente do *Kansas Star* disse que você e Richard foram umas das últimas pessoas a ver Tom.

— É verdade. Estivemos juntos até ele ser preso pouco depois de pôr os pés em terra firme.

— Preso? — disse Emma, incrédula. — O que ele fez para ser preso?

— Ele foi acusado de assassinar o irmão — disse Kristin. — Mas você certamente sabe disso.

Emma caiu em prantos, suas esperanças estilhaçadas ao perceber que o sobrevivente devia ser mesmo Bradshaw, e não Harry. Se Harry tivesse sido acusado de matar o irmão de Bradshaw, teria sido fácil provar que eles haviam prendido o homem errado.

Se tivesse aberto a carta que estava sobre a lareira de Maisie, ela teria descoberto a verdade e não precisaria ter passado por aquele martírio. Emma chorou, aceitando pela primeira vez que Harry estava morto.

GILES BARRINGTON

1939-1941

11

Quando Sir Walter Barrington visitou o neto para dar a terrível notícia de que Harry Clifton morrera no mar, Giles se sentiu entorpecido, como se tivesse perdido um membro. Na verdade, ele perderia um membro de bom grado se aquilo trouxesse Harry de volta. Os dois eram inseparáveis desde a infância e Giles sempre achou que os dois teriam vidas longas e bem-sucedidas. A morte sem sentido e desnecessária de Harry fez com que Giles se tornasse ainda mais resoluto a não cometer aquele mesmo erro.

Giles estava na sala de estar ouvindo o sr. Churchill falando no rádio quando Emma perguntou:

— Você tem algum plano para se alistar?

— Tenho, não vou voltar para Oxford. Minha intenção é me alistar imediatamente.

A mãe, é claro, ficou surpresa, mas disse que entendia. Emma deu um enorme abraço no irmão e disse:

— Harry teria ficado orgulhoso de você.

Grace, que raramente demonstrava alguma emoção, caiu em prantos.

Giles foi de carro até Bristol na manhã seguinte e estacionou ostensivamente seu MG amarelo na frente da porta da junta de alistamento. Entrou com uma expressão no rosto que esperava fosse de determinação. Um sargento-mor dos Gloucesters — o antigo regimento do capitão Jack Tarrant — ficou em posição de sentido assim que viu o jovem sr. Barrington. Entregou a Giles um formulário que foi devidamente preenchido e, uma hora mais tarde, o novo recruta foi convidado a ir para trás de uma cortina a fim de ser examinado por um médico do Exército.

O médico ticou cada um dos quadradinhos do formulário após tê-lo examinado minuciosamente — ouvidos, nariz, garganta, peito e membros — antes de, finalmente, testar sua visão. Giles ficou em pé atrás de uma linha branca e recitou as letras e números exigidos; afinal de contas, ele conseguia rebater uma bola de couro vindo na sua direção a 140 quilômetros por hora para o recanto mais distante. Ele estava confiante de que passaria com grande sucesso até o médico perguntar se ele tinha conhecimento de algum distúrbio ou doença hereditária. Giles respondeu com sinceridade.

— Meu pai e meu avô são daltônicos.

O médico realizou mais uma série de testes, e Giles notou que os hums e ahs se tornaram tsc-tscs.

— Lamento ter de informar, sr. Barrington — disse o médico ao final do exame —, que, devido ao histórico médico da sua família, não poderei recomendá-lo para o serviço ativo. Mas, é claro, não há nada que o impeça de se alistar e fazer trabalho burocrático.

— O senhor não poderia simplesmente ticar os quadradinhos relevantes e esquecer que eu toquei nesse assunto? — perguntou Giles tentando parecer desesperado.

O médico ignorou seu protesto e no quadrado final do formulário escreveu: "C3: incapacitado para serviço ativo".

Giles retornou à Manor House ainda a tempo para o almoço. Sua mãe, Elizabeth, não comentou o fato de ele ter bebido quase meia garrafa de vinho. Ele disse a todos os que perguntaram e a vários dos que não perguntaram que havia sido rejeitado pelos Gloucesters porque sofria de daltonismo.

— Isso não impediu que Vovô combatesse os bôeres — lembrou Grace depois de uma segunda porção de sobremesa ter sido servida a Giles.

— Naquela época, eles provavelmente não faziam ideia de que a doença existia — disse Giles, tentando fazer pouco das farpas da irmã.

Emma continuou com um golpe baixo.

— Você nunca teve intenção de se alistar realmente, não é? — disse ela, encarando o irmão. Giles estava olhando para os sapatos quando ela desferiu o golpe de misericórdia. — Pena que seu amigo das docas não está aqui para lembrar que ele também era daltônico.

Quando a mãe de Giles ouviu a notícia, ficou aliviada, obviamente, mas não teceu comentários. Grace não falou novamente com o irmão até voltar para Cambridge.

Giles voltou para Oxford no dia seguinte, tentando se convencer de que todos aceitariam o motivo para ele não ter conseguido se alistar e ter decidido continuar sua vida como estudante de graduação. Quando passou pelo portão da faculdade, ele sentiu que o pátio parecia mais uma junta de alistamento do que uma universidade, com mais jovens trajando fardas do que uniformes acadêmicos. Na opinião de Giles, a única coisa boa de tudo aquilo era que, pela primeira vez na história, havia o mesmo número de mulheres e de homens na universidade. Infelizmente, a maioria delas só desejava ser vista de braços dados com alguém fardado.

Deakins, o velho amigo de escola de Giles, era um dos poucos alunos de graduação que não parecia se sentir constrangido por não ter se alistado. Ora, não faria muito sentido Deakins se submeter a exame médico. Seria um dos poucos exames em que ele seria reprovado. Porém, de repente, sumiu e foi para um lugar chamado Bletchley Park. Ninguém sabia dizer a Giles o que eles faziam lá, apenas que tudo era muito "por debaixo dos panos" e Deakins avisou que Giles não poderia visitá-lo em momento algum, em nenhuma circunstância.

Com o decorrer dos meses, Giles começou a passar mais tempo sozinho no pub do que no auditório lotado enquanto Oxford começava a se encher de militares que voltavam do *front*, alguns com um só braço, outros com uma só perna ou cegos, todos na sua faculdade. Ele tentava seguir em frente como se não tivesse notado; no entanto, a verdade é que, no final do período, começou a se sentir cada vez mais deslocado.

Giles foi para a Escócia no final do período para o batizado de Sebastian Arthur Clifton. Apenas a família imediata e um ou dois amigos foram convidados para a cerimônia, que aconteceu na capela do castelo de Mulgelrie. O pai de Emma e Giles não estava entre eles.

Giles ficou surpreso e feliz quando Emma pediu que ele fosse o padrinho, embora tenha ficado espantado quando a irmã admitiu que o único motivo para tê-lo levado em consideração era que, apesar de tudo, ela tinha certeza de que ele teria sido a primeira opção de Harry.

Ao descer para o café da manhã no dia seguinte, Giles notou uma luz no escritório do avô. Ao passar pela porta a caminho da sala de jantar, ele ouviu seu nome sendo mencionado. Parou imediatamente e se aproximou da porta semiaberta. Congelou horrorizado ao ouvir Sir Walter dizer:

— É muito penoso para mim dizer isto, mas tal pai, tal filho.

— Concordo — respondeu Lorde Harvey. — E eu sempre tive muita consideração pelo garoto, o que torna tudo ainda mais desagradável.

— Ninguém — disse Sir Walter — poderia ter ficado mais orgulhoso do que eu, como presidente do conselho de governadores, quando Giles foi nomeado representante da Bristol Grammar School.

— Eu achava — comentou Lorde Harvey — que ele faria bom uso no campo de batalha daqueles notáveis talentos de liderança e coragem exibidos com tanta frequência no campo de jogo.

— O único ponto positivo de tudo isso — sugeriu Sir Walter — é que não acredito mais que Harry Clifton possa ser filho de Hugo.

Giles atravessou o corredor, passou pelo salão do café da manhã e saiu pela porta principal. Entrou no carro e começou a longa viagem de volta para West Country.

Na manhã seguinte, estacionou o carro na frente de uma junta de alistamento. Mais uma vez, entrou na fila, não dos Gloucesters daquela vez, mas do outro lado do Avon, onde o regimento Wessex estava alistando novos recrutas.

Depois de ter preenchido o formulário, foi submetido a outro exame médico rigoroso. Daquela vez, quando o médico perguntou "Você tem conhecimento de algum distúrbio ou doença hereditária que possa impedi-lo de realizar suas funções no serviço ativo?", ele respondeu:

— Não, senhor.

12

No dia seguinte, ao meio-dia, Giles saiu de um mundo e entrou em outro.

Trinta e seis recrutas inexperientes, sem nada em comum exceto o fato de terem se alistado para servir ao rei, subiram em um trem com um cabo que agia como se fosse uma babá. À medida que o trem partia da estação, Giles olhou através da janela sebenta da terceira classe com uma única certeza: eles estavam rumando para o sul. Mas foi só quando o trem parou em Lympstone quatro horas mais tarde que percebeu quanto ao sul já estavam.

Durante a viagem, Giles ficou em silêncio e ouviu com atenção todos aqueles homens à sua volta que seriam seus companheiros pelas doze semanas seguintes. Um motorista de ônibus de Filton, um policial de Long Ashton, um açougueiro de Broad Street, um operário de obra de Nailsea e um fazendeiro de Winsecombe.

Após desembarcarem do trem, o cabo os levou até um ônibus que os estava esperando.

— Para onde estamos indo? — perguntou o açougueiro.

— Você logo vai descobrir, rapaz — respondeu o cabo, revelando seu país de origem pelo sotaque escocês.

Durante uma hora, o ônibus avançou lentamente em direção a Dartmoor até não haver mais sinal de casas nem de pessoas, apenas as águias que ocasionalmente pairavam sobre eles em busca de presas.

Eles acabaram parando na frente de um desolador grupo de edifícios que exibiam uma placa gasta que anunciava: *Quartel de Ypres: Campo de treinamento para o Regimento Wessex*. Aquilo não animou Giles. Um soldado saiu marchando da guarita e levantou a cancela para deixar que o ônibus prosseguisse mais cem metros antes de parar no meio de um campo de manobras. Uma figura solitária estava lá em pé esperando que eles desembarcassem.

Quando Giles saltou do ônibus, ficou cara a cara com um homem gigantesco, com um peito largo como um barril e uma farda cáqui, que parecia ter sido plantado no meio do campo de manobras. Em seu peito havia três fileiras de medalhas e, embaixo do braço esquerdo, um medidor de passos, porém, o que mais impressionou Giles naquele homem foi o vinco de suas calças, afiado como uma faca, e o fato de suas botas estarem tão polidas a ponto de poder ver o próprio reflexo nelas.

— Boa tarde, cavalheiros — disse o homem em uma voz que tonitruou pelo campo de manobras, fazendo com que Giles pensasse que, naquele caso, megafones eram inúteis. — Meu nome é sargento-mor Dawson; senhor, para vocês. É minha responsabilidade transformar essa turba atabalhoada em uma força de combate em apenas doze semanas. Ao final, vocês poderão se autodenominar membros do regimento Wessex, o melhor de todos. Nas próximas doze semanas, serei sua mãe, seu pai e sua namorada e, podem ter certeza, só tenho um objetivo na vida: certificar-me de que, ao se deparar com o primeiro alemão, vocês sejam capazes de matá-lo antes que ele mate vocês. Esse processo começará amanhã às cinco horas da manhã — acrescentou, acarretando um resmungo que foi ignorado pelo sargento-mor. — Até lá, deixarei que o cabo McCloud os leve à cantina antes que vocês possam se instalar no dormitório. Tratem de descansar bem esta noite porque precisarão de cada gota de energia que possuem quando voltarmos a nos encontrar. Proceda, cabo.

Giles se sentou diante de uma torta de peixe cujos ingredientes nunca tinham visto água salgada e, depois de tomar um gole de uma água amarronzada que se passava por chá, pôs a caneca novamente sobre a mesa.

— Se você não for comer sua torta de peixe, pode dar para mim? — perguntou o rapaz sentado ao seu lado.

Giles anuiu com a cabeça, e os dois trocaram os pratos. O rapaz só voltou a falar depois de devorar a porção de Giles.

— Conheço sua mãe — disse o homem.

Giles o olhou com mais atenção, perguntando a si mesmo como aquilo era possível.

— Fornecemos carne para Manor House e Barrington Hall — o homem continuou. — Gosto da sua mãe. Uma senhora muito simpática. Meu nome é Bates, a propósito. Terry Bates — disse e apertou com firmeza a mão de Giles. — Nunca achei que fosse acabar sentado ao seu lado.

— Muito bem, rapazes, vamos lá — disse o cabo.

Os novos recrutas se levantaram rapidamente dos bancos, seguiram o cabo para fora da cantina e atravessaram o campo de manobras até um abrigo Nissen com MARNE pintado na porta.

— Outra batalha honrosa do regimento Wessex — explicou o cabo antes de abrir a porta e revelar o novo lar deles.

Trinta e seis camas, dezoito de cada lado, haviam sido espremidas em um espaço que não era maior do que a sala de jantar de Barrington Hall. Giles fora colocado entre Atkinson e Bates. Não muito diferente da escola primária, ele pensou, embora fosse se deparar com uma ou duas diferenças nos dias seguintes.

— Muito bem, rapazes, hora de tirar a roupa e dormir.

Muito antes de o último homem ter deitado na cama, o cabo apagou as luzes e berrou:

— Tratem de tirar uma pestana. Vocês têm um dia cheio pela frente amanhã.

Giles não teria ficado surpreso se, como Fisher, o velho prefeito da sua escola, ele tivesse acrescentado: "Nem um pio depois de as luzes terem sido apagadas."

Como prometido, as luzes foram acesas novamente às cinco horas da manhã seguinte; não que Giles tenha tido alguma oportunidade de olhar o relógio depois que o sargento-mor Dawson entrou no barracão e gritou:

— O último homem a pôr os dois pés no chão será o primeiro a levar uma baionetada de um boche!

Um grande número de pés rapidamente tocou o chão enquanto o sargento-mor marchava pelo centro do barracão, o medidor de passos batendo em cada cama cujo ocupante ainda não estava com os dois pés no chão.

— Agora, ouçam e prestem muita atenção — prosseguiu. — Vou dar a vocês quatro minutos para se lavarem e fazerem a barba, quatro minutos para arrumarem as camas, quatro minutos para se vestirem e oito minutos para tomarem o café da manhã. Vinte minutos no total. Recomendo que não haja conversa porque vocês não podem se dar ao luxo de jogar tempo fora e, de qualquer maneira, eu sou o único com permissão para falar. Entendido?

— Certamente — disse Giles, seguido por uma onda de risadas de surpresa.

Um instante mais tarde, o sargento-mor estava em pé na frente dele.

— Sempre que você abrir a boca, filho — ele latiu, apoiando o medidor de passos no ombro de Giles —, tudo o que quero ouvir é "Sim, senhor", "Não, senhor", "Prontamente, senhor". Está claro?

— Sim, senhor — respondeu Giles.

— Acho que não o ouvi, filho.

— Sim, senhor! — gritou Giles.

— Assim está melhor. Agora, trate de ir para o lavatório, seu homenzinho horrível, antes que eu o ponha de penitência.

Giles não fazia ideia do que fosse a penitência, mas não estava disposto a descobrir.

Bates já estava saindo do lavatório quando Giles entrou. Quando Giles terminou de se barbear, Bates já tinha feito a própria cama, se vestido e estava saindo rumo à cantina. Quando finalmente o alcançou, Giles se sentou no banco à sua frente.

— Como você consegue? — Giles perguntou admirado.

— Consegue o quê? — disse Bates.

— Estar tão desperto enquanto o resto de nós está semiadormecido.

— É simples. Sou açougueiro, como meu pai. Levanto todo dia às quatro da madrugada e vou para o mercado. Se eu quero os melhores cortes, preciso estar esperando no momento em que são entregues das docas ou da estação. Bastam alguns minutos de atraso e só consigo pelancas, e sua mãe não ia gostar nada disso, não é?

Giles riu enquanto Bates se levantava e começava a voltar para o barracão para descobrir que o sargento-mor não havia deixado nenhum tempo para que eles escovassem os dentes.

A maior parte da manhã foi gasta com a distribuição dos uniformes, e um ou dois deles pareciam já ter tido um dono. Boinas, cintos, botas, capacetes, pasta para polimento, lustrador de metais e graxa para sapatos foram distribuídos em seguida. Depois de terem sido equipados, os recrutas foram levados para o campo de manobras para a primeira sessão de exercícios. Tendo servido, mesmo que desatentamente, na Força Combinada de Cadetes da escola, Giles saiu em leve vantagem, mas tinha a sensação de que não demoraria muito até ser alcançado por Terry Bates.

Ao meio-dia foram levados para a cantina. Giles estava com tanta fome que comeu quase tudo o que estava disponível. Depois do almoço, eles voltaram para o barracão e puseram a roupa de ginástica antes de serem levados até o ginásio. Giles agradeceu silenciosamente ao instrutor de educação física da escola secundária por tê-lo ensinado a escalar uma corda, equilibrar-se sobre uma trave e usar barras presas à parede para se alongar. Ele não pôde deixar de notar que Bates copiava todos os seus movimentos.

A tarde terminou com uma corrida de oito quilômetros pelos brejos de Devon. Apenas oito dos trinta e seis recrutas voltaram para o quartel junto com o instrutor de ginástica. Um deles até conseguiu se perder, e uma expedição de busca foi organizada para procurá-lo. O jantar foi seguido pelo que o sargento-mor descreveu como recreação, o que, para a maioria dos rapazes, significou se jogar na cama e cair em um sono profundo.

—

Às cinco horas da manhã seguinte, a porta do barracão foi escancarada novamente e, daquela vez, vários pares de pés já estavam no chão antes mesmo que o sargento-mor tivesse acendido as luzes. O café da manhã foi seguido de uma hora de marcha no campo de manobras e, àquela altura, quase todos já estavam no passo certo. Em seguida, os recrutas se sentaram em círculo sobre a grama e aprenderam como desmontar, limpar, carregar e disparar um rifle. O cabo passou uma tira de tecido pelo cano em um único movimento, lembrando aos outros que o projétil não sabe de que lado está e que, portanto, eles deviam dar-lhe toda a chance de sair do cano pela frente e matar o inimigo, e não sair pela culatra e matá-los.

A tarde foi passada no estande de tiro, onde os instrutores ensinaram cada recruta a alojar com firmeza a coronha do rifle no ombro, alinhar o vértice e a ranhura com o círculo central da mira e a apertar o gatilho suavemente e nunca de maneira violenta. Daquela vez, Giles agradeceu ao avô pelas horas passadas caçando tetrazes, garantindo que ele sempre acertasse na mosca.

O dia terminou com outra corrida de oito quilômetros, jantar e recreação, seguidos pelo apagar das luzes às dez. A maioria dos homens já havia tombado na cama muito antes disso, desejando que o sol não raiasse na manhã seguinte ou que pelo menos o sargento--mor morresse durante o sono. Mas não tiveram sorte. A primeira semana pareceu um mês para Giles, mas, ao final da segunda, ele estava começando a dominar a rotina, embora nunca tenha chegado ao lavatório antes de Bates.

Apesar de, assim como todos os outros, não gostar do treinamento básico, Giles adorava o desafio da competição. Mas teve de admitir que, com o passar de cada dia, ele estava achando cada vez mais difícil deixar para trás o açougueiro de Broad Street. Bates era capaz de equipará-lo golpe a golpe no ringue de boxe, acertar igualmente a mira no estande de tiro e, quando eles começaram a usar coturnos e a carregar rifles na corrida de oito quilômetros, o homem que carregava carcaças de bois no ombro havia anos, de manhã, à tarde e à noite, de repente se tornou bem mais difícil de derrotar.

Ao final da sexta semana, ninguém ficou surpreso no momento em que Barrington e Bates foram escolhidos para serem promovidos a anspeçadas, cada um com sua própria unidade.

Assim que eles costuraram as listras na farda, as duas unidades por eles lideradas se tornaram rivais mortais, não apenas no campo de manobras ou no ginásio, mas onde quer que eles fossem em operações noturnas ou sempre que se envolviam em exercícios campais e movimentações de tropas. No final de cada dia, como dois garotos de escola, Giles e Bates se autodeclaravam vencedores. Muitas vezes, o sargento-mor tinha de apartá-los.

À medida que o dia da parada que marcava o final do treinamento se aproximava, Giles sentia o orgulho se manifestando em ambas as unidades, com todos os integrantes começando a acreditar que talvez tivessem se tornado dignos de serem chamados de Wessexions, embora o sargento-mor sempre os alertasse que muito tempo se passaria antes que eles participassem de uma batalha de verdade, contra um inimigo de verdade e com projéteis de verdade. Ele também lembrou a todos que não estaria por perto para segurar a mão deles. Pela primeira vez, Giles aceitou que ia sentir falta daquele maldito homem.

— Pode mandar ver! — foi tudo o que Bates teve a dizer sobre o assunto.

Quando eles finalmente terminaram o treinamento na sexta-feira da décima segunda semana, Giles deduziu que voltaria a Bristol com os outros rapazes para desfrutar de um fim de semana de folga antes de se apresentar ao regimento na segunda-feira seguinte. Mas, quando ele saiu do campo de manobras naquela tarde, o sargento-mor o puxou para o lado.

— Cabo Barrington, você deve se apresentar ao major Radcliffe imediatamente.

Giles teria perguntado por que, mas sabia que não obteria uma resposta.

Atravessou o campo de manobras e bateu à porta do escritório do oficial, um homem que ele só tinha visto de longe.

— Entre — disse uma voz.

Giles entrou no escritório, ficou em posição de sentido e bateu continência.

— Barrington — disse o major Radcliffe depois de ter batido continência em resposta. — Tenho boas-novas. Você foi aceito na escola de treinamento de oficiais.

Giles nem sequer percebeu que estava sendo cotado para uma patente.

— Amanhã de manhã, você terá de viajar direto para Mons, onde iniciará o curso na segunda-feira. Meus parabéns e boa sorte.

— Obrigado, senhor — disse Giles antes de fazer uma pergunta. — Bates irá comigo?

— Bates? — perguntou o major Radcliffe. — Você quer dizer o cabo Bates?

— Sim, senhor.

— Pelo amor de Deus, não — respondeu o major. — Ele não é talhado para ser um oficial.

Giles só podia esperar que os alemães fossem igualmente míopes na escolha de seus oficiais.

———

Quando se apresentou à Unidade de Treinamento de Cadetes de Mons em Aldershot na tarde seguinte, Giles não estava preparado para a velocidade com que sua vida mudaria novamente. Demorou um tempo até ele se acostumar a ser chamado de "senhor" por cabos, sargentos e até pelo sargento-mor.

Ele dormia em um quarto individual cuja porta não era escancarada às cinco da manhã com um suboficial batendo com uma haste nos pés da cama e exigindo que pusesse os pés no chão. A porta só se abria quando Giles assim decidia. Ele tomava café da manhã no refeitório com um grupo de rapazes que não tinham de aprender como segurar um garfo e uma faca, embora parecesse que um ou dois deles jamais fossem aprender a segurar um rifle e muito menos dispará-lo com raiva. Mas, em algumas semanas, aqueles mesmos homens estariam na linha de frente, liderando voluntários inexperientes cujas vidas dependeriam do discernimento deles.

Giles se uniu àqueles homens em uma sala de aula onde estudavam história militar, geografia, cartografia, táticas de batalha, alemão e a arte da liderança. Se teve uma coisa que ele aprendeu com o açougueiro de Broad Street, foi que a arte da liderança não pode ser ensinada.

Oito semanas mais tarde, os mesmos jovens participaram de uma parada de fim de treinamento e receberam o Encargo Real. Foram agraciados com duas insígnias em forma de coroa — uma para cada ombro —, um bastão de couro marrom destinado a oficiais e uma carta de congratulações de um rei agradecido.

Tudo o que Giles queria era voltar para o seu regimento e se juntar aos velhos companheiros, mas ele sabia que não seria possível, pois, quando saiu do campo de manobras naquela tarde de sexta-feira, os cabos, sargentos e até mesmo o sargento-mor bateram continência para ele.

Sessenta jovens segundos-tenentes deixaram Aldershot naquela tarde e foram para os quatro cantos do país para passar um fim de semana com as suas famílias, alguns pela última vez.

—

Giles passou a maior parte do sábado subindo e descendo de trens enquanto voltava para West Country. Chegou em Manor House em cima da hora para unir-se à mãe no jantar.

Quando viu o jovem tenente em pé no corredor, Elizabeth não tentou esconder seu orgulho.

Giles ficou decepcionado por nem Emma nem Grace estarem em casa para vê-lo de farda. A mãe explicou que Grace, que estava no segundo período em Cambridge, raramente ia para casa, mesmo durante as férias.

Durante um jantar de um único prato servido por Jenkins — muitos dos serviçais estavam servindo na linha de frente, e não na sala de jantar, Elizabeth explicou —, Giles contou à mãe como fora o treinamento em Dartmoor. Quando ouviu falar de Terry Bates, ela suspirou.

— Bates and Son, eles costumavam ser os melhores açougueiros de Bristol.

— Costumavam ser?

— Todas as lojas de Broad Street foram destruídas completamente; portanto, ficamos sem o açougue Bates. Os alemães têm muito pelo que responder.

Giles franziu o cenho.

— E Emma? — ele perguntou.

— Não podia estar melhor... só que...

— O quê? — repetiu Giles.

Um certo tempo se passou antes que sua mãe acrescentasse baixinho:

— Teria sido muito mais conveniente se Emma tivesse tido uma filha, e não um filho.

— Por que isso é importante? — perguntou Giles, enquanto enchia novamente sua taça.

A mãe abaixou a cabeça, mas não disse nada.

— Ah, meu Deus! — disse Giles à medida que ia compreendendo o significado das palavras da mãe. — Eu deduzi que, quando Harry morresse, eu herdaria...

— Temo que você não possa deduzir nada, querido — disse a mãe levantando a cabeça. — Isto é, não até que possamos estabelecer que seu pai não é também o pai de Harry. Até então, de acordo com os termos do testamento do seu bisavô, Sebastian é que herdará seu título.

Giles mal falou novamente durante a refeição enquanto tentava assimilar o significado das palavras de sua mãe. Depois que o café foi servido, Elizabeth disse que estava cansada e foi para a cama.

Quando subiu a escadaria e foi para o quarto alguns instantes mais tarde, Giles não conseguiu resistir e deu um pulo no quarto das crianças para ver seu afilhado. Ficou sentado sozinho com o herdeiro do título dos Barrington. Sebastian ressonava em um sono feliz, claramente sem preocupações com a guerra, com o testamento do avô ou com o significado das palavras *e tudo o mais aí incluído*.

No dia seguinte, Giles foi tomar café da manhã com os avós no Savage Club. Havia uma atmosfera muito diferente em relação ao fim de semana que eles haviam passado juntos no castelo de Mulgelrie. A única coisa que os dois homens idosos pareciam ansiosos para descobrir era para onde seu regimento seria mandado.

— Não faço ideia — respondeu Giles, que também gostaria de saber, mas que teria dado a mesma resposta mesmo se tivesse sido informado, apesar de aqueles dois cavalheiros veneráveis serem veteranos da Guerra dos Bôeres.

O tenente Barrington se levantou cedo na manhã de segunda-feira e, depois do café da manhã com a mãe, foi levado de carro por Hudson até o quartel-general do 1º. Regimento Wessex. Um fluxo constante de veículos blindados e caminhões cheios de tropas saindo pelo portão principal atravancou sua passagem. Giles saiu do carro e caminhou até a guarita.

— Bom dia, senhor — disse um cabo depois de bater continência rapidamente, algo com que Giles ainda não tinha se acostumado. — O ajudante pediu que o senhor se apresentasse em seu escritório assim que chegasse.

— Seria um prazer, cabo — disse Giles devolvendo a continência — se eu soubesse onde fica o escritório do major Radcliffe.

— Na extremidade oposta da praça, senhor, porta verde. Não há como errar.

Giles atravessou a praça, retribuindo muitas outras continências antes de chegar ao escritório do ajudante.

O major Radcliffe levantou a cabeça atrás da sua escrivaninha quando Giles entrou no escritório.

— Ah, Barrington, meu camarada. É um prazer revê-lo — disse. — Não tínhamos certeza de que você conseguiria chegar a tempo.

— A tempo de quê, senhor? — perguntou Giles.

— O regimento foi designado para o exterior, e o coronel achou que você deveria ter a oportunidade de se unir a nós ou ficar para trás e esperar o próximo fuzuê.

— Para onde vamos, senhor?

— Não faço ideia, meu camarada, está muito acima da minha alçada. Mas uma coisa posso dizer com certeza: será um lugar bem mais próximo dos alemães do que Bristol.

HARRY CLIFTON

1941

13

Harry nunca esqueceria o dia em que Lloyd foi libertado de Lavenham e, embora não tenha ficado decepcionado por vê-lo ir embora, ficou surpreso com as palavras de Max ao se despedir.

— Você poderia me fazer um favor, Tom? — Lloyd disse enquanto eles trocavam um aperto de mão pela última vez. — Estou gostando tanto do seu diário que gostaria de continuar a lê-lo. Se você pudesse mandá-lo para este endereço — acrescentou, entregando a Harry um cartão como se já estivesse do lado de fora. — Devolvo tudo para você em uma semana.

Harry ficou lisonjeado e concordou em enviar a Max cada caderno assim que o completasse.

Na manhã seguinte, Harry assumiu seu posto atrás da mesa do bibliotecário, mas não pensou em ler o jornal da véspera antes de ter terminado suas tarefas. Continuou a atualizar seu diário toda noite e, sempre que chegava ao fim de um caderno, enviava seus últimos esforços a Max Lloyd. Ficava aliviado, e um pouco surpreso, sempre que eram devolvidos, como prometido.

À medida que os meses passavam, Harry começou a aceitar o fato de que a vida na prisão era em sua maior parte rotineira e mundana; portanto, quando o diretor irrompeu na biblioteca uma manhã brandindo sua cópia do *New York Times*, ele levou um susto. Harry pôs de lado a pilha de livros que estava recolocando nas prateleiras.

— Temos um mapa dos Estados Unidos? — Swanson perguntou.

— Temos, claro — respondeu Harry, caminhou silenciosamente até a seção de livros de referência e pegou uma cópia do *Mapa dos Estados Unidos de Hubert*. — Algum lugar em especial, diretor? — perguntou.

— Pearl Harbor.

Nas vinte e quatro horas seguintes só havia um único assunto na boca de todos, tanto prisioneiros quanto guardas: quando os Estados Unidos entrariam na guerra?

Swanson voltou à biblioteca na manhã seguinte.

— O presidente Roosevelt acabou de anunciar no rádio que os Estados Unidos declararam guerra ao Japão.

— Muito bem — disse Harry —, mas quando os americanos vão nos ajudar a derrotar Hitler?

Harry se arrependeu da palavra *nos* assim que a pronunciou. Levantou a cabeça, viu Swanson, que o fitava intrigado, e rapidamente voltou a pôr nas prateleiras os livros do dia anterior.

Harry descobriu a resposta algumas semanas mais tarde, quando Winston Churchill embarcou no *Duke of York* e navegou até Washington para discutir o assunto com o presidente norte-americano. Quando o primeiro-ministro voltou à Grã-Bretanha, Roosevelt havia concordado que os Estados Unidos voltariam a própria atenção para a guerra na Europa e para a tarefa de derrotar a Alemanha nazista.

Harry encheu páginas e mais páginas do seu diário com a reação dos seus colegas prisioneiros à notícia de que o país deles estava em guerra. Concluiu que a maioria dos prisioneiros se encaixava em uma de duas categorias: os covardes e os heróis, ou seja, os que ficavam aliviados por estarem trancafiados com segurança na cadeia e só esperavam que as hostilidades terminassem bem antes de serem soltos e aqueles que mal podiam esperar para sair e enfrentar o inimigo ainda mais odiado do que os guardas da prisão. Quando Harry perguntou ao seu colega de cela em que categoria ele se encaixava, Quinn respondeu:

— Você já conheceu algum irlandês que não gosta de uma boa briga?

Harry, por sua vez, ficou ainda mais frustrado, convencido de que, agora que os americanos tinham entrado na briga, a guerra terminaria bem antes de ele ter a chance de fazer sua parte. Pela primeira vez desde que foi preso, ele pensou em tentar fugir.

Harry tinha acabado de ler a resenha de um livro no *New York Times* quando um guarda entrou na biblioteca e disse:

— O diretor quer falar com você imediatamente no gabinete dele, Bradshaw.

Harry não ficou surpreso, embora, depois de olhar mais uma vez para o anúncio no pé da página, ainda estivesse se perguntando como Lloyd achava que se safaria. Dobrou o jornal com cuidado e o recolocou no cavalete, saindo da sala atrás do guarda.

— Alguma ideia de por que ele quer me ver, sr. Joyce? — Harry perguntou enquanto atravessavam o pátio.

— Não pergunte para mim — disse Joyce, sem tentar esconder seu sarcasmo. — Nunca fui um dos confidentes do diretor.

Harry só voltou a falar novamente quando eles estavam diante da porta do gabinete do diretor. Joyce bateu de levinho à porta.

— Entre — disse uma voz inconfundível.

Joyce abriu a porta, e Harry entrou na sala. Ficou surpreso ao ver um homem desconhecido sentado à frente do diretor. O homem estava usando um uniforme de oficial do Exército e parecia tão elegante quanto Harry parecia um mulambo. Ele não tirou os olhos do prisioneiro.

O diretor se levantou atrás da escrivaninha.

— Bom dia, Tom — era a primeira vez que Swanson se dirigia a ele pelo seu nome de batismo. — Este é o coronel Cleverdon, da 5ª. Unidade dos Texas Rangers.

— Bom dia, senhor — cumprimentou Harry.

Cleverdon se levantou e apertou a mão de Harry; outra novidade.

— Sente-se, Tom — disse Swanson. — O coronel tem uma proposta a lhe fazer.

Harry se sentou.

— É um prazer conhecê-lo, Bradshaw — iniciou o coronel Cleverdon enquanto voltava a se sentar. — Sou o comandante dos

Rangers — acrescentou e Harry olhou para ele com ar inquisitivo.

— Você não nos encontrará listados em nenhum manual de recrutamento. Treino grupos de soldados que serão jogados atrás de linhas inimigas com o objetivo de causar tanta confusão para o inimigo quanto possível, de maneira que a infantaria tenha mais chance de fazer o próprio trabalho. Ninguém sabe ainda onde ou quando nossas tropas vão desembarcar na Europa, mas eu serei um dos primeiros a ser comunicado, pois meus rapazes serão lançados de paraquedas nas áreas-alvo alguns dias antes da invasão.

Harry estava sentado na beirada da cadeira.

— Mas, antes de o balão subir, vou reunir uma pequena unidade especializada para nos preparar para qualquer eventualidade. Essa unidade será composta de três grupos, cada um com dez homens: um capitão, um sargento-chefe, dois cabos e seis soldados. Durante as últimas semanas, entrei em contato com vários diretores de presídios para perguntar se eles tinham homens excepcionais que, em sua opinião, seriam adequados para uma operação desse tipo. Seu nome foi um dos dois apresentados pelo sr. Swanson. Depois de verificar o histórico de quando você serviu na Marinha, tive de concordar com o diretor que você ficaria melhor de farda do que desperdiçando seu tempo aqui.

Harry se virou para o diretor.

— Obrigado, senhor, mas posso perguntar quem é a outra pessoa?

— Quinn — disse Swanson. — Vocês dois me causaram tantos problemas nos últimos dois anos que achei que era a vez de os alemães serem submetidos ao tipo especial de subterfúgios de vocês.

Harry sorriu.

— Se você decidir se unir a nós, Bradshaw — continuou o coronel —, começará imediatamente um curso básico de treinamento de oito semanas, seguido de mais seis semanas com operações especiais. Antes de eu continuar, preciso saber se a ideia lhe agrada.

— Quando começo? — disse Harry.

O coronel sorriu.

— Meu carro está lá fora, no pátio, e deixei o motor ligado.

— Já mandei que suas roupas fossem pegas no depósito — disse o diretor. — Obviamente, precisamos manter em segredo o motivo para você ter partido tão depressa. Se alguém perguntar, direi que você e Quinn foram transferidos para outro presídio.

O coronel assentiu.

— Alguma pergunta, Bradshaw?

— Quinn concordou em se unir ao senhor? — perguntou Harry.

— Ele está sentado no banco de trás do meu carro, provavelmente se perguntando por que você está demorando tanto.

— Mas o senhor sabe por que estou preso, coronel?

— Deserção — respondeu o coronel Cleverdon. — Então, vou ter de ficar de olho em você, não é? — ironizou e os dois homens riram. — Você se juntará ao meu grupo como soldado, mas posso garantir que seu histórico não vai atrapalhar suas chances de promoção. Todavia, já que estamos falando a respeito, Bradshaw, uma mudança de nome talvez seja apropriada, devido às circunstâncias. Não queremos que algum espertinho em arquivos ponha as mãos nos nossos dossiês da Marinha e comece a fazer perguntas constrangedoras. Alguma ideia?

— Harry Clifton, senhor — ele disse um pouco rápido demais.

O diretor sorriu.

— Sempre me perguntei qual era seu verdadeiro nome.

EMMA BARRINGTON

1941

14

Emma queria deixar o apartamento de Kristin assim que possível, fugir de Nova York e voltar à Inglaterra. Assim que voltasse a Bristol, ela poderia encarar seu luto sozinha e devotar a própria vida à criação do filho de Harry. Mas fugir não estava se revelando tão fácil.

— Sinto muito — disse Kristin, pondo um braço em torno dos ombros de Emma. — Eu não fazia ideia de que você não sabia o que aconteceu com Tom.

Emma deu um sorriso fraco.

— Quero que você saiba — continuou Kristin — que Richard e eu nunca duvidamos por um momento que fosse da inocência dele. O homem do qual cuidei como enfermeira não era capaz de cometer um assassinato.

— Obrigada — disse Emma.

— Tenho algumas fotos de Tom quando ele estava conosco no *Kansas Star*. Você gostaria de vê-las? — perguntou Kristin.

Emma anuiu educadamente, embora não tivesse interesse algum em ver fotografias do tenente Thomas Bradshaw. Decidiu que, assim que Kristin tivesse deixado o cômodo, ela sairia sorrateiramente do apartamento e voltaria para o hotel. Ela não tinha vontade alguma de continuar a fazer papel de boba na frente de uma estranha.

Assim que Kristin saiu, Emma se levantou. Ao fazê-lo, derrubou no chão a xícara que estava sobre a mesa, derramando café no tapete. Ajoelhou-se e começou a chorar novamente no mesmo instante em que Kristin voltou para a sala com um punhado de fotografias nas mãos.

Quando viu Emma de joelhos e em prantos, ela tentou consolá-la.

— Por favor, não se preocupe com o tapete, não é importante. Tome, por que você não dá uma olhada enquanto eu vou pegar algo para limpar tudo?

Entregou as fotografias para Emma e saiu rapidamente da sala novamente.

Emma aceitou que não podia mais realizar sua fuga, então voltou à poltrona e, relutante, começou a olhar as fotos de Tom Bradshaw.

— Meu Deus! — ela disse em voz alta. Olhou incrédula para uma foto de Harry em pé no convés de um navio com a Estátua da Liberdade ao fundo e, depois, para outra com os arranha-céus de Manhattan como cenário. Lágrimas brotaram em seus olhos mais uma vez, embora ela não fosse capaz de explicar como aquilo era possível. Emma esperou impaciente a volta de Kristin. Logo em seguida, a consciensiosa dona de casa reapareceu, ajoelhou-se e começou a remover a pequena mancha marrom com um pano úmido.

— Você sabe o que aconteceu com Tom depois que ele foi preso? — Emma perguntou ansiosa.

— Ninguém contou a você? — perguntou Kristin, levantando a cabeça. — Ao que parece, não havia provas suficientes para julgá--lo por assassinato e Jelks conseguiu que retirassem a queixa. Ele foi acusado de deserção da marinha, se disse culpado e pegou uma sentença de seis anos.

Emma não entendia como Harry podia ter ido parar na cadeia por um crime que obviamente não cometera.

— O julgamento aconteceu em Nova York?

— Sim — respondeu Kristin. — Como seu advogado era Sefton Jelks, Richard e eu presumimos que ele não precisava de ajuda financeira.

— Não sei se entendi bem.

— Sefton Jelks é o sócio majoritário de um dos escritórios de advocacia de maior prestígio de Nova York, então, Tom pelo menos estava sendo bem representado. Quando nos procurou para falar de Tom, o advogado parecia verdadeiramente preocupado. Sei que ele também visitou o dr. Wallace e o capitão do navio, e garantiu a todos nós que Tom era inocente.

— Você sabe para qual prisão ele foi mandado? — Emma perguntou baixinho.

— Lavenham, no interior do Estado de Nova York. Richard e eu tentamos visitá-lo, mas o sr. Jelks nos disse que ele não queria ver ninguém.

— Vocês foram muito gentis — disse Emma. — Talvez eu possa pedir mais um favorzinho antes de partir. Eu poderia ficar com uma dessas fotos?

— Fique com todas. Richard tirou dúzias delas, como sempre faz. A fotografia é seu hobby.

— Não quero mais ocupar seu tempo — disse Emma quando se levantava cambaleante.

— Você não está ocupando meu tempo — Kristin respondeu. — O que aconteceu com Tom nunca fez sentido para nenhum de nós dois. Quando você o vir, por favor, mande lembranças nossas — disse ela enquanto saía da sala com Emma. — E, se ele quiser uma visita, ficaríamos felizes em ir até lá.

— Obrigada — disse Emma enquanto a corrente era removida mais uma vez.

Enquanto abria a porta, Kristin disse:

— Nós dois percebemos que Tom estava desesperadamente apaixonado, mas ele não nos disse que você era inglesa.

15

Emma acendeu a luz ao lado da cama e, mais uma vez, estudou as fotografias de Harry em pé no convés do *Kansas Star*. Ele parecia muito feliz, muito relaxado e, obviamente, não sabia o que o esperava quando pisasse em terra firme.

Ela dormiu intermitentemente enquanto tentava entender por que Harry se dispôs a enfrentar um julgamento por assassinato e a se declarar culpado de deserção de uma marinha à qual ele nunca se alistara. Concluiu que só Sefton Jelks poderia fornecer tais respostas. A primeira coisa que precisava fazer era marcar horário para vê-lo.

Emma olhou novamente para o relógio na mesinha de cabeceira: 3h21. Saiu da cama, vestiu um robe, sentou-se diante da escrivaninha e encheu várias folhas do papel timbrado do hotel com anotações que a preparavam para o encontro com Sefton Jelks. Parecia que estava estudando para uma prova.

Às seis horas, tomou banho e se vestiu, depois desceu para o café da manhã. Uma cópia do *New York Times* havia sido deixada sobre a mesa e ela rapidamente a folheou, só parando para ler um artigo. Os americanos estavam se tornando pessimistas em relação à capacidade da Grã-Bretanha de sobreviver a uma invasão alemã, o que parecia cada vez mais provável. Sobre uma fotografia de Winston Churchill em pé nos penhascos de Dover olhando desafiadoramente para a outra margem do Canal da Mancha com um charuto, sua marca registrada, na boca, aparecia a manchete: "Vamos combatê-los nas praias."

Emma sentiu-se culpada por estar longe da sua pátria. Ela precisava encontrar Harry e fazer com que ele fosse libertado da prisão para que voltassem juntos a Bristol.

O recepcionista do hotel procurou a Jelks, Myers & Abernathy na lista telefônica de Manhattan, anotou um endereço em Wall Street e o entregou a Emma.

O táxi a deixou diante de um enorme edifício de aço e vidro que se estendia rumo ao céu. Ela passou pelas portas giratórias e consultou um grande quadro na parede que listava os nomes de todas as firmas nos 48 andares. A Jelks, Myers & Abernathy estava localizada nos andares 20, 21 e 22; todas as informações na recepção, no vigésimo andar.

Emma se uniu a uma horda de homens em ternos de flanela cinza que encheram o primeiro elevador disponível. Quando desceu no vigésimo andar, deparou-se com três mulheres elegantes, vestindo blusas brancas com colarinhos abertos e saias pretas, sentadas atrás de uma mesa na recepção, mais uma coisa que ela jamais vira em Bristol. Emma seguiu confiante até a mesa.

— Eu gostaria de falar com o sr. Jelks.

— A senhorita tem hora marcada? — perguntou a recepcionista educadamente.

— Não — admitiu Emma, que só havia tido contato com um advogado local que sempre estava disponível toda vez que algum membro da família Barrington aparecia.

A recepcionista pareceu surpresa. Os clientes não apareciam do nada na frente da recepção esperando ver o principal sócio da firma; geralmente escreviam ou suas secretárias telefonavam para marcar um horário na atribulada agenda do sr. Jelks.

— Se puder me informar seu nome, vou dar uma palavrinha com o assistente dele.

— Emma Barrington.

— Por favor, sente-se, srta. Barrington. Logo alguém virá procurá-la.

Emma se sentou sozinha na pequena alcova. Esse logo se revelou mais de meia hora, quando outro homem de terno cinza apareceu carregando um bloco amarelo.

— Meu nome é Samuel Anscott — disse ele, estendendo a mão. — Disseram-me que a senhorita gostaria de falar com o sócio principal.

— Correto.

— Sou seu assistente legal — disse Anscott enquanto se sentava à frente de Emma. — O sr. Jelks me pediu para descobrir por que a senhorita deseja vê-lo.

— É uma questão pessoal — disse Emma.

— Receio que ele não vá concordar em recebê-la a menos que eu possa informá-lo do que se trata.

Emma franziu os lábios.

— Sou uma amiga de Harry Clifton.

Ela observou Anscott de perto, mas era óbvio que aquele nome não significava nada para ele, embora ele tenha feito uma anotação em seu bloco amarelo.

— Tenho motivos para acreditar que Harry Clifton foi preso pelo assassinato de Adam Bradshaw e que o sr. Jelks o representou.

Daquela vez, o nome surtiu efeito, e a caneta se deslocou mais rapidamente sobre o bloco.

— Eu gostaria de ver o sr. Jelks para descobrir como um advogado com a sua reputação permitiu que meu noivo tomasse o lugar de Thomas Bradshaw.

O jovem franziu com força a testa. Ele certamente não estava acostumado a pessoas se referindo ao seu chefe daquela maneira.

— Não faço ideia do que a senhorita está falando — disse ele e Emma suspeitou que fosse verdade. — Mas vou informar o sr. Jelks e lhe darei uma resposta. Talvez a senhorita possa me dar um endereço de contato.

— Estou hospedada no Mayflower Hotel — disse Emma — e estou disponível para me encontrar com o sr. Jelks a qualquer momento.

Anscott fez outra anotação em seu bloco, levantou-se, inclinou brevemente a cabeça, mas, daquela vez, não ofereceu um aperto de mão. Emma estava confiante de que não teria de esperar muito para que o sócio principal da firma concordasse em vê-la.

Pegou um táxi de volta até o Mayflower Hotel e ouviu o telefone tocar em seu quarto antes mesmo de abrir a porta. Atravessou correndo o quarto, mas, quando levantou o fone, a linha havia sido desconectada.

Sentou-se à escrivaninha e começou a escrever para a mãe para dizer que havia chegado com segurança, embora não tenha mencionado que estava convencida de que Harry estivesse vivo. Emma só faria isso quando o tivesse visto em carne e osso. Ela estava na terceira página da carta quando o telefone tocou novamente. Ela atendeu.

— Boa tarde, srta. Barrington.

— Boa tarde, sr. Anscott — respondeu ela, sem precisar que dissessem quem estava do outro lado da linha.

— Falei com o sr. Jelks a respeito do seu pedido de encontro, mas temo que ele não possa vê-la porque isso criaria um conflito de interesse com outro cliente que ele representa. Ele lamenta não poder ajudar mais.

A ligação foi terminada.

Emma ficou diante da escrivaninha, atônita, ainda com o telefone na mão, as palavras *conflito de interesse* ressoando em seus ouvidos. Será que havia realmente outro cliente e, nesse caso, quem poderia ser? Ou será que aquilo era apenas uma desculpa para não recebê-la? Ela pôs o fone de volta sobre o aparelho e ficou sentada por algum tempo imaginando o que o avô teria feito naquelas circunstâncias. Lembrou-se de uma de suas máximas favoritas: há mais de uma maneira de se esfolar um gato.

Emma abriu a gaveta da escrivaninha, ficou grata por encontrar um novo suprimento de papel de carta e redigiu uma lista das pessoas que poderiam preencher algumas das lacunas criadas pelo suposto conflito de interesse do sr. Jelks. Depois, desceu até a recepção, sabendo que estaria totalmente ocupada nos dias seguintes. A recepcionista tentou esconder a própria surpresa quando a jovem inglesa de fala mansa pediu o endereço de um tribunal, uma delegacia de polícia e uma prisão.

Antes de deixar o Mayflower, Emma passou na loja do hotel e comprou um bloco amarelo. Saiu e, na calçada, fez sinal para outro táxi.

O motorista a deixou em uma parte da cidade muito diferente da que era habitada pelo sr. Jelks. Ao subir os degraus do tribunal, Emma pensou em Harry e em como ele deve ter se sentido ao entrar naquele mesmo edifício em circunstâncias muito diferentes. Perguntou ao guarda na porta onde ficava a biblioteca de referência na esperança de descobrir quais haviam sido aquelas circunstâncias.

— Se a senhorita está se referindo ao arquivo, fica no porão — respondeu o guarda.

Depois de descer dois lances de escada, Emma perguntou a um atendente atrás do balcão se podia ver os registros do caso do Estado de Nova York contra Bradshaw. O atendente lhe entregou um formulário a ser preenchido que incluía a pergunta *Você é um estudante?*, que ela respondeu com um *sim*. Alguns minutos mais tarde, Emma recebeu três grandes caixas de arquivos.

— Fechamos daqui a duas horas — foi advertida. — Quando a campainha tocar, a senhorita deve devolver os registros a este balcão imediatamente.

Após ler algumas páginas dos documentos, Emma não conseguia entender por que o Estado não havia prosseguido com o julgamento de Tom Bradshaw por assassinato, já que parecia haver fortes argumentos contra ele. Os irmãos estavam dividindo um quarto de hotel; a garrafa de uísque estava coberta de digitais de Tom sujas de sangue e não havia indício algum de que outra pessoa tivesse entrado no quarto antes de o corpo de Adam ter sido encontrado caído em uma poça de sangue. Mas, pior ainda, por que Tom havia fugido da cena do crime e por que o promotor estadual aceitou uma declaração de culpa pela acusação menos grave de deserção? Ainda mais enigmático era como Harry se envolvera com tudo aquilo. Será que a carta sobre a lareira de Maisie continha respostas para todas aquelas perguntas ou será que Jelks simplesmente sabia de algo e não queria que ela descobrisse?

Seus pensamentos foram interrompidos por uma campainha estridente que exigia a devolução dos arquivos no balcão. Algumas perguntas foram respondidas, mas muitas outras permaneciam em aberto. Emma anotou dois nomes na esperança de que pudessem fornecer a maioria daquelas respostas, mas será que *eles* também alegariam um conflito de interesse?

Ela saiu do tribunal pouco depois das cinco da tarde levando consigo muitas outras folhas de papel cobertas por sua bela caligrafia. Comprou algo chamado Hershey Bar e uma Coca de um vendedor de rua antes de fazer sinal para outro táxi e pedir ao motorista para levá-la à 24ª. Delegacia de Polícia. Comeu e bebeu durante a viagem, algo que sua mãe nunca teria aprovado.

Ao chegar à delegacia, Emma pediu para falar com o detetive Kolowski ou com o detetive Ryan.

— Os dois estão no turno da noite esta semana — ela foi informada pelo sargento de plantão —; portanto, só vão estar de volta ao serviço às dez horas.

Emma agradeceu e decidiu voltar ao hotel e jantar antes de retornar à 24ª. Delegacia às dez.

Depois de uma Caesar Salad e do seu primeiro sundae de frutas, Emma voltou para o seu aposento no quarto andar. Deitou-se na cama e pensou no que precisava perguntar a Kolowski ou Ryan, presumindo que algum deles concordaria em vê-la. O tenente Bradshaw tinha um sotaque americano?

Emma caiu em um sono profundo e foi catapultada de volta à consciência pelo estranho som de uma sirene de polícia a todo volume na rua lá embaixo. Naquele momento, entendeu por que os quartos nos andares superiores eram mais caros. Verificou o relógio. Era 1h15.

— Droga — amaldiçoou enquanto pulava da cama, corria até o banheiro, umedecia uma flanela sob a torneira de água fria e cobria o rosto. Saiu rapidamente do quarto e pegou o elevador até o térreo. Ao sair do hotel, ficou surpresa ao ver que a rua estava tão movimentada, e a calçada tão cheia, quanto ao meio-dia.

Fez sinal para outro táxi e pediu que o motorista a levasse de volta à 24ª. Delegacia. Outro sargento de plantão pediu que ela se sentasse e prometeu informar a Kolowski ou a Ryan que ela estava esperando na recepção.

Emma se preparou para uma longa espera, mas, para sua surpresa, ouviu alguns minutos mais tarde o sargento de plantão dizer:

— Ei, Karl, tem uma moça sentada ali dizendo que quer falar com você. E gesticulou na direção de Emma.

O detetive Kolowski, com um café em uma mão e um cigarro na outra, aproximou-se e abriu um meio sorriso para Emma. Ela se perguntou com que rapidez aquele sorriso desapareceria quando ele descobrisse por que queria vê-lo.

— Como posso ajudá-la, senhorita? — o detetive perguntou.

— Meu nome é Emma Barrington — ela disse, exagerando seu sotaque inglês — e preciso do seu conselho em relação a uma questão pessoal.

— Então, vamos até o meu escritório, srta. Barrington — Kolowski disse e começou a atravessar um corredor até chegar a uma porta que ele abriu dando um coice com o salto do sapato.

— Sente-se — disse apontando para a única cadeira na sala. — Posso lhe oferecer um café? — perguntou enquanto Emma se sentava.

— Não, obrigada.

— Uma sábia decisão, senhorita — disse ele enquanto punha sua caneca sobre a mesa, acendia o cigarro e se sentava. — Então, em que posso ajudá-la?

— Sei que o senhor foi um dos detetives que prendeu meu noivo.

— Qual o nome dele?

— Thomas Bradshaw.

Ela tinha razão. O olhar, a voz, o comportamento do detetive, tudo mudou.

— Sim, isso mesmo. E posso dizer, senhorita, que era um caso ganho até Sefton Jelks ter se envolvido.

— Mas o caso nunca foi julgado — Emma lembrou a ele.

— Só porque Bradshaw tinha Jelks como advogado. Se aquele sujeito tivesse defendido Pôncio Pilatos, teria convencido o júri de que ele estava simplesmente ajudando um jovem carpinteiro que queria comprar uns pregos para uma cruz na qual estava trabalhando.

— O senhor está sugerindo que Jelks...

— Não — disse Kolowski sarcasticamente antes que Emma pudesse terminar a frase. — Sempre achei que fosse uma coincidência o Procurador Distrital ter se candidatado à reeleição naquele ano e alguns dos clientes de Jelks terem sido alguns dos que mais contribuíram para a sua campanha. De qualquer maneira — ele continuou após soltar uma grande nuvem de fumaça —, Bradshaw acabou pegando seis anos por deserção quando as apostas aqui na delegacia eram de que pegaria dezoito meses, dois anos no máximo.

— O que o senhor está sugerindo? — perguntou Emma.

— Que o juiz aceitou que Bradshaw era culpado — Kolowski fez uma pausa e soltou outra nuvem de fumaça antes de acrescentar — pelo assassinato.

— Concordo com o senhor e com o juiz — disse Emma. — Tom Bradshaw provavelmente era culpado pelo assassinato — acrescentou e Kolowski ficou surpreso. — Mas o homem que o senhor prendeu alguma vez disse que aquilo era um engano, que ele não era Tom Bradshaw, mas sim Harry Clifton?

O detetive olhou Emma mais de perto e pensou por um instante.

— Ele de fato disse alguma coisa no início, mas Jelks deve ter dito que aquilo não ia colar, pois nunca mais tocou no assunto.

— Estaria interessado, sr. Kolowski, se eu pudesse provar que aquilo ia colar?

— Não, senhorita — disse Kolowski com firmeza. — Esse caso foi encerrado há muito tempo. Seu noivo está cumprindo pena de seis anos por um crime pelo qual se declarou culpado e eu tenho trabalho demais sobre a minha mesa — acrescentou e pôs a mão sobre uma pilha de pastas — para reabrir uma velha ferida. Bem, a menos que a senhorita tenha algo mais com que eu possa ajudá-la...

— Eles me permitiriam visitar Tom em Lavenham?

— Não vejo por que não — respondeu Kolowski. — Escreva ao diretor. Ele lhe enviará uma ordem de visita. Depois de preenchê-la e mandá-la de volta, eles marcarão uma data. Não deve demorar mais do que seis ou oito semanas.

— Mas eu não tenho seis semanas — protestou Emma. — Preciso voltar à Inglaterra em duas semanas. Não há nada que eu possa fazer para acelerar o processo?

— Isso só é possível por razões humanitárias — disse o detetive — e isso se limita a esposas e parentes.

— E quanto à mãe do filho do prisioneiro? — retrucou Emma.

— Em Nova York, senhorita, isso lhe dá os mesmos direitos de uma esposa, desde que possa ser comprovado.

Emma tirou duas fotos da bolsa, uma de Sebastian e outra de Harry em pé no convés do *Kansas Star*.

— Isso é suficiente para mim — disse Kolowski devolvendo o retrato de Harry sem tecer comentários. — Se a senhorita prometer que me deixará em paz, falo com o diretor e vejo o que pode ser feito.

— Obrigada — disse Emma.

— Como posso encontrá-la?

— Estou hospedada no Mayflower Hotel.

— Manterei contato — disse Kolowski fazendo uma anotação. — Mas não quero que a senhorita tenha dúvida alguma de que Tom Bradshaw matou o irmão. Tenho certeza disso.

— E eu não quero que o senhor tenha dúvida alguma de que o homem preso em Lavenham não é Tom Bradshaw. Tenho certeza disso.

Emma pôs a fotografia de volta na bolsa e se levantou para ir embora.

O detetive franziu o cenho enquanto ela saía da sala.

Emma retornou ao hotel, tirou a roupa e voltou direto para a cama. Permaneceu acordada se perguntando se Kolowski podia estar em dúvida em relação a ter prendido o homem certo. Ela ainda não conseguia entender por que Jelks permitira que Harry fosse condenado a seis anos quando teria sido mais fácil para ele provar que Harry não era Tom Bradshaw.

Ela finalmente adormeceu, grata por não ser acordada por nenhum visitante noturno.

O telefone tocou enquanto Emma estava no banheiro, mas, quando ela o atendeu, ouviu apenas o sinal de discar.

A segunda ligação aconteceu quando ela estava fechando a porta do quarto a caminho do café da manhã. Ela voltou correndo para dentro, agarrou o telefone e reconheceu a voz que vinha do outro lado da linha.

— Bom dia, agente Kolowski — respondeu ela.

— As notícias não são boas — disse o detetive, que não perdia tempo e ia direto ao assunto. Ela se jogou na cama, temendo o pior. — Falei com o diretor de Lavenham pouco antes de terminar meu turno e ele me disse que Bradshaw deixou claro que não quer nenhum visitante, sem exceções. Parece que o sr. Jelks emitiu uma ordem para que ele nem sequer seja informado quando alguém pedir para vê-lo.

— O senhor não poderia tentar enviar uma mensagem para ele de alguma maneira? — implorou Emma. — Tenho certeza de que se ele soubesse que sou eu...

— Sem esperança — disse Kolowski. — A senhorita não faz ideia do alcance dos tentáculos de Jelks.

— Ele consegue prevalecer sobre um diretor de presídio?

— Um diretor de presídio é peixe pequeno. O promotor distrital e metade dos juízes em Nova York estão na palma da mão dele. Mas não fale para ninguém que eu disse isso.

A ligação terminou abruptamente.

Emma não sabia quanto tempo havia se passado até ouvir alguém batendo à porta. Quem poderia ser? A porta se abriu e um rosto amistoso surgiu.

— Posso limpar o quarto, senhorita? — perguntou uma mulher que empurrava um carrinho.

— Vou demorar só alguns minutos — respondeu Emma.

Verificou o relógio e ficou surpresa ao descobrir que eram 10h10. Ela precisava desanuviar a cabeça antes de pensar no próximo lance e decidiu dar um longo passeio no Central Park.

Caminhou pelo parque antes de tomar uma decisão. Estava na hora de visitar a tia-avó e pedir seu conselho sobre o que fazer em seguida.

Emma encaminhou-se para a Rua 64 e Park Avenue, e estava tão absorta pensando em como explicaria à tia-avó Phyllis por que não a visitara antes que não registrou plenamente o que viu. Ela parou, deu meia-volta e fez o percurso inverso verificando cada vitrine até chegar à Doubleday's. Uma pirâmide de livros dominava a vitrine central, ao lado da fotografia de um homem com cabelos negros penteados para trás e um bigodinho fino. Ele estava sorrindo para ela.

O DIÁRIO DE UM CONDENADO
Minha pena na prisão de segurança máxima de Lavenham
de
Max Lloyd

O autor do best-seller estará
autografando livros nesta loja às 17h de terça-feira.

Não perca a oportunidade de conhecer o autor.

GILES BARRINGTON

1941

16

Giles não fazia ideia de para onde o regimento estava indo. Durante dias a fio, ele parecia estar sempre em movimento, incapaz de dormir por mais do que umas poucas horas de cada vez. Primeiro, embarcou em um trem, seguido de um caminhão, antes de subir a passarela de um navio de transporte de tropas que abriu caminho pelas ondas do oceano com seu ritmo próprio até finalmente despejar mil soldados do regimento Essex no porto egípcio de Alexandria, na costa da África Setentrional.

Durante a viagem, Giles se reencontrou com os colegas do acampamento Ypres em Dartmoor e teve de aceitar que eles agora estavam sob seu comando. Para um ou dois deles, Bates em especial, não foi fácil chamá-lo de senhor, e bater continência a cada vez que se encontravam foi ainda mais difícil.

No desembarque, um comboio de veículos militares esperava o regimento Essex. Giles nunca havia sentido tanto calor, e sua camisa cáqui limpinha ficou encharcada de suor instantes após ter posto os pés em solo estrangeiro. Ele rapidamente organizou seus homens em três grupos antes que eles embarcassem nos caminhões que os aguardavam. O comboio avançou lentamente por uma estrada costeira estreita e poeirenta durante várias horas antes de finalmente chegar aos arredores de uma cidade severamente bombardeada que foi anunciada por Bates em voz alta:

— Tobruk! Eu disse! — e o dinheiro começou a trocar de mãos.

Após entrarem na cidade, o comboio deixou os homens em vários pontos. Giles e os outros oficiais saltaram diante do Majestic Hotel, que fora requisitado pelo regimento Essex como quartel-general da companhia. Giles empurrou a porta giratória e rapidamente descobriu que não havia nada de muito majestoso no hotel. Escritórios improvisados haviam sido amontoados em qualquer espaço vazio. Tabelas e mapas estavam presos às paredes no lugar que antes eram de pinturas, e o macio carpete vermelho que acolheu VIPs de todo o mundo tornara-se gasto com o tropel contínuo de coturnos.

A área da recepção era o único lugar que lembrava que, um dia, aquele poderia ter sido um hotel. Um cabo de serviço marcou o nome do segundo tenente Barrington em uma longa lista de novas chegadas.

— Quarto 219 — disse ele, entregando a Giles um envelope. — O senhor encontrará tudo o que for necessário aí dentro.

Giles subiu a larga escadaria até o segundo andar e entrou no quarto. Sentou-se na cama, abriu o envelope e leu suas ordens. Às sete horas, ele deveria se apresentar no salão de baile, onde o coronel do regimento falaria com todos os oficiais. Giles desfez a mala, tomou um banho, pôs uma camisa limpa e voltou ao térreo. Pegou um sanduíche e uma xícara de chá no refeitório dos oficiais e se encaminhou para o salão de baile pouco antes das sete.

O salão, com seu pé-direito alto e magníficos lustres, já estava cheio de turbulentos oficiais que reencontravam velhos amigos e eram apresentados a novos colegas enquanto esperavam para descobrir qual a casa do tabuleiro de xadrez para onde seriam deslocados. Giles viu de relance um jovem tenente do outro lado do salão e achou que o havia reconhecido, mas, depois, o perdeu de vista.

A um minuto para as sete, o tenente-coronel Robertson subiu no palco e todos rapidamente fizeram silêncio e ficaram em posição de atenção. Ele parou no centro do palco e acenou para que os homens relaxassem. Pés afastados, mãos nos quadris, ele começou seu discurso.

— Cavalheiros, deve parecer estranho para vocês ter viajado de todas as partes do império para travar batalha contra os alemães no norte da África. Todavia, o marechal de campo Rommel e seu Afrika Korps também estão aqui com o objetivo de manter o fornecimento de petróleo para suas tropas na Europa. É nossa responsabilidade mandá-lo de volta para Berlim com o nariz sangrando muito antes de o último tanque deles ter ficado sem combustível.

Vivas eclodiram no salão, acompanhados de pés sendo batidos no chão.

— O general Wavell concedeu ao Essex o privilégio de defender Tobruk e eu disse a ele que todos nós sacrificaremos a própria vida antes que Rommel reserve uma suíte no Majestic Hotel.

A reação foram vivas ainda mais ruidosos e mais pés sendo batidos no chão.

— Agora, quero que vocês se apresentem aos comandantes de suas companhias, que os informarão sobre o plano geral para defender a cidade e as responsabilidades que cada um deverá assumir. Cavalheiros, não temos tempo algum a perder. Boa sorte e feliz caça.

Os oficiais ficaram em posição de atenção mais uma vez enquanto o coronel deixava o palco. Giles verificou novamente suas ordens. Ele fora alocado ao Pelotão 7, Companhia C, que deveria se reunir na biblioteca do hotel após o discurso do coronel para receber as instruções do major Richards.

— Você deve ser Barrington — disse o major quando Giles entrou na biblioteca alguns minutos mais tarde. Giles o saudou. — Foi bondade sua ter se unido a nós tão pouco tempo após ter sido comissionado. Eu o coloquei no comando do Pelotão 7 como coadjuvante do seu velho amigo. Você terá três seções de doze homens e sua responsabilidade será patrulhar o perímetro oeste da cidade. Você terá um sargento e três cabos para auxiliá-lo. O tenente lhe dará maiores detalhes. Como vocês estudaram juntos, não gastarão muito tempo se conhecendo.

Giles ficou se perguntando quem poderia ser. Depois, lembrou-se da silhueta comprida do outro lado do salão de baile.

O segundo-tenente Giles Barrington gostaria de ter dado ao tenente Fisher o benefício da dúvida, embora nunca pudesse apagar a lembrança dele como prefeito em St. Bede's batendo em Harry todas as noites durante a primeira semana somente por ele ser o filho de um estivador.

— É bom rever você, Barrington, depois de tanto tempo — disse Fisher. — Não vejo motivo para não trabalharmos bem juntos, não é mesmo?

Ele obviamente também se lembrava do tratamento dispensado a Harry Clifton. Giles conseguiu abrir um sorriso amarelo.

— Temos mais de trinta homens sob o nosso comando, além de três cabos e um sargento. Você vai se lembrar de alguns deles dos tempos do treinamento. Na verdade, já encarreguei o cabo Bates da seção número um.

— Terry Bates?

— Cabo Bates — repetiu Fisher. — Nunca use um nome de batismo ao se referir às tropas. No refeitório e quando estivermos a sós, Giles, você pode me chamar de Alex, mas nunca na frente dos homens. Tenho certeza de que você entende.

Você sempre foi um arrogante de merda e, obviamente, nada mudou, pensou Giles. Dessa vez não sorriu.

— Bem, é nossa responsabilidade patrulhar o perímetro oeste da cidade em turnos de quatro horas. Não subestime a importância da nossa tarefa porque, se Rommel atacar Tobruk, as informações que temos são de que ele tentará entrar na cidade pelo oeste. Portanto, precisamos permanecer vigilantes o tempo todo. Vou deixar que você cuide das escalas de serviço. Geralmente consigo fazer um ou dois turnos por dia, mas não posso fazer muito mais por causa de minhas outras responsabilidades.

De que tipo?, Giles queria perguntar.

Giles gostava de patrulhar a parte oeste da cidade com os seus homens e logo conheceu todos os 36, ainda mais porque o cabo Bates o mantinha muito bem informado. Embora ele tentasse mantê-los em alerta perpétuo após o aviso de Fisher, à medida que as semanas transcorriam sem incidentes, ele começou a se perguntar se algum dia iriam ficar cara a cara com o inimigo.

Foi em uma manhã enevoada no início de abril, quando as três patrulhas de Giles estavam realizando um exercício, que uma chuva de projéteis começou a cair do nada. Os homens instantaneamente se jogaram no chão e logo se arrastaram até o edifício mais próximo para se proteger como podiam.

Giles estava com a divisão de vanguarda quando os alemães apresentaram seu cartão de visitas e, em seguida, dispararam uma segunda salva de tiros. As balas não caíram nem perto do alvo, mas ele sabia que não demoraria muito até o inimigo identificar sua posição.

— Não atirem até eu mandar — ordenou enquanto esquadrinhava lentamente o horizonte com os binóculos. Giles decidiu informar Fisher antes de dar algum passo. Pegou o telefone de campo e obteve uma resposta imediata.

— Quantos deles estão aí, na sua opinião? — perguntou Fisher.

— Eu diria que não mais do que setenta, no máximo oitenta. Se você avançar com as seções número dois e três, será mais do que suficiente para detê-los até a chegada de reforços.

Uma terceira salva de tiros se seguiu, mas, depois de vasculhar o horizonte, Giles deu mais uma vez a ordem:

— Não atirem.

— Vou mandar a Divisão 2 sob o comando do sargento Harris para dar apoio a vocês — disse Fisher — e, se você me mantiver informado, decidirei se me junto a vocês com a Divisão 3.

A ligação foi encerrada.

Uma quarta salva de tiros rapidamente seguiu a terceira e, daquela vez, quando focou os binóculos, Giles conseguiu ver uma dúzia de homens se arrastando pelo terreno aberto rumo a eles.

— Mirem, mas só disparem quando o alvo estiver no raio de tiro e não desperdicem nem uma bala.

Bates foi o primeiro a apertar o gatilho.

— Peguei você — disse ele enquanto um alemão caía na areia do deserto. Ao recarregar a arma, acrescentou: — Vou ensinar vocês a bombardear Broad Street.

— Cale a boca, Bates, e concentre-se — rebateu Giles.

— Desculpe, senhor.

Giles continuou a vasculhar o horizonte. Conseguia ver dois, talvez três homens, que haviam sido baleados e estavam caídos de bruços na areia a alguns metros de suas trincheiras. Ele deu a ordem para que outra salva fosse disparada e observou muitos outros alemães correndo de volta para a segurança, como formigas se entocando em um buraco.

— Cessar fogo! — gritou Giles, ciente de que eles não podiam se dar ao luxo de desperdiçar munição preciosa. Olhou para a esquerda e conseguiu ver a Divisão 2 já em posição sob o comando do sargento Harris, aguardando ordens.

Ele pegou o telefone de campo e Fisher surgiu novamente na linha.

— Minha munição não vai durar muito mais, senhor. Meu flanco esquerdo agora está coberto pelo sargento Harris, mas meu flanco direito está exposto. Se puder avançar, teremos mais chance de rechaçá-los.

— Agora que você tem a Divisão 2 para reforçar sua posição, Barrington, é melhor eu ficar atrás e cobrir vocês, caso eles consigam passar.

Outra salva de tiros voou na direção deles. Os alemães certamente haviam calculado com exatidão onde eles estavam posicionados, mas Giles ainda instruiu as duas divisões para não abrir fogo. Xingou, desligou o telefone e atravessou o espaço aberto para ir até o sargento Harris. Uma salva de tiros seguiu seu esforço.

— O que você acha, sargento.

— É metade de uma companhia, senhor, cerca de oitenta homens no total. Mas acho que são apenas um destacamento de reconhecimento; portanto, tudo o que temos a fazer é ficar abaixados e ser pacientes.

— Concordo — disse Giles. — O que você acha que eles vão fazer?

— Os boches vão saber que são mais numerosos do que nós; portanto, vão querer montar um ataque antes que algum reforço chegue. Se o tenente Fisher trouxesse a Divisão 3 para cobrir nosso flanco direito, nossa posição seria fortalecida.

— Concordo — repetiu Giles enquanto outra salva de tiros os saudava. — Vou voltar e falar com Fisher. Espere minhas ordens.

Giles ziguezagueou pelo terreno aberto. Daquela vez, as balas estavam um pouco próximas demais para tentar novamente aquele truque. Ele estava prestes a ligar para Fisher quando o telefone de campo tocou. Ele o atendeu.

— Barrington — disse Fisher —, entendo que está na hora de tomarmos a iniciativa.

Giles precisou repetir as palavras de Fisher para ter certeza de que as ouvira corretamente.

— Você quer que eu lidere um ataque contra a posição dos alemães enquanto você avança com a Divisão 3 para me dar cobertura.

— Se fizermos isso — disse Bates —, seremos alvos fáceis no raio de tiro de um rifle.

— Cale-se, Bates.

— Sim, senhor.

— O sargento Harris acha, e eu concordo com ele — continuou Giles —, que, se o senhor avançar com a Divisão 3 para cobrir nosso flanco direito, os alemães terão de montar um ataque; então, poderíamos...

— Não estou interessado no que o sargento Harris acha — disse Fisher. — Eu dou as ordens e você as executa. Está claro?

— Sim, senhor — disse Giles enquanto batia o telefone.

— Eu poderia matá-lo, senhor — disse Bates.

Giles o ignorou enquanto carregava o revólver e prendia seis granadas de mão ao cinto. Levantou-se para que os dois pelotões pudessem vê-lo e disse em voz alta:

— Armem as baionetas e preparem-se para avançar.

Em seguida, saiu de trás do reparo e gritou:

— Sigam-me!

À medida que começava a correr pela profunda areia escaldante com o sargento Harris e o cabo Bates a apenas um passo atrás, Giles foi saudado por mais uma salva de tiros e ficou pensando quanto tempo sobreviveria contra probabilidades tão desfavoráveis. Ainda faltando percorrer quarenta metros, ele conseguiu ver exatamente onde as três trincheiras inimigas se situavam. Pegou uma granada de mão do cinto, removeu o pino e a atirou na direção da trincheira central, como se estivesse devolvendo uma bola de críquete da extremidade do campo para as luvas do apanhador. A granada aterrissou um pouco à frente de onde ficariam as varetas no campo de jogo. Giles viu dois homens voarem pelos ares enquanto outro caía de costas.

Virou-se e lançou uma segunda granada para a esquerda, uma jogada de sucesso, já que o poder de fogo do inimigo logo secou. A terceira granada acertou uma metralhadora. À medida que continuava a avançar, Giles conseguia ver os homens que o tinham sob mira. Sacou o revólver da cartucheira e começou a atirar como se estivesse em um estande de tiro, mas, daquela vez, os alvos eram seres humanos. Um, dois, três caíram, depois, Giles viu um oficial alemão o enquadrando na mira. O alemão puxou o gatilho com uma fração de segundo de atraso e caiu no chão na frente do inimigo. Giles se sentiu nauseado.

Quando ele estava a apenas um metro da trincheira, um jovem alemão jogou o rifle no chão enquanto outro levantou os braços para o ar. Giles fixou os olhos desesperados dos homens derrotados. Ele não precisava falar alemão para saber que eles não queriam morrer.

— Cessar fogo! — Giles berrou, enquanto o resto das Divisões 1 e 2 rapidamente invadia as posições inimigas. — Reúna-os e os desarme, sargento Harris — acrescentou, e depois virou-se para trás para olhar para Harris, a cabeça caída sobre a areia, sangue escorrendo da boca, a poucos metros da trincheira.

Giles olhou para o terreno que eles haviam cruzado e tentou não contar o número de soldados que haviam sacrificado a própria vida por causa da decisão errada de um único homem. Maqueiros já estavam removendo os cadáveres do campo de batalha.

— Cabo Bates, reúna os prisioneiros inimigos em grupos de três e leve-os para o acampamento.

— Sim, senhor — disse Bates com voz decidida.

Alguns minutos mais tarde, Giles e seu bando desfalcado atravessaram de volta o terreno aberto. Eles haviam percorrido cerca de cinquenta metros quando Giles viu Fisher correndo em sua direção com a Divisão 3 em seu rastro.

— Muito bem, Barrington, eu assumo o comando agora — ele gritou. — Você fica na retaguarda. Siga-me — ordenou enquanto guiava triunfalmente os soldados alemães de volta à cidade.

Quando chegaram ao Majestic Hotel, uma pequena multidão se reunira para saudá-los. Fisher retribuiu os cumprimentos dos seus companheiros.

— Barrington, cuide para que os prisioneiros sejam confinados. Depois, leve os rapazes para tomar um drinque no refeitório, pois fizeram por merecer. Enquanto isso, vou me apresentar e relatar os fatos ao major Richards.

— Posso matá-lo, senhor? — perguntou Bates.

17

Quando Giles desceu para o café da manhã no dia seguinte, vários oficiais foram apertar sua mão, embora ele jamais tivesse falado com alguns deles.

À medida que ele entrava no refeitório, várias cabeças se voltaram e sorriram em sua direção, o que ele achou um pouco constrangedor. Giles pegou uma tigela de mingau, dois ovos cozidos e um exemplar antigo da *Punch*. Sentou-se sozinho, esperando ser deixado em paz, mas, alguns instantes mais tarde, três oficiais australianos que ele não reconheceu se juntaram a ele. Giles virou uma página da revista e riu de um cartum de E. H. Shepard que retratava Hitler recuando de Calais em um biciclo.

— Um incrível ato de coragem — disse o australiano à direita.

Giles sentiu que estava corando.

— Concordo — disse uma voz do outro lado da mesa. — Notável.

Giles queria ir embora antes que eles...

— Como era mesmo o nome do sujeito?

— Fisher.

Giles quase engasgou.

— Parece que Fisher, contra todas as probabilidades, liderou seu pelotão por terreno aberto e, com apenas um punhado de granadas e um revólver, neutralizou três trincheiras repletas de soldados alemães.

— Inacreditável! — disse a outra voz.

Giles podia concordar com aquilo pelo menos.

— E é verdade mesmo que ele matou um oficial alemão e, depois, aprisionou cinquenta desgraçados com apenas doze homens como apoio?

Giles tirou a parte superior do primeiro ovo cozido. Estava duro.

— Deve ser verdade — disse outra voz — porque ele foi promovido a capitão.

Giles sentou-se e olhou para a gema do ovo.

— Disseram que ele vai ser recomendado para uma Cruz Militar.

— É o mínimo que ele merece.

O mínimo que ele merecia, pensou Giles, era o que Bates havia recomendado.

— Mais alguém envolvido na ação? — perguntou a voz do outro lado da mesa.

— Sim, o seu segundo em comando, mas não consigo me lembrar do nome dele.

Giles havia ouvido o suficiente e decidiu dizer a Fisher exatamente o que pensava dele. Deixando o segundo ovo intacto, ele saiu do refeitório e foi direto para a sala de operações. Estava com tanta raiva que entrou sem bater. Assim que entrou na sala, assumiu posição de atenção e bateu continência.

— Peço desculpas, senhor — disse. — Eu não sabia que o senhor estava aqui.

— Esse é o sr. Barrington, coronel — disse Fisher. — O senhor deve se lembrar de que eu lhe disse que ele me auxiliou na ação de ontem.

— Ah, sim. Barrington. Boa iniciativa. Você não deve ter visto as ordens da companhia esta manhã, mas foi promovido a tenente pleno e, após ler o relatório do capitão Fisher, posso dizer que também será mencionado nos despachos.

— Parabéns, Giles — disse Fisher. — Totalmente merecido.

— De fato — disse o coronel. — E, já que você está aqui, Barrington, eu estava dizendo ao capitão Fisher que, agora que ele identificou a rota preferida de Rommel para entrar em Tobruk, vamos precisar dobrar nossas patrulhas no lado oeste da cidade e utilizar todo um esquadrão de tanques como apoio — acrescentou batendo com o dedo no mapa aberto sobre a mesa. — Aqui, aqui e aqui. Vocês não concordam?

— Eu concordo, senhor — disse Fisher. — Vou providenciar o posicionamento do pelotão imediatamente.

— Não vai ser sem tempo — disse o coronel —, pois tenho a sensação de que Rommel não vai demorar a voltar e, dessa vez, não se tratará de uma missão de reconhecimento, mas de uma investida com toda a força do Afrika Korps. Devemos estar à espera e ter certeza de que ele seguirá direto para a nossa armadilha.

— Estaremos prontos para ele, senhor — disse Fisher.

— Muito bem, pois estou pondo você no comando das nossas novas patrulhas, Fisher. Barrington, você permanecerá como segundo em comando.

— Meu relatório estará na sua mesa ao meio-dia, senhor — disse Fisher.

— Boa iniciativa, Fisher. Vou deixá-los preparar os detalhes.

— Obrigado, senhor — disse Fisher, pondo-se em posição de atenção e batendo continência enquanto o coronel saía da sala.

Giles estava prestes a falar, mas Fisher rapidamente interveio.

— Fiz uma recomendação para que o sargento Harris receba uma medalha militar póstuma e o cabo Bates também seja mencionado nos despachos. Espero que você me apoie.

— Devo deduzir que você foi indicado para uma Cruz Militar? — perguntou Giles.

— Isso não é da minha alçada, companheiro, mas fico feliz em acatar qualquer decisão do oficial comandante. Agora, mãos à obra. Com seis patrulhas sob nosso comando proponho que...

Depois daquilo que ficou conhecido pelas Divisões 1 e 3 como "O Devaneio de Fisher", todos abaixo do coronel ficaram em alerta vermelho. Dois pelotões patrulhavam o confim oeste da cidade revezando-se noite e dia, sem mais perguntar-se, mas apenas quando, Rommel apareceria no horizonte à frente do seu Afrika Korps.

Até Fisher, recém-alçado à capacidade de herói, tinha de aparecer ocasionalmente no perímetro externo, mesmo que fosse apenas para manter o mito de seu feito heroico, mas apenas por tempo suficiente para se certificar de que havia sido visto por todos. Em seguida, ele se reapresentava ao comandante do esquadrão de tanques, cinco quilômetros mais para trás, e preparava seus telefones de campo.

A Raposa do Deserto escolheu 11 de abril de 1941 para iniciar seu ataque contra Tobruk. Os britânicos e australianos não poderiam ter lutado com mais coragem para defender o perímetro do violento avanço alemão. Mas, à medida que os meses passavam e os suprimentos de comida e munição começavam a minguar, poucos duvidavam, embora nunca externassem a própria opinião, de que era apenas uma questão de tempo antes que a simples magnitude do exército de Rommel os sobrepujasse.

Foi em uma manhã de sexta-feira, quando a névoa estava se dissipando, que o tenente Barrington esquadrinhou o deserto com os seus binóculos e avistou filas e mais filas de tanques alemães.

— Merda — disse ele. Pegou o telefone de campo exatamente quando uma bomba atingiu o edifício que ele e seus homens escolheram como posto de observação. Fisher surgiu do outro lado da linha.

— Estou vendo quarenta, talvez cinquenta, tanques vindo em nossa direção — informou Giles — e o que parece ser um regimento inteiro de soldados como apoio. Permissão para retirar meus homens para uma posição mais segura onde possamos nos reagrupar e entrar em formação de batalha?

— Fiquem onde estão — disse Fisher — e, quando o inimigo estiver no raio de tiro, ataquem.

— Atacar? — disse Giles. — Com o quê? Arcos e flechas? Não estamos em Agincourt, Fisher. Não tenho nem cem homens para enfrentar um regimento de tanques, sem nada mais do que rifles para nos proteger. Pelo amor de Deus, Fisher, permita-me decidir o que é melhor para os meus homens.

— Fiquem onde estão — repetiu Fisher — e ataquem os inimigos quando eles estiverem no raio de tiro. É uma ordem.

Giles bateu o telefone.

— Por algum motivo que só ele conhece — disse Bates —, aquele homem não quer que você sobreviva. Você deveria deixar que eu o matasse.

Outra bomba atingiu o edifício enquanto alvenaria e destroços começavam a cair em volta deles. Giles não precisava mais de binóculos para ver quantos tanques estavam avançando rumo a eles e para aceitar que só lhe restavam poucos momentos de vida.

— Apontar!

De repente, ele pensou em Sebastian, que herdaria o título familiar. Se o menino revelasse ter metade da bondade de Harry, a dinastia Barrington não precisaria temer pelo próprio futuro.

A bomba seguinte atingiu o edifício atrás deles, e Giles conseguia ver claramente um soldado alemão olhando de volta para ele da torre do seu tanque.

— Fogo!

Enquanto o edifício começava a cair à sua volta, Giles pensou em Emma, Grace, seu pai, sua mãe, seus avós e... A bomba seguinte fez com que o edifício inteiro desmoronasse. Giles olhou para cima e viu um grande pedaço de alvenaria caindo, caindo, caindo. Pulou em cima de Bates, que ainda estava atirando em um tanque que continuava a avançar.

A última imagem que Giles viu foi Harry nadando para um lugar seguro.

EMMA BARRINGTON

1941

18

Emma se sentou sozinha no seu quarto de hotel e leu *O diário de um condenado* de cabo a rabo. Ela não sabia quem era Max Lloyd, mas tinha certeza de uma coisa: ele não era o autor.

Só um homem podia ter escrito aquele livro. Ela reconheceu muitas expressões familiares, e Lloyd nem se deu ao trabalho de mudar os nomes, a menos, é claro, que ele tivesse uma namorada chamada Emma e ainda a adorasse.

Emma virou a última página pouco antes da meia-noite e decidiu dar um telefonema para alguém que ainda estaria trabalhando.

— Só mais um favor — ela implorou quando a voz dele surgiu na linha.

— Tente — ele disse.

— Preciso do nome do oficial de condicional de Max Lloyd.

— Max Lloyd, o escritor?

— Exatamente.

— Nem vou perguntar por quê.

Ela começou a ler o livro pela segunda vez, fazendo anotações a lápis na margem, mas, muito antes de o novo assistente do bibliotecário ter surgido, caiu no sono. Acordou por volta das cinco horas da manhã seguinte e só parou de ler quando um guarda da prisão entrou na biblioteca e disse: "Lloyd, o diretor quer ver você."

Emma tomou um banho demorado e pensou que todas as informações que ela estivera tentando obter com tanta dificuldade estavam disponíveis por um dólar e meio em qualquer livraria.

Depois de se vestir, ela desceu para tomar o café da manhã e pegou uma cópia do *New York Times*. Ficou surpresa ao se deparar com uma resenha de *O diário de um condenado* enquanto folheava o jornal.

Devemos ficar gratos ao sr. Lloyd por nos chamar a atenção para algo que está acontecendo em nossas prisões hoje. Lloyd é um escritor virtuoso com um verdadeiro talento e, agora que ele foi libertado, esperamos que não largue sua caneta...

Ele nunca a pegou, para início de conversa, pensou Emma indignada enquanto assinava a conta.

Antes de voltar a subir para o quarto, ela pediu ao recepcionista para recomendar um bom restaurante perto da livraria Doubleday's.

— O Brasserie, senhorita. Tem excelente reputação. Gostaria que eu reservasse uma mesa?

— Sim, por favor — respondeu Emma. — Eu gostaria de uma mesa para uma pessoa no almoço hoje e outra para duas pessoas esta noite.

O recepcionista estava aprendendo muito rapidamente a não ficar surpreso com a dama inglesa.

Emma voltou ao quarto e se acomodou para reler o diário. Ficou se perguntando por que a narrativa começava com a chegada de Harry em Lavenham, apesar de haver várias referências espalhadas pelo livro que sugeriam que suas experiências também haviam sido registradas, embora não tivessem sido vistas pelo editor e, certamente, nem pelo público. Na verdade, isso convenceu Emma que devia haver um outro caderno que não apenas descrevesse a prisão e o julgamento de Harry, mas talvez explicasse por que ele havia optado por um tal suplício quando um advogado com a reputação do sr. Jelks certamente devia saber que ele não era Tom Bradshaw.

Depois de ler as páginas marcadas do diário pela terceira vez, Emma decidiu que um longo passeio no parque era necessário. Enquanto caminhava pela avenida Lexington, ela entrou na Bloomingdales e fez uma encomenda que lhe asseguraram que estaria pronta às 15h. Em Bristol, a mesma encomenda teria demorado duas semanas.

Enquanto caminhava pelo parque, um plano começou a se formar em sua mente, mas ela precisava voltar à Doubleday's e inspecionar com mais cuidado a disposição da loja antes de dar os retoques finais. Quando entrou na livraria, os funcionários já estavam se preparando para a sessão de autógrafos. Uma mesa estava posicionada, e uma área isolada por cordões mostrava claramente onde a fila deveria se formar. O pôster na vitrine exibia larga faixa vermelha que declarava: HOJE.

Emma selecionou um espaço entre duas filas de prateleiras de onde ela teria uma visão clara de Lloyd durante a sessão de autógrafos e poderia observar sua presa enquanto preparava sua armadilha.

Ela saiu da Doubleday's pouco antes das 13h e se encaminhou para o Brasserie. Um garçom lhe mostrou uma mesa que jamais seria considerada aceitável por qualquer um de seus avós. Mas a refeição, como prometido, era de primeira classe e, quando a conta foi apresentada, ela respirou fundo e deixou uma gorjeta gorda.

— Reservei uma mesa para esta noite — Emma disse ao garçom.
— Seria possível que fosse em uma alcova?

O garçom exibiu um ar duvidoso até Emma mostrar uma nota de um dólar que pareceu eliminar qualquer dúvida. Ela estava aprendendo como as coisas funcionavam nos Estados Unidos.

— Qual é seu nome? — Emma perguntou enquanto passava a nota para ele.
— Jimmy — respondeu o garçom.
— E outra coisa, Jimmy.
— Pois não, madame.
— Posso ficar com uma cópia do cardápio?
— Claro, madame.

No caminho de volta para o Mayflower, Emma parou na Bloomingdales e retirou sua encomenda. Ela sorriu quando o atendente mostrou um exemplo do cartão.

— Espero que seja do seu gosto, madame.
— Não poderia ser melhor — disse Emma.

Depois de voltar ao seu quarto, ela recapitulou várias vezes as perguntas preparadas e, após decidir qual era a melhor ordem possível, as anotou com capricho no verso do cardápio. Exausta, deitou-se na cama e caiu em sono profundo.

Quando o toque persistente do telefone a acordou, já estava escuro do lado de fora. Ela olhou o relógio: 17h10.

— Droga — ela disse enquanto pegava o telefone.

— Sei qual é a sensação — disse uma voz do outro lado da linha —, mas eu usaria outra palavra para expressá-la — acrescentou. Emma riu. — O nome que você está procurando é Brett Elders... Eu não disse nada a você.

— Obrigada — agradeceu Emma. — Vou tentar não incomodá-lo novamente.

— Quem dera! — disse o detetive, e a ligação foi encerrada.

Emma anotou com capricho o nome Brett Elders a lápis no canto superior direito do cardápio. Gostaria de ter tomado um banho rápido e trocado de roupa, mas já estava atrasada e não podia se dar ao luxo de não encontrá-lo.

Pegou o cardápio e três cartões. Enfiando tudo na bolsa, saiu apressada porta afora e desceu pela escada para não ter de esperar o elevador. Chamou um táxi e se sentou no banco traseiro.

— Doubleday's na Quinta — disse —, e rápido, por favor.

Essa não, Emma pensou enquanto o táxi acelerava. O que está acontecendo comigo?

Emma entrou na livraria lotada e foi para o seu lugar escolhido entre política e religião, de onde podia observar Max Lloyd em ação.

Ele estava autografando cada livro com um floreio e comprazia da atenção de seus adoradores. Emma sabia que era Harry que devia estar sentado ali recebendo os elogios. Será que ele sabia que seu trabalho havia sido publicado? Ela descobriria naquela noite.

Na verdade, ela não precisava ter se afobado porque Lloyd continuou autografando seu best-seller durante mais uma hora, até que a fila começou a diminuir. Ele demorava mais a cada mensagem na esperança de que aquilo atraísse outras pessoas para a fila.

Enquanto ele conversava expansivamente com a última leitora na fila, Emma saiu do seu posto e foi até lá.

— E como está sua querida mãe? — perguntava a leitora efusivamente.

— Muito bem, obrigado — respondeu Lloyd. — Ela não precisa mais trabalhar em um hotel — acrescentou — após o sucesso do meu livro.

A leitora sorriu.

— E Emma, se me permite perguntar?

— Vamos nos casar no outono — disse Lloyd após ter autografado o exemplar.

Vamos mesmo?, pensou Emma.

— Ah, fico muito feliz — disse a leitora. — Ela sacrificou tanta coisa por você. Mande meus cumprimentos a ela.

Por que você não se vira e faz isso pessoalmente?, Emma queria dizer.

— Certamente — disse Lloyd enquanto entregava a ela o livro e abria o mesmo sorriso da foto na contracapa.

Emma deu um passo à frente e entregou um cartão a Lloyd. Ele o estudou por um instante antes que o mesmo sorriso reaparecesse.

— Uma colega agente literária — disse ele, levantando-se para cumprimentá-la.

Emma apertou sua mão estendida e, de alguma maneira, conseguiu retribuir o sorriso.

— Sim — ela disse —, e vários editores em Londres estão demonstrando muito interesse pelos direitos do seu livro. Obviamente, se o senhor já tiver assinado um contrato ou for representado por outro agente na Inglaterra, eu não gostaria de desperdiçar seu tempo.

— Não, não, minha cara senhora. Ficarei muito feliz em avaliar qualquer proposta que a senhora possa ter.

— Então, o senhor aceitaria jantar comigo para falarmos mais a respeito?

— Acho que estão esperando que eu jante com eles — sussurrou Lloyd, gesticulando com uma mão portentosa na direção de alguns dos funcionários da Doubleday's.

— Que pena! — disse Emma. — Estou voando para L.A. amanhã para visitar Hemingway.

— Então, vou ter de desapontá-los, não é mesmo? — disse Lloyd.
— Tenho certeza de que eles vão entender.
— Ótimo. Podemos nos encontrar no Brasserie então, quando o senhor tiver terminado de autografar?
— Será difícil conseguir uma mesa tão em cima da hora.
— Acho que isso não será um problema — disse Emma antes que o último leitor avançasse na esperança de ainda conseguir um autógrafo. — Estou ansiosa para encontrá-lo mais tarde, sr. Lloyd.
— Max, por favor.
Emma saiu da livraria e atravessou a Quinta Avenida até o Brasserie. Daquela vez, ela não ficou esperando.
— Jimmy — ela disse enquanto o garçom a acompanhava a uma mesa em uma alcova. — Um cliente muito importante vai se juntar a mim e quero que esta seja uma noite inesquecível para ele.
— Pode contar comigo, madame — o garçom disse enquanto Emma se sentava.
Depois que ele se foi, ela abriu a bolsa, tirou o cardápio e releu mais uma vez a lista das perguntas. Quando viu Jimmy vindo na sua direção seguido por Max Lloyd, virou o cardápio.
— Você obviamente é conhecida aqui — disse Lloyd enquanto se acomodava em frente a Emma.
— É meu restaurante favorito em Nova York — disse Emma retribuindo o sorriso.
— Alguma bebida, senhor?
— Manhattan com gelo.
— E madame?
— O de sempre, Jimmy.
O garçom saiu apressado. Emma estava curiosa para descobrir com o que ele voltaria.
— Por que não fazemos o pedido? — disse Emma — Em seguida, podemos tratar de negócios.
— Boa ideia — respondeu Lloyd. — Embora eu já saiba exatamente o que quero — acrescentou enquanto o garçom reaparecia e colocava um Manhattan à sua frente e uma taça de vinho branco

ao lado de Emma, a bebida que ela pedira no almoço. Ela ficou impressionada.

— Jimmy, acho que estamos prontos para fazer o pedido.

O garçom anuiu e se virou para o convidado de Emma.

— Quero um dos seus suculentos filés. Ao ponto, e não economize nas guarnições.

— Certamente, senhor — assegurou Jimmy. Voltando-se para Emma, perguntou: — Que tentação posso lhe oferecer esta noite, madame?

— Uma Caesar salad, por favor, Jimmy, mas não carregue no molho.

Quando o garçom não estava mais por perto, ela virou novamente o cardápio, embora não precisasse de lembretes para a primeira pergunta.

— O diário só cobria dezoito meses do seu período no cárcere — disse ela —, mas sua pena foi de mais de dois anos; portanto, espero que tenhamos um outro volume.

— Ainda tenho um caderno cheio de material — disse Lloyd, relaxando pela primeira vez. — Andei pensando em incorporar alguns dos eventos mais extraordinários que vivenciei a um romance que planejei escrever.

Porque, se você os escrevesse sob forma de diário, qualquer editor perceberia que você não era o autor, Emma quis dizer.

O sommelier apareceu ao lado de Lloyd, chamado pela demanda de uma taça vazia.

— O senhor gostaria de ver a carta de vinhos? Algo para complementar o filé talvez?

— Boa ideia — disse Lloyd, abrindo o livro grosso e encadernado em couro como se fosse o anfitrião. Correu o dedo por um extensa lista de borgonhas e parou próximo ao final. — Uma garrafa do 37, eu acho.

— Excelente escolha, senhor.

Emma deduziu que aquilo significava que não era barato. Mas aquela não era uma ocasião para reclamar de preços.

— E que pessoa asquerosa Hessler se revelou — disse ela, olhando para a segunda pergunta. — Eu achava que esse tipo de gente só existia em romances baratos ou filmes de série B.

— Não, ele era bastante real — observou Lloyd. — Mas eu consegui que fosse transferido para outra prisão, se é que se recorda.

— Sem dúvida — disse Emma enquanto um grande filé era posto na frente de seu convidado, e uma Caesar salad era deixada no seu lado da mesa. Lloyd pegou o garfo e a faca, claramente preparado para o desafio.

— Então me diga que tipo de proposta você tem em mente? — perguntou enquanto atacava o filé.

— Uma na qual você recebe exatamente o que vale — respondeu Emma, o tom de sua voz mudando —, e nem um tostão a mais. — Um olhar confuso apareceu no rosto de Lloyd, e ele apoiou o garfo e a faca enquanto esperava que Emma continuasse. — Tenho plena consciência, sr. Lloyd, de que o senhor não escreveu uma palavra de *O diário de um condenado* além de substituir o nome do verdadeiro autor pelo seu — ela disparou. Lloyd abriu a boca, mas, antes que ele tivesse tempo de protestar, Emma prosseguiu: — Se for tolo o suficiente para manter a farsa de autor do livro, minha primeira visita pela manhã será ao sr. Brett Elders, seu oficial de condicional, e não será para discutir como anda a sua reabilitação.

O sommelier reapareceu, sacou a rolha de uma garrafa e esperou que dissessem quem provaria o vinho. Lloyd estava olhando para Emma como um coelho diante do brilho dos faróis de um carro. Então, ela fez um ligeiro gesto com a cabeça. Deteve-se girando o vinho na taça antes de tomar um gole.

— Excelente — ela disse por fim. — Aprecio particularmente o 37.

O sommelier se inclinou levemente, serviu duas taças e se retirou em busca de outra vítima.

— Você não pode provar que não fui eu que escrevi — disse Lloyd em tom de desafio.

— Posso, sim — rebateu Emma — porque represento o verdadeiro autor — fez uma pausa para tomar um gole de vinho e acrescentar: — Tom Bradshaw.

Lloyd afundou na cadeira e caiu em um silêncio amuado.

— Portanto, deixe-me explicar o acordo que estou propondo, sr. Lloyd, e, ao mesmo tempo, esclarecer que não há espaço para negociação, a menos, é claro, que o senhor queira voltar para a prisão com a acusação de fraude e também de roubo. Caso o senhor vá parar em Pierpoint, sinto que o sr. Hessler ficará muito feliz em acompanhá-lo à sua cela, já que a impressão que o livro deixa dele não é lá muito boa.

A ideia não parecia apetecer muito a Lloyd.

Emma tomou outro gole de vinho antes de continuar.

— O sr. Bradshaw generosamente concordou que o senhor dê continuidade ao mito de que escreveu o diário, e nem vai esperar que o senhor devolva o adiantamento recebido, que, de qualquer maneira, suspeito que o senhor já tenha gastado. No entanto — prosseguiu enquanto Lloyd franzia os lábios —, ele deseja deixar claro que, caso o senhor seja suficientemente tolo para tentar vender os direitos em qualquer outro país, uma intimação por roubo de direitos autorais será emitida contra o senhor e a respectiva editora. Está claro?

— Sim — resmungou Lloyd, agarrando os braços da cadeira.

— Muito bem. Então, está tudo acertado — disse Emma e, após tomar outro gole de vinho, acrescentou: — Tenho certeza de que o senhor vai concordar, sr. Lloyd, que não há propósito em continuarmos esta conversa; portanto, talvez tenha chegado a hora de o senhor se retirar.

Lloyd hesitou.

— Vamos nos encontrar novamente às 10h amanhã em Wall Street, 49.

— Wall Street, 49?

— O escritório do sr. Sefton Jelks, o advogado de Tom Bradshaw.

— Então é Jelks que está por trás disso. Bem, isso explica tudo.

Emma não entendeu o que ele quis dizer, mas retrucou:

— O senhor levará todos os cadernos que estão em seu poder e os entregará. Caso esteja um minuto que seja atrasado, instruirei o sr. Jelks a ligar para o seu oficial de condicional e dizer o que o senhor andou aprontando desde que saiu de Lavenham. Roubar os ganhos de um cliente é uma coisa, mas dizer que escreveu o livro dele...

Lloyd continuou segurando os braços da cadeira, mas não disse nada.

— Pode se retirar agora, sr. Lloyd — disse Emma. — Espero vê-lo no saguão de Wall Street, 49, às 10h amanhã. Não se atrase, a menos que queira que seu próximo encontro seja com o sr. Elders.

Lloyd se levantou cambaleante e atravessou lentamente o restaurante, deixando um ou dois clientes se perguntando se ele estava bêbado. Um garçom segurou a porta aberta para ele e, depois, correu até a mesa de Emma. Vendo o filé intacto e uma taça de vinho cheia, ele disse ansioso:

— Espero que tudo esteja de acordo, srta. Barrington.

— Não poderia ter sido melhor, Jimmy — disse ela, servindo-se de outra taça de vinho.

19

Após ter retornado ao quarto de hotel, Emma verificou o verso do cardápio do almoço e se deliciou confirmando que conseguira ticar quase todas as perguntas. Achou que a exigência de que os cadernos fossem entregues no saguão do nº 49 da Wall Street foi um toque de inspiração, pois deve ter deixado Lloyd com a clara impressão de que o sr. Jelks era o advogado dela, o que teria amedrontado até um homem totalmente inocente. Mas ainda estava intrigada com o que Lloyd queria dizer quando deixou escapar as palavras *Então é Jelks que está por trás disso. Bem, isso explica tudo*. Ela apagou a luz e dormiu profundamente pela primeira vez desde que deixara a Inglaterra.

A rotina matinal de Emma seguiu em grande parte o mesmo padrão dos dias anteriores. Após um café da manhã sem pressa, na companhia apenas do *New York Times*, ela deixou o hotel e tomou um táxi para Wall Street. Havia planejado chegar alguns minutos adiantada e o táxi a deixou em frente ao edifício às 9h51. Ao entregar ao taxista uma moeda de 25 *cents*, ficou aliviada por sua visita a Nova York estar chegando ao fim; aquela estadia havia se revelado bem mais cara do que o previsto. Duas refeições no Brasserie com uma garrafa de vinho de cinco dólares, além de gorjetas, não ajudaram.

Entretanto, ela não tinha dúvida de que a viagem fora válida. Sobretudo porque as fotografias tiradas a bordo do *Kansas Star* confirmaram sua crença de que Harry ainda estava vivo e, por algum motivo, havia assumido a identidade de Tom Bradshaw. Após pôr as mãos no caderno que faltava, o resto do mistério se desvendaria e, certamente, ela conseguiria convencer o detetive Kolowski de que Harry deveria ser libertado. Ela não tinha intenção alguma de voltar à Inglaterra sem ele.

Emma se juntou a uma turba de funcionários de escritório que estavam entrando no edifício. Todos se dirigiram para o elevador mais próximo, mas Emma não os seguiu. Postou-se estrategicamente entre a recepção e a coluna de doze elevadores, o que lhe dava uma visão desimpedida de todos que entravam no edifício nº 49 da Wall Street. Olhou o relógio de pulso: 9h54. Nenhum sinal de Lloyd. Olhou novamente às 9h57, 9h58, 9h59 e 10 horas. Ele deve ter ficado preso no trânsito. 10h02, seus olhos pousaram por uma fração de segundo em cada uma das pessoas que entravam. 10h04, será que ela não o viu? 10h06, ela olhou para a recepção: ainda nenhum sinal dele. 10h08, tentou impedir que pensamentos negativos penetrassem em sua mente. 10h11, será que ele descobriu o blefe dela? 10h14, será que seu próximo encontro teria de ser com o sr. Brett Elders? 10h17, quanto tempo ainda ela estava disposta a esperar? 10h21, e uma voz atrás dela disse:

— Bom dia, srta. Barrington.

Emma virou-se e deu de cara com Samuel Anscott, o qual disse educadamente:

— O sr. Jelks gostaria de saber se a senhorita faria a gentileza de ir até o escritório dele.

Sem dizer mais nada, Anscott se virou e se dirigiu até um elevador que o estava esperando. Emma entrou quando as portas já estavam quase se fechando.

Estava fora de cogitação conversar enquanto o elevador lotado subia lenta e ininterruptamente até o vigésimo segundo andar, no qual Anscott desceu e guiou Emma através de um longo corredor revestido com lambris de carvalho nas paredes e um carpete grosso no chão, repleto de retratos dos sócios anteriores da firma e seus colegas do conselho, o que dava uma impressão de honestidade, integridade e propriedade.

Emma gostaria de ter feito perguntas a Anscott antes de encontrar Jelks pela primeira vez, mas ele permaneceu vários passos à sua frente. Quando chegou a uma porta no final do corredor, Anscott bateu e a abriu sem esperar uma resposta. Afastou-se para permitir que Emma entrasse; em seguida, fechou a porta, mas não se juntou a eles.

Lá, sentado em uma confortável cadeira de espaldar alto ao lado da janela, estava Max Lloyd. Ele estava fumando um cigarro e abriu para Emma o mesmo sorriso do primeiro encontro dos dois na Doubleday's.

Ela voltou sua atenção para um homem alto e elegantemente vestido que se levantou lentamente de trás da sua mesa. Nenhum sinal de sorriso nem qualquer sugestão de que eles deveriam trocar um aperto de mão. Atrás dele, estava uma parede de vidro através da qual era possível ver os altos edifícios que se erguiam rumo ao céu, sugerindo um poder irrestrito.

— É gentileza sua unir-se a nós, srta. Barrington — disse ele. — Por favor, sente-se.

Emma acomodou-se em uma poltrona de couro tão profunda que quase a fez desaparecer. Ela notou uma pilha de cadernos sobre a mesa do principal sócio da firma.

— Meu nome é Sefton Jelks — iniciou ele — e tenho o privilégio de representar o distinto e aclamado escritor Max Lloyd. Meu cliente me visitou mais cedo esta manhã para me dizer que havia sido abordado por alguém que se diz uma agente literária de Londres e o acusa, caluniosamente, de não ser o autor de *O diário de um condenado*, que leva seu nome. Talvez seja do seu interesse saber, srta. Barrington — prosseguiu Jelks —, que tenho em meu poder o manuscrito original com todas as palavras redigidas pela mão do sr. Lloyd.

Jelks pôs com firmeza o punho sobre os cadernos e se permitiu um esboço de sorriso.

— O senhor me permitiria ver um? — perguntou Emma.

— Claro — respondeu Jelks, tirou o caderno que estava no topo da pilha e o entregou a ela.

Emma o abriu e começou a ler. A primeira coisa que notou é que não estava escrito com a caligrafia de Harry. Mas era a voz de Harry. Ela devolveu o caderno ao sr. Jelks, que o recolocou no topo da pilha.

— Posso ver um dos outros? — perguntou ela.

— Não. Provamos nosso argumento, srta. Barrington. E meu cliente lançará mão de todos os recursos facultados pela lei caso a senhorita seja suficientemente tola para repetir suas calúnias — disse o advogado. Emma continuou olhando para a pilha de cadernos enquanto Jelks prosseguia a todo vapor. — Também julguei apropriado falar com o sr. Elders no intuito de alertá-lo de que a senhorita talvez venha a contatá-lo e que, caso ele concorde em recebê-la, será certamente arrolado como testemunha caso essa questão chegue a um tribunal. O sr. Elders achou, tudo somado, que o melhor seria evitar encontrá-la. Um homem sensato.

Emma continuou a olhar para a pilha de cadernos.

— Srta. Barrington, não foi necessário realizar extensas pesquisas para descobrir que a senhorita é a neta de Lord Harvey e Sir Walter Barrington, o que explicaria sua inapropriada confiança ao lidar com americanos. Permita-me sugerir que, se a senhorita quiser continuar tentando se passar por agente literária, eu talvez possa lhe dar alguns conselhos gratuitos, algo de domínio publico. Ernest Hemingway deixou os Estados Unidos para viver em Cuba em 1939...

— Quanta generosidade sua, sr. Jelks — interrompeu Emma antes que ele pudesse prosseguir. — Permita-me retribuir oferecendo alguns conselhos gratuitos. Sei muito bem que foi Harry Clifton — Jelks apertou os olhos —, e não o seu cliente, que escreveu *O diário de um condenado*. Se o senhor for suficientemente tolo para apresentar uma ação de calúnia contra mim, talvez vá parar no tribunal e tenha de explicar por que defendeu um homem acusado de homicídio sabendo que não se tratava do tenente Tom Bradshaw.

Jelks começou a apertar freneticamente um botão embaixo da sua mesa. Emma se levantou da poltrona, sorriu meiga para ambos e saiu da sala sem dizer mais nada. Atravessou rapidamente o corredor em direção ao elevador enquanto o sr. Anscott e um segurança passavam apressados por ela a caminho do escritório do sr. Jelks. Pelo menos ela evitara a humilhação de ser escoltada para fora do recinto.

Quando ela entrou no elevador, o ascensorista perguntou:

— Qual andar, senhorita?

— Rés do chão, por favor.

O ascensorista deu uma risadinha.

— A senhorita deve ser inglesa.
— Por que você diz isso?
— Aqui nós dizemos "térreo".
— Claro — disse Emma, sorrindo para ele ao sair do elevador.

Ela atravessou o saguão, passou pela porta giratória e desceu rapidamente os degraus até a calçada sabendo perfeitamente o que teria de fazer em seguida. Só havia uma pessoa a quem ela ainda podia recorrer. Afinal, uma irmã de Lord Harvey devia ser uma aliada formidável. Ou será que a tia-avó Phyllis se revelaria uma amiga íntima de Sefton Jelks? Nesse caso, Emma pegaria o próximo navio de volta para a Inglaterra.

Ela chamou um táxi, mas, quando entrou no carro, quase teve de gritar para ser ouvida, tamanho era o barulho do rádio.

— Sessenta e Quatro e Park — ela disse, imaginando como poderia explicar à tia-avó por que não a visitara antes.

Emma inclinou-se para frente e teria pedido ao motorista para abaixar o volume se não tivesse ouvido as palavras: "O presidente Roosevelt se dirigirá à nação às 12h30, hora da Costa Leste."

GILES BARRINGTON

1941-1942

20

A primeira coisa que Giles viu foi sua perna direita erguida por uma polia e engessada.

Ele se lembrava vagamente de uma longa viagem, durante a qual a dor se tornara quase insuportável, fazendo com que ele deduzisse que morreria muito antes de chegar a um hospital. E ele nunca se esqueceria da operação, como seria possível, já que a anestesia acabou instantes antes de o médico fazer a primeira incisão?

Giles virou a cabeça muito lentamente para a esquerda e viu uma janela com três barras de cima a baixo; depois, virou-se para a direita e foi então que o viu.

— Não, você não — Giles disse. — Por um instante, achei que tivesse fugido e ido para o céu.

— Ainda não — disse Bates. — Antes você precisa passar um tempo no purgatório.

— Quanto tempo?

— Pelo menos até sua perna ficar boa, possivelmente mais.

— Estamos de volta à Inglaterra? — perguntou Giles esperançoso.

— Quem dera! — respondeu Bates. — Não, estamos na Alemanha, campo de prisioneiros de guerra Weinsberg, que é onde todos nós viemos parar após termos sido feitos prisioneiros.

Giles tentou se sentar, mas só conseguiu tirar um pouco a cabeça do travesseiro, o suficiente para ver pendurado na parede um retrato emoldurado de Adolph Hitler fazendo a saudação nazista para ele.

— Quantos dos nossos rapazes sobreviveram?

— Só um punhado. Os rapazes levaram a sério as palavras do coronel: "Todos nós sacrificaremos a própria vida antes que Rommel reserve uma suíte no Majestic Hotel."

— Mais alguém do nosso pelotão sobreviveu?
— Você, eu e...
— Não me diga... Fisher?
— Não. Se o tivessem mandado para Weinsberg, eu teria pedido transferência para Colditz.

Giles ficou imóvel, olhando para o teto.

— Então, como fugimos?
— Eu estava calculando quanto tempo ia demorar para você fazer essa pergunta.
— E qual é a resposta?
— Sem chance enquanto sua perna ainda estiver engessada e, mesmo depois, não vai ser fácil, mas tenho um plano.
— Claro que você tem.
— O plano não é o problema — disse Bates. — O problema é a comissão de fuga. Eles controlam a lista de espera e você está no final da fila.
— Como vou para o início?
— É como qualquer fila na Inglaterra, você só precisa esperar a sua vez... a não ser que...
— O quê?
— A não ser que o brigadeiro Turnbuill, o oficial de patente mais alta, ache que existe um bom motivo para você avançar na fila.
— De que tipo?
— Falar alemão fluente é um bônus.
— Aprendi um pouco quando estava na escola para oficiais. Quem dera eu ter me concentrado mais...
— Bem, há aulas duas vezes por dia; portanto, alguém tão inteligente quanto você não deverá achar tão difícil. Infelizmente, até mesmo essa lista ainda está bastante comprida.
— Então, o que mais posso fazer para avançar mais rápido na lista de fuga?
— Encontre o trabalho certo. Foi assim que subi três lugares no mês passado.
— Como você conseguiu isso?

— Assim que descobriram que eu era açougueiro, os alemães me ofereceram um trabalho no refeitório dos oficiais. Eu mandei eles se foderem, desculpe o linguajar, mas o brigadeiro insistiu para que eu aceitasse o trabalho.

— Por que ele quer que você trabalhe para os alemães?

— Porque, ocasionalmente, posso dar um jeito e roubar comida da cozinha, porém, mais importante ainda, capto uma ou outra informação útil para a comissão de fuga. Por isso estou perto da frente da fila e você ainda está na traseira. Você vai precisar pôr os dois pés no chão se ainda tiver alguma esperança de chegar ao banheiro na minha frente.

— Alguma ideia de quanto vai demorar até eu poder fazer isso? — perguntou Giles.

— O médico da prisão diz que vai demorar pelo menos mais um mês, provavelmente seis semanas, até você poder tirar o gesso.

Giles se recostou no travesseiro.

— Mas, mesmo quando eu me levantar, que esperança posso ter de arrumar um trabalho no refeitório dos oficiais? Ao contrário de você, não tenho as qualificações certas.

— Mas você tem — disse Bates. — Na verdade, você pode arrumar um trabalho melhor do que o meu, na sala de jantar do comandante do campo, pois sei que eles estão procurando alguém para servir vinho.

— E o que faz você pensar que sou qualificado para servir vinho? — perguntou Giles sem tentar disfarçar o sarcasmo em sua voz.

— Se bem me lembro — respondeu Bates —, você costumava ter um mordomo chamado Jenkins que trabalhava em Manor House.

— Ele ainda está lá, mas isso não me qualifica...

— E seu avô, Lord Harvey, é comerciante de vinhos. Francamente, você é mais do que qualificado.

— Então, o que você está sugerindo?

— Depois que você sair daqui, eles vão fazer você preencher um formulário de trabalho listando seus empregos anteriores. Eu já disse a eles que você era um garçom de vinhos no Grand Hotel em Bristol.

— Obrigado. Mas eles vão saber em minutos...

— Acredite em mim, eles não fazem a menor ideia. Tudo o que você precisa fazer é melhorar seu alemão e tentar se lembrar do que Jenkins fazia. Depois, se conseguirmos pensar em um plano decente a ser apresentado à comissão de fuga, vamos passar para a frente da fila rapidinho. Mas, atenção, temos um probleminha.

— Com você envolvido, claro que temos.

— Mas já descobri uma maneira para contorná-lo.

— Qual é o probleminha?

— Você não pode trabalhar para os boches se estiver fazendo aulas de alemão; eles não são tão burros assim. Fazem uma lista de todo mundo que frequenta as aulas porque não querem ninguém ouvindo as conversas particulares deles.

— Você disse que descobriu uma maneira para contornar esse problema?

— Você vai ter de fazer o que todos os grã-finos fazem para se manter na frente de pessoas como eu: aulas particulares. Até achei um tutor para você, um sujeito que ensinava alemão na Solihull Grammar School. É só o inglês dele que você vai ter dificuldade para entender — disse Giles rindo. — E, como você vai ficar trancafiado aqui por mais seis semanas sem nada melhor para fazer, pode começar imediatamente. Tem um dicionário alemão-inglês embaixo do seu travesseiro.

— Estou em dívida com você, Terry — disse Giles, segurando a mão do amigo.

— Não, eu é que estou em dívida com você, não é mesmo? Por você ter salvado minha vida.

21

Ao receber alta da enfermaria cinco semanas mais tarde, Giles conhecia mil palavras em alemão, mas não podia exercitar sua pronúncia.

Também passou inúmeras horas deitado na cama tentando lembrar como Jenkins executava seu trabalho. Ficou treinando dizer *Bom dia, senhor* com um respeitoso aceno de cabeça e *Gostaria de experimentar este vinho, coronel?* enquanto servia uma jarra d'água em uma garrafa de amostra.

— Sempre pareça modesto, nunca interrompa e não fale até que lhe dirijam a palavra — Bates recordou. — Na verdade, faça exatamente o oposto do que você sempre fez.

Giles tinha vontade de bater no amigo, mas sabia que ele tinha razão.

Embora só tivesse permissão para visitar Giles durante trinta minutos duas vezes por semana, Bates usava cada um daqueles minutos para informá-lo sobre a movimentação quotidiana da sala de jantar particular do comandante. Ensinou a Giles o nome e a patente de cada oficial, o que eles gostavam e não gostavam, e advertiu que o major Müller da SS, encarregado da segurança do campo, não era um cavalheiro e, certamente, não era suscetível a agrados, especialmente do tipo tradicional.

Outro visitante foi o brigadeiro Turnbull, que ouviu com interesse as ideias que Giles tinha em mente para quando saísse da enfermaria. O brigadeiro foi embora impressionado e voltou poucos dias mais tarde com algumas ideias próprias.

— A comissão de fuga não tem dúvida alguma de que os alemães jamais permitirão que você trabalhe na sala de jantar do comandante se acharem que você é um oficial — ele disse a Giles. — Para que seu plano tenha alguma chance de sucesso, você vai precisar ser um soldado raso. Já que apenas Bates serviu abaixo de você, ele é o único que terá de manter a boca fechada.

— Ele fará o que eu mandar — disse Giles.

— Não mais — advertiu o brigadeiro.

―――

Quando finalmente saiu da enfermaria e foi para o acampamento, Giles ficou surpreso com a disciplina da vida quotidiana, especialmente para um soldado raso.

Aquilo trouxe lembranças dos seus dias no campo de treinamento Ypres em Dartmoor: pés no chão às seis horas toda manhã com um sargento-mor que certamente não o tratava como um oficial.

Bates ainda chegava antes dele ao banheiro e ao café da manhã todos os dias. Havia uma parada no pátio às sete com saudação ao brigadeiro. Depois que o sargento-mor berrava "Parada encerrada!", todos iniciavam uma atividade frenética que se estendia pelo resto do dia.

Giles nunca deixava de participar da corrida de cinco milhas, 25 voltas ao redor do perímetro do campo, nem da hora de conversação em alemão com seu tutor particular enquanto eles estavam sentados nas latrinas.

Ele rapidamente descobriu que o campo para prisioneiros de guerra Weinsberg tinha muitas outras coisas em comum com o quartel Ypres: era frio, soturno, tinha um terreno árido e dezenas de cabanas com camas de madeira, colchões de crina de cavalo e aquecimento fornecido apenas pelo sol, que, como a Cruz Vermelha, raramente visitava Weinsberg. Eles também tinham o próprio sargento-mor, que se referia o tempo todo a Giles como um sujeitinho preguiçoso.

Assim como em Dartmoor, o complexo era cercado por uma cerca alta de arame farpado e só tinha uma entrada e saída. O problema era que não havia folgas nos fins de semana, e os guardas, armados com rifles, certamente não cumprimentavam quando você passava pelo portão em seu MG amarelo.

Quando pediram que Giles preenchesse o formulário de trabalho, no espaço reservado para o nome, ele escreveu soldado Giles Barrington, e no espaço reservado para a ocupação anterior, sommelier.

— Que diabos é isso quando você trabalha em uma casa? — perguntou Bates.

— Garçom de vinhos — disse Giles com tom de superioridade.

— Então, por que diabos você não escreve isso? — Bates disse enquanto rasgava o formulário. — A menos que você tenha alguma esperança de conseguir um emprego no Ritz. Você vai ter de preencher outro — acrescentou, exasperado.

Depois que entregou o segundo formulário, Giles esperou impacientemente para ser entrevistado por alguém no gabinete do comandante. Usou as incontáveis horas para se manter em forma tanto física quanto mentalmente. "Mens sana in corpore sano" era mais o menos a única coisa em latim que ele ainda lembrava dos tempos de escola.

Bates o mantinha informado sobre o que estava acontecendo do outro lado da cerca e até conseguia contrabandear uma batata ou uma casca de pão de vez em quando, em uma ocasião, até mesmo meia laranja.

— Não posso exagerar — ele explicou. — A última coisa que preciso é perder meu emprego.

Foi cerca de um mês mais tarde que os dois foram convidados a comparecer diante da comissão de fuga e apresentar o plano Bates-Barrington, que rapidamente ficou conhecido como o plano "cama e café": cama em Weinsberg, café da manhã em Zurique.

A apresentação clandestina correu bem e a comissão concordou que eles deveriam avançar algumas posições na lista, mas ninguém ainda estava sugerindo que eles fossem para o topo. Na verdade, o brigadeiro disse sem rodeios que, até o soldado Barrington conseguir um trabalho na sala de jantar do comandante, eles não deveriam voltar a incomodar a comissão.

— Por que está demorando tanto, Terry? — Giles perguntou depois que eles saíram da reunião.

O cabo Bates sorriu.

— Fico feliz por você me chamar de Terry — disse —, quer dizer, quando estamos só nós dois, mas nunca na frente dos homens, entende? — acrescentou fazendo uma imitação passável de Fisher.

Giles deu um soco em seu braço.

— Ofensa digna de corte marcial — Bates lembrou —, um soldado raso atacando um oficial não comissionado.

Giles deu outro soco no amigo.

— Agora responda minha pergunta — exigiu.

— Nada acontece com rapidez neste lugar. Você vai precisar ter paciência, Giles.

— Você não pode me chamar de Giles até estarmos sentados para tomar o café da manhã em Zurique.

— Por mim, tudo bem, se você estiver pagando.

Tudo mudou no dia em que o comandante do campo teve de oferecer um almoço para um grupo de oficiais da Cruz Vermelha e precisou de um garçom suplementar.

—

— Não se esqueça de que você é um soldado raso — disse Bates quando Giles foi acompanhado até o outro lado da cerca para sua entrevista com o major Müller. — Você precisa tentar raciocinar como um serviçal, e não como alguém acostumado a ser servido. Se Müiller suspeitar ainda que por um instante que você é um oficial, estaremos encrencados e voltaremos para o início do tabuleiro de jogo. Posso garantir uma coisa: o brigadeiro nunca mais vai nos convidar para jogar os dados novamente. Portanto, aja como um serviçal e jamais dê a mínima impressão de que entende uma palavra de alemão. Entendeu?

— Sim, senhor — disse Barrington.
Giles voltou uma hora mais tarde com um sorriso largo no rosto.
— Conseguiu o emprego? — perguntou Bates.
— Dei sorte — respondeu Giles. — O comandante, e não Müller, me entrevistou. Começo amanhã.
— E ele nunca suspeitou que você era um oficial e um cavalheiro?
— Não depois que eu disse que era seu amigo.

Antes que o almoço para os oficiais da Cruz Vermelha fosse servido, Giles abriu seis garrafas de merlot para deixá-las respirar. Quando os convidados estavam sentados, ele despejou um dedo de vinho na taça do comandante e esperou sua aprovação. Depois de um aceno de cabeça, ele serviu os convidados, sempre do lado direito. Depois, passou para os oficiais, de acordo com as patentes, e finalmente retornou ao comandante anfitrião.

Durante a refeição, ele se certificava de que nenhuma taça permanecia vazia, mas nunca servia alguém que estivesse falando. Assim como Jenkins, ele era raramente visto e nunca ouvido. Tudo correu como planejado, embora Giles tivesse plena consciência de que os olhos desconfiados do major Müller raramente se desviavam dele, mesmo quando ele tentava passar despercebido.

Após os dois terem sido escoltados de volta para o acampamento em seguida naquela tarde, Bates disse:

— O comandante ficou impressionado.
— Por que você está dizendo isso? — perguntou Giles, jogando verde.
— Ele disse ao cozinheiro-chefe que você deve ter trabalhado para alguma grande família, porque, embora obviamente fosse das classes baixas, você foi bem treinado por um profissional consumado.
— Obrigado, Jenkins — disse Giles.
— Então, o que quer dizer *consumado*? — perguntou Bates.

Giles se tornou tão hábil em sua nova vocação que o comandante do campo insistia em ser servido por ele mesmo quando jantava sozinho. Isso permitiu que Giles estudasse seus maneirismos, as inflexões em sua voz, seu riso, até mesmo sua leve gagueira.

Em algumas semanas, o soldado Barrington recebeu as chaves da adega e permissão para escolher quais vinhos deviam ser servidos no jantar. E, após alguns meses, Bates ouviu o comandante dizer ao cozinheiro que Barrington era *erstklassig*.

Toda vez que o comandante oferecia um jantar, Giles rapidamente avaliava quais línguas podiam ser amolecidas pelo fluxo incessante de vinho nas taças e como se tornar invisível toda vez que uma daquelas línguas começava a bater nos dentes. Ele passava todas as informações úteis captadas na noite anterior para o ordenança do brigadeiro durante a corrida comunal de cinco milhas. Aqueles fragmentos de notícias incluíam o local onde o comandante vivia, o fato de ele ter sido eleito vereador da cidade aos 32 anos e nomeado prefeito em 1938. Ele não sabia dirigir, mas havia visitado a Inglaterra três ou quatro vezes antes da guerra e falava inglês fluentemente. Em troca, Giles soube que ele e Bates haviam subido vários degraus na escada da comissão de fuga.

A principal atividade de Giles durante o dia era passar uma hora conversando com seu tutor. Nunca uma palavra de inglês era dita e o homem de Solihull até disse ao brigadeiro que o soldado Barrington estava começando a soar cada vez mais como o comandante.

Em 3 de dezembro de 1941, o cabo Bates e o soldado Barrington fizeram sua apresentação final à comissão de fuga. O brigadeiro e a sua equipe ouviram o plano Café e Cama com bastante interesse e concordaram que suas chances de sucesso eram maiores do que as da maioria dos esquemas mal amadurecidos que lhes eram propostos.

— Qual vocês acham que seria o melhor momento para realizar o plano? — perguntou o brigadeiro.

— Na véspera do Ano-Novo, senhor — disse Giles sem hesitação. — Todos os oficiais vão se juntar ao comandante para o jantar de réveillon.

— E, como o soldado Barrington estará servindo os drinques — acrescentou Bates —, poucos deles ainda estarão sóbrios à meia-noite.

— Exceto Müller — o brigadeiro lembrou a Bates —, que nunca bebe.

— É verdade, mas ele nunca deixa de brindar à Pátria, ao Führer e ao Terceiro Reich. Se acrescentarmos o Ano-Novo e o fato de ele ser o anfitrião, tenho a sensação de que ele estará bastante sonolento quando for levado de carro para casa.

— A que horas vocês são geralmente escoltados de volta ao acampamento depois dos jantares do comandante? — perguntou um jovem tenente que havia se juntado recentemente à comissão.

— Por volta das onze horas — disse Bates —, mas, como se trata da véspera do Ano-Novo, não será antes de meia-noite.

— Não se esqueçam, cavalheiros — Giles interveio —, de que tenho as chaves da adega; portanto, posso garantir a vocês que várias garrafas irão parar na casa de guarda durante a noite. Não queremos que eles fiquem de fora das comemorações.

— Está tudo muito bem — disse um tenente-coronel da aeronáutica que raramente falava —, mas como vocês planejam passar por eles?

— Saindo pelo portão principal no carro do comandante — respondeu Giles. — Ele é sempre um anfitrião zeloso e nunca sai antes do último convidado, o que deve nos dar pelo menos umas duas horas de vantagem.

— Ainda que vocês consigam roubar o carro dele — disse o brigadeiro —, por mais bêbados que estejam, os guardas mesmo assim conseguirão distinguir um garçom de vinho do oficial comandante.

— Não se eu estiver usando o sobretudo, chapéu, echarpe e luvas dele e carregando seu bastão — observou Giles.

O jovem tenente claramente não estava convencido.

— E, como parte do plano, o comandante vai entregar calmamente todas as roupas para você, soldado Barrington?

— Não, senhor — disse Giles a um oficial que era seu subalterno. — O comandante sempre deixa o casaco, quepe e luvas na chapelaria.

— Mas e quanto a Bates? — perguntou o mesmo oficial. — Eles vão identificá-lo a um quilômetro de distância.

— Não se eu estiver no porta-malas do carro — disse Bates.

— E o motorista do comandante, que, como podemos deduzir, vai estar totalmente sóbrio? — perguntou o brigadeiro.

— Estamos pensando a respeito — disse Giles.

— E, caso vocês consigam superar o problema do motorista e passar pelos guardas, qual é a distância até a fronteira suíça? — indagou novamente o jovem tenente.

— Cento e setenta e três quilômetros — disse Bates. — A cem quilômetros por hora, devemos alcançar a fronteira em pouco menos de duas horas.

— Contando que não haverá obstáculos no caminho.

— Nenhum plano de fuga pode ser totalmente seguro — interveio o brigadeiro. — No final, tudo se resume a como enfrentamos os imprevistos.

Giles e Bates anuíram.

— Obrigado, cavalheiros — disse o brigadeiro. — A comissão vai avaliar seu plano e comunicaremos nossa decisão pela manhã.

— O que aquele recruta da aeronáutica tem contra nós? — perguntou Bates quando eles saíram da reunião.

— Nada — disse Giles. — Pelo contrário, suspeito que ele queira ser o terceiro membro da nossa equipe.

Em 6 de dezembro, o ordenança do brigadeiro disse a Giles durante a corrida de cinco milhas que o plano havia sido aprovado e que a comissão desejava a eles boa viagem. Giles rapidamente alcançou o cabo Bates e comunicou a notícia.

Barrington e Bates recapitularam o plano várias vezes até ficarem, como atletas olímpicos, entediados com as infindáveis horas de preparação e ansiosos para ouvir o tiro de largada.

Às 18h do dia 31 de dezembro de 1941, o cabo Terry Bates e o soldado Giles Barrington se apresentaram para o serviço nos aposentos do comandante cientes de que, se o plano falhasse, eles, na melhor das hipóteses, teriam de esperar mais um ano, mas se fossem pegos com a boca na botija...

22

— Trate de voltar às seis e meia — Terry quase gritou para o cabo alemão que os acompanhara do acampamento aos aposentos do comandante.

O olhar perdido no rosto do cabo deixou Giles com poucas dúvidas de que ele jamais chegaria a sargento.

— Volte às seis e meia — repetiu Terry enunciando cada palavra lentamente. Pegou o pulso do cabo e apontou para o seis no relógio.

Giles só queria poder dizer ao cabo em seu próprio idioma: "Se você voltar às seis e meia, haverá um engradado de cerveja para você e seus amigos na casa de guarda." Mas ele sabia que, se o fizesse, seria preso e passaria a véspera do Ano-Novo em uma solitária.

Terry apontou mais uma vez para o relógio do cabo e imitou um homem bebendo. Daquela vez, o cabo sorriu e fez a mímica da mesma ação.

— Acho que ele finalmente entendeu a mensagem — disse Giles enquanto eles entravam nos aposentos do comandante.

— Ainda precisamos garantir que ele vai pegar a cerveja antes da chegada do primeiro oficial. Então, é melhor nos mexermos.

— Sim, senhor — disse Terry enquanto se encaminhava para a cozinha. Ordem natural restabelecida.

Giles foi ao vestiário, tirou o uniforme de garçom do cabide e vestiu a camisa branca, a gravata e as calças pretas e a jaqueta de linho branco. Avistou sobre o banco um par de luvas de couro preto que um oficial devia ter esquecido em alguma ocasião precedente e as enfiou no bolso pensando que poderiam se revelar úteis mais tarde. Fechou a porta do vestiário e se dirigiu à sala de jantar. Três garçonetes da cidade, dentre as quais Greta, a única que suscitou em Giles a tentação de um flerte, mas que ele sabia que Jenkins não teria aprovado, estavam pondo a mesa para dezesseis pessoas.

Ele olhou o relógio: 18h12. Saiu da sala de jantar e desceu até a adega. Uma única lâmpada iluminava o cômodo que, antigamente, abrigava arquivos cheios de dossiês. Desde a chegada de Giles foram substituídos por prateleiras de vinhos.

Giles já havia decidido que precisaria de pelo menos três caixas de vinho para o jantar daquela noite, bem como um engradado de cerveja para o cabo sedento e seus camaradas na casa de guarda. Estudou cuidadosamente as prateleiras antes de selecionar duas garrafas de xerez, uma dúzia de garrafas de pinot grigio italiano, duas caixas de borgonha francês e um engradado de cerveja alemã. Quando estava saindo, seus olhos se detiveram em três garrafas de Johnnie Walker Red Label, duas garrafas de vodca russa, meia dúzia de garrafas de Rémy Martin e um garrafão de porto. Giles achava que um visitante podia ser desculpado por não saber ao certo quem estava guerreando com quem.

Nos quinze minutos seguintes, ele carregou as caixas de vinho e cerveja escada acima, parando o tempo todo para verificar o relógio e, às 18h20, abriu a porta dos fundos e encontrou o cabo alemão pulando para cima e para baixo e batendo nas laterais do corpo, fazendo um esforço para se manter aquecido. Giles levantou as palmas das mãos para indicar que ele deveria ficar parado ali um instante. Em seguida, atravessou com passo acelerado o corredor — Jenkins nunca corria —, pegou o engradado de cerveja, voltou e o entregou ao alemão.

Greta, que obviamente estava atrasada, viu a entrega e sorriu para Giles. Ele retribuiu o sorriso antes que ela desaparecesse na sala de jantar.

— A casa de guarda — disse Giles com firmeza, apontando para o perímetro externo.

O cabo anuiu e partiu na direção correta. Terry havia perguntado a Giles mais cedo se deveria contrabandear comida da cozinha para o cabo e seus amigos na casa de guarda.

— Claro que não — Giles respondeu, resoluto. — Queremos que eles bebam a noite toda de estômago vazio.

Giles fechou a porta e voltou à sala de jantar, onde as garçonetes já haviam quase terminado de pôr a mesa.

Ele abriu as doze garrafas de merlot, mas só pôs quatro sobre o aparador, escondendo discretamente as outras oito embaixo dele. Não carecia que Müller descobrisse o que ele estava aprontando. Giles também pôs uma garrafa de uísque e duas de xerez em uma extremidade do aparador, antes de alinhar, como soldados em uma parada, uma dúzia de copos grandes e meia dúzia de copos para xerez. Tudo estava no lugar.

Giles estava limpando um copo quando o coronel Schabacker entrou. O comandante inspecionou a mesa, fez um ou dois ajustes à distribuição dos convidados e, depois, voltou a própria atenção para o conjunto de garrafas sobre o aparador. Giles se perguntou se ele faria algum comentário, mas o comandante simplesmente sorriu e disse:

— Os convidados devem chegar por volta das sete e meia e eu disse ao chef que vamos nos sentar para jantar às oito.

A esperança de Giles era de que, em poucas horas, seu alemão se revelasse tão fluente quanto o inglês do coronel Schabacker.

A pessoa que entrou em seguida na sala de jantar foi um jovem tenente que havia se juntado recentemente ao refeitório dos oficiais e estava participando do seu primeiro jantar oferecido pelo comandante. Giles o viu olhando para o uísque, avançou e serviu-lhe meio copo. Em seguida, entregou ao comandante o costumeiro xerez.

O segundo oficial a aparecer foi o capitão Henkel, o ajudante do campo. Giles entregou-lhe seu habitual copo de vodca e passou os trinta minutos seguintes servindo cada novo convidado, sempre mantendo a bebida favorita deles por perto.

Quando os convidados se sentaram para jantar, muitas garrafas vazias já haviam sido substituídas pelas reservas que Giles havia escondido embaixo do aparador.

Momentos mais tarde, garçonetes apareceram carregando pratos de sopa de beterraba, enquanto o comandante experimentava o vinho branco.

— Italiano — disse Giles, mostrando o rótulo.

— Excelente — ele murmurou.

Giles, então, encheu todas as taças exceto a do major Müller, que continuou a tomar água.

Alguns dos convidados bebiam mais depressa do que outros, o que mantinha Giles girando em torno da mesa, sempre se certificando de que ninguém estava com o copo vazio. Depois que os pratos de sopa foram retirados, Giles assumiu uma posição menos conspícua porque Terry o advertira sobre o que aconteceria em seguida. Com um floreio, as portas duplas se abriram e o chef entrou carregando uma grande cabeça de javali sobre uma salva de prata. As garçonetes vinham logo atrás e puseram travessas de legumes e batatas, além de molheiras com um creme denso, no centro da mesa.

Enquanto o chef começava a cortar a carne, o coronel Schabacker provou o borgonha, o que fez outro sorriso surgir em seu rosto. Giles retomou a tarefa de encher qualquer taça que estivesse pela metade, com uma exceção. Ele notou que o jovem tenente não falava havia algum tempo; então, deixou seu copo intacto. Um ou dois dos outros oficiais estavam começando a arrastar as palavras e Giles precisava que eles ficassem acordados pelo menos até meia-noite.

O chef voltou mais tarde para servir as segundas porções, e Giles agradeceu quando o coronel Schabacker pediu que as taças de todos fossem reabastecidas. Quando Terry fez sua primeira aparição para retirar o que sobrava da cabeça do javali, o major Müller era o único que ainda estava sóbrio.

Alguns minutos mais tarde, o chef fez sua terceira entrada, daquela vez carregando um bolo Floresta Negra que foi colocado sobre a mesa na frente do comandante. O anfitrião mergulhou uma faca no bolo várias vezes e as garçonetes distribuíram porções generosas a cada um dos convidados. Giles continuou a reabastecer as taças até chegar à última garrafa.

Enquanto as garçonetes retiravam os pratos de sobremesa, Giles removia as taças de vinho da mesa, substituindo-as por taças de conhaque e de porto.

— Cavalheiros — anunciou o coronel Schabacker logo após as onze —, por favor, encham suas taças, pois eu gostaria de fazer um brinde — prosseguiu, levantando-se, erguendo a própria taça no ar. — À Pátria!

Quinze oficiais levantaram-se com velocidades diferentes e repetiram: "À Pátria!". Müller olhou para Giles e bateu na taça para indicar que queria algo para o brinde.

— Vinho, não, seu idiota — disse Müller. — Quero conhaque.

Giles sorriu e encheu a taça de borgonha.

Müller não conseguiu fazê-lo cair na armadilha.

Uma conversa barulhenta e convivial prosseguiu enquanto Giles dava a volta em torno da mesa carregando uma caixa de charutos para que os convidados escolhessem o de seu agrado. O jovem tenente estava com a cabeça encostada na mesa, e Giles pensou ter ouvido um ronco.

Quando o comandante se levantou pela segunda vez para brindar à saúde do Führer, Giles serviu mais vinho tinto a Müller. Ele levantou a taça, bateu os calcanhares e fez a saudação nazista. Um brinde a Frederico, o Grande veio em seguida e, daquela vez, Giles reabasteceu a taça de Müller muito antes de ele se levantar.

Quando faltavam cinco minutos para a meia-noite, Giles certificou-se de que todas as taças estavam cheias. Quando o relógio de parede começou a soar, quinze oficiais gritaram quase que em uníssono, 10, 9, 8, 7, 6, 5, 4, 3, 2, 1, e em seguida, entoaram *Deutschland, Deutschland über alles*, dando tapinhas uns nas costas dos outros enquanto saudavam o Ano-Novo.

Um certo tempo se passou antes que eles voltassem aos seus lugares. O comandante permaneceu de pé e bateu com uma colher na própria taça. Todos fizeram silêncio aguardando seu discurso anual.

Ele começou agradecendo aos colegas pela lealdade e dedicação durante um ano difícil. Depois, falou por algum tempo sobre o destino da Pátria. Giles lembrou que Schabacker havia sido o prefeito local antes de assumir o cargo de comandante do campo. O oficial terminou declarando que esperava que o lado certo já tivesse vencido a guerra naquela mesma data no ano seguinte. Giles queria gritar "Ouçam, ouçam!" em qualquer idioma, mas Müller se virou para ver se as palavras do coronel haviam suscitado alguma reação. Giles continuou olhando inexpressivamente para a frente como se não tivesse entendido uma palavra. Ele havia sido aprovado em outro teste de Müller.

23

Eram poucos minutos após a 1h quando o primeiro convidado se levantou para ir embora.

— De serviço às seis da manhã, coronel — explicou. O anúncio foi recebido com um aplauso zombeteiro enquanto o oficial se inclinava e partia sem dizer outra palavra.

Muitos outros convidados se foram durante a hora seguinte, mas Giles sabia que não podia pensar em executar sua bem ensaiada saída enquanto Müller ainda estivesse nas paragens. Ficou um pouco ansioso quando as garçonetes começaram a retirar as xícaras de café, um sinal de que a noite deles estava chegando ao fim e de que talvez o mandassem de volta para o acampamento. Giles se manteve ocupado, continuando a servir aqueles oficiais que não pareciam ter pressa de ir embora.

Müller finalmente se levantou quando a última garçonete saiu da sala e desejou boa noite aos colegas, mas não antes de bater os calcanhares e fazer outra saudação nazista para os camaradas. Giles e Terry concordaram que o plano deles só poderia ser posto em ação pelo menos quinze minutos após Müller ter partido e eles terem verificado que o carro dele não estava mais no lugar de costume.

Giles encheu novamente as taças dos seis oficiais que ficaram sentados em torno da mesa. Eram todos amigos íntimos do comandante. Dois deles estudaram com ele, outros três serviram na assembleia municipal e apenas o ajudante do campo era um conhecido mais recente; todas as informações que Giles captou durante os meses anteriores.

Deviam ser cerca de duas e vinte quando o comandante chamou Giles.

— Foi um dia cansativo — ele disse em inglês. — Vá se juntar ao seu amigo na cozinha e leve uma garrafa de vinho.

— Obrigado, senhor — disse Giles pondo as garrafa de conhaque e porto no centro da mesa.

As últimas palavras que ele ouviu o comandante dizer foram para o ajudante, que estava sentado à sua direita.

— Quando finalmente vencermos esta guerra, Franz, vou oferecer um emprego àquele homem. Não imagino que ele vá querer voltar à Inglaterra com a suástica tremulando sobre o Palácio de Buckingham.

Giles removeu a única garrafa de vinho que ainda estava sobre o aparador, saiu da sala e fechou a porta silenciosamente atrás de si. Era possível sentir a adrenalina correndo por seu corpo e ele estava bem ciente de que os quinze minutos seguintes decidiriam seu futuro e o de Bates. Desceu a escadaria dos fundos até a cozinha, onde encontrou Terry conversando com o chef e com uma garrafa de xerez de cozinha pela metade ao seu lado.

— Feliz Ano-Novo, chef — disse Terry enquanto se levantava da cadeira. — Preciso me apressar, senão vou me atrasar para o café da manhã em Zurique.

Giles tentou se manter sério enquanto o chef mal conseguia levantar a mão como resposta.

Eles subiram correndo a escada, as únicas duas pessoas sóbrias no edifício. Giles passou a garrafa de vinho para Terry e disse:

— Dois minutos, nada mais.

Terry atravessou o corredor e saiu sorrateiro pela porta dos fundos. Giles recuou para a sombra no topo da escadaria exatamente quando um oficial saiu da sala de jantar e se dirigiu ao lavatório.

Instantes mais tarde, a porta dos fundos se abriu novamente, e uma cabeça surgiu. Giles acenou furiosamente para Terry e apontou para o lavatório. Terry correu para se unir ao amigo na escuridão pouco antes de o oficial aparecer e se dirigir cambaleante de volta à sala de jantar. Depois que a porta se fechou atrás dele, Giles perguntou:

— Como está nosso dócil cabo alemão?

— Semiadormecido. Dei a ele a garrafa de vinho e adverti que demoraríamos mais uma hora no mínimo.

— Você acha que ele entendeu?

— Acho que ele não estava dando a mínima.

— Muito bem. É a sua vez de bancar o vigia — disse Giles enquanto voltava para o corredor. Cerrou os punhos para impedir que as mãos tremessem e estava prestes a abrir a porta do vestiário quando achou ter ouvido uma voz vindo lá de dentro. Giles congelou, encostou a orelha na porta e aguçou o ouvido. Só foi necessário um instante para que ele percebesse quem devia ser. Pela primeira vez, ele quebrou a regra de ouro de Jenkins e atravessou correndo o corredor para se unir novamente a Terry na escuridão no topo da escadaria.

— Qual é o problema?

Giles pôs um dedo na frente dos lábios enquanto a porta do vestiário se abria e lá de dentro saía o major Müller abotoando a braguilha. Depois de jogar o sobretudo por cima do corpo, ele olhou para um lado e outro do corredor e, em seguida, saiu de fininho pela porta da frente.

— Que garota? — perguntou Giles.

— Provavelmente Greta. Já estive com ela algumas vezes, mas nunca no vestiário.

— Isso não é confraternização? — sussurrou Giles.

— Só se você for um oficial — respondeu Terry.

Eles só tiveram de esperar alguns instantes até que a porta se abrisse novamente e Greta surgisse um pouco corada. Ela saiu calmamente pela porta da frente sem se dar ao trabalho de verificar se alguém a tinha visto.

— Segunda tentativa — disse Giles, que atravessou rapidamente o corredor mais uma vez, abriu a porta do vestiário e desapareceu lá dentro exatamente quando um outro oficial saiu da sala de jantar.

Não vire à direita, não vire à direita, Terry implorou silenciosamente. O oficial virou à esquerda e se dirigiu ao lavatório. Terry rezou pelo xixi mais longo da história. Começou a contar os segundos, mas, então, a porta do vestiário se abriu e de lá saiu o comandante, para todos os efeitos. Volte lá para dentro, Terry acenou freneticamente. Giles voltou a se esconder no vestiário e fechou a porta.

Quando o ajudante reapareceu, Terry temeu que ele fosse entrar no vestiário para pegar seu quepe e casaco e encontrasse Giles vestido como o comandante; nesse caso, o jogo terminaria antes mesmo de começar. Terry seguiu cada passo, temendo o pior, mas o ajudante parou em frente à porta da sala de jantar, abriu-a e desapareceu lá dentro. Depois que a porta se fechou, Terry saiu desabalado pelo corredor, abriu a porta do vestiário e encontrou Giles trajando sobretudo, echarpe, luvas, quepe e carregando um bastão, com o suor escorrendo pela sua testa.

— Vamos cair fora daqui antes que um de nós tenha um ataque do coração — disse Terry.

Terry e Giles saíram do edifício ainda mais rápido do que Müller ou Greta haviam saído.

— Relaxe — disse Giles quando eles já estavam lá fora. — Não se esqueça de que somos as duas únicas pessoas sóbrias.

Ele enrolou a echarpe no pescoço de maneira que cobrisse o queixo, abaixou o quepe, agarrou o bastão com firmeza e inclinou-se levemente, já que era alguns centímetros mais alto do que o comandante.

Assim que o motorista ouviu Giles se aproximando, saltou do carro e abriu a porta traseira para ele. Giles ensaiara uma sentença que havia ouvido o coronel dizer várias vezes ao motorista e, ao se acomodar no banco traseiro, abaixou ainda mais o quepe e disse com voz enrolada:

— Leve-me para casa, Hans.

Hans voltou ao banco do motorista, mas, quando ouviu um barulho que parecia o porta-malas fechando, olhou para trás, desconfiado. No entanto, viu apenas o comandante batendo com o bastão na janela.

— Por que está demorando, Hans? — Giles perguntou com uma leve gagueira.

Hans deu a partida na ignição, engatou a primeira marcha e saiu lentamente em direção à casa de guarda. Um sargento saiu da guarita quando ouviu o veículo que se aproximava. Tentou abrir a cancela e cumprimentar ao mesmo tempo. Giles levantou o bastão e quase explodiu em risadas quando notou que os dois botões superiores do casaco da camisa do sentinela estavam abertos. O coronel Schabacker nunca teria deixado aquilo passar sem um comentário, nem mesmo na véspera do Ano-Novo.

O major Forsdyke, o oficial da inteligência da comissão de fuga, havia dito a Giles que a casa do comandante ficava a aproximadamente três quilômetros do complexo, e os últimos duzentos metros eram uma estradinha estreita e escura. Giles permaneceu largado no canto do banco traseiro, onde não podia ser visto pelo retrovisor, mas, no momento em que o carro entrou na tal estradinha, ele se sentou ereto, bateu no ombro do motorista com o bastão e ordenou que ele parasse.

— Não posso esperar — ele disse antes de pular para fora do carro e fingir abrir a braguilha.

Hans observou enquanto o coronel desaparecia em meio aos arbustos. Parecia intrigado, afinal, eles estavam a apenas cem metros da porta de casa. Saltou do carro e esperou ao lado da porta traseira. Quando achou ter ouvido o patrão voltando, virou-se exatamente no momento em que um punho cerrado surgiu na sua frente, um instante antes de quebrar seu nariz. Hans caiu desfalecido no chão.

Giles correu para a traseira do carro e abriu o porta-malas. Terry pulou para fora, foi até o corpo prostrado de Hans e começou a desabotoar o uniforme do motorista, antes de tirar as próprias roupas. Quando Bates terminou de vestir o novo uniforme, ficou claro como Hans era mais baixo e gordo do que ele.

— Não importa — disse Giles lendo o pensamento do amigo. — Quando você estiver atrás da direção, ninguém vai prestar muita atenção em você.

Eles arrastaram Hans até a traseira do carro e o colocaram no porta-malas.

— Duvido que ele vá acordar antes de nos sentarmos para o café da manhã em Zurique — disse Terry enquanto amarrava um lenço em volta da boca de Hans.

O novo motorista do comandante assumiu seu lugar atrás do volante e nenhum dos dois falou até estarem novamente na estrada principal. Terry não precisou parar nem verificar as placas, pois havia estudado a rota até a fronteira diariamente nos cinco meses anteriores.

— Fique do lado direito da estrada — disse Giles desnecessariamente — e não dirija rápido demais. A última coisa que queremos é ser parados.

— Acho que conseguimos — Terry disse quando eles passaram uma placa que indicava Schaffhausen.

— Só vou acreditar que conseguimos quando indicarem nossa mesa no Imperial Hotel e um garçom me entregar o cardápio do café da manhã.

— Eu não vou precisar de cardápio — disse Terry. — Ovos, bacon, feijão, salsicha, tomate e uma caneca de cerveja. Essa costuma ser minha refeição no mercado de carnes todas as manhãs. E você?

— Um arenque, ligeiramente cozido, uma fatia de torrada com manteiga, uma colher de geleia Oxford e um bule de chá Earl Grey.

— Não demorou muito para você deixar de ser mordomo e voltar a ser um grã-fino.

Giles sorriu. Olhou para o relógio. Havia poucos carros na estrada naquela manhã de Ano-Novo. Então, eles continuaram a avançar bem, ou seja, até Terry avistar o comboio à frente deles.

— O que faço agora? — perguntou ele.

— Ultrapasse-os. Não podemos nos dar ao luxo de perder tempo. Eles não têm motivos para desconfiar, você está dirigindo um alto oficial que não espera ser parado.

Quando Terry alcançou o veículo na traseira do comboio, abriu para o centro da estrada e começou a ultrapassar uma longa fila de caminhões blindados e motocicletas. Como Giles previra, ninguém demonstrou o menor interesse na ultrapassagem de um Mercedes que claramente estava em missão oficial. Quando superou o veículo que estava na dianteira, Terry soltou um suspiro de alívio, mas só relaxou totalmente quando fez uma curva e não conseguiu mais ver nenhum farol no retrovisor.

Giles continuava a olhar para o relógio em breves intervalos. A placa seguinte confirmou que eles estavam progredindo dentro do horário previsto, mas Giles sabia que eles não tinham controle sobre o horário em que o último convidado iria embora e o coronel Schabacker sairia em busca do seu carro e do seu motorista.

Outros quarenta minutos se passaram até que eles alcançassem os arredores de Schaffhausen. Os dois estavam tão nervosos que mal trocaram uma só palavra. Giles estava esgotado apenas de ficar sentado no banco traseiro sem fazer nada, mas sabia que eles só poderiam se dar ao luxo de relaxar quando tivessem cruzado a fronteira suíça.

Quando eles entraram na cidade, os habitantes locais estavam começando a acordar; um bonde ocasional, um carro ou outro, algumas bicicletas transportando pessoas que eram esperadas no trabalho no dia de Ano-Novo. Terry não precisou procurar placas que indicassem a fronteira, pois era possível ver os Alpes suíços dominando o horizonte. Parecia que a liberdade podia ser tocada com as mãos.

— Caramba! — Terry disse enquanto pisava com força no freio.

— Qual é o problema? — Giles perguntou, inclinando-se para a frente.

— Olhe para aquela fila.

Giles pôs a cabeça para fora da janela e viu uma fila de cerca de quarenta veículos, grudados uns nos outros, na frente deles, todos esperando para cruzar a fronteira. Deu uma olhada para verificar se havia algum carro oficial dentre eles. Quando se certificou de que não havia nenhum, disse:

— Vá direto para a frente da fila. É o que seria esperado de nós. Se não fizermos isso, vamos chamar atenção.

Terry avançou lentamente e só parou quando alcançou a cancela.

— Salte e abra a porta para mim, mas não diga nada.

Terry desligou o motor, desceu do carro e abriu a porta traseira. Giles se dirigiu ao posto da imigração.

Um jovem oficial se levantou rapidamente atrás da sua mesa e bateu continência quando viu o coronel entrar na saleta. Giles entregou dois conjuntos de documentos que o falsificador do campo garantiu que passariam sem problemas por qualquer posto de fronteira na Alemanha. Ele estava prestes a descobrir se o falsificador havia exagerado ou não. Enquanto o oficial folheava os documentos, Giles ficou batendo na lateral da perna com o bastão e olhou várias vezes para o relógio de pulso.

— Tenho uma reunião importante em Zurique — disparou — e estou atrasado.

— Lamento, coronel. Vou liberá-lo para que continue a viagem assim que possível. Só mais alguns instantes.

O oficial verificou a fotografia de Giles nos documentos e pareceu intrigado. Giles ficou se perguntando se o oficial teria o topete de pedir que ele tirasse a echarpe, pois, se o fizesse, perceberia imediatamente que ele era jovem demais para ser um coronel.

Giles lançou um olhar desafiador para o jovem, que devia estar avaliando as possíveis consequências de vir a atrasar um alto oficial com perguntas desnecessárias. A balança pendeu a favor de Giles. O oficial anuiu, carimbou os documentos e disse:

— Espero que o senhor não se atrase para a reunião.

— Obrigado — disse Giles. Pôs os documentos de volta no bolso e estava caminhando rumo à porta quando o jovem oficial o fez parar.

— Heil Hitler! — gritou.

Giles hesitou e virou-se lentamente.

— Heil Hitler! — disse e executou uma saudação nazista perfeita.

Ao sair do edifício, teve de refrear o riso quando notou que Terry estava segurando a porta traseira aberta com uma mão e as calças com a outra.

— Obrigado, Hans — disse Giles enquanto se jogava no banco traseiro.

Foi então que eles ouviram pancadas vindo do porta-malas.

— Ah, meu Deus! — disse Terry. — Hans.

As palavras do brigadeiro reapareceram para assombrá-los: nenhum plano de fuga pode ser totalmente seguro. No final, tudo se resume a como enfrentamos os imprevistos.

Terry fechou a porta traseira e voltou para o seu lugar atrás da direção o mais rápido possível, pois temia que os guardas ouvissem as pancadas. Tentou permanecer calmo enquanto a cancela era levantada centímetro a centímetro e as pancadas ficavam cada vez mais altas.

— Dirija devagar — disse Giles. — Não dê motivo algum para que eles desconfiem.

Terry deslizou a alavanca de câmbio para a primeira marcha e avançou lentamente por baixo da cancela. Giles olhou pela janela lateral enquanto eles cruzavam o posto de fronteira. O jovem oficial estava falando ao telefone. Olhou pela janela, encarou Giles, pulou de trás da mesa e correu para a estrada.

Giles calculou que o posto de fronteira suíço não ficava a mais do que duzentos metros de distância. Olhou pela janela traseira e viu o jovem oficial acenando freneticamente enquanto guardas com rifles saíam do posto de imigração.

— Mudança de planos — disse Giles. — Pise fundo no acelerador! — gritou enquanto os primeiros projéteis atingiam a traseira do carro.

Terry estava mudando de marcha quando o primeiro pneu estourou. Ele tentou desesperadamente manter o carro na estrada, mas o veículo começou a debandar, arrastou-se pelo gradil de proteção da estrada e parou no meio do caminho entre os dois postos de fronteira. Outra salva de tiros veio logo em seguida.

— É minha vez de chegar no banheiro na sua frente — disse Giles.

— Sem chance — rebateu Terry, que estava com os dois pés no chão antes que Giles tivesse se lançado para fora pela porta traseira.

Os dois começaram a correr desembestados rumo à fronteira suíça. Se algum dos dois algum dia fosse correr cem metros em dez segundos, aquele era o dia. Embora eles estivessem se esquivando e mudando de direção na tentativa de evitar os tiros, Giles ainda estava confiante de que cruzaria a linha de chegada em primeiro lugar. Os guardas suíços os incitavam e, quando Giles atravessou a fronteira, levantou os braços em triunfo, tendo finalmente derrotado seu maior rival.

Virou-se para trás para comemorar e viu Terry caído no meio da estrada a cerca de trinta metros de distância, uma ferida de bala na parte posterior da cabeça e sangue gotejando da boca.

Giles caiu de joelhos e começou a engatinhar até o amigo. Mais tiros começaram a ser disparados enquanto os dois guardas suíços o agarravam pelos tornozelos e o puxavam de volta para a segurança.

Ele queria explicar a eles que não tinha vontade alguma de tomar café da manhã sozinho.

HUGO BARRINGTON

1939-1942

24

Hugo Barrington não conseguia tirar o sorriso do rosto quando leu no *Bristol Evening News* que Harry Clifton havia sido enterrado no mar poucas horas após a guerra ter sido declarada.

Finalmente os alemães fizeram algo válido. O comandante de um submarino havia resolvido, sozinho, seu maior problema. Hugo começou a acreditar que até seria possível, no seu devido tempo, voltar a Bristol e reassumir o posto de vice-presidente do conselho da Barrington's Shipping Line. Ele começaria a amaciar a mãe com telefonemas regulares a Barrington Hall, mas só depois da partida quotidiana do pai para o trabalho. À noite, ele saiu para comemorar e chegou em casa bêbado como um gambá.

Quando foi para Londres após o casamento abortado da filha, Hugo alugou um apartamento em um porão em Cadogan Gardens por uma libra por semana. A única coisa boa a respeito daquelas acomodações e seus três aposentos era o endereço, que criava a impressão de que ele era um homem abastado.

Embora ainda tivesse alguns trocados no banco, seu dinheiro logo minguou enquanto ele ainda tinha tempo à disposição e nenhuma fonte regular de renda. Não demorou muito até ele ter de se desfazer do Bugatti, o que o manteve solvente por mais algumas semanas, mas apenas até o primeiro cheque voltar. Ele não podia pedir ajuda ao pai, que o deserdara, e, francamente, Sir Walter ajudaria Maisie Clifton antes de levantar um dedo para ajudar o próprio filho.

Depois de alguns infrutuosos meses em Londres, Hugo tentou encontrar um emprego. Mas não era fácil: se algum empregador em potencial conhecesse seu pai, ele não conseguiria uma entrevista e, quando conseguisse, seu novo chefe esperaria que ele trabalhasse em horários dos quais ele nem sabia da existência e por um salário que não teria coberto nem sua conta no bar do clube.

Hugo começou a mexer no pouco que ainda tinha na Bolsa de Valores. Ouvia muitos velhos amigos falarem de transações que não tinham como não dar certo e até se envolveu em um ou dois empreendimentos mais obscuros que o puseram em contato com o que a imprensa descrevia como "personagens duvidosos" e seu pai os teria considerado uns salafrários.

Em um ano, Hugo havia recorrido a empréstimos de amigos e até de amigos de amigos. Mas, sem meio algum para pagar as dívidas, você acaba sendo eliminado da maioria das listas de convidados para jantares e não é mais chamado para caçadas no campo durante o fim de semana.

Toda vez que estava desesperado, Hugo ligava para a mãe, mas só após ter certeza de que o pai estava no escritório. Era sempre possível contar com mamãe para conseguir dez libras, da mesma maneira que ela sempre lhe dava dez xelins nos tempos da escola.

Um velho amigo de escola, Archie Fenwick, também servia para um almoço ocasional em seu clube ou um convite para seus elegantes coquetéis em Chelsea. E foi lá que Hugo conheceu Olga. Não foi seu rosto nem sua silhueta que chamaram imediatamente a atenção de Hugo, mas suas pérolas, três fileiras, enroladas em volta do pescoço. Hugo puxou Archie para o canto e perguntou se eram de verdade.

— Claro que são — respondeu ele. — Mas saiba que você não é o único que gostaria de pôr as patinhas naquele pote de mel.

Archie contou que Olga Piotrovska chegara recentemente a Londres, tendo fugido da Polônia após a invasão alemã. Seus pais foram levados pela Gestapo pelo simples motivo de serem judeus. Hugo franziu a testa. Archie não pode dizer muito mais ao amigo a respeito dela, a não ser que ela morava em uma casa magnífica em Lowndes Square e tinha uma bela coleção de arte. Hugo nunca se interessara muito por arte, mas até ele tinha ouvido falar de Picasso e Matisse.

Atravessou o salão e se apresentou à srta. Piotrovska. Quando Olga contou a ele por que teve de ir embora da Alemanha, ele se mostrou ultrajado e garantiu que sua família se orgulhava de negociar com judeus havia mais de um século. Afinal de contas, seu pai, Sir Walter Barrington, era amigo dos Rothschild e dos Hambro. Muito antes de a festar terminar, ele havia convidado Olga para almoçar no Ritz no dia seguinte, mas, como não tinha mais autorização para assinar a conta, teve de convencer Archie a lhe emprestar mais cinco libras.

O almoço correu bem e, nas semanas seguintes, Hugo cortejou Olga assiduamente, dentro dos limites de seus recursos. Disse que havia deixado a esposa após ela ter admitido um caso extraconjugal com seu melhor amigo e havia pedido ao seu advogado para dar entrada no processo de divórcio. Na verdade, Elizabeth já se divorciara dele e o juiz lhe concedera Manor House e tudo o que Hugo não havia levado após sua partida tão apressada.

Olga foi muito compreensiva e Hugo prometeu que, assim que estivesse livre, a pediria em casamento. Ele não parava de decantar sua beleza e de dizer como seus esforços bastante desenxabidos na cama eram excitantes se comparados a Elizabeth. Hugo sempre lembrava que, quando o pai morresse, suas dificuldades financeiras temporárias se resolveriam com a herança da propriedade de família e ela se tornaria Lady Barrington. Ele talvez tenha criado a impressão de que o pai era muito mais velho e menos robusto do que de fato era. "Decaindo depressa" era a expressão que ele usava.

Algumas semanas mais tarde, Hugo se mudou para Lowndes Square e, nos meses seguintes, retomou um estilo de vida que considerava ser seu direito. Vários amigos comentaram que era muita sorte ele ter a companhia de uma mulher tão charmosa e bonita, e alguns deles não conseguiam resistir e acrescentavam: "E com uns trocados de sobra."

Hugo quase se esquecera de como era fazer três refeições por dia, usar roupas novas e ser transportado de chofer pela cidade. Quitou a maioria das dívidas e logo as portas que até então estavam sendo batidas na sua cara começaram a se abrir novamente. No entanto, ele estava começando a se perguntar quanto tempo aquilo podia durar, pois ele certamente não tinha intenção alguma de se casar com uma refugiada judia de Varsóvia.

―

Derek Mitchell embarcou no trem expresso de Temple Meads para Paddington. O detetive particular estava novamente trabalhando em tempo integral para seu antigo empregador agora que seu salário estava mais uma vez sendo pago no primeiro dia do mês e suas despesas reembolsadas imediatamente. Hugo esperava que Mitchell relatasse a ele uma vez por mês o que a família Barrington andava fazendo. Em especial, Hugo estava interessado nas idas e vindas do pai, de sua ex-mulher, Giles, Emma e até mesmo de Grace, mas continuava paranoico em relação a Maisie Clifton e esperava que Mitchell lhe informasse a respeito de tudo o que ela fazia, tudo mesmo.

Mitchell ia a Londres de trem e os dois se encontravam na sala de espera em frente à plataforma sete da estação de Paddington. Um hora mais tarde, Mitchell tomava o trem de volta para Temple Meads.

Foi assim que Hugo soube que Elizabeth continuava morando em Manor House, já Grace raramente ia para casa após ter ganhado uma bolsa de estudos para Cambridge. Emma dera à luz um filho, ao qual batizou de Sebastian Arthur. Giles se alistara no regimento Wessex como soldado raso e, após completar um treinamento básico de doze semanas, foi enviado para a Unidade de Treinamento de Oficiais Mons.

Hugo ficou surpreso com essa notícia, pois sabia que Giles fora considerado inapto para o serviço ativo pelo regimento Gloucester logo após o início da guerra, já que, como o pai e o avô, ele era daltônico. Hugo havia usado a mesma desculpa para evitar ser convocado em 1915.

―

Com o passar dos meses, Olga começou a perguntar cada vez com mais frequência quando o divórcio de Hugo seria finalizado. Ele sempre tentava dar a impressão de que era algo iminente, mas foi só quando ela sugeriu que ele deveria voltar para o apartamento em Cadogan Square até confirmar que os documentos tivessem sido apresentados ao tribunal que Hugo decidiu fazer algo a respeito. Ele esperou mais uma semana até dizer que os advogados haviam dado entrada no processo.

Mais alguns meses de harmonia doméstica se seguiram. O que ele não disse a Olga foi que tinha dado ao proprietário do apartamento em Cadogan Square um pré-aviso de um mês para a entrega do imóvel no dia em que se mudou para a casa dela. Se ela o pusesse na rua, ele não teria onde morar.

⸻

Foi cerca de um mês mais tarde que Mitchell telefonou para Hugo e disse que precisava vê-lo com urgência, um pedido muito estranho. Eles concordaram em se encontrar às 16h do dia seguinte no local de sempre.

Quando Mitchell entrou na sala de espera da estação, Hugo já estava sentado em um banco, escondido atrás de um exemplar do *Evening News* londrino. Estava lendo a respeito do saqueio de Tobruk por parte de Rommel, embora nem sequer fosse capaz de apontar Tobruk em um mapa. Continuou a ler quando Mitchell se sentou ao seu lado. O detetive particular falou baixo e nunca olhou na direção de Hugo.

— Achei que o senhor gostaria de saber que sua filha mais velha arrumou um emprego como garçonete no Grand Hotel usando o nome de srta. Dickens.

— Não é lá que Maisie Clifton trabalha?

— Sim, ela é a gerente do restaurante e foi a chefe da sua filha.

Hugo não conseguia imaginar por que Emma queria trabalhar como garçonete.

— A mãe dela sabe?

— Deve saber, porque Hudson a deixava a cem metros do hotel todas as manhãs às 5h45. Mas não é por isso que eu precisava encontrá-lo.

Hugo virou a página do jornal e viu uma fotografia do general Auchinleck em pé do lado de fora da sua barraca no deserto falando com as tropas.

— Sua filha tomou um táxi até as docas ontem de manhã. Ela estava carregando uma mala quando embarcou em um navio de passageiros chamado *Kansas Star*, no qual conseguiu um emprego na recepção. Ela disse à mãe que ia a Nova York visitar a tia-avó Phyllis, que acredito ser a irmã de Lord Harvey.

Hugo teria ficado fascinado em saber como Mitchell havia conseguido aquela informação específica, porém, ainda estava tentando imaginar por que Emma quis arrumar um emprego no navio em que Harry Clifton havia morrido. Nada daquilo fazia sentido. Ele instruiu Mitchell a se aprofundar no caso e relatar imediatamente qualquer novidade sobre o que Emma estava aprontando.

Pouco antes de sair para pegar o trem de volta a Temple Meads, Mitchell disse a Hugo que os bombardeiros alemães haviam destruído totalmente Broad Street. Hugo não conseguia imaginar por que aquilo poderia ter algum interesse para ele até que Mitchell lembrou que aquela era a rua onde se situava a casa de chá Tilly's. Ele achou que o sr. Barrington devia saber que alguns construtores estavam se interessando pelo antigo local da sra. Clifton. Hugo agradeceu a Mitchell pela informação sem sugerir que aquilo pudesse ser realmente do seu interesse.

Hugo telefonou para o sr. Prendergast no National Provincial Bank assim que voltou a Lowndes Square.

— Creio que o senhor está ligando a respeito de Broad Street — foram as primeiras palavras do gerente do banco.

— Sim, ouvi dizer que o lote da casa de chá Tilly's talvez esteja à venda.

— A rua inteira está à venda depois do bombardeio — disse Prendergast. — A maioria dos comerciantes perdeu o próprio sustento e, como se tratou de um ato de guerra, não podem acionar o seguro.

— Então, será que consigo comprar o lote da Tilly's por um preço razoável?

— Sinceramente, o senhor poderia comprar a rua inteira por quase nada. Na verdade, se o senhor tiver dinheiro sobrando, sr. Barrington, seria um investimento astuto, a meu ver.

— Isso presumindo que venceremos a guerra — lembrou Hugo.

— Admito que é arriscado, mas o retorno pode ser muito bom.

— De quanto estamos falando?

— Pelo lote da sra. Clifton, acho que posso convencê-la a aceitar duzentas libras. Na verdade, metade dos comerciantes daquela rua tem contas comigo. Acredito que o senhor poderia comprar tudo por cerca de trezentas. É como jogar Banco Imobiliário com um dado adulterado.

— Vou estudar a possibilidade — Hugo disse antes de desligar o telefone. O que ele não podia dizer a Prendergast era que ele não tinha dinheiro algum, nem de Banco Imobiliário.

Hugo tentou pensar em alguma maneira de conseguir aquela quantia, embora todos os seus contatos de sempre não estivessem dispostos a lhe emprestar nem cinco libras. Ele não podia pedir a Olga mais dinheiro, a menos que estivesse disposto a se casar com ela, algo fora de cogitação.

Ele não teria pensado mais no assunto se não tivesse esbarrado com Toby Dunstable em uma das festas de Archie.

Toby e Hugo foram contemporâneos em Eton. Hugo não conseguia lembrar muito a respeito de Dunstable, a não ser que ele costumava se servir sem pagar na loja de doces dos garotos menores. Quando ele finalmente foi pego retirando uma nota de dez xelins de um dos armários dos meninos, todos acharam que ele seria expulso, o que poderia ter acontecido se ele não fosse o segundogênito do conde de Dunstable.

Quando Hugo perguntou o que ele andava fazendo, Toby disse, de forma bastante vaga, que se ocupava de imóveis.

Hugo falou com o ex-colega sobre a oportunidade de investimento que Broad Street representava, mas ele não pareceu muito interessado. Na verdade, Hugo não pôde deixar de notar que Toby não tirava os olhos do colar de diamantes que reluzia no pescoço de Olga.

Toby deu a Hugo seu cartão de visitas e disse:

— Se você algum dia precisar de dinheiro na mão, acho que não vai ser muito difícil conseguir, se é que você me entende, meu chapa.

Hugo entendeu perfeitamente, mas não levou nem um pouco a sério a proposta insinuada até Olga lhe perguntar um dia durante o café da manhã se uma data já havia sido marcada para a sentença provisória de divórcio. Hugo garantiu que era algo iminente.

Ele saiu de casa, foi direto para o clube, verificou o cartão de visita e telefonou para Toby. Eles marcaram um encontro em um pub em Fulham no qual se sentaram sozinhos em um canto e, tomando dois gins duplos, conversaram sobre a campanha dos soldados ingleses no Oriente Médio. Só mudaram de assunto quando tiveram certeza de que não podiam ser ouvidos por ninguém.

— Tudo o que vou precisar é de uma chave do apartamento — disse Toby — e a localização exata das joias.

— Isso não deve ser muito difícil de arrumar — garantiu Hugo.

— A única coisa que você vai precisar fazer, meu chapa, é garantir que vocês dois ficarão fora tempo suficiente para eu poder realizar o trabalho.

Quando Olga sugeriu durante o café da manhã que gostaria de assistir a uma produção de *Rigoletto* em Sadler's Wells, Hugo concordou em reservar dois ingressos. Normalmente, ele teria inventado alguma desculpa, mas, naquela ocasião, concordou prontamente e até sugeriu que jantassem no Savoy depois para comemorar.

— Comemorar o quê? — perguntou ela.

— Minha sentença provisória foi proferida — disse ele casualmente. Ela o abraçou. — Mais seis meses, minha querida, e você será a sra. Barrington.

Hugo tirou uma pequena caixa de couro do bolso e presenteou com um anel de noivado comprado sob condição de possível devolução na Burlington Arcade no dia anterior. Ela aprovou. Ele tinha intenção de devolvê-lo em seis meses.

A ópera parecia ter duração de três meses, e não de três horas, como sugerido no programa. Todavia, Hugo não reclamou, pois sabia que Toby estaria usando bem aquele tempo.

Durante o jantar no River Room, Hugo e Olga conversaram sobre onde passariam a lua de mel, já que não poderiam viajar para o exterior. Olga gostava de Bath, que ficava um pouco próxima demais de Bristol para o gosto de Hugo, mas, como aquilo nunca ia acontecer mesmo, ele concordou de bom grado com a sugestão da noiva.

No táxi de volta para Lowndes Square, Hugo ficou pensando quanto demoraria até que Olga descobrisse que seus diamantes haviam sumido. Menos do que ele esperava, pois, quando eles abriram a porta, viram que a casa toda havia sido saqueada. Tudo o que sobrou nas paredes em que quadros ficavam pendurados eram as marcas mais claras dos espaços que eles haviam ocupado.

Enquanto Olga caiu em um estado de histeria, Hugo pegou o telefone e discou 999. A polícia demorou várias horas para completar um inventário de tudo o que estava faltando porque Olga não conseguia ficar suficientemente calma para responder às perguntas por mais do que alguns minutos de cada vez. O inspetor-chefe encarregado do caso garantiu a eles que os detalhes dos objetos roubados seriam enviados aos principais mercadores de diamantes e marchands de Londres em até 48 horas.

Hugo deu um ataque quando encontrou com Toby Dunstable em Fulham na tarde seguinte. Seu velho colega de escola ouviu tudo com uma calma inabalável. Quando Hugo finalmente se acalmou, Toby empurrou uma caixa de sapato para o outro lado da mesa.

— Não preciso de um novo par de sapatos — disparou Hugo.

— Talvez não, mas você poderá comprar uma sapataria com o que tem aqui dentro — rebateu Toby batendo na caixa.

Hugo levantou a tampa e olhou para dentro da caixa, que não continha sapato algum, mas estava repleta de notas de cinco libras.

— Nem precisa se dar ao trabalho de contar — disse Toby. — Você vai encontrar aí dentro dez mil libras em dinheiro vivo.

Hugo sorriu, repentinamente calmo outra vez.

— Você é um bom sujeito — disse enquanto fechava a caixa e pedia outros dois gins-tônicas duplos.

À medida que as semanas passavam sem que a polícia conseguisse apresentar nenhum suspeito, o inspetor-chefe deixou claro para Hugo que acreditava se tratar de um golpe arquitetado nas internas, uma expressão que ele usava todas as vezes que os dois se encontravam. Entretanto, Toby garantiu que a polícia jamais pensaria em prender o filho de Sir Walter Barrington, a menos que tivesse provas concretas de sua culpa capazes de convencer um júri sem deixar dúvida alguma.

Olga perguntou a Hugo de onde vinham seus novos ternos e como ele podia se dar ao luxo de ter um Bugatti. Ele mostrou a ela o livro de bordo do carro que confirmava que ele era o dono já antes de os dois terem se conhecido. O que ele não contou a Olga era que teve muita sorte porque a concessionária para a qual vendera relutante o automóvel ainda não o havia revendido.

Como o prazo para proferimento da sentença final de separação estava se aproximando rapidamente, Hugo começou a se preparar para o que é chamado nos círculos militares de estratégia de retirada. Foi então que Olga anunciou que tinha uma notícia maravilhosa para compartilhar com ele.

Wellington uma vez disse a um oficial subalterno que a ocasião era tudo na vida, e quem era Hugo para discordar do vencedor de Waterloo, especialmente quando a profecia do grande homem estava prestes a ser aplicada a ele?

Ele estava lendo o *The Times* durante o café da manhã quando viu no obituário uma foto do pai olhando em sua direção. Hugo tentou ler sem que Olga descobrisse que a vida de ambos estava prestes a mudar.

Na opinião de Hugo, o jornal tinha dado ao velho uma boa despedida, mas foi o último parágrafo que mais lhe interessou. *Sir Walter Barrington é sucedido por seu único filho vivo, Hugo, que herdará o título.*

Contudo, o que o *The Times* não acrescentou foi: *e tudo o mais aí incluído.*

MAISIE CLIFTON

1939-1942

25

Maisie ainda conseguia se lembrar da dor que sentiu quando o marido não voltou para casa no final do turno da noite. Ela sabia que Arthur estava morto, embora anos se passariam antes que seu irmão Stan se decidisse a contar a verdade sobre a morte do seu marido no estaleiro naquela tarde.

Mas a dor não era nada comparada à notícia de que seu filho único havia sido enterrado no mar depois de o *Devonian* ter sido atingido por um torpedo alemão horas após a declaração de guerra.

Maisie ainda se lembrava da última vez em que havia visto Harry. Ele tinha ido visitá-la no Grand Hotel em uma manhã de quinta-feira. O restaurante estava abarrotado, com uma longa fila de clientes esperando uma mesa. Ele ficou na fila, mas, quando viu a mãe assoberbada, entrando e saindo da cozinha sem um minuto a perder, saiu de fininho, presumindo que ela não o havia notado. Harry era consciencioso e sabia que ela não gostava de ser interrompida no trabalho e, para dizer a verdade, ele também sabia que a mãe não ia gostar de ouvir que ele deixara Oxford para se alistar na Marinha.

Sir Walter Barrington apareceu no dia seguinte para informar a Maisie que Harry zarpara de manhã como quarto-oficial no SS *Devonian* e voltaria até o final do mês para se juntar à tripulação do HMS *Resolution* como taifeiro, pois tinha intenção de partir atrás de submarinos alemães no Atlântico. O que ele não sabia é que os alemães já estavam atrás dele.

Maisie planejou tirar o dia de folga no dia em que Harry voltasse, mas não foi o que aconteceu. Saber quantas outras mães haviam perdido filhos por causa daquela guerra vil e bárbara não ajudava.

O dr. Wallace, o oficial médico a bordo do SS *Kansas Star*, a estava esperando ao lado da porta da casa em Still House Lane quando ela voltou para casa depois do trabalho naquela noite de outubro. Ele não precisou dizer a Maisie o motivo da sua visita. Estava escrito em seu rosto.

Os dois se sentaram na cozinha, e o médico contou que foi o responsável pelo bem-estar daqueles marinheiros que foram resgatados do oceano após o naufrágio do *Devonian*. Ele garantiu que havia feito todo o possível para salvar a vida de Harry, mas, infelizmente, o rapaz nunca recobrou a consciência. Na verdade, dos nove marinheiros dos quais ele tratou naquela noite, só um sobreviveu, um certo Tom Bradshaw, o terceiro-oficial, que era evidentemente um amigo de Harry. Bradshaw havia escrito uma carta de condolências que o dr. Wallace prometeu entregar à sra. Clifton assim que o *Kansas Star* voltasse a Bristol. Ele manteve a palavra. Maisie se sentiu culpada assim que o médico foi embora e voltou para o navio. Ela sem sequer lhe oferecera uma xícara de chá.

Maisie pôs a carta de Tom Bradshaw sobre a lareira, perto de sua fotografia favorita de Harry cantando no coro da escola.

Quando voltou ao trabalho na manhã seguinte, os colegas no hotel foram gentis e solícitos, e o sr. Hurst, o gerente do hotel, sugeriu que ela tirasse alguns dias de folga. Ela disse que era a última coisa de que precisava naquele momento. Ao contrário, decidiu fazer o máximo de horas extras que podia na esperança de atenuar a dor.

Não funcionou.

―

Muitos dos jovens que trabalhavam no hotel estavam partindo para se alistar nas Forças Armadas, e suas vagas estavam sendo ocupadas por mulheres. Não era mais considerado um estigma para uma moça trabalhar e Maisie foi assumindo cada vez mais responsabilidades à medida que o número de funcionários do sexo masculino ia diminuindo.

O gerente do restaurante devia se aposentar ao completar sessenta anos, mas Maisie deduziu que o sr. Hurst pediria a ele para ficar até o final do guerra. Foi um choque quando o chefe a chamou ao seu escritório e lhe ofereceu o cargo.

— Você fez por merecer, Maisie — ele disse —, e o escritório central concorda comigo.

— Eu gostaria de alguns dias para pensar a respeito — ela respondeu antes de sair do escritório.

O sr. Hurst não tocou mais no assunto durante uma semana e, quando o fez, Maisie sugeriu que talvez devesse ser colocada em experiência durante um mês. Ele riu.

— Geralmente — o sr. Hurst lembrou a ela — é o empregador, e não o funcionário, que insiste a respeito do mês de experiência.

Em uma semana, ambos haviam se esquecido do período de experiência porque, embora o horário fosse longo e as novas responsabilidades fossem onerosas, Maisie nunca se sentira tão realizada. Ela sabia que, quando a guerra terminasse e os rapazes retornassem do front, ela voltaria a ser uma garçonete. Voltaria a ser uma prostituta se aquilo pudesse fazer com que Harry estivesse entre os que regressavam para casa.

Maisie não precisava ser capaz de ler um jornal para saber que a força aérea japonesa havia destruído a frota americana em Pearl Harbor e que os cidadãos dos Estados Unidos haviam se erguido em peso contra o inimigo em comum e se unido aos Aliados, pois, durante dias a fio, aquele foi o único assunto na boca de todos.

Não demorou até Maisie conhecer seu primeiro americano.

Milhares de ianques se encaminharam para West Country nos dois anos seguintes, e muitos deles foram aquartelados em um acampamento militar nos arrabaldes de Bristol. Alguns dos oficiais começaram a jantar no restaurante do hotel, mas, com a mesma rapidez com que se tornavam clientes regulares, desapareciam e nunca mais eram vistos. Maisie era dolorosamente lembrada o tempo todo de que alguns deles não eram mais velhos do que Harry.

Mas isso mudou quando um deles de fato voltou. Maisie não o reconheceu imediatamente quando ele mesmo, impulsionando a própria cadeira de rodas, entrou no restaurante e pediu a mesa de sempre. Ela sempre achou que fosse boa para lembrar nomes, e mais ainda para lembrar fisionomias — é algo necessário quando você não sabe ler nem escrever, mas, no momento em que ela ouviu o sotaque sulista, a ficha caiu.

— Tenente Mulholland, não é mesmo?

— Não, sra. Clifton. Agora é major Mulholland. Mandaram-me de volta para cá para me recuperar antes de me despacharem para casa na Carolina do Norte.

Ela sorriu e o acompanhou até sua mesa habitual, embora ele não a tenha deixado ajudá-lo com a cadeira de rodas. Mike, como ele insistia que Maise o chamasse, tornou-se um cliente regular, aparecendo duas, até mesmo três, vezes por semana.

Maisie riu quando o sr. Hurst sussurrou:

— Você sabe que ele tem uma queda por você.

— Acho que o senhor deve considerar meus dias de flerte encerrados — respondeu ela.

— Não se engane — retorquiu ele. — Você está na flor da idade, Maisie. Posso assegurar que o major Mulholland não é o primeiro homem que me pergunta se você está saindo com alguém.

— Tente não se esquecer, sr. Hurst, de que sou avó.

— Eu não diria isso a ele se fosse você — disse o gerente.

Maisie não reconheceu o major pela segunda vez quando ele chegou uma tarde de muletas, tendo claramente abandonado a cadeira de rodas. Mais um mês, e as muletas foram substituídas por bengalas e não demorou muito para que também se tornassem relíquias.

Uma noite, o major Mulholland telefonou para reservar uma mesa para oito; ele tinha algo a comemorar, disse a Maisie. Ela deduziu que ele devia estar voltando para a Carolina do Norte e, pela primeira vez, percebeu como sentiria sua falta.

Ela não considerava Mike um homem bonito, mas ele tinha o sorriso caloroso e os modos de um cavalheiro inglês, ou, como uma vez ele ressaltou, de um cavalheiro sulista. Tornou-se moda falar mal dos americanos depois que eles se estabeleceram nas bases da Grã-Bretanha, e o bordão de que eles tinham apetite sexual e soldo excessivos era repercutido por vários habitantes de Bristol que jamais haviam cruzado com um americano, inclusive o irmão de Maisie, Stan, e nada que ela dissesse o fazia mudar de opinião.

Quando o jantar comemorativo do major chegou ao fim, o restaurante estava quase vazio. Às dez horas, um oficial levantou um brinde à saúde de Mike e o parabenizou.

Quando os convivas estavam prestes a ir embora e voltar para o acampamento antes do toque de recolher, Maisie disse a Mike, em nome de todos os funcionários, que todos estavam muito felizes por ele ter se recuperado plenamente e em condições de voltar para casa.

— Não vou voltar para casa, Maisie — ele disse rindo. — Estávamos comemorando minha promoção a vice-comandante da base. Receio que você vai ter de me aturar até o final da guerra.

Maisie ficou exultante com a notícia e ficou surpresa quando ele acrescentou:

— Sábado que vem, teremos o baile do regimento, e eu estava me perguntando se você faria a honra de ser minha convidada.

Maisie ficou sem palavras. Ela não conseguia se lembrar da última vez que alguém a havia convidado para sair e não sabe quanto tempo ele ficou ali parado esperando sua resposta, mas, antes que ela pudesse dizer alguma coisa, Mike declarou:

— Temo que será a primeira vez em muitos anos que ponho os pés em uma pista de dança.

— Eu também — admitiu Maisie.

26

Maisie sempre depositava o salário e as gorjetas no banco na sexta-feira à tarde.

Não levava nenhum dinheiro para casa porque não queria que Stan descobrisse que ela estava ganhando mais do que ele. Suas duas contas estavam sempre no positivo e, toda vez que a conta corrente mostrava um saldo de dez libras, cinco eram transferidas para a conta poupança, seu pequeno pé-de-meia, como ela a descrevia, caso algo desse errado. Depois do seu revés financeiro com Hugo Barrington, ela sempre achava que algo daria errado.

Naquela sexta-feira, ela esvaziou a bolsa sobre o balcão, e o caixa começou a separar as moedas em pilhas bem ordenadas, como costumava fazer toda semana.

— São quatro xelins e nove *pence*, sra. Clifton — disse ele, preenchendo a caderneta da conta.

— Obrigada — agradeceu Maisie enquanto o caixa passava a caderneta por baixo da divisória.

Ela a estava guardando na bolsa quando ele acrescentou:

— O sr. Prendergast gostaria de dar uma palavrinha com a senhora.

O coração de Maisie teve um sobressalto. Ela considerava gerentes de banco e cobradores de aluguel uma raça que só transmitia más notícias e, no caso do sr. Prendergast, tinha bons motivos para pensar assim, já que da última vez que ele pediu para vê-la foi para lembrar que não havia saldo suficiente em sua conta para cobrir as despesas de Harry no último período da Bristol Grammar School. Relutante, ela se encaminhou para o escritório do gerente.

— Bom dia, sra. Clifton, disse o sr. Prendergast, levantando-se atrás da mesa enquanto Maisie entrava no escritório. Indicou-lhe uma cadeira. — Eu gostaria de falar com a senhora sobre um assunto particular.

Maisie ficou ainda mais apreensiva. Tentou até se lembrar se havia emitido algum cheque durante as últimas duas semanas que pudessem ter feito sua conta entrar no negativo. Ela havia comprado um vestido alinhado para o baile na base americana para o qual Mike Mulholland a convidara, mas era de segunda mão e estava dentro das suas possibilidades.

— Um estimado cliente do banco — iniciou o sr. Prendergast — perguntou sobre o seu lote em Broad Street, onde costumava ficar a Tilly's.

— Mas eu achava que tivesse perdido tudo quando o edifício foi bombardeado.

— Não tudo — observou Prendergast. — A escritura do terreno continua em seu nome.

— Mas que valor pode ter aquilo — disse Maisie —, agora que os alemães destruíram a maior parte da vizinhança? Da última vez que caminhei por Chapel Street restavam apenas escombros.

— Pode ser — respondeu o sr. Prendergast —, mas, mesmo assim, meu cliente está disposto a lhe oferecer duzentas libras pela propriedade.

— Duzentas libras? — repetiu Maisie como se tivesse ganhado na loteria.

— É o valor que ele está disposto a pagar — confirmou Prendergast.

— Quanto o senhor acha que vale o terreno? — perguntou Maisie pegando o gerente do banco de surpresa.

— Não faço ideia, senhora — respondeu ele. — Sou um bancário, e não um especulador imobiliário.

Maisie permaneceu em silêncio por alguns instantes.

— Por favor, diga ao seu cliente que eu gostaria de alguns dias para pensar a respeito.

— Claro — disse Prendergast. — Mas fique ciente de que meu cliente me instruiu para manter a oferta por uma semana apenas.

— Então, terei de tomar uma decisão até a próxima sexta-feira — disse Maisie desafiadora.

— Como quiser, senhora — disse Prendergast quando Maisie se levantou para sair. — Ficarei à sua espera na próxima sexta-feira.

Quando saiu do banco, Maisie não podia deixar de pensar que o gerente nunca a chamara de "senhora" antes. Enquanto caminhava até a própria casa, passando por residências com cortinas pretas nas janelas — Maisie só pegava o ônibus quando estava chovendo —, ela começou a pensar em como gastaria duzentas libras, mas aqueles devaneios logo deram lugar a questionamentos sobre quem poderia aconselhá-la e dizer se aquele era um valor justo ou não.

O sr. Prendergast dera a entender que se tratava de uma oferta razoável, mas de que lado ele estava? Talvez ela fosse conversar com o sr. Hurst, mas, muito antes de chegar em Still House Lane, Maisie decidiu que não seria profissional envolver o chefe em um assunto pessoal. Mike Mulholland parecia um homem astuto e inteligente, mas o que ele podia saber a respeito do valor de terrenos em Bristol? Quanto a Stan, seu irmão, não fazia sentido algum pedir sua opinião, pois ele certamente diria: "Pegue o dinheiro e fuja, garota." Pensando bem, a última pessoa que ela queria que soubesse da sua renda inesperada era Stan.

Quando Maisie entrou em Merrywood Lane, já estava escurecendo e os moradores estavam se preparando para o blecaute. Ela não havia avançado na resolução do seu problema. Ao passar pelo portão da escola primária onde Harry havia estudado, sua mente foi tomada por lembranças felizes e ela silenciosamente agradeceu ao sr. Holcombe por tudo o que havia feito por seu filho. De repente, Maisie estacou. O sr. Holcombe era um homem inteligente; afinal, havia se formado na Bristol University. Ele certamente poderia ajudá-la.

Maisie deu meia-volta e se dirigiu ao portão da escola, mas, quando entrou no pátio, não havia ninguém à vista. Ela olhou para o relógio; alguns minutos depois das cinco. Todas as crianças já deviam ter ido para casa havia algum tempo; portanto, o sr. Holcombe também já deveria ter partido.

Ela atravessou o pátio, abriu a porta da escola e entrou em um corredor conhecido. Era como se o tempo tivesse parado: as mesmas paredes de tijolinhos vermelhos, apenas mais algumas iniciais rabiscadas neles, as mesmas pinturas coloridas penduradas na parede, só que de outras crianças, as mesmas taças de futebol, só que vencidas por outra equipe. Porém, no lugar onde costumavam ficar os bonés escolares estavam penduradas máscaras antigas. Ela se lembrou da primeira vez em que foi falar com o sr. Holcombe para se queixar das marcas vermelhas que encontrou nas costas de Harry na hora do banho. Ele permaneceu calmo enquanto ela perdia as estribeiras, e Maisie saiu dali uma hora mais tarde sem ter dúvida de quem era o culpado.

Maisie percebeu uma luz que filtrava por baixo da porta da sala de aula do sr. Holcombe. Hesitou, respirou fundo e bateu de leve no vidro martelado.

— Entre — disse a voz alegre da qual ela se recordava tão bem.

Ela entrou na sala e encontrou o sr. Holcombe sentado atrás de uma pilha alta de livros, movendo sua caneta sobre papel. Ela estava prestes a lembrar a ele quem era quando ele se levantou de supetão e disse:

— Que surpresa agradável, sra. Clifton, especialmente se for comigo mesmo que a senhora queira falar!

— Sim, é com o senhor mesmo — Maisie respondeu um pouco aturdida. — Desculpe incomodá-lo, sr. Holcombe, mas preciso de um conselho e não sabia a quem mais poderia recorrer.

— Fico lisonjeado — disse o diretor, oferecendo-lhe uma cadeirinha normalmente ocupada por uma criança de oito anos. — Em que posso ajudar?

Maisie contou do encontro com o sr. Prendergast e da oferta de £200 pelo terreno em Broad Street.

— O senhor acha que é um preço justo? — perguntou.

— Não faço ideia — disse o sr. Holcombe, balançando a cabeça. — Não tenho experiência em assuntos desse tipo e não gostaria de lhe dar um conselho errado. Na verdade, achei que a senhora tivesse vindo falar comigo sobre outro assunto.

— Outro assunto? — repetiu Maisie.

— Sim, eu esperava que a senhora tivesse visto o aviso no quadro fora da escola e tivesse vindo se inscrever.

— Inscrever-se em quê? — perguntou ela.

— Em um dos novos programas do governo para aulas noturnas que visam a ajudar pessoas como a senhora, que são obviamente inteligentes, mas não tiveram oportunidade de continuar os estudos.

Maisie não quis admitir que, mesmo que tivesse visto o aviso, teria tido dificuldade para lê-lo.

— Estou atarefada demais no trabalho para pensar em começar qualquer outra coisa no momento — disse ela. — Com o hotel e... e...

— Lamento ouvir isso — observou Holcombe —, pois acho que a senhora seria uma candidata ideal. Eu mesmo vou dar a maioria das aulas e seria um grande prazer lecionar para a mãe de Harry Clifton.

— É só que...

— Seria apenas uma hora, duas vezes por semana — continuou ele, recusando-se a se dar por vencido. — As aulas são à noite e nada a impede de desistir se achar que não lhe convêm.

— Foi muita gentileza sua pensar em mim, sr. Holcombe. Talvez quando eu estiver menos ocupada.

Ela se levantou e trocou um aperto de mão com o diretor.

— Lamento não ter podido ajudá-la com seu problema, sra. Clifton — disse ele enquanto a acompanhava até a porta. — Veja bem, esse é um problema bastante agradável.

— Agradeço por seu tempo, sr. Holcombe — respondeu Maisie antes de ir embora. Atravessou o corredor, o pátio e saiu pelo portão da escola. Parou na calçada e ficou olhando para o quadro de avisos. Como ela gostaria de saber ler!

27

Maisie só tinha tomado táxis duas vezes na vida: uma vez para o casamento de Harry em Oxford, e apenas da estação de trem até a igreja, e outra, bastante recentemente, para ir ao funeral do pai. Então, quando um carro de serviço americano estacionou na frente do número 27 da Still House Lane, ela se sentiu um pouco constrangida e ficou torcendo para que os vizinhos estivessem com as cortinas fechadas.

Ao descer a escada em seu novo vestido de seda vermelho com ombreiras e preso por um cinto acima dos quadris — muito na moda antes da guerra —, ela viu a mãe e Stan espiando da janela.

O motorista saiu do carro e bateu à porta da casa. Ele parecia não saber se estava no endereço certo. Mas, quando Maisie abriu a porta, ele entendeu imediatamente por que o major havia convidado aquela beldade para o baile do regimento. Bateu continência para Maisie e abriu a porta traseira do carro.

— Obrigada, ela disse —, mas prefiro me sentar na frente.

Depois que o motorista voltou para a estrada principal, Maisie perguntou há quanto tempo ele trabalhava para o major Mulholland.

— A vida toda, senhora. Adulto e criança.

— Acho que não entendi bem — disse Maisie.

— Nós dois somos de Raleigh, Carolina do Norte. Quando esta guerra terminar, vou voltar para casa, para o meu velho trabalho na fábrica do major.

— Eu não sabia que o major tinha uma fábrica.

— Várias, madame. Em Raleigh, ele é conhecido como o Rei da Espiga de Milho.

— Espiga de milho? — indagou Maisie.

— Não existe nada parecido em Bristol, madame. Para realmente apreciar uma espiga de milho, ela precisa ser cozida, coberta de manteiga derretida e comida logo após ter sido colhida, de preferência na Carolina do Norte.

— Então, quem está cuidando das fábricas enquanto o Rei da Espiga de Milho está longe, combatendo os alemães?

— Acho que o jovem Joey, o segundo filho dele, com uma ajudinha da irmã, Sandy.

— Ele tem um filho e uma filha?

— Tinha dois filhos e uma filha, madame, mas, infelizmente, Mike Junior foi baleado lá nas Filipinas.

Maisie queria perguntar ao cabo sobre a esposa de Mike pai, mas achou que o jovem talvez fosse ficar constrangido com perguntas àquele respeito; então, passou para um terreno mais seguro e perguntou sobre seu estado natal.

— O melhor dos 48 — ele respondeu e só parou de falar da Carolina do Norte quando eles chegaram ao portão do acampamento.

Quando o guarda avistou o carro, levantou imediatamente a cancela e fez uma saudação elegante para Maisie enquanto eles adentravam o complexo.

— O major me pediu para levá-la direto a seus aposentos, madame, para que a senhora possa tomar um drinque antes de ir para o baile.

O carro parou diante de uma pequena casa pré-fabricada, e ela avistou Mike de pé na frente da porta, esperando para cumprimentá-la. Ela saltou do carro antes que o motorista conseguisse abrir a porta e atravessou rapidamente a alameda para se juntar ao major. Mike se inclinou e a beijou no rosto.

— Entre, docinho, eu gostaria que você conhecesse alguns dos meus colegas — disse e pegou o casaco dela. — Você está um estouro.

— Como uma das suas espigas de milho? — sugeriu Maisie.

— Não, mais como um dos nossos pêssegos da Carolina do Norte — disse ele enquanto a conduzia a uma sala barulhenta, repleta de risos e vozes animadas. — Agora vamos deixar todos com inveja, já que estão prestes a descobrir que estou acompanhando a mulher mais linda do baile.

Maisie entrou em uma sala cheia de oficiais e suas acompanhantes. A acolhida não podia ter sido melhor. Ela não podia deixar de questionar se teria sido tratada com igualdade se tivesse sido a convidada de um major inglês no quartel-general do regimento Wessex, a poucos quilômetros dali.

Mike a guiou pelo salão, apresentando-a a todos os colegas, até mesmo o comandante do acampamento, o qual claramente a aprovou. Ao passar de um grupo a outro, ela não pôde deixar de notar várias fotografias espalhadas pelo salão, sobre as mesas, as prateleiras das estantes e a lareira, do que só podiam ser a mulher e os filhos de Mike.

Pouco depois das nove horas, os convidados se dirigiram ao ginásio, onde o baile ia acontecer, mas não antes de o prestimoso anfitrião ter ajudado todas as damas a pegar seus casacos. Isso deu a Maisie a oportunidade de examinar mais de perto uma das fotografias de uma bela jovem.

— Minha mulher Abigail — disse Mike quando voltou ao salão. — Uma grande beleza, como você. Ainda sinto sua falta. Ela morreu de câncer há quase cinco anos. Isso é algo que merece a declaração de guerra de todos nós.

— Sinto muito — disse Maisie. — Eu não queria...

— Não. Agora você descobriu quanto temos em comum. Entendo exatamente como você se sente por ter perdido um marido e um filho. Mas esta é uma noite de comemoração, e não de autocomiseração. Então, vamos, docinho. Agora que você deixou todos os oficiais com inveja, vamos deixar o resto da tropa com dor de cotovelo.

Maisie riu enquanto dava o braço para Mike. Eles saíram da casa e se juntaram a uma torrente de jovens alvoroçados que seguiam na mesma direção.

Quando Maisie já estava na pista de dança, os jovens e exuberantes americanos a fizeram se sentir como se os conhecesse desde sempre. Durante a noitada, muitos dos oficiais a convidaram para dançar, mas Mike raramente a perdia de vista. Quando a banda começou a tocar a última valsa, ela mal pôde acreditar como a noite voara.

Depois que os aplausos silenciaram, todos permaneceram na pista de dança. A banda tocou uma canção desconhecida para Maisie, mas que fez com que todas as outras pessoas no salão lembrassem que seu país estava em guerra. Muitos dos jovens que estavam em posição de atenção, com a mão no peito, cantando com emoção o hino americano não viveriam para comemorar o próximo aniversário. Como Harry. Que desperdício desnecessário de vidas, Maisie pensou.

Enquanto eles deixavam a pista de dança, Mike sugeriu a Maisie que eles voltassem aos seus aposentos para tomar um copo de Southern Comfort antes que o cabo a acompanhasse de volta para casa. Era o primeiro bourbon que Maisie tomava, e logo amoleceu sua língua.

— Mike, tenho um problema — disse ela após ter se acomodado no sofá e seu copo ter sido reabastecido. — E como só tenho uma semana para resolvê-lo preciso de uma pitada do seu bom-senso sulista.

— Abra o jogo, docinho — disse Mike. — Mas, se o assunto envolver ingleses, preciso avisá-la de que nunca consegui sintonizar no mesmo comprimento de onda deles. Na verdade, você é a primeira pessoa daqui com quem consigo relaxar. Você tem certeza de que não é americana?

Maisie riu.

— É muita gentileza sua, Mike.

Ela tomou outro gole de bourbon e, àquela altura, se sentia pronta para fazer mais do que apenas contar a ele seus problemas imediatos.

— Tudo começou muitos anos atrás, quando eu tinha uma casa de chá chamada Tilly's em Broad Street. Agora não passa de um local arrasado por bombardeios, mas alguém está me oferecendo duzentas libras por ele.

— Então, qual é o problema? — perguntou Mike.

— Não tenho ideia de quanto vale realmente.

— Bem, uma coisa é certa: enquanto houver alguma chance de os alemães voltarem e continuarem os bombardeios, ninguém vai reconstruir nada naquele local, pelo menos não até o final da guerra.

— O sr. Prendergast descreveu o cliente dele como um especulador imobiliário.

— Para mim, parece mais um aproveitador — disse Mike —, alguém que compra barato terra arrasada para, uma vez terminada a guerra, lucrar muito. Francamente, esse tipo de malandro faz qualquer coisa para ganhar dinheiro rápido e deveria ser impedido.

— Mas será que duzentas libras não são simplesmente um preço justo?

— Depende do valor casado que você pode agregar.

Maisie se endireitou na cadeira sem saber ao certo se havia ouvido direito.

— Acho que não sei o que você quis dizer.

— Você diz que toda Broad Street foi bombardeada e que não sobrou nenhum edifício?

— Sim, mas por que isso tornaria um pequeno terreno mais valioso?

— Se esse especulador já pôs as mãos em todos os outros terrenos da rua, você estará em uma posição forte para fechar um bom negócio. Na verdade, você deve pedir um dote porque seu terreno talvez seja o único pedaço de terra que, se não for vendido, impedirá que ele reconstrua todo o quarteirão, embora essa seja a última coisa que ele quer que você descubra.

— Então, como descubro se meu terreninho pode ter algum valor agregado?

— Diga ao gerente do seu banco que você não aceita menos do que quatrocentas libras e você logo vai saber.

— Obrigada, Mike — disse Maisie —, foi um bom conselho.

Ela sorriu, tomou outro gole de Southern Comfort e desfaleceu nos braços dele.

28

Quando desceu para tomar café na manhã seguinte, Maisie não conseguia lembrar quem a levara para casa ou como ela havia subido até o quarto.

— Eu pus você na cama — disse a mãe enquanto lhe servia uma xícara de chá. — Um jovem e simpático cabo trouxe você de carro para casa. Até me ajudou a carregar você escada acima.

Maisie afundou na cadeira antes de contar lentamente à mãe o que acontecera na noite anterior, deixando-a sem dúvida alguma de como a filha havia gostado da companhia de Mike,

— E você tem certeza de que ele não é casado? — perguntou a mãe.

— Devagar com o andor, mamãe, foi apenas o nosso primeiro encontro.

— Ele parece interessado?

— Acho que ele me convidou para ir ao teatro semana que vem, mas não sei bem em que dia nem em que teatro — disse ela enquanto Stan, o irmão, entrava na cozinha.

Stan se jogou na cadeira na ponta da mesa e esperou que uma tigela de mingau fosse posta na sua frente antes de engolir o conteúdo como se fosse um cão bebendo água em um dia quente. Quando terminou, destampou uma garrafa de Bass e a bebeu de um só gole.

— Quero outra — disse ele. — Afinal, hoje é domingo — acrescentou e arrotou alto.

Maisie nunca falava durante o ritual matutino de Stan e geralmente saía para trabalhar antes que ele tivesse tempo para expressar sua opinião sobre qualquer coisa que passasse por sua mente. Ela se levantou e estava prestes a sair para a missa matutina na igreja St. Mary's quando ele berrou:

— Senta, mulher! Quero dar uma palavra com você antes da igreja.

Maisie queria ir embora sem dar nenhuma resposta, mas Stan era bem capaz de arrastá-la de volta e deixá-la com um olho roxo, dependendo do seu humor. Ela se sentou novamente.

— Então, o que você vai fazer a respeito das duzentas pratas que vai embolsar? — ele perguntou.

— Como você descobriu?

— Mamãe me contou tudo ontem à noite quando você estava na cidade se engraçando com seu americano grã-fino.

Maisie franziu a testa para a mãe, que ficou sem graça, mas não disse nada.

— Para sua informação, Stan, o major Mulholland é um cavalheiro e o que eu faço no meu tempo livre não é da sua conta.

— Se ele é americano, sua vadia estúpida, vou logo avisando: eles não pedem, acham que têm direito a tudo.

— Como sempre, você fala porque, sem dúvida, tem experiência no assunto — retorquiu Maisie tentando manter a calma.

— Os ianques são todos iguais — disse Stan. — Só querem uma coisa e, quando a conseguem, voltam para casa, e o resto do trabalho sobra para nós, como fizeram na Primeira Guerra.

Maisie percebeu que não fazia sentido continuar a conversa; então, simplesmente ficou sentada esperando que aquela tempestade específica se dispersasse logo.

— Você ainda não me disse o que vai fazer com as duzentas libras — insistiu Stan.

— Ainda não me decidi — respondeu Maisie. — De qualquer maneira, o modo como gasto meu dinheiro não é da sua conta.

— É totalmente da minha conta — disse Stan — porque metade do dinheiro é minha.

— E como você chegou a essa conclusão? — perguntou Maisie.

— Primeiro, levando em consideração que você está morando na minha casa; portanto, tenho direito. E vou logo avisando, garota, caso você esteja querendo me passar para trás: se eu não receber o que me cabe, você vai levar uma surra tão grande que nem mesmo um crioulo americano vai olhar para você novamente.

— Você me dá nojo, Stan — disse Maisie.

— Isso não é nada perto do que você vai sentir se não puser a mão no bolso porque eu vou...

Maisie se levantou, saiu da cozinha, atravessou correndo a sala, pegou o casaco e já estava fora de casa antes que Stan tivesse terminado a frase.

—

Quando verificou as reservas para o almoço naquele domingo, Maisie logo percebeu que precisava se certificar de que dois dos seus clientes se sentariam o mais longe possível um do outro. Ela pôs Mike Mulholland em sua mesa habitual e Patrick Casey do outro lado do salão, e assim eles não teriam chance de se cruzar.

Ela não via Patrick havia quase três anos e estava imaginando se ele havia mudado. Será que ele ainda tinha aquela irresistível beleza e aquele charme irlandês que a cativaram tanto quando eles se conheceram?

Uma das suas perguntas foi respondida no momento em que ele entrou no salão.

— Que prazer revê-lo depois de tanto tempo, sr. Casey — ela disse antes de acompanhá-lo à mesa.

Muitas mulheres de meia-idade olharam novamente para o belo irlandês que estava atravessando o salão.

— Vai ficar conosco muito tempo desta vez, sr. Casey? — Maisie perguntou enquanto entregava a ele um cardápio.

— Isso depende de você — respondeu Patrick. Ele abriu o cardápio, mas não examinou o conteúdo.

Maisie esperava que ninguém tivesse notado seu rubor. Virou-se e viu Mike Mulholland esperando na recepção; ele nunca permitia que ninguém além de Maisie o acompanhasse até sua mesa. Ela foi apressada até o americano e sussurrou:

— Olá, Mike. Reservei sua mesa de sempre. Quer me seguir, por favor?

— Claro que sim.

Depois que Mike voltou a atenção para o cardápio — embora ele sempre pedisse os mesmos dois pratos todo domingo: a sopa do dia seguida de cozido e Yorkshire pudding —, ela cruzou novamente o salão para anotar o pedido de Patrick.

Durante as duas horas seguintes, Maisie ficou de olho nos dois homens enquanto tentava, ao mesmo tempo, supervisionar outros cem clientes. Quando o relógio da sala de jantar soou três horas, só restavam duas pessoas no salão: John Wayne e Gary Cooper, pensou Maisie, esperando para ver quem sacaria a arma primeiro em OK Corral. Ela dobrou a conta de Mike, pôs sobre um pires e a levou até ele, que pagou sem nem verificar.

— Outra ótima refeição — disse ele antes de sussurrar: — Espero que nosso teatro na terça-feira ainda esteja de pé.

— Com certeza, docinho — disse Maisie, caçoando dele.

— Então, vejo você no Old Vic às oito — disse ele enquanto uma garçonete passava pela mesa.

— Vou aguardar ansiosa, senhor, e pode ter certeza de que transmitirei seus cumprimentos ao chef.

Mike abafou o riso antes de deixar a mesa e cruzar o salão. Depois, virou-se para trás, olhou para Maisie e sorriu.

Quando ele já estava fora de vista, Maisie levou a conta de Patrick. Ele verificou todos os itens e deixou uma gorjeta gorda.

— Você vai fazer algo especial amanhã à noite? — perguntou ele, abrindo um sorriso do qual Maisie se lembrava muito bem.

— Sim, estou frequentando um curso noturno.

— Você está brincando — disse Patrick.

— Não, e não posso me atrasar porque é a primeira aula de um curso de doze semanas.

Ela não disse que ainda não havia decidido se ia realmente levar aquela ideia adiante ou não.

— Então, vai ter de ser na terça-feira — argumentou Patrick.

— Já tenho um encontro na terça-feira.

— É verdade mesmo ou você só está dizendo isso para se livrar de mim?

— Não, vou ao teatro.

— Então, que tal quarta-feira, ou será que essa é a noite das equações algébricas?

— Não, redação e leitura em voz alta.

— Quinta-feira? — insistiu Patrick tentando não parecer exasperado.

— Sim, estou livre na quinta-feira — respondeu Maisie enquanto outra garçonete passava pela mesa deles.

— Que alívio! — disse Patrick. — Eu estava começando a pensar que teria de fazer uma reserva para mais uma semana só para conseguir marcar um encontro.

Maisie riu.

— Então, o que você tem em mente?

— Acho que podíamos começar indo ao...

— Sra. Clifton.

Maisie se virou e viu o gerente do hotel, o sr. Hurst, em pé atrás dela.

— Quando a senhora terminar com esse cliente, queira ter a gentileza de ir até o meu escritório.

Maisie achou que tivesse sido discreta, mas, naquele momento, ficou até com medo de ser demitida porque era contra a política da empresa que os funcionários confraternizassem com os clientes. Foi assim que ela perdeu o emprego anterior e Pat Casey fora o cliente em questão naquela ocasião.

Maisie ficou grata por Patrick ter saído do restaurante sem dizer outra palavra e, depois de verificar a caixa registradora, ela se apresentou no escritório do sr. Hurst.

— Sente-se, sra. Clifton. Tenho um assunto bastante sério para tratar com a senhora.

Maisie se sentou e agarrou os braços da cadeira para parar de tremer.

— Vi que a senhora estava tendo um dia atribulado.

— Cento e quarenta e dois talheres — disse Maisie. — Quase um recorde.

— Não sei como vou substituí-la — disse ele —, mas é a gerência que toma as decisões, e não eu, a senhora entende. Não depende de mim.

— Mas eu gosto do meu trabalho.

— Tenho certeza disso, porém, preciso lhe dizer que, neste caso, concordo com a direção.

Maisie se recostou, pronta para aceitar seu destino.

— Eles deixaram bem claro — continuou o sr. Hurst — que não querem mais que a senhora continue trabalhando na sala de jantar e me pediram para substituí-la o quanto antes.

— Mas por quê?

— Porque eles querem que a senhora passe para a gerência. Francamente, Maisie, se você fosse um homem, já estaria administrando um dos nossos hotéis. Parabéns!

— Obrigada — disse Maisie enquanto começava a pensar nas consequências.

— Vamos tratar logo das formalidades, está bem? — disse o sr. Hurst enquanto abria a gaveta da escrivaninha e tirava lá de dentro uma carta. — Você vai precisar estudar isto com cuidado — ele continuou. São os detalhes do seu novo contrato de trabalho. Depois de ler tudo isto, assine, devolva para mim e eu o encaminharei para o escritório central.

Foi naquele momento que ela tomou a decisão.

29

Maisie estava com receio de fazer papel de boba.

Quando chegou ao portão da escola, quase deu meia-volta, e é o que realmente teria feito se não tivesse visto outra mulher, mais velha do que ela, entrando no edifício. Maisie passou pela porta atrás dela e a seguiu pelo corredor, só parando ao chegar à sala de aula. Espiou lá dentro na esperança de encontrar a sala tão cheia a ponto de ninguém a notar. Mas só havia mais sete pessoas presentes: dois homens e cinco mulheres.

Ela se esgueirou até o fundo da sala e se sentou atrás dos dois homens, esperando não ser vista. Arrependeu-se imediatamente da sua decisão porque, se tivesse se sentado ao lado da porta, poderia ter fugido com mais facilidade.

Abaixou a cabeça quando a porta se abriu e o sr. Holcombe adentrou a sala. Ele assumiu seu posto atrás da mesa que ficava na frente do quadro-negro, puxou as lapelas do seu longo guarda-pó preto e olhou para os alunos. Sorriu quando avistou a sra. Clifton sentada próxima aos fundos da sala.

— Vou começar escrevendo todas as 26 letras do alfabeto e quero que vocês as leiam conforme eu for escrevendo.

Em seguida, ele pegou um pedaço de giz e deu as costas para a turma. Escreveu a letra A no quadro-negro, e várias vozes puderam ser ouvidas em uníssono. B, um verdadeiro coro. C, todos exceto Maisie. Quando ele chegou a Z, Maisie articulou o nome da letra, mas sem emitir nenhum som.

— Agora, vou apontar aleatoriamente para uma letra e ver se vocês ainda conseguem identificá-la.

Da segunda vez, Maisie disse o nome de metade delas e, na terceira tentativa, já estava liderando o coro. Quando a aula terminou, só o sr. Holcombe notou que havia sido a primeira aula de Maisie em vinte anos e ela não estava com pressa nenhuma de voltar para casa.

— Quando nos encontrarmos novamente na quarta-feira — disse o sr. Holcombe —, vocês deverão saber escrever as 26 letras do alfabeto na ordem certa.

Maisie queria dominar todo o alfabeto já na terça-feira para que não houvesse chance de cometer nenhum erro.

— Para aqueles dentre vocês que não podem ir tomar um drinque comigo no pub, até quarta-feira.

Maisie achou que fosse necessário um convite para ir ao pub com o sr. Holcombe. Então, levantou-se da cadeira e foi até a porta enquanto os outros rodeavam a mesa do diretor com uma dúzia de perguntas.

— Não vai ao pub, sra. Clifton? — perguntou o sr. Holcombe no momento em que Maisie alcançou a porta.

— Obrigada, sr. Holcombe, seria um prazer — respondeu ela e se juntou aos outros que saíram da sala e atravessaram a rua para ir ao Ship Inn.

Os outros alunos foram indo embora um a um até que só restassem os dois sentados no pub.

— A senhora tem alguma ideia de como é inteligente? — perguntou o sr. Holcombe após ter levado outro suco de laranja para Maisie.

— Mas abandonei a escola aos doze anos e ainda não sei ler nem escrever.

— A senhora pode ter deixado a escola cedo demais, mas nunca parou de aprender. E, como é a mãe de Harry Clifton, vai acabar dando aulas para mim.

— Harry deu aulas para o senhor?

— Todos os dias, sem perceber. Mas eu sabia desde o início que ele era mais inteligente do que eu. Minha única esperança era conseguir que ele fosse admitido na Bristol Grammar School antes de descobrir por si mesmo.

— E o senhor conseguiu?

— Foi por um triz — admitiu Holcombe.

— Últimos pedidos — gritou o barman.

Maisie olhou para o relógio atrás do bar. Não dava para acreditar que já eram 21h30, e as regras de blecaute deviam ser obedecidas.

Parecia natural que o sr. Holcombe a acompanhasse até em casa; afinal, eles se conheciam havia muitos anos. No caminho de ruas às escuras, ele contou muitas outras histórias sobre Harry, o que a deixou feliz e triste ao mesmo tempo. Era evidente que o sr. Holcombe também sentia falta dele e Maisie se sentiu culpada por não ter agradecido ao diretor muitos anos antes.

Quando chegaram à porta da casa em Still House Lane, Maisie disse:

— Não sei o seu nome de batismo.

— Arnold — disse ele timidamente.

— Combina com você — comentou ela. — Posso chamá-lo de Arnold?

— Claro.

— E você deve me chamar de Maisie — disse, pegou a chave de casa e a enfiou na fechadura. — Boa-noite, Arnold. Vejo você quarta-feira.

Uma noite no teatro trouxe a Maisie muitas lembranças felizes dos dias em que Patrick Casey a levava ao Old Vic toda vez que visitava Bristol. Porém, assim que a lembrança de Patrick esmoreceu e ela começou a sair com outro homem com o qual achava que pudesse ter um futuro, o maldito duende irlandês reapareceu em sua vida. Ele já dissera que havia um motivo para querer vê-la e ela não tinha muita dúvida a respeito de qual era o tal motivo. Ela não precisava que ele virasse sua vida de pernas para o ar novamente. Maisie pensou em Mike, um dos homens mais gentis e decentes que jamais encontrara, e ingênuo em suas tentativas de ocultar os próprios sentimentos em relação a ela.

Uma coisa que Patrick lhe ensinou foi nunca chegar atrasada ao teatro. Ele achava que não havia nada mais constrangedor do que pisar nos pés das pessoas enquanto se dirigia no escuro aos inevitáveis assentos centrais depois de as cortinas terem sido levantadas.

Mike já estava em pé no foyer com um programa nas mãos quando Maisie adentrou o teatro dez minutos antes do horário previsto para o início do espetáculo. Assim que o viu, ela sorriu e não pôde deixar de pensar que ele sempre a deixava de bom humor. Mike retribuiu o sorriso e beijou Maisie gentilmente no rosto.

— Não sei muito sobre Noël Coward — admitiu ele enquanto entregava a ela o programa —, mas acabei de ler uma sinopse e descobri que a peça fala de um homem e uma mulher que não conseguem decidir com quem vão se casar.

Maisie não disse nada enquanto eles avançavam pela plateia. Ela começou a seguir as letras do alfabeto de trás pra frente até chegar à fila H. Quando os dois chegaram ao meio da fila, ela ficou se perguntando como Mike havia conseguido lugares tão bons para um espetáculo esgotado.

Depois que as luzes se apagaram e a cortina subiu, ele pegou a mão dela e só a soltou quando Owen Nares entrou em cena e a plateia explodiu em aplausos. Maisie ficou fascinada com a história, embora fosse um pouco semelhante demais à sua. Mas o encanto se quebrou quando o lamento agudo de uma sirene encobriu as palavras do sr. Nares. Um gemido audível envolveu o auditório enquanto os atores saíam correndo do palco e eram substituídos pelo gerente do teatro, que organizou com eficiência uma estratégia de evacuação que teria alegrado o espírito do sargento-mor de um regimento. Os habitantes de Bristol conheciam havia muito tempo as visitas aéreas dos alemães, que não tinham intenção alguma de pagar os ingressos do teatro.

Mike e Maisie saíram do teatro e desceram os degraus que levavam a um abrigo soturno, mas conhecido, que se tornara um segundo lar para os espectadores habituais do teatro. A plateia foi se sentando em qualquer lugar disponível para o espetáculo com entrada livre. O grande nivelador social, foi assim que Clement Attlee descreveu a vida em um abrigo antiaéreo.

— Não é bem minha ideia de um encontro romântico — disse Mike, pondo o paletó sobre o chão de pedra.

— Quando eu era jovem — comentou Maisie enquanto se sentava sobre o paletó —, muitos rapazes tentaram me trazer aqui para baixo, mas você é o primeiro que conseguiu.

Mike riu enquanto ela começou a rabiscar algo na capa do programa.

— Fico lisonjeado — disse ele, abraçando suavemente o ombro de Maisie enquanto o chão começava a tremer com bombas que pareciam estar caindo perigosamente perto. — Você nunca esteve nos Estados Unidos, não é, Maisie? — perguntou ele, tentando distraí-la do ataque aéreo.

— Eu nunca estive em Londres — admitiu Maisie. — Na verdade, as maiores distâncias que já viajei foram até Weston-super-Mare e Oxford, e as duas viagens se revelaram verdadeiros desastres. Talvez seja melhor eu ficar em casa.

Mike riu.

— Eu adoraria mostrar os Estados Unidos para você — disse ele —, especialmente o Sul.

— Acho que teríamos de pedir aos alemães para folgar algumas noites antes de pensarmos em fazer isso — disse Maisie enquanto soava o aviso de perigo encerrado.

Uma onda de aplausos explodiu no abrigo e todos saíram do intervalo não programado e voltaram para o teatro.

Depois que todos se sentaram, o gerente do teatro entrou no palco.

— O espetáculo vai continuar sem intervalo — anunciou. — Mas, caso os alemães decidam nos fazer outra visita, terá de ser cancelado. Lamento informar que não haverá reembolso. Regras alemãs — ironizou. Algumas pessoas riram.

Instantes após a cortina ter subido novamente, Maisie mais uma vez se deixou levar pela história e, quando os autores finalmente se inclinaram para agradecer, toda a plateia se levantou em sinal de apreço, não apenas pelo espetáculo, mas por outra pequena vitória sobre a Luftwaffe, como Mike disse.

— Harvey's ou The Pantry? — Mike perguntou enquanto pegava o programa no qual cada letra do título da peça havia sido riscada e reescrita embaixo em ordem alfabética: A E E I I L P R S T V V.

— The Pantry — respondeu Maisie, sem querer admitir que, na ocasião em que esteve no Harvey's com Patrick, passou a noite toda olhando para as mesas à sua volta temendo a ideia de que a filha de Lord Harvey, Elizabeth, pudesse estar jantando lá com Hugo Barrington.

Mike demorou muito estudando o cardápio, o que surpreendeu Maisie, pois as opções de pratos eram bastante limitadas. Ele geralmente conversava sobre o que estava acontecendo no acampamento ou no forte, como ele gostava de chamá-lo, mas não naquela noite, nem repetiu seus frequentes resmungos sobre o fato de os ingleses não entenderem nada de beisebol. Maisie começou a se perguntar se ele não estava se sentindo bem.

— Está tudo bem, Mike? — perguntou ela.

Ele levantou a cabeça.

— Vão me mandar de volta para os Estados Unidos — respondeu enquanto um garçom surgia ao lado da mesa e perguntava se eles gostariam de fazer o pedido. Sincronia perfeita, pensou Maisie, mas, pelo menos, ela tinha um tempinho para pensar e não sobre o que queria comer. Depois que fizeram o pedido e o garçom foi embora, Mike tentou novamente.

— Designaram-me para um trabalho burocrático em Washington.

Maisie se inclinou sobre a mesa e pegou a mão dele.

— Pressionei para que me deixassem ficar mais seis meses para poder ficar com você, mas indeferiram minha solicitação.

— Lamento ouvir isso — disse Maisie —, mas...

— Por favor, não diga nada, Maisie, porque já estou achando tudo isto bastante difícil. Embora Deus saiba que pensei muito a respeito — acrescentou e caiu em um longo silêncio. — Percebo que só nos conhecemos há pouco tempo, mas meus sentimentos não mudaram desde a primeira vez que vi você — declarou e Maisie sorriu. — E fiquei pensando — Mike prosseguiu —, esperando, torcendo para que você leve em consideração a possibilidade de ir para os Estados Unidos comigo... como minha mulher.

Maisie ficou sem palavras.

— Fico muito lisonjeada — finalmente disse, mas não conseguia pensar em mais nada a acrescentar.

— É claro, sei que você vai precisar de tempo para pensar. Lamento que a destruição da guerra não permita as delicadezas de um namoro longo.

— Quando você vai voltar para casa?

— No final do mês. Portanto, se você disser sim, podemos nos casar na base e voar juntos para os Estados Unidos já como marido e mulher — propôs, inclinou-se para a frente e pegou a sua mão. — Nunca estive tão seguro de algo em toda a minha vida — disse enquanto o garçom reaparecia ao lado da mesa.

— Então, de quem é o picadinho de fígado.

Maisie não dormiu aquela noite e, quando desceu para tomar café na manhã seguinte, disse à mãe que Mike a pedira em casamento.

— Não perca essa oportunidade — foi a reação de imediato da sra. Tancock. — Você nunca vai conseguir uma chance melhor de começar uma nova vida. E, francamente — acrescentou olhando com tristeza para a fotografia de Harry sobre a lareira —, você não tem mais motivo algum para ficar aqui.

Maisie estava prestes a expressar sua única ressalva quando Stan adentrou a cozinha. Ela se levantou da mesa.

— É melhor eu ir andando, senão vou chegar atrasada ao trabalho.

— Não pense que me esqueci daquelas cem pratas que você deve! — ele gritou enquanto a irmã saía.

Maisie estava sentada na beirada da cadeira, na primeira fila, quando o sr. Holcombe entrou na sala de aula às sete horas aquela noite.

Ela levantou a mão várias vezes durante a hora seguinte, como uma aluna cansativa que sabe todas as respostas e quer ser notada pelo professor. Se ele a notou, não deu a entender.

— No futuro, você poderia começar a vir às terças e quintas, Maisie? — o sr. Holcombe perguntou enquanto eles iam até o pub com o resto da turma.

— Por quê? — perguntou Maisie. — Não estou *na* altura?

— Não estou *à* altura — corrigiu o diretor sem pensar. — Pelo contrário, decidi pôr você em uma turma intermediária antes que os outros — acrescentou e indicou os colegas de classe de Maisie com um movimento do braço — fiquem atordoados.

— Mas será que não vai ser difícil demais para mim, Arnold?

— Espero que sim, mas, sem dúvida, você vai alcançar a turma até o final do mês, quando terei de passá-la para a mais avançada.

Maisie não respondeu, pois sabia que logo teria de contar a Arnold que havia feito outros planos para o final do mês.

Mais uma vez, os dois acabaram sozinhos no bar e, mais uma vez, ele a acompanhou até Still House Lane, só que, daquela vez, quando tirou a chave de casa da bolsa, Maisie achou que parecia que ele estava reunindo coragem para beijá-la. Certamente não. Ela já não tinha problemas suficientes?

— Eu estava me perguntando — disse ele — que livro você deve ler primeiro.

— Não vai ser um livro — disse Maisie enquanto inseria a chave na fechadura —, vai ser uma carta.

30

Patrick Casey tomou café da manhã, almoçou e jantou no restaurante do hotel na segunda, terça e quarta-feira.

Maisie achou que ele a levaria para jantar no Plimsoll Line com a esperança de evocar lembranças. De fato, ela não havia voltado àquele restaurante desde que Patrick voltara à Irlanda. Ela tinha razão, e as lembranças reafloraram.

Maisie estava resolvida a não se deixar seduzir mais uma vez pelo charme e pela beleza de Patrick, e não tinha intenção alguma de contar a ele sobre Mike e os planos dos dois para o futuro. Mas, à medida que a noitada progredia, ela achava cada vez mais difícil tocar no assunto.

— Então, o que você andou fazendo desde a última vez que estive em Bristol? — Patrick perguntou enquanto os dois tomavam um aperitivo no bar. — Se bem que é impossível não saber que você está administrando o melhor restaurante de hotel da cidade e, ao mesmo tempo, dando um jeito de frequentar aulas noturnas.

— Bem, vou sentir falta de tudo isso quando... — ela começou melancólica.

— Quando o quê? — perguntou Patrick.

— É apenas um curso de doze semanas — disse Maisie, tentando se recuperar.

— Daqui a doze semanas — disse Patrick —, aposto que você é que vai estar dando aulas.

— E você? O que você tem feito? — perguntou ela enquanto o garçom-chefe se aproximava para dizer que a mesa deles estava pronta.

Patrick só respondeu quando eles se sentaram a uma mesa tranquila no canto do salão.

— Você talvez se lembre de que fui promovido a vice-gerente da empresa há uns três anos, e por isso é que tive de voltar para Dublin.

— Não esqueci por que você teve de voltar para Dublin — disse Maisie um pouco sentida.

— Tentei voltar a Bristol várias vezes, mas, depois do início da guerra, foi quase impossível, e também não ajudou o fato de eu não poder escrever para você.

— Bem, esse problema talvez seja resolvido em um futuro próximo.

— Então, você vai poder ler para mim na cama.

— E como estão as coisas na sua empresa nestes tempos difíceis? — Maisie perguntou, desviando o assunto para um terreno mais seguro.

— Na verdade, muitas empresas irlandesas estão se dando bastante bem por causa da guerra. Devido à neutralidade do país, podemos negociar com ambos os lados.

— Vocês se dispõem a fazer negócios com os alemães? — perguntou Maisie incrédula.

— Não, como empresa, sempre deixamos claro de que lado estávamos, mas você não vai se surpreender se souber que muitos dos meus compatriotas ficam felizes em negociar com os alemães. Por causa disso, tivemos alguns anos difíceis, mas, quando os americanos entraram na guerra, até mesmo os irlandeses começaram a acreditar que os Aliados podem sair vencedores.

Aquela era a chance para contar a Patrick sobre um americano específico, mas Maisie não a aproveitou.

— Então, o que traz você a Bristol agora? — perguntou ela.

— A resposta simples é: você.

— Eu? — Maisie tentou pensar rapidamente em uma maneira convincente de levar a conversa de volta para um nível menos pessoal.

— Sim. Nosso diretor-executivo vai se aposentar no final do ano e o presidente pediu para que eu o substituísse.

— Parabéns — disse Maisie, aliviada por ter voltado a um território mais seguro. — E você quer que eu seja a sua vice — acrescentou tentando ser bem-humorada.

— Não, quero que você seja minha esposa.

O tom de Maisie mudou.

— Não passou pela sua cabeça, Patrick, nem por um instante nos últimos três anos, que outra pessoa podia ter entrado na minha vida?

— Diariamente — respondeu Patrick —, e é por isso que vim até aqui para descobrir se existe outra pessoa.

Maisie hesitou.

— Existe, sim.

— E ele a pediu em casamento?

— Pediu — ela sussurrou.

— Você aceitou o pedido?

— Não, mas prometi dar uma resposta antes que ele volte para os Estados Unidos no final do mês — ela disse com mais firmeza.

— Isso significa que ainda tenho chance?

— Francamente, Patrick, as probabilidades estão contra você. Há quase três anos que você não dá notícia e, de repente, aparece como se nada tivesse acontecido.

Patrick não tentou se defender enquanto o garçom servia os pratos principais.

— Quem dera fosse tão fácil assim! — disse ele.

— Patrick, sempre foi fácil assim. Se você tivesse me pedido em casamento três anos atrás, eu teria embarcado no primeiro navio para a Irlanda feliz da vida.

— Naquela época, eu não podia.

Maisie apoiou o garfo e a faca sem comer nada.

— Sempre me perguntei se você era casado.

— Por que você não disse algo naquela época?

— Eu estava muito apaixonada por você, Patrick, a ponto de até aceitar uma situação tão humilhante.

— E pensar que só voltei para a Irlanda porque não podia pedir a você para ser minha mulher.

— E isso mudou?

— Mudou. Byrony me deixou há mais de um ano. Conheceu alguém que se interessava mais por ela do que eu, o que não deve ter sido difícil.

— Ai, meu Deus — disse Maisie —, por que minha vida tem sempre de ser tão complicada?

Patrick sorriu.

— Lamento ter complicado sua vida novamente, mas não vou desistir tão fácil desta vez, não enquanto eu acreditar que ainda existe a mínima chance.

Ele se inclinou sobre a mesa e pegou a mão dela. Um instante mais tarde, o garçom reapareceu ao lado deles com uma expressão ansiosa enquanto olhava para os dois pratos intactos e, àquela altura, já frios.

— Está tudo bem, senhor? — perguntou.

— Não — Maisie respondeu. — Não está.

Maisie ficou acordada pensando nos dois homens da sua vida. Mike, tão confiável, tão gentil, e ela sabia que ele seria fiel até o fim dos seus dias. E Patrick, tão excitante, tão vivo, com o qual nunca haveria um momento de tédio. Ela mudou de opinião várias vezes durante a noite, e o fato de ter tão pouco tempo para tomar uma decisão também não ajudava.

Quando desceu para tomar café na manhã seguinte, a mãe não mediu palavras quando Maisie perguntou com qual dos dois homens deveria se casar se tivesse chance.

— Mike — a mãe disse sem hesitação. — Ele é muito mais confiável a longo prazo, e casamento é algo de longo prazo. De qualquer maneira — acrescentou —, nunca confiei nos irlandeses.

Maisie pensou nas palavras da mãe e estava prestes a fazer outra pergunta quando Stan invadiu a cozinha. Após engolir o mingau, invadiu os pensamentos dela.

— Você não vai falar com o gerente do banco hoje?

Maisie não respondeu.

— Foi o que eu pensei. Trate de voltar direto para casa com minhas cem libras. Se não fizer isso, garota, vou atrás de você.

— Que prazer em revê-la, madame! — disse o sr. Prendergast enquanto acompanhava Maisie até uma cadeira logo após as quatro da tarde. Esperou que Maisie se acomodasse antes de se arriscar: — A senhora teve oportunidade de pensar sobre a generosa oferta do meu cliente?

Maisie sorriu. Com uma única palavra, o sr. Prendergast revelou de quem eram os interesses que estava protegendo.

— Certamente — respondeu Maisie —, e eu ficaria muito grata se o senhor pudesse dizer ao seu cliente que só aceito quatrocentas libras, nem um tostão a menos.

O sr. Prendergast ficou boquiaberto.

— E é possível que eu deixe Bristol no final do mês; portanto, talvez o senhor possa gentilmente dizer ao seu cliente que minha *generosa* oferta só estará de pé por uma semana.

O sr. Prendergast fechou a boca.

— Tentarei voltar na próxima semana no mesmo horário, sr. Prendergast, quando o senhor poderá me comunicar a decisão do seu cliente — disse Maisie, levantando-se e abrindo um sorriso meigo para o gerente antes de acrescentar: — Espero que o senhor tenha um fim de semana agradável, sr. Prendergast.

Maisie estava achando difícil se concentrar nas palavras do sr. Holcombe, e não apenas porque a turma intermediária estava se revelando mais rigorosa do que a dos iniciantes que ela já estava se arrependendo de ter deixado. Quando levantava a mão, era, na maioria das vezes, para fazer uma pergunta e não para dar respostas.

O entusiasmo de Arnold pela matéria era contagioso e ele tinha um verdadeiro dom para fazer com que todos se sentissem iguais e todas as contribuições parecessem importantes.

Depois de uma revisão de vinte minutos daquilo que ele considerava os preceitos básicos, ele convidou a turma a abrir o livro *Mulherzinhas* na página 72. Números não eram um problema para Maisie, e ela rapidamente folheou o livro até a página correta. Em seguida, ele pediu para que uma mulher na terceira fila ficasse de pé e lesse o primeiro parágrafo enquanto o resto da turma seguia cada frase palavra por palavra. Maisie pôs um dedo no topo da página e tentou desesperadamente acompanhar a narrativa, mas logo se perdeu.

Quando o diretor pediu a um senhor idoso na primeira fila para ler o mesmo trecho pela segunda vez, Maisie conseguiu identificar algumas das palavras, mas estava rezando para que Arnold não lhe pedisse para ler em seguida. Ela soltou um suspiro de alívio quando outra pessoa foi convidada a ler o parágrafo novamente. Quando o novo leitor se sentou, Maisie baixou a cabeça, mas não escapou.

— E, por fim, vou pedir à sra. Clifton para se levantar e ler o mesmo trecho.

Maisie se levantou incerta e tentou se concentrar. Recitou todo o parágrafo quase palavra por palavra, sem olhar uma vez sequer para a página. Afinal, ela passara muitos anos tentando se lembrar de pedidos complicados em restaurantes.

O sr. Holcombe abriu um sorriso caloroso enquanto ela se sentava.

— Que memória prodigiosa a sua, sra. Clifton! — disse, mas nenhuma outra pessoa parecia ter captado o significado das suas palavras. — Agora eu gostaria de seguir em frente e discutir o significado de certas palavras nesse parágrafo. Na segunda linha, por exemplo, vocês encontram a palavra "esponsálias", uma palavra antiquada. Alguém pode me dizer uma palavra mais moderna que tenha o mesmo significado?

Várias mãos se levantaram, e a de Maisie estaria entre elas se não tivesse reconhecido um passo pesado se aproximando da porta da sala de aula.

— Srta. Wilson — disse o diretor.

— Casamento — disse a srta. Wilson enquanto a porta era escancarada e o irmão de Maisie adentrava a sala. Ele parou na frente do quadro-negro, seu olhar pulando de uma pessoa para outra.

— Posso ajudá-lo? — perguntou o sr. Holcombe educadamente.

— Não — respondeu Stan. — Vim pegar o que é meu por direito; portanto, fique de boca calada, diretor, se souber o que é melhor para você, e cuide da sua vida.

Seus olhos se fixaram em Maisie.

Maisie quis dizer a ele durante o café da manhã que ainda levaria mais uma semana até saber se o prezado cliente do sr. Prendergast havia aceitado sua contraproposta. Mas, à medida que Stan ia caminhando resoluto em sua direção, ela percebeu que não conseguiria convencê-lo de que não tinha o dinheiro.

— Onde está minha grana? — ele perguntou muito antes de alcançar a carteira da irmã.

— Ainda não recebi — respondeu Maisie. — Você vai ter de esperar outra semana.

— Não vou esperar porra nenhuma — disse Stan, agarrando Maisie, que se pôs a gritar atrás da carteira, pelos cabelos e começando a arrastá-la. Enquanto ele rumava para a porta, o resto da turma permanecia sentada, atônita. Só um homem entrou na sua frente.

— Saia da minha frente, diretor.

— Sugiro que você solte sua irmã, sr. Tancock, se não quiser ficar mais encrencado do que já está.

— E quem vai me parar? Você e qual exército? — Stan disse rindo.

— Se você não cair fora, vou fazer você engolir os próprios dentes, e garanto que não vai ser uma cena bonita.

Stan não viu o primeiro soco vindo na sua direção e, quando foi atingido no plexo solar, dobrou-se para a frente, o que era uma boa justificativa para não ter se recuperado antes de o segundo soco ter sido desferido em seu queixo. Com o terceiro, esborrachou-se como um carvalho cortado.

Stan ficou caído no chão, com a mão sobre a barriga, esperando um chute. O diretor ficou em pé ao seu lado e esperou que ele se recuperasse. Quando finalmente recobrou as forças, Stan se levantou cambaleante sem tirar os olhos por um momento sequer do diretor enquanto avançava lentamente até a porta. Quando achou que estivesse a uma distância segura, olhou para Maisie, que ainda estava encolhida no chão, soluçando baixinho.

— É melhor você só voltar para casa quando estiver com o meu dinheiro, garota — Stan rosnou —, se ainda souber o que é melhor para você.

Sem dizer mais nada, ele saiu furioso da sala.

Mesmo após ter ouvido a porta bater, Maisie ainda estava assustada demais para se mexer. O resto da turma recolheu os livros e saiu em silêncio da sala de aula. Ninguém foi ao pub naquela noite.

O sr. Holcombe atravessou rapidamente a sala, ajoelhou-se ao lado de Maisie e abraçou seu corpo trêmulo. Algum tempo se passou até ele dizer:

— É melhor você ir para a minha casa esta noite, Maisie. Vou preparar uma cama no quarto de hóspedes. Você pode ficar lá pelo tempo que quiser.

EMMA BARRINGTON

1941-1942

31

— Sessenta e Quatro e Park — disse Emma enquanto subia em um táxi na frente do escritório de Sefton Jelks em Wall Street.

Ela se sentou no banco traseiro e tentou pensar sobre o que dizer à tia-avó Phyllis quando, ou se, ela a deixasse entrar em sua casa, mas o rádio do carro estava tão alto que Emma não conseguia se concentrar. Ela pensou em pedir ao motorista para baixar o volume, mas já havia aprendido que os taxistas de Nova York eram surdos quando lhes convinha, embora raramente fossem tontos e nunca mudos.

Enquanto escutava o comentarista descrever com uma voz acalorada o que havia acontecido em algum lugar chamado Pearl Harbor, Emma aceitou que a primeira pergunta da tia-avó certamente seria "Há quanto tempo você está aqui?", seguida de "Por que demorou tanto para vir me ver?". Emma não tinha uma resposta plausível para nenhuma das duas perguntas, a menos que quisesse contar tudo à tia-avó Phyllis — algo que ela queria evitar porque não havia contado *tudo* nem mesmo à própria mãe.

Talvez ela nem soubesse que tinha uma sobrinha-neta, pensou Emma. E será que havia uma antiga rixa familiar que Emma desconhecia? Ou talvez a tia-avó fosse reclusa, divorciada, casada novamente ou louca?

Emma só se lembrava de ter visto uma vez um cartão de Natal assinado Phyllis, Gordon e Alistair. Um era o marido e o outro o filho? Para piorar as coisas, Emma não tinha como provar que realmente era a sobrinha-neta de Phyllis.

Emma estava no auge da sua insegurança em relação à tia-avó quando o táxi parou na frente da casa e ela entregou outra moeda de 25 *cents* ao motorista.

Saltou do táxi, olhou para a imponente mansão de quatro andares de pedras marrons e ficou indecisa se iria realmente bater à porta. Decidiu finalmente dar uma volta no quarteirão na esperança de que se sentiria mais confiante quando voltasse. Enquanto caminhava pela Rua 64, Emma não pôde deixar de notar que os nova-iorquinos estavam correndo de um lado para outro com um ritmo insolitamente frenético e expressões chocadas e ansiosas no rosto. Alguns estavam olhando para o céu. Em sã consciência, eles não podiam acreditar que o próximo ataque aéreo japonês seria em Manhattan.

Um menino que vendia jornais na esquina da Park continuava a gritar a mesma manchete: "Os Estados Unidos declaram guerra! Leia as últimas notícias!"

Quando voltou à frente da casa, Emma havia decidido que não podia ter escolhido um dia pior para visitar a tia-avó. Talvez fosse mais sensato voltar para o hotel e esperar até o dia seguinte. Mas que diferença isso faria? Seu dinheiro havia quase acabado e os Estados Unidos agora estavam em guerra. Como ela voltaria para a Inglaterra e, sobretudo, para Sebastian, do qual ela nunca teve intenção de se separar por mais do que algumas semanas?

Quando deu por si, Emma já estava subindo os cinco degraus e se deparou com uma porta preta reluzente com uma grande aldrava de latão muito bem polida. Talvez a tia-avó Phyllis estivesse fora. Talvez ela tivesse se mudado. Emma estava prestes a bater quando notou uma campainha na parede com a palavra Serviço impressa embaixo. Ela tocou a campainha, deu um passo para trás e esperou, muito mais feliz em lidar com a pessoa que cuidava dos serviçais.

Alguns instantes mais tarde, um homem alto e vestido com elegância, trajando paletó preto, calças listradas, camisa branca e gravata cinza, abriu a porta.

— Em que posso ajudá-la, madame? — indagou, tendo claramente decidido que Emma não era uma serviçal.

— Meu nome é Emma Barrington — disse ela. — Minha tia-avó Phyllis está em casa?

— De fato, está, srta. Barrington, pois suas tardes de segunda-feira são dedicadas ao bridge. Queira ter a gentileza de entrar, vou informar a sra. Stuart da sua chegada.

— Posso voltar amanhã se este não for um momento conveniente — gaguejou Emma, mas ele já havia fechado a porta atrás dela e estava no meio do corredor.

Enquanto esperava no saguão, Emma não pôde deixar de notar de que país provinham os Stuart: um retrato de Bonnie Prince Charlie sobre espadas cruzadas e um escudo do clã Stuart estavam pendurados na parede dos fundos do cômodo. Emma caminhou bem lentamente para que pudesse admirar as pinturas de Peploe, Fergusson, McTaggart e Raeburn. Lembrou-se de que o avô, Lord Harvey, tinha um Lawrence pendurado na sala de estar no castelo de Mulgelrie. Ela não fazia a menor ideia do que o tio-avô fazia, mas ele certamente era bem-sucedido em sua atividade.

O mordomo voltou alguns minutos mais tarde com o mesmo olhar impassível no rosto. Talvez ele não tivesse ouvido a notícia sobre Pearl Harbor.

— Madame irá recebê-la na sala de estar — anunciou.

Como ele lembrava Jenkins: nenhuma palavra desnecessária, um ritmo contínuo que jamais variava e, de alguma maneira, ele conseguia demonstrar deferência sem ser serviçal. Emma queria perguntar de que parte da Inglaterra ele era, mas sabia que o mordomo consideraria aquilo uma intrusão; portanto, seguiu-o ao longo do corredor sem dizer outra palavra.

Ela estava prestes a subir a escada quando o mordomo parou, abriu uma pequena grade e deu um passo para o lado para deixá-la entrar. Um elevador em uma residência? Emma ficou se perguntando se a tia-avó Phyllis era inválida. O elevador estremeceu ao chegar ao terceiro andar e Emma saiu para uma sala de estar lindamente decorada. Se não fosse pelo barulho do tráfego, toques de buzina e sirenes da polícia que provinham da rua, era possível pensar que se estava em Edimburgo.

— Queira aguardar aqui, por favor, madame.

Emma ficou ao lado da porta enquanto o mordomo atravessava a sala até onde quatro damas idosas estavam sentadas em torno de uma lareira, tomando chá e degustando crumpets enquanto ouviam atentamente um rádio que nunca havia ultrapassado um volume educado.

Quando o mordomo anunciou "Srta. Emma Barrington", todas se viraram e olharam na direção de Emma. Era impossível não saber qual daquelas senhoras era a irmã de Lord Harvey, mesmo bem antes que ela se levantasse para cumprimentá-la: o cabelo vermelho-fogo, o sorriso matreiro e o inequívoco ar de alguém que veio de outro país.

— Não é possível que seja Emma — ela declarou ao deixar o grupo e se dirigir até a sobrinha-neta, uma leve cadência das Highlands ainda em sua voz. — A última vez que a vi, minha querida mocinha, você ainda estava usando um avental do pré-escolar, meias-soquete brancas e sapatos de ginástica, e carregando um taco de hóquei. Fiquei bastante preocupada com os menininhos que jogavam no time adversário — brincou Phyllis. Emma sorriu; o mesmo senso de humor do avô. — E veja só você agora! Desabrochou, tornando-se uma linda criatura — disse. Emma corou. — O que a traz a Nova York, querida?

— Lamento a intrusão, titia — Emma começou, olhando nervosamente para as outras três senhoras.

— Não se preocupe com elas — Phyllis sussurrou. — Depois do anúncio do presidente, elas têm mais do que o necessário para se manterem ocupadas. Onde estão suas malas?

— Minha mala está no Mayflower Hotel — disse Emma.

— Parker — ela disse, virando-se para o mordomo —, mande alguém buscar os pertences da srta. Emma no Mayflower e, em seguida, prepare o quarto de hóspedes principal porque, depois da notícia de hoje, tenho a sensação de que minha sobrinha-neta vai ficar conosco por um certo tempo.

O mordomo evaporou.

— Mas, titia...

— Sem mas nem porém — ela disse levantando a mão. — E insisto para que você pare de me chamar de titia porque me faz parecer uma velha ranzinza. É bem possível que eu seja mesmo uma velha ranzinza, mas não quero ser lembrada disso o tempo todo; portanto, me chame de Phyllis.

— Obrigada, tia Phyllis — disse Emma.

Phyllis riu.

— Adoro os ingleses — comentou. — Venha cumprimentar as minhas amigas. Elas ficarão fascinadas em conhecer uma jovem tão independente. Tão assustadoramente moderna.

"Um certo tempo" acabou se revelando mais de um ano e, à medida que cada dia passava, Emma ficava mais desesperada para rever Sebastian, mas só conseguia acompanhar o progresso do filho por meio de cartas enviadas pela mãe e, de vez em quando, por Grace. Emma chorou quando soube da morte do "Vovô" porque achava que ele fosse viver para sempre. Tentou não pensar sobre quem assumiria a empresa e deduziu que o pai não teria a audácia de aparecer em Bristol.

Phyllis não poderia ter feito Emma se sentir mais à vontade nem mesmo se fosse sua mãe. Emma logo descobriu que a tia-avó era uma típica Harvey, generosa ao extremo, e as páginas que definiam as palavras impossível, implausível e imponderável deviam ter sido arrancadas do seu dicionário na mais tenra infância. O quarto de hóspedes principal, como Phyllis o chamava, era uma suíte com vista para o Central Park, o que foi uma grata surpresa depois do quarto apertado de Emma no Mayflower.

A segunda surpresa aconteceu quando Emma desceu para o jantar na primeira noite e encontrou a tia trajando um vestido vermelho-fogo, bebendo um copo de uísque e fumando um cigarro em uma longa piteira. Ela sorriu ao pensar que havia sido descrita como moderna por aquela mulher.

— Meu filho Alistair jantará conosco — Phyllis anunciou antes que Parker tivesse chance de servir a Emma um copo de Harvey's

Bristol Cream. — Ele é advogado e solteiro — acrescentou. — Duas desvantagens das quais é bastante improvável que ele se recupere. Mas, às vezes, ele pode ser muito divertido, embora um pouco brusco.

O primo Alistair chegou alguns instantes mais tarde, vestido formalmente para um jantar com a mãe e, portanto, encarnando a imagem dos "britânicos no exterior".

Emma calculou que devia ter uns cinquenta anos, e um bom alfaiate disfarçara o fato de ele estar com alguns quilos a mais. Seu humor podia ser um pouco brusco, mas ele era indiscutivelmente inteligente, divertido e bem informado, apesar de ter se delongado um pouco demais a falar do caso em que estava trabalhando naquele momento. Não foi surpresa quando sua orgulhosa mãe disse a Emma durante o jantar que Alistair era o sócio mais jovem da firma de advocacia desde a morte do pai. Emma deduziu que Phyllis sabia por que ele não era casado.

Ela não conseguiu identificar ao certo se foi a comida deliciosa, o excelente vinho ou simplesmente a hospitalidade americana que a fizeram relaxar tanto a ponto de acabar contando aos anfitriões tudo o que havia acontecido desde a última vez que a tia-avó Phyllis a vira em um campo de hóquei na escola Red Maids.

Quando Emma explicou por que havia cruzado o Atlântico apesar dos riscos envolvidos, os dois a fixaram como se ela houvesse acabado de aterrissar vindo de outro planeta.

Após devorar o último pedaço da sua torta de frutas e voltar a atenção para uma grande taça de conhaque, Alistair passou os trinta minutos seguintes interrogando a hóspede inesperada como se ele fosse o advogado da parte adversária e Emma uma testemunha hostil.

— Bem, devo dizer, mamãe — concluiu enquanto dobrava o guardanapo —, que este caso parece muito mais promissor do que Amalgamated Wire contra New York Electric. Mal posso esperar para cruzar espadas com Sefton Jelks.

— De que adianta gastar nosso tempo com Jelks — Emma disse — quando é muito mais importante encontrar Harry e limpar seu nome?

— Concordo plenamente — disse Alistair. — Mas tenho a sensação de que uma coisa levará a outra.

Ele pegou a cópia de *O diário de um condenado* de Emma, mas não a abriu, apenas examinou o dorso.

— Qual é a editora? — Phyllis perguntou.

— Viking Press — respondeu Alistair tirando os óculos.

— Ninguém menos do que Harold Guinzburg.

— Você acha que ele e Max Lloyd podem ter colaborado nesse embuste? — Alistair perguntou se dirigindo à mãe.

— Claro que não — respondeu ela. — Seu pai me disse uma vez que enfrentou Guinzburg no tribunal. Lembro que ele o descreveu como um adversário formidável, mas um homem que nunca pensaria em manipular a lei, muito menos infringi-la.

— Então, temos uma chance — disse Alistair — porque, se esse for o caso, ele não vai ficar contente ao descobrir o que foi perpetrado em seu nome. Todavia, vou precisar ler o livro antes de marcar um encontro com o editor — acrescentou, olhou para o outro lado da mesa e sorriu para Emma. — Vou ficar fascinado ao descobrir o que o sr. Guinzburg acha de você, minha jovem.

— E eu — disse Phyllis — também ficarei igualmente fascinada ao descobrir o que Emma acha de Harold Guinzburg.

— Touché, mamãe — Alistair admitiu.

Após Parker ter servido a Alistair um segundo conhaque e reacendido seu charuto, Emma ousou perguntar quais eram, segundo ele, as chances de obter uma permissão para visitar Harry em Lavenham.

— Enviarei uma solicitação em seu nome amanhã — ele prometeu entre baforadas. — Vamos ver se tenho mais sorte do que seu prestativo detetive.

— Meu prestativo detetive? — repetiu Emma.

— Insolitamente prestativo — disse Alistair. — Após ele ter percebido que Jelks estava envolvido, fico surpreso de o detetive Kolowski ter concordado em recebê-la.

— Não fico nem um pouco surpresa por ele ter sido prestativo — disse Phyllis piscando para Emma.

32

— E a senhora diz que seu marido escreveu esse livro?

— Não, sr. Guinzburg — respondeu Emma. — Harry Clifton e eu não somos casados; no entanto, eu sou a mãe do filho dele. Mas, sim, Harry de fato escreveu O *diário de um condenado* enquanto estava preso em Lavenham.

Harold Guinzburg tirou os óculos de meia-lua da ponta do nariz e examinou com mais atenção a jovem sentada do outro lado da sua mesa.

— Tenho um pequeno problema com a sua afirmação — disse ele — e acho que deveria ressaltar que cada frase daquele diário foi escrita pela mão do sr. Lloyd.

— Ele copiou o manuscrito de Harry palavra por palavra.

— Para que isso fosse possível, o sr. Lloyd precisaria ter dividido uma cela com Tom Bradshaw, o que não deve ser difícil de verificar.

— Ou eles podem ter trabalhado juntos na biblioteca — sugeriu Alistair.

— Caso vocês consigam provar isso — disse Guinzburg —, minha empresa, e nesse caso eu mesmo, ficaria em uma posição no mínimo delicada, e, dadas as circunstâncias, talvez fosse sensato eu procurar ajuda jurídica.

— Gostaríamos de deixar claro desde o início — interveio Alistair, que estava sentado à direita de Emma — que viemos aqui em um espírito amistoso, pois achamos que o senhor gostaria de conhecer a história da minha prima.

— Foi o único motivo para eu ter concordado em recebê-los — disse Guinzburg —, pois sou um grande admirador do seu finado pai.

— Eu não sabia que o senhor o conhecia.

— De fato, não conhecia — esclareceu Guinzburg. — Ele foi a parte adversária em um litígio que envolveu minha empresa e saí do tribunal desejando que ele tivesse sido nosso advogado. Todavia, para que eu possa vir a aceitar a história da sua prima — prosseguiu —, espero que o senhor não se importe de eu fazer algumas perguntas à srta. Barrington.

— Será um prazer responder a suas perguntas, sr. Guinzburg — disse Emma. — Mas posso perguntar se o senhor leu o livro de Harry?

— Faço questão de ler todos os livros que publicamos, srta. Barrington. Não posso dizer que acho todos agradáveis nem que chego ao final de cada um deles, mas, no caso de *O diário de um condenado*, soube, assim que terminei o primeiro capítulo, que seria um campeão de vendas. Também fiz uma anotação na margem da página 211 — disse, pegou o livro e o folheou antes de começar a ler. — "Sempre quis ser um escritor e estou atualmente trabalhando na trama do primeiro volume de uma série de romances policiais ambientados em Bristol."

— Bristol — disse Emma, interrompendo o velho. — Como o sr. Max Lloyd poderia saber algo sobre Bristol?

— Existe uma cidadezinha chamada Bristol em Illinois, estado natal do sr. Lloyd, srta. Barrington — respondeu Guinzburg —, como Max salientou quando demonstrei meu interesse em ler o primeiro romance da série.

— Isso nunca acontecerá — assegurou Emma.

— Ele já enviou os primeiros capítulos de *Identidade trocada* — rebateu Guinzburg — e devo dizer que são bastante bons.

— E esses capítulos foram escritos com o mesmo estilo do diário?

— Sim. E antes que pergunte, srta. Barrington, também são escritos com a mesma caligrafia, a menos que a senhorita esteja sugerindo que eles também foram copiados.

— Ele se safou uma vez. Por que não tentaria novamente?

— Mas a senhorita tem alguma prova concreta de que o sr. Lloyd não escreveu *O diário de um condenado*? — indagou Guinzburg, começando a soar um pouco irritado.

— Sim, senhor. Eu sou a "Emma" do livro.

— Nesse caso, srta. Barrington, concordo com a opinião do autor de que a senhorita é uma grande beldade e já provou, e aqui vou citá-lo, ser decidida e combativa.

Emma sorriu.

— E o senhor é um galanteador, sr. Guinzburg.

— Como ele escreveu, decidida e combativa — disse Guinzburg pondo os óculos de meia-lua novamente sobre o nariz. — Contudo, duvido que sua afirmação se sustente em um tribunal. Sefton Jelks pode pôr na tribuna das testemunhas meia dúzia de Emmas que jurariam cegamente que conhecem Lloyd desde sempre. Preciso algo mais concreto.

— O senhor não acha um pouco de coincidência demais o fato de o primeiro dia do diário ser o dia da chegada de Thomas Bradshaw em Lavenham?

— O sr. Lloyd explicou que só começou a escrever o diário quando se tornou o bibliotecário da prisão, tendo assim mais tempo à disposição.

— Mas como o senhor explica o fato de não haver menção alguma à sua última noite na prisão ou à manhã da sua libertação? Ele simplesmente toma café da manhã no refeitório e se apresenta à biblioteca para mais um dia de trabalho.

— Que explicação a senhorita oferece? — perguntou Guinzburg olhando-a por cima dos óculos.

— A pessoa que escreveu o diário continua em Lavenham e, provavelmente, está trabalhando no próximo volume.

— Isso não deve ser difícil de apurar — disse Guinzburg levantando uma sobrancelha.

— Concordo — disse Alistair — e já enviei uma solicitação para que a srta. Barrington visite o sr. Bradshaw por motivos humanitários. Estou esperando que o diretor de Lavenham dê sua aprovação.

— Permita-me fazer mais algumas perguntas, srta. Barrington, na esperança de dirimir quaisquer dúvidas remanescentes.

— Claro — concordou Emma.

O velho sorriu, puxou o colete para baixo, ajeitou os óculos e examinou uma série de perguntas em um bloco à sua frente.

— Quem é o capitão Jack Tarrant, às vezes mencionado como Velho Jack?

— O amigo mais antigo do meu avô. Eles serviram juntos na Guerra dos Bôeres.

— Qual avô?

— Sir Walter Barrington.

O editor anuiu.

— E a senhorita considerava o sr. Tarrant um homem honrado?

— Como a mulher de César, ele tinha um passado imaculado. Foi provavelmente a maior influência na vida de Harry.

— Mas a culpa não seria dele pelo fato de a senhorita e Harry não estarem casados?

— Essa pergunta é relevante? — perguntou Alistair interrompendo.

— Acho que estamos prestes a descobrir — disse Guinzburg sem tirar os olhos de Emma.

— Jack achou que era seu dever alertar o vigário da possibilidade de meu pai, Hugo Barrington, também ser o pai de Harry — respondeu Emma com voz embargada.

— Isso era necessário, sr. Guinzburg? — repreendeu Alistair.

— Ah, sim — disse o editor pegando o exemplar de *O diário de um condenado* que estava em cima da mesa. — Agora estou convencido de que foi Harry Clifton, e não Max Lloyd, que escreveu este livro.

Emma sorriu.

— Obrigada — disse —, embora eu não tenha certeza do que posso fazer a respeito.

— Eu sei exatamente o que vou fazer a respeito — declarou Guinzburg. — Para começo de conversa, vou lançar uma edição corrigida o mais rápido possível com duas grandes mudanças: o nome de Harry Clifton vai substituir o de Max Lloyd na capa, e a foto dele, presumindo que a senhorita tenha uma, vai figurar na quarta capa.

— Várias — assegurou Emma —, inclusive uma dele no *Kansas Star* antes de atracar no porto de Nova York.

— Isso também explicaria... — começou Guinzburg.

— Mas, se o senhor fizer isso — atalhou Alistair —, será um pandemônio. Jelks vai apresentar queixa por difamação em nome do seu cliente e reivindicar danos.

— Tomara — disse Guinzburg — porque, se ele o fizer, o livro sem dúvida alguma voltará ao primeiro lugar das listas de mais vendidos e lá ficará por vários meses. Entretanto, se ele nada fizer, como suspeito que irá acontecer, será sinal de que ele acredita que é a única pessoa que viu o caderno faltante no qual Harry Clifton escreveu sobre como foi parar em Lavenham.

— Eu sabia que havia outro — disse Emma.

— Certamente — reiterou Guinzburg — e foi sua menção ao *Kansas Star* que me fez perceber que o manuscrito que Max Lloyd enviou com os primeiros capítulos de *Identidade trocada* nada mais é do que uma narrativa do que aconteceu a Harry Clifton antes de ter sido condenado por um crime que não cometeu.

— O senhor me permitiria lê-lo?

Assim que entrou no escritório de Alistair, Emma percebeu que algo havia dado muito errado. As calorosas boas-vindas e o gracioso sorriso de sempre foram substituídos por uma testa franzida.

— Não vão me deixar visitar Harry, não é mesmo? — disse ela.

— Não — respondeu Alistair. — Sua solicitação foi indeferida.

— Mas por quê? Você me disse que era meu direito.

— Telefonei mais cedo esta manhã para o diretor da prisão e fiz exatamente a mesma pergunta.

— E que motivo ele alegou?

— Você mesma pode ouvir — disse Alistair —, pois gravei nossa conversa. Ouça atentamente porque ela nos dá três pistas importantes.

Sem dizer mais nada, ele se inclinou para a frente e apertou o botão de reprodução no seu Grundig. Duas bobinas começaram a girar.

— Instituto Correcional Lavenham.

— Eu gostaria de falar com o diretor.

— Quem gostaria?

— Alistair Stuart. Sou advogado em Nova York.

Silêncio seguido de outro sinal de chamada. Um silêncio mais longo. Em seguida:

— Vou passar a ligação, senhor.

Emma estava sentada na beirada da cadeira quando a voz do diretor surgiu na linha.

— Bom dia, sr. Stuart. Aqui fala o diretor Swanson. Em que posso ajudá-lo?

— Bom dia, sr. Swanson. Fiz um pedido dez dias atrás em nome da minha cliente, a srta. Emma Barrington, solicitando uma visita por motivos humanitários para um detento, Thomas Bradshaw, assim que possível. Recebi uma carta do seu gabinete esta manhã dizendo que a solicitação havia sido indeferida. Não consigo ver motivo legal para...

— Sr. Stuart, sua solicitação foi processada da maneira usual, mas não pude deferir seu pedido porque o sr. Bradshaw não se encontra mais detido nesta instituição.

Outro longo silêncio se seguiu, embora Emma pudesse ver que a fita ainda estava girando. Por fim, Alistair disse:

— E para qual instituição ele foi transferido?

— Não estou autorizado a divulgar essa informação, sr. Stuart.

— Mas, de acordo com a lei, minha cliente tem o direito de...

— O prisioneiro assinou um documento abrindo mão de seus direitos. Eu poderia lhe enviar uma cópia.

— Mas por que ele faria isso? — disse Alistair, jogando verde.

— Não estou autorizado a divulgar essa informação — repetiu o diretor sem cair na armadilha.

— O senhor tem autorização para divulgar alguma coisa relacionada a Tom Bradshaw? — perguntou Alistair tentando não parecer exasperado.

Outro longo silêncio se seguiu e, embora a fita estivesse correndo, Emma ficou se perguntando se o diretor havia desligado o telefone. Alistair pôs um dedo nos lábios e, de repente, a voz reapareceu na linha.

— Harry Clifton foi libertado da prisão, mas continuou a cumprir sua pena — disse. Outra longa pausa. — E eu perdi o melhor bibliotecário que este cárcere já teve.

O telefone emudeceu.

Alistair apertou o botão de parada antes de falar.

— O diretor fez o que podia para nos ajudar.

— Ao mencionar o nome de Harry? — perguntou Emma.

— Sim, mas também ao nos informar que Harry trabalhou na biblioteca da prisão até muito recentemente. Isso explica como Lloyd pôs as mãos nos diários.

Emma anuiu.

— Mas você disse que tinha *três* pistas importantes — lembrou ao primo. — Qual era a terceira?

— Harry foi libertado de Lavenham, mas continua a cumprir sua pena.

— Então, deve estar em outra prisão — deduziu Emma.

— Acho que não — disse Alistair. — Agora que estamos em guerra, aposto que Tom Bradshaw vai cumprir o resto da sua pena na Marinha.

— O que o faz pensar isso?

— Está tudo nos diários — disse Alistair. Pegou da mesa uma cópia de *O diário de um condenado*, folheou até uma página com um marcador e leu: — "A primeira coisa que vou fazer quando voltar a Bristol é me alistar na Marinha e combater os alemães."

— Mas eles nunca o deixariam voltar à Inglaterra antes de cumprir a pena até o fim.

— Eu não disse que ele se alistou na Marinha Britânica.

— Ah, meu Deus! — disse Emma enquanto assimilava o significado das palavras de Alistair.

— Pelo menos sabemos que Harry está vivo — disse Alistair com um tom alegre.

— Eu gostaria de que ele ainda estivesse na prisão.

HUGO BARRINGTON

1942-1943

33

O funeral de Sir Walter foi realizado em St. Mary's Redcliffe, e o finado presidente da Barrington's Shipping Line teria certamente ficado orgulhoso ao ver uma congregação tão numerosa e ao ouvir o discurso emocionado feito pelo bispo de Bristol.

Depois da missa, as pessoas presentes fizeram fila para oferecer condolências a Sir Hugo, que estava ao lado da mãe na porta norte da igreja. Ele pôde explicar a quem perguntava, graças a informações transmitidas pela mãe na noite anterior, que sua filha Emma estava presa em Nova York, mas não sabia dizer por que ela havia ido para lá, e seu filho Giles, do qual se orgulhava imensamente, estava detido em um campo alemão de prisioneiros de guerra em Weinsberg.

Durante a missa, Lord e Lady Harvey, a ex-mulher de Hugo Elizabeth e sua filha Grace sentaram-se na primeira fila da igreja, do lado oposto ao de Hugo. Todos eles deram os pêsames à viúva e, em seguida, fizeram questão de ir embora sem cumprimentá-lo.

Maisie Clifton ficou sentada nos fundos da igreja, a cabeça inclinada durante toda a missa, e foi embora momentos após o bispo ter dado a bênção final.

Quando Bill Lockwood, o diretor-executivo da Barrington's, se apresentou para apertar a mão do novo presidente e expressar suas condolências, tudo o que Hugo disse foi:

— Espero vê-lo amanhã no meu escritório às nove horas.

O sr. Lockwood inclinou levemente a cabeça.

Uma recepção foi organizada em Barrington Hall após o funeral, e Hugo circulou entre os convidados, muitos dos quais estavam prestes a descobrir que não tinham mais um emprego na Barrington's. Quando o último convidado se foi, Hugo subiu para o quarto e mudou de roupa para o jantar.

Adentrou a sala de jantar de braços dados com a mãe. Depois que ela se sentou, ele assumiu o lugar do pai na cabeceira da mesa. Durante a refeição, enquanto não havia serviçais por perto, ele disse à mãe que, apesar das apreensões do pai, ele estava regenerado.

Ainda assegurou que a empresa estava em boas mãos e que tinha planos bem animadores.

—

Hugo, ao volante do seu Bugatti, entrou pelo portão do estaleiro Barrington's pela primeira vez em dois anos às 9h23 da manhã seguinte. Estacionou na vaga do presidente antes de subir para o antigo escritório do pai.

Ao sair do elevador no quarto andar, viu Bill Lockwood andando para a frente e para trás no corredor diante do escritório com a pasta vermelha embaixo do braço. Mas a intenção de Hugo sempre foi mesmo fazê-lo esperar.

— Bom dia, Hugo — disse Lockwood dando um passo adiante.

Hugo passou por ele sem responder.

— Bom dia, srta. Potts — disse à velha secretária, como se nunca tivesse se afastado. — Avisarei quando estiver pronto para receber o sr. Lockwood — acrescentou antes de prosseguir para o seu novo escritório.

Sentou-se atrás da mesa do pai — ainda era assim que ele pensava a respeito e ficou imaginando quanto tempo aquela sensação duraria — e começou a ler o *The Times*. Depois que americanos e russos entraram na guerra, muito mais gente estava começando a acreditar em uma vitória dos Aliados. Largou o jornal.

— Vou receber o sr. Lockwood agora, srta. Potts.

O diretor executivo entrou no escritório do presidente com um sorriso no rosto.

— Bem-vindo de volta, Hugo — disse.

Hugo o encarou fixamente e disse:

— Presidente.

— Sinto muito, presidente — disse um homem que fazia parte do conselho da Barrington's desde que Hugo usava calças curtas.

— Gostaria de que você me atualizasse a respeito da situação financeira da empresa.

— Claro, presidente — disse Lockwood abrindo a pasta vermelha que estava carregando embaixo do braço.

Embora o presidente o tenha convidado a se sentar, Lockwood permaneceu em pé.

— Seu pai — iniciou — conseguiu conduzir a empresa com prudência em meio a tempos conturbados e, apesar de vários reveses, sobretudo o fato de os alemães terem continuamente tomado de mira as docas durante os bombardeios aéreos noturnos no início da guerra, conseguimos, com a ajuda de contratos governamentais, resistir às dificuldades; portanto, deveremos estar em uma boa situação quando essa terrível guerra chegar ao fim.

— Chega de floreios — disse Hugo — e vá direto aos resultados.

— Ano passado — prosseguiu o diretor executivo virando uma página —, a empresa teve um lucro de 37.400 libras e dez xelins.

— Não podemos esquecer os dez xelins, não é mesmo? — disse Hugo.

— Essa foi sempre a atitude do seu pai — respondeu Lockwood sem captar o sarcasmo.

— E este ano?

— Nossos resultados do primeiro semestre sugerem que estamos em um bom caminho para igualar, talvez superar, os resultados do ano passado — Lockwood informou e virou outra página.

— Quantas vagas estão em aberto no conselho atualmente? — perguntou Hugo.

A mudança de assunto surpreendeu Lockwood, que teve de virar diversas páginas antes de conseguir responder.

— Três, já que, infelizmente, Lord Harvey, Sir Derek Sinclair e o capitão Havens renunciaram após o falecimento do seu pai.

— Folgo em saber — disse Hugo. — Vai me poupar o trabalho de demiti-los.

— Presumo que o presidente não vá querer que eu registre essas opiniões na ata desta reunião.

— Estou pouco me lixando — disse Hugo.

O diretor executivo baixou a cabeça.

— E quando você vai se aposentar? — foi a pergunta seguinte de Hugo.

— Completo 60 anos daqui a dois meses, mas se o presidente quiser, dadas as circunstâncias...

— Quais circunstâncias?

— Como o senhor acaba de ocupar essa cadeira, por assim dizer, eu poderia permanecer no cargo mais uns dois anos.

— É muita bondade sua — disse Hugo, e o diretor executivo sorriu pela segunda vez naquela manhã. — Mas, por favor, não se apoquente por minha causa. Dois meses são suficientes para mim. Então, qual é o maior desafio que enfrentamos no momento?

— Recentemente, fizemos uma proposta para um importante contrato governamental de arrendamento da nossa frota mercante para a Marinha — respondeu Lockwood após ter se recuperado. — Não somos os favoritos, mas acho que seu pai foi muito meticuloso quando os inspetores visitaram a empresa no início do ano; portanto, devemos ser levados a sério.

— Quando saberemos o resultado?

— Receio que ainda vá demorar um pouco. Os funcionários públicos não primam pela rapidez — acrescentou rindo da própria piada. — Também preparei várias pautas de discussão a serem examinadas, de maneira a deixá-lo bem informado antes de presidir sua primeira reunião do conselho.

— Não prevejo muitas reuniões do conselho no futuro — disse Hugo. — Acredito em uma liderança de ponta, que toma decisões e as defende. Mas pode deixar seus documentos com a minha secretária e eu os examinarei quando tiver tempo.

— Como quiser, presidente.

Instantes após a saída de Lockwood do escritório, Hugo já estava de partida.

— Vou ao banco — disse ao passar pela mesa da srta. Potts.

— Devo ligar para o sr. Prendergast e avisá-lo de que o senhor gostaria de vê-lo? — perguntou a srta. Potts correndo atrás de Hugo pelo corredor.

— De forma alguma — respondeu ele. — Eu quero pegá-lo de surpresa.

— Precisa que eu faça algo antes da sua volta, Sir Hugo? — a srta. Potts indagou enquanto ele entrava no elevador.

— Sim, mande trocar o nome na porta antes que eu volte.

A srta. Potts se virou para olhar para a porta do escritório. *Sir Walter Barrington, Presidente* estava escrito em dourado.

A porta do elevador se fechou.

Enquanto dirigia até o centro de Bristol, Hugo pensou que suas primeiras horas como presidente não poderiam ter sido melhores. Tudo estava finalmente como deveria ser no mundo. Ele estacionou o Bugatti na frente do National Provincial Bank em Corn Street, inclinou-se para a frente e pegou um pacote que havia deixado embaixo do banco do passageiro.

Adentrou o banco, passou pela mesa da recepção e se encaminhou direto para o escritório do gerente, batendo levemente à porta antes de entrar decidido. O sr. Prendergast, assustado, se levantou com um salto enquanto Hugo colocava uma caixa de sapatos sobre a mesa e se acomodava na cadeira à sua frente.

— Espero não estar interrompendo nada importante — disse Hugo.

— Claro que não, Sir Hugo — disse Prendergast olhando para a caixa de sapatos. — Estou a seu dispor a qualquer momento.

— É bom saber, Prendergast. Por que você não começa me atualizando sobre a situação em Broad Street?

O gerente do banco correu pela sala, abriu a gaveta de um arquivo, retirou de lá um espesso dossiê e o pôs sobre a mesa. Folheou alguns documentos antes de falar novamente.

— Ah, sim — disse por fim. — Eis o que eu estava procurando.

Hugo estava tamborilando o braço da cadeira impacientemente.

— Das 22 lojas que deixaram de comerciar em Broad Street desde o início dos bombardeios, 17 já aceitaram sua oferta de duzentas libras ou menos pela propriedade dos lotes, mais exatamente Roland, o florista; Bates, o açougueiro, Makepeace...

— E quanto à sra. Clifton? Ela aceitou minha oferta?

— Receio que não, Sir Hugo. A sra. Clifton disse que não se contentaria com menos de quatrocentas libras e disse que só vai esperar até a próxima sexta-feira para obter uma resposta.

— É mesmo? Desgraçada. Muito bem, pode dizer a ela que minha oferta final é de duzentas libras. Aquela mulher nunca teve um tostão furado em seu nome, e por isso acho que não vamos ter de esperar muito até ela raciocinar com clareza.

Prendergast deu uma leve tossida que Hugo conhecia bem.

— Se o senhor conseguir comprar todas as propriedades da rua, exceto a da sra. Clifton, quatrocentas libras serão um preço bastante razoável.

— Ela está blefando. Tudo o que precisamos fazer é esperar o momento oportuno.

— Se é isso que o senhor acha...

— É isso mesmo. E, de qualquer maneira, conheço o homem certo para convencer essa mulherzinha de que seria uma boa ideia aceitar duzentas libras.

Prendergast não parecia convencido, mas se satisfez perguntando:

— Posso ajudá-lo em mais alguma coisa?

— Pode — respondeu Hugo, tirando a tampa da caixa de sapatos. — Você pode depositar este dinheiro na minha conta pessoal e emitir um novo talão de cheques para mim.

— Claro, Sir Hugo — disse Prendergast olhando para dentro da caixa. — Vou contar e emitir um recibo e um talão de cheques.

— Mas vou precisar fazer um saque imediato, pois estou de olho em um Lagonda V12.

— Vencedor de Le Mans — disse Prendergast —; afinal, o senhor sempre foi um pioneiro nesse campo.

Hugo sorriu enquanto se levantava da cadeira.

— Ligue para mim assim que a sra. Clifton perceber que não receberá mais do que duzentas libras.

—

— Ainda empregamos Stan Tancock, srta. Potts? — Hugo perguntou enquanto entrava novamente no escritório.

— Sim, Sir Hugo — respondeu a secretária, seguindo-o. — Ele trabalha como estivador nos armazéns das docas.

— Quero vê-lo imediatamente — disse o presidente enquanto se afundava na poltrona atrás da escrivaninha.

A srta. Potts saiu apressadamente.

Hugo olhou para os dossiês empilhados sobre sua mesa que deveriam ser lidos antes da próxima reunião do conselho. Abriu a capa do que estava em cima: uma lista das exigências do sindicato após o último encontro com a direção. Hugo havia chegado ao item quatro da lista, duas semanas de férias pagas por ano, quando ouviu baterem à sua porta.

— Tancock está aqui, presidente.

— Obrigado, srta. Potts. Mande-o entrar.

Stan Tancock entrou no escritório, tirou o boné de pano e ficou em pé diante da mesa do presidente.

— O senhor queria me ver, patrão? — disse com ar um pouco nervoso.

Hugo levantou a cabeça e olhou para o estivador atarracado e barbado cuja barriga de cerveja não deixava muitas dúvidas acerca de onde a maior parte do seu salário ia parar nas noites de sexta-feira.

— Tenho um serviço para você, Tancock.

— Pois não, patrão — disse Stan com uma expressão mais esperançosa.

— Diz respeito à sua irmã, Maisie Clifton, e ao terreno que ela possui em Broad Street, onde ficava a casa de chá Tilly's. Você sabe alguma coisa a respeito?

— Sim, patrão, algum sujeito estranho ofereceu duzentas pratas pelo terreno.

— É mesmo? — disse Hugo sacando a carteira de um bolso interno do paletó. Retirou uma nota de cinco libras novinha e pôs sobre a mesa. Hugo lembrou-se da mesma lambida de lábios e dos mesmos olhos porcinos da última vez em que o subornou. — Quero que você garanta, Tancock, que sua irmã aceitará a oferta sem dar a entender que estou envolvido de alguma maneira.

Deslizou a nota de cinco libras sobre a mesa.

— Sem problema — disse Stan, não mais olhando para o presidente, mas apenas para a cédula de cinco libras.

— Haverá uma outra dessa — disse Hugo batendo na carteira — no dia em que ela assinar o contrato.

— Considere feito, patrão.

Hugo acrescentou casualmente:

— Lamento pelo seu sobrinho.

— Não faz muita diferença para mim — disse Stan. — Na minha opinião, ele quis ir longe demais.

— Enterrado no mar, foi o que me disseram.

— É, há mais de dois anos.

— Como vocês descobriram?

— O médico do navio foi visitar minha irmã.

— E ele confirmou que o jovem Clifton foi enterrado no mar?

— Com certeza. Até levou uma carta de um colega que estava no navio quando Harry morreu.

— Uma carta? — disse Hugo inclinando-se para a frente. — O que dizia essa carta?

— Não faço ideia, patrão. Maisie nunca a abriu.

— E o que ela fez com a carta?

— Ainda está sobre a lareira.

Hugo sacou outra nota de cinco libras.

— Eu gostaria de ver essa carta.

34

Hugo pisou no freio do seu novo Lagonda quando ouviu um vendedor de jornais gritando seu nome na esquina de uma rua.

— O filho de Sir Hugo Barrington é condecorado por bravura em Tobruk. Leia tudo a respeito!

Hugo pulou para fora do carro, entregou ao menino uma moeda de meio *penny* e olhou para uma fotografia do filho como capitão da British Grammar School que dominava a primeira página. Voltou para o carro, desligou a ignição e leu toda a matéria.

> O segundo-tenente Giles Barrington, do 1º. Batalhão do Regimento Wessex, filho de Sir Hugo Barrington, baronete, foi agraciado com a Cruz Militar após uma ação em Tobruk. O tenente Barrington liderou um pelotão por oitenta metros no deserto aberto, matando um oficial alemão e cinco outros soldados, antes de alcançar uma trincheira inimiga e capturar 63 homens da infantaria alemã do Afrika Korps de Rommel. O tenente-coronel Robertson, do regimento Wessex, descreveu a ação do tenente Barrington como uma mostra notável de liderança e coragem abnegada diante de condições extremamente adversas.
>
> O comandante do pelotão do segundo-tenente Barrington, capitão Alex Fisher, outro ex-aluno da Bristol Grammar School, participou da mesma ação e também foi mencionado em despachos, bem como o cabo Terry Bates, açougueiro local de Broad Street. Em seguida, o tenente Giles Barrington foi capturado pelos alemães quando Rommel saqueou Tobruk. Nem Barrington nem Bates estão a par da própria

condecoração por bravura porque ambos são atualmente prisioneiros de guerra na Alemanha. O capitão Fisher foi dado como desaparecido em combate. Matéria completa nas páginas 6 e 7.

Hugo foi às pressas para casa para contar a notícia para a mãe.

— Walter teria ficado muito orgulhoso — ela comentou após terminar de ler a reportagem. — Preciso ligar para Elizabeth imediatamente, caso ela ainda não tenha ouvido a notícia.

Era a primeira vez em muito tempo que alguém mencionava o nome da sua ex-mulher.

—

— Achei que o senhor ficaria interessado em saber — disse Mitchell — que a sra. Clifton está usando um anel de noivado.

— Quem quer se casar com aquela megera?

— Um tal sr. Arnold Holcombe, ao que parece.

— Quem é ele?

— Um diretor de escola. Ensina inglês na Merrywood Elementary. De fato, foi professor de Harry Clifton antes de o garoto ir para St. Bede's.

— Mas isso tem anos. Por que você nunca mencionou o nome dele?

— Eles só se reencontraram recentemente, quando a sra. Clifton começou a frequentar aulas noturnas.

— Aulas noturnas? — repetiu Hugo.

— Isso mesmo — disse Mitchell. — Ela está aprendendo a ler e escrever. Parece que ela é como o filho.

— Como assim? — disparou Hugo.

— Quando a turma prestou o exame de final de curso, ela tirou a maior nota.

— É mesmo? — disse Hugo. — Talvez eu devesse visitar o sr. Holcombe e contar para ele exatamente o que sua noiva andou aprontando nos anos em que os dois perderam contato.

— Talvez eu devesse mencionar que Holcombe lutou boxe pela Bristol University, como Stan Tancock descobriu às próprias custas.

— Posso cuidar de mim mesmo — rebateu Hugo. — Enquanto isso, quero que você fique de olho em uma outra mulher que talvez venha a se revelar tão perigosa para o meu futuro quanto Maisie Clifton.

Mitchell tirou um caderninho e um lápis de um bolso interior.

— O nome dela é Olga Pietrovska e ela mora em Londres, em Lowndes Square número 42. Preciso saber o nome de todas as pessoas com as quais ela tiver contato, especialmente se for entrevistada por alguém da sua antiga profissão. Não oculte nenhum detalhe, por mais trivial ou desagradável que você possa considerá-lo.

Depois que Hugo parou de falar, o caderno e o lápis desapareceram. Em seguida, ele entregou a Mitchell um envelope, sinal de que o encontro havia chegado ao fim. Mitchell pôs o pagamento no bolso do paletó, levantou-se e saiu mancando.

Hugo ficou surpreso com a rapidez com que o cargo de presidente da Barrington's o entediou. Reuniões infinitas, incontáveis documentos a ler, minutas a serem divulgadas, memorandos a serem considerados e uma pilha de correspondência que precisava ser respondida. E, além disso, todas as noites antes de ele ir embora, a srta. Potts lhe entregava a pasta repleta de mais documentos que deviam ser lidos antes que ele voltasse a se sentar atrás da sua escrivaninha às oito horas da manhã seguinte.

Hugo convidou três amigos para fazer parte do conselho, dentre os quais Archie Fenwick e Toby Dunstable, na esperança de que eles aliviassem sua carga de trabalho. Eles raramente apareciam nas reuniões, mas esperavam receber suas remunerações.

À medida que as semanas foram passando, Hugo começou a chegar ao escritório cada vez mais tarde e, depois que Bill Lockwood lembrou ao presidente que faltavam apenas alguns dias para o seu aniversário de sessenta anos, momento em que se aposentaria, Hugo capitulou e disse que havia decidido que Lockwood podia ficar por mais dois anos.

— É muita gentileza sua reconsiderar meu cargo, presidente — disse Lockwood. — Mas sinto que, tendo servido a empresa durante quase quarenta anos, é chegada a hora de eu abrir caminho para um homem mais jovem.

Hugo cancelou a festa de despedida de Lockwood.

Aquele homem mais jovem era Ray Compton, o adjunto de Lockwood, que só estava na empresa havia uns poucos meses e certamente ainda não havia se ambientado totalmente. Quando ele apresentou os resultados anuais da Barrington's ao conselho, Hugo aceitou pela primeira vez que a empresa estava, com muito custo, cobrindo as despesas e concordou com Compton que era hora de começar a demitir alguns dos trabalhadores das docas antes que a empresa não conseguisse mais pagar seus salários.

À medida que a situação da Barrington's piorava, o futuro da nação parecia se tornar mais esperançoso.

Com o exército alemão recuando de Stalingrado, o povo britânico começou a acreditar pela primeira vez que os Aliados poderiam vencer a guerra. A confiança começou a penetrar novamente na psique da nação, e os teatros, clubes e restaurantes começaram a ser reabertos em todo o país.

Hugo queria voltar para a cidade e frequentar novamente seu meio social, mas os relatórios de Mitchell continuavam a deixar bem claro que era melhor ele se manter afastado de Londres.

O ano de 1943 não começou bem para a Barrington's.

Vários contratos foram cancelados por clientes que ficavam exasperados quando o presidente não se dava ao trabalho de responder suas cartas e muitos credores começaram a exigir pagamentos. Um ou dois deles até ameaçaram dar entrada em ações legais. Então, uma manhã, surgiu um raio de sol que Hugo achou que resolveria todos os seus problemas imediatos de fluxo de caixa.

Foi uma ligação de Prendergast que aumentou a esperança de Hugo.

O gerente do banco fora contatado pela United Dominion Real Estate Company, que estava demonstrando interesse na compra dos terrenos de Broad Street.

— Julgo, Sir Hugo, que seria prudente não mencionar a cifra ao telefone — Prendergast disse com um tom um pouco pomposo.

Hugo estava sentado no escritório de Prendergast quarenta minutos mais tarde e até mesmo ele perdeu o fôlego quando ouviu qual era a oferta.

— Vinte e quatro mil libras? — repetiu Hugo.

— Sim — confirmou Prendergast —, e acredito que essa seja apenas a oferta inicial e que eu possa fazê-los chegar mais perto de trinta. Lembrando que seu gasto original foi inferior a três mil libras, acho que podemos considerá-lo um investimento muito astuto. Mas temos uma pequena pedra no sapato.

— Uma pedra? — disse Hugo parecendo ansioso.

— Uma pedra chamada sra. Clifton — esclareceu Prendergast. — A oferta está condicionada à sua obtenção do título de propriedade de toda a área, inclusive do terreno dela.

— Ofereça oitocentas libras a ela — Hugo latiu.

Prendergast deu sua costumeira tossida, embora não tenha lembrado ao cliente que, se ele tivesse seguido seu conselho, eles poderiam ter fechado negócio com a sra. Clifton por quatrocentas libras meses antes e se por acaso ela viesse a saber da oferta da United Dominion...

— Avisarei assim que tiver notícias dela — foi tudo o que Prendergast disse.

— Faça isso — disse Hugo — e, já que estou aqui, preciso sacar uma pequena soma da minha conta pessoal.

— Lamento, Sir Hugo, mas essa conta está no negativo neste momento...

Hugo estava sentado no banco dianteiro do seu moderno Lagonda azul-real quando Holcombe saiu pela porta da escola e começou a atravessar o pátio. Parou para falar com um faz-tudo que estava aplicando ao portão uma nova demão de lilás e verde, as cores da escola Merrywood.

— Belo trabalho, Alf.

— Obrigado, sr. Holcombe — Hugo ouviu o faz-tudo dizer.

— Mas ainda espero que você se concentre mais em seus verbos e tente não chegar atrasado na quarta-feira.

Alf levou a mão ao boné.

Holcombe começou a caminhar na calçada e fingiu não ter visto Hugo sentado atrás do volante do carro. Hugo deu um sorriso sarcástico; todos olhavam admirados seu Lagonda V12. Três jovens que estavam à toa na calçada oposta não conseguiam tirar os olhos do carro havia meia hora.

Hugo saltou do carro e ficou em pé no meio da calçada, mas Holcombe continuou a ignorá-lo. Ele não podia estar a mais de um passo de distância quando Hugo disse:

— Será que poderíamos trocar algumas palavras, sr. Holcombe, meu nome é...

— Sei muito bem quem é o senhor — disse Holcombe e seguiu em frente sem parar.

Hugo saiu atrás do diretor da escola.

— É só que achei que o senhor deveria saber...

— Saber o quê? — disse Holcombe, parando repentinamente e se virando para encará-lo.

— O que sua noiva fazia para ganhar a vida há não muito tempo.

— Ela foi forçada a se prostituir porque o senhor se recusou a pagar para o filho dela... — ele fixou os olhos de Hugo — para o *seu* filho os estudos nos últimos dois anos da Bristol Grammar School.

— Não há provas de que Harry Clifton é meu filho — disse Hugo desafiador.

— As provas foram suficientes para que um vigário se recusasse a deixar Harry se casar com a sua filha.

— Como o senhor sabe disso? Não estava lá.

— Como o senhor sabe disso? Saiu fugido.

— Então, deixe-me dizer algo que o senhor certamente não sabe — disse Hugo quase aos gritos. — Esse exemplo de virtude com o qual o senhor planeja passar o resto da vida me ludibriou e tirou de mim um terreno de minha propriedade em Broad Street.

— Deixe-me dizer algo que o senhor sabe muito bem — rebateu Holcombe. — Maisie pagou cada *penny* do seu empréstimo com juros e o senhor a deixou com menos de dez libras.

— Aquele terreno agora vale quatrocentas libras — retorquiu Hugo, arrependendo-se imediatamente do que acabara de dizer — e pertence a mim.

— Se assim fosse, o senhor não estaria tentando comprar o terreno pelo dobro desse valor.

Hugo ficou lívido por ter revelado até que ponto estava interessado no terreno, mas ainda não havia terminado.

— Então, quando o senhor faz sexo com Maisie Clifton, tem de pagar, diretor? Eu certamente não tive.

Holcombe levantou um punho.

— Vamos, bata em mim — aguilhoou Hugo. — Ao contrário de Stan Tancock, eu o processaria e tiraria cada tostão seu.

Holcombe abaixou o punho e saiu andando chateado consigo mesmo por ter permitido a Barrington irritá-lo.

Hugo sorriu. Achou que tivesse desferido o golpe final.

Virou-se e viu os garotos do outro lado da rua rindo. Afinal, eles nunca haviam visto um Lagonda lilás e verde.

35

Quando o primeiro cheque foi devolvido, Hugo simplesmente o ignorou e esperou alguns dias antes de apresentá-lo pela segunda vez. Quando o mesmo cheque foi devolvido novamente, com o carimbo "Procurar o Emissor", ele começou a aceitar o inevitável.

Nas semanas seguintes, Hugo encontrou várias maneiras de contornar o problema de falta de dinheiro vivo.

Primeiro, saqueou o cofre do escritório e removeu as £100 que o pai sempre mantinha guardadas para tempos incertos. Aquela era uma tempestade, e o velho certamente nunca teve de recorrer à reserva em dinheiro para pagar o salário da secretária. Quando aquele dinheiro acabou, Hugo, relutante, abriu mão do Lagonda. Todavia, o vendedor da concessionária indicou educadamente que o lilás e o verde não eram as cores da moda naquele ano e, como Sir Hugo queria dinheiro na mão, ele só podia oferecer metade do preço original de compra, pois a carroceria teria de ser lixada e pintada novamente.

Hugo sobreviveu por mais um mês.

Sem outros ativos disponíveis para vender, ele começou a roubar da mãe. Primeiro, qualquer trocado largado pela casa; em seguida, moedas das carteiras e, por fim, cédulas das bolsas.

Não demorou muito até ele surrupiar um pequeno faisão de prata que enfeitava o centro da mesa de jantar havia anos, seguido pelos pais da ave: a família inteira alçou voo até a casa de penhores mais próxima.

Depois, Hugo passou para as joias da mãe. Começou com itens que ela não notaria. Um alfinete de chapéu e um broche vitoriano logo foram seguidos por um colar de âmbar que ela raramente usava e uma tiara de diamantes de propriedade da família havia mais de um século que só era usada em casamentos ou cerimônias formais. Ele não previa muitas ocasiões desse tipo.

Por fim, Hugo passou para o acervo de arte do pai, primeiro tirando da parede um retrato do avô pintado por um jovem John Singer Sargent, mas não antes de a camareira e a cozinheira terem pedido demissão devido ao não recebimento de salários por mais de três meses. Jenkins morreu convenientemente um mês mais tarde.

O Constable do avô (*O Moinho no Dique Dunning*) foi seguido pelo Turner do bisavô (*Cisnes no Avon*), ambos propriedade da família havia mais de um século.

Hugo conseguiu se convencer de que não se tratava de roubo. Afinal, o testamento do pai declarava: *e tudo o mais aí incluído*.

Essa fonte irregular de fundos garantiu que a empresa sobrevivesse e só acusasse um pequeno prejuízo no final do primeiro trimestre do ano, isso sem contar a renúncia de outros três diretores e vários outros funcionários do alto escalão que não haviam recebido pagamento no último dia do mês. Quando era indagado, Hugo culpava os reveses temporários da guerra. As palavras de despedida de um diretor idoso foram:

— Seu pai nunca achou necessário usar isso como desculpa.

Logo até mesmo os bem móveis começaram a minguar.

Hugo sabia que pôr Barrington Hall e seus trinta hectares de parque no mercado seria como anunciar ao mundo que uma empresa que havia declarado lucro durante mais de cem anos estava insolvente.

A mãe continuava a aceitar as garantias de Hugo de que o problema era apenas temporário e que, em seu devido momento, tudo se resolveria. Depois de um tempo, ele começou a acreditar na própria propaganda. Quando os cheques começaram a ser devolvidos novamente, o sr. Prendergast lembrou a Hugo que ainda estava de pé uma oferta de £3.500 libras por suas propriedades em Broad Street, que, como o gerente do banco ressaltou, ainda resultaria em um lucro de £600.

— E quanto às trinta mil libras que me foram prometidas? — Hugo gritou ao telefone.

— Essa oferta também continua de pé, Sir Hugo, mas depende sempre da compra da propriedade da sra. Clifton.

— Ofereça mil a ela — Hugo latiu.

— Como quiser, Sir Hugo.

Hugo bateu o telefone e ficou pensando o que mais poderia dar errado. O telefone tocou novamente.

—

Hugo estava apartado em uma alcova no canto do Railway Arms, um hotel no qual jamais estivera e ao qual jamais voltaria. Nervoso, olhava para o relógio em intervalos de poucos minutos enquanto esperava a chegada de Mitchell.

O detetive particular chegou às 11h34, poucos instantes após o expresso de Paddington ter estacionado na estação Temple Meads. Mitchell sentou-se discretamente na cadeira em frente ao seu único cliente, embora não recebesse remuneração alguma havia vários meses.

— O que era tão urgente que não podia esperar? — perguntou Hugo após uma caneca de cerveja ter sido colocada na frente do detetive particular.

— Lamento informar, senhor — iniciou Mitchell após tomar um gole — que a polícia prendeu seu amigo Toby Dunstable — disse e Hugo sentiu um arrepio percorrer o corpo. — Ele está sendo acusado do roubo dos diamantes de Piotrovska e de vários quadros, incluindo um Picasso e um Monet, que ele tentou vender para a Agnew's, a galeria em Mayfair.

— Toby vai ficar de boca fechada — disse Hugo.

— Temo que não, senhor. Eu soube de fonte segura que ele fez um acordo de delação premiada em troca de uma pena mais branda. Parece que a Scotland Yard está mais interessada em prender o homem por trás do crime.

A cerveja de Hugo ficou choca enquanto ele tentava assimilar o significado das palavras de Mitchell. Após um longo silêncio, o detetive particular continuou:

— Achei que o senhor também gostaria de saber que a srta. Piotrovska contratou Sir Francis Mayhew para representá-la.

— Por que ela simplesmente não deixa que a polícia cuide do caso?

— Ela não procurou Sir Francis por causa do roubo, mas devido a duas outras questões.

— Duas outras questões? — repetiu Hugo.

— Sim. Eu soube que o senhor está para receber uma intimação por quebra de promessa. Além disso, a srta. Piotrovska está movendo uma ação de paternidade que indica o senhor como pai de sua filha.

— Ela nunca conseguirá provar isso.

— Dentre as provas que serão apresentadas no tribunal está o recibo de um anel de noivado comprado em uma joalheria em Burlington Arcade, e tanto a governanta quanto a camareira da srta. Piotrovska assinaram um depoimento confirmando que o senhor residiu em Lowndes Square 42 por mais de um ano.

Pela primeira vez em dez anos, Hugo pediu a opinião de Mitchell.

— O que você acha que devo fazer? — ele quase sussurrou.

— Se eu estivesse no seu lugar, senhor, deixaria o país o quanto antes.

— Quanto tempo você acha que tenho?

— Uma semana, dez dias no máximo.

— Um garçom surgiu ao lado deles.

— É um xelim e nove *pence*, senhor.

Como Hugo não se mexia, Mitchell entregou ao garçom um florim e disse:

— Fique com o troco.

Depois que o detetive particular saiu do bar para voltar a Londres, Hugo ficou sentado sozinho por algum tempo avaliando suas opções. O garçom apareceu novamente e perguntou se ele queria beber alguma outra coisa, mas Hugo nem sequer se deu ao trabalho de responder. No final, levantou-se da cadeira e saiu do bar.

Hugo se encaminhou para o centro da cidade, mais devagar a cada passo, até finalmente atinar o que deveria fazer em seguida. Entrou no banco alguns minutos mais tarde.

— Posso ajudá-lo, senhor? — perguntou o jovem na recepção.

Mas Hugo já estava na metade do saguão quando ele conseguiu ligar para o gerente para avisá-lo de que Sir Hugo Barrington estava a caminho do seu escritório.

Prendergast não ficava mais surpreso por Sir Hugo Barrington sempre achar que ele estaria disponível a qualquer momento, mas ficou chocado ao perceber que o presidente da Barrington's não havia se dado ao trabalho de fazer a barba naquela manhã.

— Tenho um problema que precisa ser resolvido com urgência — Hugo disse enquanto afundava na cadeira em frente ao gerente.

— Claro, Sir Hugo. Em que posso ajudá-lo?

— Qual é o valor máximo que você acredita poder conseguir pelas minhas propriedades em Broad Street?

— Mas semana passada enviei uma carta avisando o senhor que a sra. Clifton havia recusado sua última oferta.

— Estou ciente — disse Hugo. — Eu quis dizer sem o lote dela.

— Ainda está de pé uma oferta de três mil e quinhentas libras, mas tenho motivos para acreditar que, caso o senhor oferecesse um pouco mais à sra. Clifton, ela cederia o terreno, e a oferta de trinta mil libras ainda estaria válida.

— Não tenho mais tempo — disse Hugo sem explicação.

— Sendo assim, acredito poder pressionar meu cliente para aumentar a oferta para quatro mil, o que ainda representaria um belo lucro para o senhor.

— Caso eu aceite essa oferta, preciso que você me garanta uma coisa: — Hugo disse e Prendergast se permitiu levantar uma sobrancelha. — Que seu cliente não tem nem nunca teve nenhuma ligação com a sra. Clifton.

— Posso dar tal garantia, Sir Hugo.

— Caso o seu cliente pague quatro mil, quanto sobraria em minha conta corrente?

O sr. Prendergast abriu o dossiê de Sir Hugo e consultou o balanço.

— Oitocentas e vinte duas libras e dez xelins — respondeu.

Hugo não brincou mais sobre os dez xelins.

— Nesse caso, vou precisar de oitocentas libras em dinheiro imediatamente. E darei instruções mais tarde sobre o destino dos proventos da venda.

— Os proventos da venda? — repetiu Prendergast.

— Sim — respondeu Hugo. — Decidi pôr Barrington Hall no mercado.

36

Ninguém o viu sair de casa.

Ele estava carregando uma mala e trajava um terno de tweed grosso, um par de sapatos marrons robustos, feitos para durar, um sobretudo pesado e um chapéu de feltro marrom. Um olhar rápido e seria possível confundi-lo com um caixeiro-viajante.

Caminhou até o ponto de ônibus mais próximo, que ficava a pouco mais de um quilômetro e meio de distância, na maior parte, terras de sua propriedade. Quarenta minutos mais tarde, entrou em um ônibus verde de um só andar, um meio de transporte que ele nunca havia usado até então. Sentou-se no último banco sem perder de vista a mala. Entregou ao cobrador uma nota de dez xelins, embora a passagem só custasse três *pence*: seu primeiro erro se não quisesse chamar atenção.

O ônibus seguiu seu caminho rumo a Bristol, uma viagem que ele normalmente faria em cerca de doze minutos no Lagonda, mas que, naquele dia, demorou mais de uma hora até que o ônibus finalmente estacionasse na rodoviária. Hugo não foi nem o primeiro nem o último passageiro a saltar. Olhou para o relógio de pulso: 14h38. Ele havia calculado o tempo com uma boa folga.

Subiu a ladeira até a estação Temple Meads. Nunca havia notado a ladeira; afinal, nunca tivera de carregar a própria mala até então, onde entrou em uma longa fila e comprou uma passagem de terceira classe, só de ida, para Fishguard. Perguntou de que plataforma o trem sairia e, depois de tê-la localizado, ficou em pé lá no fundo sob um lampião a gás apagado.

Quando o trem finalmente estacionou, ele embarcou e encontrou um lugar no meio de um compartimento de terceira classe que logo lotou. Hugo pôs a mala no bagageiro à sua frente e raramente tirou os olhos dela. Uma mulher abriu a porta do vagão e olhou para o compartimento lotado, mas ele não lhe ofereceu o lugar.

Enquanto o trem deixava a estação, ele soltou um suspiro de alívio, feliz por ver Bristol desaparecer no horizonte. Recostou-se e pensou sobre a decisão que havia tomado. Àquela hora no dia seguinte, estaria em Cork. Só se sentiria seguro quando seus pés estivessem pisando em solo irlandês. Mas eles precisavam chegar em Swansea no horário para que ele pudesse fazer a conexão até Fishguard.

Quando o trem chegou em Swansea, ele tinha meia hora livre; tempo suficiente para uma xícara de chá e uma broa de Chelsea no bar da estação. Não era Earl Grey nem Carwardine's, mas ele estava cansado demais para se importar. Assim que terminou, trocou o bar por outra plataforma pouco iluminada e esperou que o trem para Fishguard aparecesse.

O trem estava atrasado, mas ele estava confiante de que a balsa não zarparia antes de todos os passageiros estarem a bordo. Depois de um pernoite em Cork, ele reservaria uma passagem em um navio, qualquer navio, para os Estados Unidos. Lá ele iniciaria uma nova vida, com o dinheiro obtido da venda de Barrington Hall.

A ideia de seu lar ancestral ser leiloado fez com que ele pensasse na mãe pela primeira vez. Onde ela ia morar depois que a casa fosse vendida? Ela sempre poderia ficar com Elizabeth em Manor House. Afinal, espaço é o que não faltava. Senão podia ir morar com os Harvey, que tinham três casas, isso para não falar dos vários chalés em suas propriedades.

Depois, seus pensamentos se voltaram para a Barrington's Shipping Line, uma empresa construída por duas gerações da família e que a terceira conseguiu destruir mais rápido do que a bênção de um bispo.

Por um instante, ele pensou sobre Olga Piotrovska, grato porque nunca mais a veria. Até chegou a dedicar um rápido pensamento a Toby Dunstable, que fora a causa de todos os seus problemas.

Emma e Grace cruzaram sua mente, mas não por muito tempo: ele nunca entendeu o porquê de ter filhas. Em seguida, pensou em Giles, que o evitara após fugir do campo de prisioneiros Weinsberg e voltar a Bristol. As pessoas sempre perguntavam do seu filho herói de guerra e Hugo tinha de inventar uma nova história a cada vez. Isso não seria mais necessário porque, uma vez que ele estivesse nos Estados Unidos, o cordão umbilical seria finalmente cortado, embora, com o tempo — e Hugo ainda estava determinado que fosse muito tempo —, Giles herdaria o título de família, porém, àquela altura, *e tudo o mais aí incluído* não valeria mais nada.

Mas, na maior parte do tempo, ele pensou em si mesmo, uma indulgência que só foi interrompida quando o trem chegou em Fishguard. Ele esperou que todos os outros descessem do vagão antes de tirar a mala do bagageiro e descer para a plataforma.

Hugo seguiu as instruções do megafone: "Ônibus para o porto. Ônibus para o porto!" Havia quatro. Ele escolheu o terceiro. Daquela vez, a viagem foi curta e não havia como errar o terminal, apesar do blecaute; outra longa fila de terceira classe, daquela vez para a balsa rumo a Cork.

Após comprar uma passagem só de ida, ele subiu a passarela, pisou a bordo e encontrou um canto que nem um bicho escolheria para se acomodar. Só se sentiu seguro quando ouviu dois toques da sirene de nevoeiro e, no suave balançar das ondas, sentiu que o navio estava se afastando do porto.

Depois que a balsa superou o quebra-mar, ele relaxou pela primeira vez e estava tão cansado que encostou a cabeça na mala e caiu em um sono profundo.

Hugo não sabia ao certo quanto tempo havia dormido quando sentiu alguém cutucando seu ombro. Olhou para cima e viu dois homens em pé.

— Sir Hugo Barrington? — um deles perguntou.

Não fazia muito sentido negar. Eles o pegaram por debaixo dos braços e disseram que ele estava preso. Demoraram lendo uma longa lista de acusações.

— Mas estou a caminho de Cork — ele protestou. — Certamente estamos além do limite de doze milhas.

— Não — disse o segundo-oficial —, o senhor está voltando para Fishguard.

Vários passageiros se debruçaram na amurada para ver mais de perto o homem algemado que estava sendo escoltado pela passarela, motivo daquele atraso.

Hugo foi empurrado para dentro de um Wolseley preto e, segundos depois, começou a longa viagem de volta a Bristol.

Quando a porta da cela foi aberta, um homem uniformizado trouxe o café da manhã em uma bandeja — não o tipo de café da manhã nem o tipo de bandeja ou de homem uniformizado que Hugo estava acostumado a ver de manhã cedo. Uma olhada no pão na chapa com tomates banhado em óleo e ele empurrou a bandeja para o lado. Ficou se perguntando quanto tempo demoraria até aquilo se tornar parte da sua dieta básica. O policial voltou alguns minutos mais tarde, levou a bandeja e fechou a porta da cela com violência.

Quando a porta se abriu novamente, dois guardas entraram na cela e subiram com Hugo uma escada até a sala de audiências. Ben Winshaw, o advogado da Barrington's Shipping Line, o estava esperando.

— Sinto muito, presidente.

Hugo balançou a cabeça, um olhar de resignação no rosto.

— O que acontece depois?

— O superintendente me disse que vão acusá-lo nos próximos minutos. Depois, o senhor será levado para o tribunal, onde se apresentará diante de um magistrado. Tudo o que precisa fazer é se declarar inocente. O superintendente deixou claro que se oporia a qualquer pedido de fiança e lembraria ao magistrado que o senhor foi preso enquanto tentava deixar o país de posse de uma mala com oitocentas libras. Receio que a imprensa irá se esbaldar.

Hugo e seu advogado ficaram sentados sozinhos na sala de audiências e esperaram que o superintendente aparecesse. O advogado avisou a Hugo que ele deveria se preparar para passar várias semanas na prisão até o início do julgamento. Sugeriu os nomes de quatro outros advogados que talvez pudessem defendê-lo. Eles haviam acabado de escolher Sir Gilbert Gray quando a porta se abriu e o sargento entrou.

— O senhor pode ir embora — ele disse como se Hugo tivesse cometido uma pequena infração de trânsito.

Winshaw demorou um tempo para se recuperar e perguntar:

— Meu cliente deverá voltar mais tarde?

— Não que eu saiba, senhor.

Hugo saiu da delegacia como um homem livre.

——

A história rendeu um pequeno parágrafo na página seis do *Bristol Evening News*. *O ilustre Toby Dunstable, segundogênito do décimo primeiro conde de Dunstable, faleceu, vítima de ataque cardíaco, enquanto estava detido na Delegacia de Wimbledon.*

Foi Derek Mitchell que depois forneceu os detalhes por trás da história.

Ele relatou que o conde havia visitado o filho na cela poucas horas antes que Toby tirasse a própria vida. O guarda de serviço ouviu uma discussão entre pai e filho, durante a qual "a honra", "a reputação da família" e "a coisa digna a se fazer diante das circunstâncias" foram repetidas várias vezes pelo conde. No inquérito realizado duas semanas mais tarde no Tribunal de Wimbledon, o magistrado perguntou ao guarda em questão se ele havia visto alguma troca de pílulas entre os dois homens durante a visita do conde.

— Não, senhor — o guarda respondeu. — Não vi.

Morte por causas naturais foi o veredicto pronunciado pelo colegiado do Tribunal de Wimbledon naquela mesma tarde.

37

— O sr. Prendergast telefonou várias vezes esta manhã, presidente — disse a srta. Potts enquanto entrava atrás de Sir Hugo no escritório —, e da última vez enfatizou que era urgente.

Se ela ficou surpresa ao ver o presidente com a barba por fazer e vestindo um terno de tweed todo amarrotado, nada disse.

O primeiro pensamento de Hugo ao ouvir que Prendergast queria falar com ele com urgência foi que a transação de Broad Street devia ter fracassado e o banco esperava que ele devolvesse as £800 imediatamente. Prendergast podia tirar o cavalinho da chuva.

— E Tancock — disse a srta. Potts verificando o bloco de anotações — diz que tem notícias de que o senhor não vai querer ouvir — completou sem que o presidente fizesse algum comentário. — Contudo, o mais importante — prosseguiu — é a carta que deixei sobre a sua mesa. Sinto que o senhor vai querer lê-la imediatamente.

Hugo foi pegando a carta antes mesmo de se sentar. Em seguida, leu-a pela segunda vez, mas continuou sem conseguir acreditar. Levantou a cabeça e olhou para a secretária.

— Meus parabéns, senhor.

— Ligue para Prendergast — latiu Hugo — e, em seguida, quero ver o diretor executivo e Tancock, nessa ordem.

— Pois não, presidente — disse a srta. Potts e saiu apressadamente da sala.

Enquanto Hugo esperava que Prendergast atendesse, leu a carta do Ministério da Navegação pela terceira vez.

Prezado Sir Hugo,
É com grande prazer que informo que a Barrington's Shipping obteve o contrato para...

O telefone tocou na mesa de Hugo.
— O sr. Prendergast está na linha — anunciou a srta. Potts.
— Bom dia, Sir Hugo — a deferência voltara à voz. — Achei que o senhor gostaria de saber que a sra. Clifton finalmente concordou em vender o terreno em Broad Street por mil libras.
— Mas eu já assinei um contrato de venda do resto das minhas propriedades na rua para a United Dominion por quatro mil.
— E esse contrato continua sobre a minha mesa — disse Prendergast. — Para azar deles e sorte sua, o primeiro horário que eles conseguiram marcar comigo foi hoje às dez horas da manhã.
— Você trocou os contratos?
— Sim, Sir Hugo, sem dúvida.
O coração de Hugo quase parou de bater.
— Para quarenta mil libras.
— Não estou entendendo.
— Depois que garanti à United Dominion que o senhor estava de posse do terreno da sra. Clifton, além de todos os outros da rua, eles emitiram um cheque com o valor total.
— Muito bem, Prendergast. Eu sabia que podia confiar em você.
— Obrigado, senhor. Tudo o que o senhor precisa fazer agora é assinar o contrato de venda da sra. Clifton e, em seguida, posso descontar o cheque da United Dominion.
Hugo olhou para o relógio de pulso.
— Como já são quatro horas da tarde, vou passar no banco no primeiro horário amanhã de manhã.
A tossida de Prendergast.
— O primeiro horário, Sir Hugo, é às nove horas. E permita-me perguntar se o senhor ainda tem o adiantamento de oitocentas libras em espécie que lhe dei ontem.
— Tenho. Mas que importância isso pode ter.

— Acho que seria prudente, Sir Hugo, pagar as mil libras da sra. Clifton antes de descontarmos o cheque de quarenta mil da United Dominion. Não queremos perguntas constrangedoras do escritório central mais tarde.

— Exato — disse Hugo enquanto olhava para a mala, aliviado por não ter gastado um tostão das £800.

— Nada mais me resta a dizer — foi se despedindo de Prendergast — além de parabenizá-lo pelo fechamento de um contrato de grande sucesso.

— Como você sabe do contrato?

— Não entendi, Sir Hugo — disse Prendergast com um tom um pouco confuso.

— Ah, achei que você estivesse falando de outra coisa — disse Hugo. — Não importa, Prendergast. Esqueça que toquei nesse assunto — acrescentou enquanto desligava o telefone.

A srta. Potts entrou novamente no escritório.

— O diretor-executivo está esperando para vê-lo, presidente.

— Mande-o entrar imediatamente.

Enquanto Compton entrava no escritório, Hugo disse:

— Ouviu as boas-novas, Ray?

— De fato, presidente, e não podiam ter chegado em melhor hora.

— Não sei se entendi bem — disse Hugo.

— O senhor deverá apresentar o resultado anual da empresa na reunião do conselho no próximo mês e, embora ainda tenhamos de declarar um prejuízo pesado este ano, o novo contrato vai garantir a volta ao lucro no ano que vem.

— E pelos cinco anos seguintes — Hugo lembrou, balançando a carta do ministro com ar triunfante. — Prepare a pauta para a reunião do conselho, mas não inclua a notícia sobre o contrato do governo. Prefiro fazer o anúncio pessoalmente.

— Como quiser, presidente. Farei com que todos os documentos relevantes estejam sobre a sua mesa amanhã até o meio-dia — Compton acrescentou antes de sair.

Hugo leu a carta do ministro pela quarta vez.

— Trinta mil por ano — disse em voz alta no exato momento em que o telefone sobre a mesa tocou novamente.

— Um tal sr. Foster, da Savills, agência imobiliária, está na linha — disse a srta. Potts.

— Passe a ligação.

— Bom dia, Sir. Hugo. Meu nome é Foster. Sou sócio majoritário da Savills. Achei que deveríamos nos encontrar para discutir suas instruções para vender Barrington Hall. Talvez um almoço no meu clube?

— Não precisa se incomodar, Foster. Mudei de ideia. Barrington Hall não está mais no mercado — Hugo disse e desligou o telefone.

Ele passou o resto da tarde assinando uma pilha de cartas e cheques que a secretária pôs à sua frente e foi só depois das seis da tarde que finalmente tampou de novo a caneta.

Quando a srta. Potts voltou para recolher toda a correspondência, Hugo disse:

— Vou receber Tancock agora.

— Sim, senhor — disse a srta. Potts com um toque de desaprovação.

Enquanto esperava que Tancock aparecesse, Hugo se ajoelhou e abriu a mala. Olhou para as £800 que teriam permitido que ele sobrevivesse nos Estados Unidos enquanto esperava os fundos obtidos com a venda de Barrington Hall. Agora as mesmas £800 seriam usadas para que ele lucrasse uma fortuna com Broad Street.

Quando ouviu baterem à porta, Hugo fechou logo a mala e voltou rapidamente para a mesa.

— Tancock, senhor — disse a srta. Potts antes de fechar a porta atrás de si.

O estivador entrou confiante no escritório e se aproximou da mesa do presidente.

— Então, que notícia é essa que não pode esperar?

— Vim receber as outras cinco pratas que o senhor me deve — disse Tancock com um olhar de triunfo.

— Não devo nada a você — disse Hugo.

— Mas convenci minha irmã a vender aquele terreno que o senhor queria, não foi?

— Concordamos com duzentas libras e acabei tendo de pagar cinco vezes essa quantia; portanto, como eu disse, não devo nada a você. Saia do meu escritório e volte para o trabalho.

Stan não arredou pé.

— E tenho aquela carta que o senhor disse que queria.

— Que carta?

— A carta que Maisie recebeu daquele médico do navio americano.

Hugo havia esquecido completamente da carta de condolências do colega de tripulação de Harry Clifton e não achava que ela teria serventia alguma depois de Maisie ter concordado com a venda do terreno.

— Pago uma libra por ela.

— O senhor disse que me daria cinco.

— Sugiro que você saia do meu escritório enquanto ainda tem um emprego, Tancock.

— Tudo bem, tudo bem — disse Stan, voltando atrás —, pode ficar com ela por uma libra. O que me importa?

Ele tirou um envelope amassado do bolso traseiro e o entregou ao presidente. Hugo tirou uma nota de dez xelins da carteira e a pôs sobre a mesa.

Stan não se mexeu enquanto Hugo guardava a carteira no bolso interno do paletó e olhava com ar de desafio para ele.

— Você pode ficar com a carta ou com a nota de dez xelins. Faça sua escolha.

Stan pegou a nota de dez xelins e saiu do escritório resmungando.

Hugo pôs o envelope de lado, recostou-se na cadeira e pensou sobre como gastaria parte do lucro obtido com a transação de Broad Street. Depois de ir ao banco e assinar todos os documentos necessários, ele atravessaria a rua até a concessionária de automóveis. Estava de olho em um Aston Martin 2.0 de quatro lugares modelo 1937. Em seguida atravessaria a cidade em seu novo carro para visitar o alfaiate — nem se lembrava mais de qual fora a última vez em que mandara fazer um terno — e, depois da prova, almoçaria no clube, onde pagaria a conta pendurada no bar. Durante a tarde, trataria de reabastecer a adega de Barrington Hall e talvez até fosse à loja de penhores para resgatar algumas joias das quais a mãe parecia sentir muita falta. À noite... Bateram à porta.

— Estou de saída — informou a srta. Potts. — Quero ir aos correios antes das sete para pegar a última entrega. O senhor precisa de mais alguma coisa, senhor?

— Não, srta. Potts. Mas talvez eu chegue um pouco tarde amanhã, pois tenho um encontro com o sr. Prendergast às nove horas.

— Claro, presidente — disse a srta. Potts.

Enquanto a porta se fechava atrás dela, os olhos de Hugo pousaram sobre o envelope amarrotado. Ele pegou um abridor de cartas de prata, rasgou o envelope e tirou lá de dentro uma única folha de papel. Seus olhos vasculharam impacientes a página em busca de frases relevantes.

Nova York,
8 de setembro de 1939.

Minha querida mãe,

...não morri quando o Devonian *foi afundado... fui resgatado do mar... uma esperança vã de que, em algum momento no futuro, eu possa provar que Arthur Clifton, e não Hugo Barrington, é meu pai... devo implorar que a senhora guarde meu segredo com a mesma firmeza com que guardou o seu por tantos anos.*

Com amor, do seu filho,
Harry

O sangue de Hugo congelou. Todos os triunfos do dia evaporaram em um instante. Aquela não era uma carta que ele queria ler pela segunda vez ou, acima de tudo, da qual ele quisesse que alguém tomasse conhecimento.

Abriu a primeira gaveta da mesa e tirou uma caixa de Swan Vestas. Acendeu um fósforo, segurou a carta sobre a lixeira e só a soltou quando as frágeis cinzas viraram pó preto. Os melhores dez xelins que ele jamais gastara.

Hugo estava confiante de que era a única pessoa a saber que Clifton ainda estava vivo e tinha toda intenção de manter tudo como estava. Afinal, se Clifton mantivesse sua palavra e continuasse a usar o nome de Tom Bradshaw, como outra pessoa seria capaz de descobrir a verdade?

De repente, sentiu-se nauseado ao lembrar que Emma ainda estava nos Estados Unidos. Será que ela havia de alguma maneira descoberto que Clifton estava vivo? Mas aquilo certamente era impossível sem que ela tivesse lido a carta. Ele precisava descobrir por que a filha havia ido para os Estados Unidos.

Hugo pegou o telefone e começou a discar o número de Mitchell quando pensou ter ouvido passos no corredor. Abaixou novamente o fone, deduzindo que devia ser o vigia noturno verificando se a luz dele ainda estava acesa.

A porta se abriu e ele olhou para uma mulher que havia esperado nunca mais ver.

— Como você passou pelo guarda no portão? — perguntou.

— Disse que tínhamos uma hora marcada com o presidente; um encontro que já devia ter acontecido há muito tempo.

— Nós? — perguntou Hugo.

— Sim, trouxe um pequeno presente para você, embora não seja possível presentear alguém com algo que já é da própria pessoa.

Ela pôs uma cesta de vime sobre a mesa de Hugo e levantou a aba de um delicado corte de musselina, revelando um bebê adormecido.

— Achei que estava na hora de você ser apresentado à sua filha — Olga disse dando um passo para o lado para permitir que Hugo a admirasse.

— O que faz você pensar que eu teria o menor interesse na sua bastarda?

— Porque ela também é sua bastarda — disse Olga calmamente — portanto, presumo que você queira proporcionar a ela as mesmas oportunidades que proporcionou a Emma e Grace.

— Por que eu levaria em consideração um gesto tão ridículo?

— Porque você tirou de mim tudo o que eu tinha e agora está na hora de assumir suas responsabilidades. Não pense que você vai sempre se safar.

— A única coisa de que me safei foi você — disse Hugo com um esgar. — Portanto, pode tratar de cair fora e leve essa cesta com você, pois não vou levantar um dedo para ajudá-la.

— Então eu talvez deva procurar alguém que possa estar disposto a levantar um dedo para ajudá-la.

— E quem seria? — disparou Hugo.

— Sua mãe seria um bom lugar para começar, embora ela provavelmente seja a última pessoa no mundo a ainda acreditar em alguma coisa que você diz.

Hugo pulou da cadeira, mas Olga nem piscou.

— E, se eu não conseguir convencê-la — prosseguiu —, minha próxima parada será Manor House, onde eu tomaria um chá da tarde com a sua ex-mulher e poderíamos conversar sobre o fato de ela já ter se divorciado de você muito antes de nos conhecermos.

Hugo saiu de trás da mesa, mas isso não impediu que Olga continuasse:

— E, se Elizabeth não estiver em casa, posso sempre visitar o castelo de Mulgelrie e apresentar Lord e Lady Harvey a outro dos seus rebentos.

— Por que acha que eles acreditariam em você?

— Por que você acha que eles não acreditariam?

Hugo foi na direção dela e só parou quando os dois estavam a poucos centímetros de distância, mas Olga ainda não havia terminado.

— E, por fim, acho que seria meu dever visitar Maisie Clifton, uma mulher que admiro muito, pois se tudo o que ouvi a seu respeito...

Hugo agarrou Olga pelos ombros e começou a sacudi-la. Só ficou surpreso por ela não tentar se defender de modo algum.

— Trate de me ouvir, sua judia! — ele gritou. — Se você ousar insinuar a quem quer que seja que sou o pai dessa criança, vou desgraçar tanto sua vida que você vai lamentar não ter sido levada pela Gestapo junto com os seus pais.

— Você não me amedronta mais, Hugo — disse Olga com um ar de resignação. — Só me resta um interesse na vida: não deixar que você se safe pela segunda vez.

— Pela segunda vez? — repetiu Hugo.

— Você acha que não sei de Harry Clifton e seu direito ao título de família?

Hugo a soltou e deu um passo para trás, visivelmente abalado.

— Clifton está morto. Enterrado no mar. Todos sabem disso.

— Você sabe que ele ainda está vivo, Hugo, por mais que queira que todos acreditem que não.

— Mas como você pode saber...

— Porque aprendi a pensar como você, me comportar como você e, sobretudo, agir como você. Por isso decidi contratar meu próprio detetive particular.

— Mas você teria levado anos... — iniciou Hugo.

— Não se você tivesse cruzado com alguém que está desempregado, cujo único cliente fugiu pela segunda vez sem pagar os últimos seis meses do seu salário.

Olga sorriu quando Hugo cerrou os punhos, um sinal certeiro de que suas palavras acertaram o alvo. Mesmo quando ele ergueu o braço, ela não se encolheu, apenas manteve-se firme no lugar.

Quando o primeiro golpe atingiu em cheio seu rosto, ela foi lançada para trás, com as mãos sobre o nariz quebrado, e logo em seguida, um segundo soco golpeou sua barriga, fazendo com que ela se curvasse.

Hugo deu um passo para trás e riu enquanto ela cambaleava de um lado para outro, tentando ficar de pé. Estava prestes a golpeá-la uma terceira vez quando as pernas de Olga cederam e ela caiu no chão como uma marionete cujos fios haviam sido cortados.

— Agora você sabe o que pode esperar se for suficientemente tola para me incomodar novamente — gritou Hugo olhando do alto para ela. — E, se você não quiser mais do mesmo, vai sair enquanto ainda tem chance. E trate de levar essa bastarda de volta para Londres com você.

Olga se levantou lentamente do chão e se ajoelhou, o sangue ainda escorria do nariz. Tentou ficar em pé, mas estava tão fraca que tropeçou para a frente e só conseguiu evitar a queda porque se agarrou à borda da escrivaninha. Parou por um instante e respirou fundo várias vezes tentando se recuperar. Quando finalmente levantou a cabeça, foi distraída por um objeto de prata que brilhava em um círculo de luz emitido pela luminária sobre a mesa.

— Você não ouviu o que eu disse? — Hugo berrou enquanto avançava, agarrava seus cabelos e puxava sua cabeça para trás.

Com toda a força que conseguiu reunir, Olga jogou a perna para trás e cravou o salto do sapato na virilha de Hugo.

— Sua vagabunda! — gritou Hugo enquanto soltava seus cabelos e caía para trás, dando a Olga uma fração de segundo para pegar o abridor de cartas e escondê-lo na manga do vestido.

Ela se virou para encarar seu algoz. Quando recuperou o fôlego, Hugo mais uma vez partiu na direção dela. Ao passar por uma mesinha lateral, pegou um pesado cinzeiro de vidro e o ergueu bem acima da própria cabeça, decidido a desferir um golpe do qual ela não se recuperaria tão facilmente.

Quando ele estava a apenas um passo de distância, ela puxou a manga para cima, agarrou o abridor de cartas com ambas as mãos e apontou a lâmina para o coração de Hugo. Justo quando estava prestes a acertar a cabeça de Olga com o cinzeiro, ele avistou a lâmina pela primeira vez, tentou se esquivar para um lado, tropeçou e perdeu o equilíbrio, caindo pesadamente sobre sua adversária.

Houve um momento de silêncio antes de ele se ajoelhar lentamente e soltar um grito que teria acordado todo o Hades. Olga o observou agarrar o cabo do abridor de cartas. Permaneceu atônita como se estivesse assistindo a um trecho em câmera lenta de um filme. Não deve ter demorado mais do que um instante, embora tenha parecido um tempo interminável para Olga, até Hugo finalmente desfalecer e cair no chão aos seus pés.

Ela baixou a cabeça e ficou olhando para a lâmina do abridor de cartas. A ponta estava saindo pela nuca deles e o sangue jorrava em todas as direções, como um hidrante fora de controle.

— Me ajude — Hugo gemeu tentando levantar uma das mãos.

Olga se ajoelhou ao lado dele e segurou a mão de um homem que um dia ela amou.

— Não há nada que eu possa fazer para ajudar você, meu querido — ela disse. — Na verdade, nunca houve.

A respiração de Hugo estava ficando mais irregular, embora ele continuasse a segurar a mão de Olga com força. Ela se curvou para ter certeza de que ele conseguiria ouvir todas as palavras.

— Você só tem mais alguns instantes de vida — sussurrou — e eu não gostaria de que você fosse para o túmulo sem saber os detalhes do último relatório de Mitchell.

Hugo fez um último esforço para falar. Seus lábios se mexeram, mas nenhuma palavra saiu.

— Emma encontrou Harry — disse Olga — e sei que você ficará feliz em saber que ele está vivo e com boa saúde — prosseguiu sem que Hugo desviasse os olhos enquanto ela se aproximava ainda mais dele. — E ele está voltando para a Inglaterra para reivindicar sua herança legítima.

Só quando a mão de Hugo se tornou flácida ela acrescentou:

— Ah, mas esqueci de dizer: também aprendi a mentir como você.

O *Bristol Evening Post* e o *Bristol Evening News* publicaram manchetes diferentes nas primeiras edições do dia seguinte:

SIR HUGO BARRINGTON
MORTO A FACADAS

Foi a manchete em letras garrafais no *Post*, enquanto o *News* preferiu dar o seguinte destaque:

MULHER DESCONHECIDA SE JOGA
NA FRENTE DO EXPRESSO PARA LONDRES

Apenas o detetive-inspetor Blakemore, chefe do Departamento de Investigações Criminais local, deduziu a ligação entre as duas.

EMMA BARRINGTON

1942

38

— Bom dia, sr. Guinzburg — disse Sefton Jelks enquanto se levantava de trás da mesa. — É realmente uma honra conhecer o homem que publica Dorothy Parker e Graham Greene.

Guinzburg inclinou ligeiramente a cabeça antes de trocar um aperto de mãos com Jelks.

— E srta. Barrington — disse Jelks, virando-se para Emma —, é um prazer revê-la. Como não represento mais o sr. Lloyd, espero que possamos ser amigos.

Emma franziu o cenho e sentou-se sem apertar a mão esticada de Jelks.

Depois de os três se acomodarem, Jelks continuou:

— Talvez eu devesse iniciar esta reunião dizendo que pensei que seria válido para nós três nos encontrarmos, conversarmos franca e abertamente e avaliarmos se seria possível chegar a uma solução para o nosso problema.

— O seu problema — interveio Emma.

O sr. Guinzburg apertou os lábios, mas não disse nada.

— Tenho certeza — prosseguiu Jelks concentrando a atenção em Guinzburg — que o senhor vai querer fazer o que for melhor para todos os envolvidos.

— E Harry Clifton está incluído nesse grupo desta vez? — Emma perguntou.

Guinzburg virou-se para Emma e fez uma careta de desaprovação.

— Sim, srta. Barrington — disse Jelks —, qualquer acordo a que possamos chegar certamente incluirá o sr. Clifton.

— Como da vez anterior, sr. Jelks, quando o senhor o abandonou quando ele mais precisava?

— Emma — disse Guinzburg em tom de repreenda.

— Devo ressaltar, srta. Barrington, que eu estava apenas obedecendo as instruções do meu cliente. Tanto o sr. quanto a sra. Bradshaw me garantiram que o homem que eu estava representando era filho deles e eu não tinha motivo algum para duvidar disso. E, é claro, evitei que Tom fosse julgado por...

— E, depois, o senhor deixou Harry se virar sozinho.

— Em minha defesa, srta. Barrington, quando eu finalmente descobri que Tom Bradshaw era de fato Harry Clifton, ele me implorou para que eu continuasse a representá-lo, pois não queria que *a senhorita* descobrisse que ele ainda estava vivo.

— Essa não é a versão de Harry dos fatos — disse Emma, que parecia ter se arrependido das próprias palavras logo após tê-las dito.

Guinzburg não tentou disfarçar seu desagrado. Parecia um homem que estava se dando conta de que seu trunfo havia sido usado cedo demais.

— Entendo — disse Jelks. — Com base nesse breve surto, devo deduzir que vocês dois leram o caderno anterior?

— Cada palavra — disse Emma. — Portanto, pode parar de fingir que só fez o que era melhor para Harry.

— Emma — disse Guinzburg com firmeza —, você precisa aprender a não levar as coisas para o lado pessoal e tentar ver o panorama geral.

— E esse panorama seria o de um famoso advogado de Nova York indo parar na cadeia por falsificar provas e obstruir a justiça? — ironizou Emma sem tirar os olhos de Jelks.

— Peço desculpa, sr. Jelks — disse Guinzburg. — Minha jovem amiga se empolga quando o assunto é...

— Pode apostar que sim — atalhou Emma quase aos gritos — porque posso dizer exatamente o que esse homem — disse, apontando para Jelks — teria feito se Harry tivesse sido mandado para a cadeira elétrica. Ele mesmo teria puxado a alavanca se achasse que isso salvaria sua própria pele.

— Isso é ultrajante! — protestou Jelks pulando da sua cadeira. — Eu já havia preparado um recurso que não deixaria dúvidas para o júri de que a polícia prendera o homem errado.

— Então, o senhor sabia o tempo todo que era Harry — disse Emma, recostando-se na cadeira.

Jelks ficou atônito por um instante com a observação de Emma. Ela aproveitou o silêncio do advogado.

— Deixe-me dizer o que vai acontecer, sr. Jelks: quando a Viking publicar o primeiro caderno de Harry na primavera, não somente sua reputação será destruída e sua carreira chegará ao fim, mas, como Harry, o senhor vai descobrir em primeira mão como é a vida em Lavenham.

Jelks se voltou desesperado para Guinzburg.

— Achei que era nosso interesse mútuo chegar a um acordo amigável antes que tudo isso saia de controle.

— O que o senhor tem em mente, sr. Jelks? — perguntou Guinzburg tentando soar conciliatório.

— O senhor não vai fornecer uma escapatória a esse vigarista, não é mesmo? — disse Emma.

Guinzburg levantou a mão.

— O mínimo que podemos fazer, Emma, é ouvi-lo.

— Assim como ele ouviu Harry?

Jelks virou-se para Guinzburg.

— Se o senhor julgar possível *não* publicar o caderno anterior, posso garantir que não sairá perdendo.

— Não acredito que esteja falando isso a sério — disse Emma.

Jelks continuou a se dirigir a Guinzburg como se Emma não estivesse presente.

— É claro, entendo que o senhor sairia perdendo uma quantia razoável se decidisse não seguir em frente.

— Tomando por base *O diário de um condenado* — disse Guinzburg —, mais de cem mil dólares.

A cifra deve ter surpreendido Jelks, pois ele não reagiu.

— Além dos vinte mil dólares que foram pagos como adiantamento a Lloyd — prosseguiu Guinzburg — e que terão de ser reembolsados ao sr. Clifton.

— Se Harry estivesse aqui, ele seria o primeiro a dizer que não está interessado no dinheiro, sr. Guinzburg, mas somente em ter certeza de que esse homem irá para a cadeia.

Guinzburg parecia chocado.

— A reputação da minha editora não foi construída em cima de escândalos, Emma; portanto, antes de eu tomar uma decisão a respeito de publicar ou não o caderno, preciso levar em consideração como os meus escritores mais ilustres podem reagir a uma publicação desse tipo.

— O senhor tem toda a razão, sr. Guinzburg. Reputação é tudo.

— Como o senhor sabe disso? — indagou Emma.

— Já que estamos falando de escritores ilustres — continuou Jelks com um pouco de pompa, ignorando a interrupção —, o senhor talvez saiba que meu escritório tem o privilégio de representar o patrimônio de F. Scott Fitzgerald — disse, recostando-se na cadeira. — Lembro-me muito bem de Scotty dizendo que, se fosse mudar de editora, gostaria de ir para a Viking.

— O senhor não vai cair nessa, não é? — perguntou Emma.

— Emma, minha querida, há momentos em que é sensato ter uma visão de longo prazo.

— Quão longo? Seis anos?

— Emma, só estou fazendo o que é melhor para todos.

— A meu ver, o que o senhor está fazendo vai acabar sendo bom apenas para a sua pessoa. Na verdade, quando há dinheiro envolvido, o senhor não é melhor do que ele — Emma disse apontando para Jelks.

Guinzburg pareceu ferido pela acusação de Emma, mas logo se recuperou. Virou-se para o advogado e perguntou:

— O que o senhor tem em mente, sr. Jelks?

— Se o senhor concordar em não publicar o primeiro caderno de maneira alguma, eu concordaria de bom grado em pagar uma compensação equivalente à soma que o senhor ganhou por *O diário de um condenado* e, além disso, reembolsaria integralmente os vinte mil dólares do adiantamento dado ao sr. Lloyd.

— Por que o senhor simplesmente não beija meu rosto, sr. Guinzburg — disse Emma —, e depois ele vai saber a quem dar as trinta moedas de prata.

— E Fitzgerald? — perguntou Guinzburg, ignorando-a.

— Concedo-lhe os direitos de edição do patrimônio de F. Scott Fitzgerald por um período de cinquenta anos com as mesmas condições da editora atual.

Guinzburg sorriu.

— Redija o contrato, sr. Jelks, e o assinarei de bom grado.

— E que pseudônimo o senhor vai usar quando assinar o contrato? — indagou Emma. — Judas?

Guinzburg deu de ombros.

— Negócios são negócios, minha querida. E você e Harry não deixarão de ser recompensados.

— Fico feliz que o senhor tenha mencionado isso, sr. Guinzburg — disse Jelks —, pois tenho um cheque de dez mil dólares nominal à mãe de Harry Clifton há algum tempo, mas, por causa da eclosão da guerra, não tive como fazê-lo chegar até ela. Talvez a senhorita possa gentilmente entregá-lo à sra. Clifton quando retornar à Inglaterra.

Jelks deslizou o cheque até o outro lado da mesa.

Emma o ignorou.

— O senhor nunca teria mencionado esse cheque se eu não tivesse lido a respeito dele no primeiro caderno, quando o senhor prometeu a Harry que enviaria à sra. Clifton dez mil dólares se ele concordasse em assumir o lugar de Tom Bradshaw — Emma disse se levantando e acrescentou: — Vocês dois me enojam, só me resta esperar nunca mais cruzar com nenhum dos dois pelo resto da minha vida.

Emma saiu furiosa do escritório sem dizer outra palavra, deixando o cheque sobre a mesa.

— Garota obstinada — disse Guinzburg —, mas tenho certeza de que, no seu devido tempo, conseguirei convencê-la de que tomamos a decisão certa.

— Estou confiante, Harold — disse Jelks — de que você vai contornar esse pequeno incidente com toda a habilidade e diplomacia que se tornaram a marca registrada da sua ilustre empresa.

— É muita gentileza sua dizer isso, Sefton — agradeceu Guinzburg enquanto se levantava da cadeira e pegava o cheque. — E farei com que a sra. Clifton receba isto — acrescentou pondo o cheque na carteira.

— Eu sabia que podia contar com você, Harold.

— Claro que pode, Sefton, e espero revê-lo assim que o contrato tiver sido redigido.

— Estará pronto até o final da semana — Jelks disse enquanto eles saíam juntos do escritório e atravessavam o corredor. — É surpreendente não termos feito negócios antes.

— Concordo — disse Guinzburg —, mas tenho a sensação de que este é apenas o início de um relacionamento longo e profícuo.

— Tomara que sim — concordou Jelks quando eles chegaram ao elevador. — Entrarei em contato assim que a documentação estiver pronta para ser assinada — acrescentou enquanto apertava o botão de descida.

— Ficarei aguardando, Sefton — disse Guinzburg e apertou calorosamente a mão de Jelks antes de entrar no elevador.

Quando o elevador chegou ao térreo, Guinzburg saiu e a primeira coisa que viu foi Emma vindo na sua direção.

— Você foi brilhante, minha querida — ele disse. — Confesso que, por um instante, fiquei me perguntando se você tinha ido longe demais com o seu comentário sobre a cadeira elétrica, mas não, você entendeu direitinho com quem estava lidando — acrescentou enquanto os dois saíam do edifício de braços dados.

—◆—

Emma passou a maior parte da tarde sentada sozinha em seu quarto relendo o primeiro caderno no qual Harry escrevera sobre a época anterior a Lavenham.

À medida que virava cada página e ia se dando conta do que Harry se dispôs a passar para liberá-la de qualquer obrigação que ela pudesse achar que tinha em relação a ele, Emma resolveu que, se algum dia conseguisse encontrar aquele tolo novamente, não o perderia de vista.

Com a bênção do sr. Guinzburg, Emma se envolveu em todos os aspectos da publicação da edição revista de *O diário de um condenado*, ou a primeira edição, como ela sempre dizia. Emma foi a reuniões editoriais, discutiu as fontes da capa com o chefe do departamento de arte, escolheu a foto que ilustraria a quarta capa, escreveu os elogios sobre Harry na orelha do livro e até participou de uma conferência de vendas.

Seis semanas mais tarde, caixas de livros foram transportadas em trens, caminhões e aviões, da gráfica até depósitos em todos os Estados Unidos.

No dia do lançamento, Emma estava em pé na calçada na frente da Doubleday's esperando que a livraria abrisse. Naquela noite, ela pôde contar à tia-avó Phyllis e ao primo Alistair que o livro esgotou na loja. A confirmação se deu na lista dos mais vendidos do *New York Times* no domingo seguinte, quando a edição revista de *O diário de um condenado* apareceu na lista dos dez mais depois de apenas uma semana de venda.

Jornalistas e editores de revistas de todo o país estavam desesperados para entrevistar Harry Clifton e Max Lloyd. Mas não era possível encontrar Harry em nenhum estabelecimento penal dos Estados Unidos, ao passo que Lloyd, para citar o *The Times*, não estava disponível para tecer comentários. O *New York News* foi menos prosaico quando publicou a manchete: LLOYD DEU NO PÉ.

No dia da publicação, o escritório de Sefton Jelks emitiu um comunicado formal esclarecendo que não representava mais Max Lloyd. Embora *O diário de um condenado* tenha ficado no primeiro lugar da lista dos mais vendidos do *New York Times* pelas cinco semanas seguintes, Guinzburg ateve-se ao acordo com Jelks e não publicou nenhum trecho do caderno anterior.

Todavia, Jelks assinou um contrato que concedia à Viking os direitos exclusivos de publicação de todas as obras de F. Scott Fitzgerald pelos cinquenta anos seguintes. Jelks considerava que havia honrado seu lado do acordo e que, no seu devido tempo, a imprensa se cansaria daquela história e passaria para outra. E ele até podia ter tido razão se a revista *Time* não tivesse publicado uma entrevista de página inteira com o recém-aposentado detetive Kolowski do Departamento de Polícia de Nova York.

"E posso garantir", era uma das citações de Kolowski, "que, até o momento, eles só publicaram a parte mais chata. Esperem até lerem o que aconteceu com Harry Clifton antes de ele chegar a Lavenham."

A matéria foi divulgada por volta das 18h, horário do Leste, e o sr. Guinzburg havia recebido mais de cem telefonemas quando entrou no escritório na manhã seguinte.

Jelks leu o artigo na *Time* enquanto seu motorista o levava para Wall Street. Quando desceu do elevador no vigésimo segundo andar, encontrou três dos seus sócios esperando fora do escritório.

39

— Qual você quer primeiro? — perguntou Phyllis, segurando duas cartas. — A boa ou a má notícia?

— A boa notícia — disse Emma sem hesitação enquanto passava manteiga em outra torrada.

Phyllis pôs uma carta novamente sobre a mesa, ajustou o pincenez e começou a ler a outra.

Cara sra. Stuart,

Acabei de ler O diário de um condenado, *de Harry Clifton. Hoje, no* Washington Post, *foi publicada uma excelente resenha do livro, que, no final, levanta a questão do que aconteceu com o sr. Clifton depois de sua saída do Instituto Correcional Lavenham sete meses atrás, tendo cumprido apenas um terço da sentença.*

Por motivos de segurança nacional, que tenho certeza de que a senhora entenderá, não posso entrar em detalhes nesta carta.

Caso a srta. Barrington, que, pelo que sei, está hospedada em sua casa, queira alguma outra informação acerca do tenente Clifton, ela poderá contatar este escritório e eu terei grande prazer em marcar um horário para recebê-la.

Por não ser uma violação da Lei de Espionagem, permita-me acrescentar que muito apreciei o diário do tenente Clifton. Se os boatos do New York Post *de hoje podem ter algum crédito, mal posso esperar para descobrir o que aconteceu antes de ele ser enviado para Lavenham.*

Atenciosamente,
John Cleverdon (Cel.)

A tia-avó Phyllis olhou para o outro lado da mesa e viu Emma saltitando como uma fã adolescente em um show de Sinatra. Parker serviu uma segunda xícara de chá à sra. Stuart como se nada de incomum estivesse acontecendo alguns centímetros atrás dele.

Emma parou de repente.

— Então, qual é a má notícia? — perguntou voltando a sentar-se à mesa.

Phyllis pegou a outra carta.

— Esta é de Rupert Harvey — declarou. — Filho de um primo de segundo grau.

Emma abafou um sorriso, Phyllis a observou com olhar crítico por cima do pince-nez.

— Não caçoe, menina. Ser a matriarca de um grande clã pode ter suas vantagens, como você está prestes a descobrir — ela disse e voltou a atenção para a carta.

Cara prima Phyllis,

Que prazer ter notícias suas após todo esse tempo! Foi muita gentileza sua chamar minha atenção para O diário de um condenado, *de Harry Clifton, que eu apreciei imensamente. Que jovem formidável deve ser a prima Emma!*

Phyllis levantou a cabeça.

— No seu caso, filho de um primo de terceiro grau — disse antes de voltar à carta.

Ficaria muito feliz em ajudar Emma em seu dilema atual. Com essa finalidade, informo que a embaixada tem um avião que voará para Londres na próxima quinta-feira e o embaixador concordou que a srta. Barrington poderá se unir a ele e à sua equipe durante o voo.

Se Emma tiver a bondade de vir ao meu escritório na quinta--feira de manhã, cuidarei para que toda a documentação necessária seja preenchida. Lembre que ela deverá trazer o passaporte.

Afetuosamente,

Rupert

P.S. — *A prima Emma tem metade da beleza que o sr. Clifton sugere no livro?*

Phyllis dobrou a carta e a pôs de volta no envelope.
— Então, qual é a má notícia? — perguntou Emma.
Phyllis baixou a cabeça, pois não aprovava demonstrações de emoção, e disse baixinho:
— Você não faz ideia, menina, de como vou sentir sua fala. Você é a filha que nunca tive.

※

— Assinei o contrato esta manhã — disse Guinzburg, levantando a taça.
— Parabéns — disse Alistair enquanto todos à volta da mesa de jantar levantavam as próprias taças.
— Perdoe-me — disse Phyllis —, mas pareço ser a única dentre nós que não entende totalmente. Se o senhor assinou um contrato que impede que sua editora publique o trabalho prévio de Harry Clifton, o que exatamente estamos comemorando?
— O fato de que pus cem mil dólares do dinheiro de Sefton Jelks na conta bancária da minha empresa esta manhã — Guinzburg respondeu.
— E eu — disse Emma — recebi um cheque de vinte mil dólares da mesma fonte. O adiantamento que Lloyd recebeu pelo livro de Harry.
— E não se esqueça do cheque de dez mil da sra. Clifton que você não pegou, mas que eu recolhi — disse Guinzburg. — Francamente, todos nós lucramos muito com tudo isso e, agora que o contrato foi firmado, ainda haverá mais pelos próximos cinquenta anos.

— É possível — comentou Phyllis assumindo uma postura mais ética —, mas estou bastante aborrecida por vocês terem deixado Jelks se safar.

— A senhora vai ver que ele continua no Corredor da Morte, sra. Stuart — disse Guinzburg —, embora eu admita que concedemos a ele uma suspensão temporária da pena por três meses.

— Estou mais confusa ainda — protestou Phyllis.

— Então, permita-me explicar — disse Guinzburg. — Veja bem, o contrato que assinei esta manhã não foi com Jelks, mas com a Pocket Books, uma empresa que comprou os direitos de publicação de todos os diários de Harry em edições de bolso.

— E, se me permite perguntar, o que são edições de bolso? — indagou Phyllis.

— Mamãe — disse Alistair —, edições de bolso existem há anos.

— Assim como cédulas de dez mil dólares, mas eu nunca vi nenhuma.

— Sua mãe tem um argumento válido — disse Guinzburg. — Na verdade, isso poderia explicar por que Jelks foi enganado; afinal, a sra. Stuart representa toda uma geração que nunca vai aceitar livros sendo publicados em edições de bolso e que só lê edições de capa dura.

— O que fez com que o senhor percebesse que Jelks não conhecia plenamente o conceito de uma edição de bolso? — perguntou Phyllis.

— F. Scott Fitsgerald foi a deixa — disse Alistair.

— Eu gostaria que você não usasse gírias à mesa de jantar — rebateu Phyllis.

— Foi Alistair que nos alertou — disse Emma. — Se Jelks estava disposto a fazer uma reunião em seu escritório sem a presença do seu assistente jurídico, aquilo devia significar que ele não havia alertado os sócios de que ainda faltava um caderno e que sua eventual publicação seria mais prejudicial à reputação do escritório do que *O diário de um condenado*.

— Então, por que Alistair não participou da reunião — disse Phyllis — e registrou tudo o que Jelks disse? Afinal, aquele homem é um dos advogados mais ardilosos de Nova York.

— Foi exatamente por isso que não participei da reunião, mamãe. Não queríamos nada registrado e eu estava convencido de que Jelks seria suficientemente arrogante para pensar que estava lidando apenas com uma garota inglesa tola e um editor que certamente poderia ser subornado, ou seja, nós estávamos com a faca e o queijo na mão.

— Alistair.

— No entanto — Alistair prosseguiu, agora a todo vapor —, foi só após ter saído às pressas da reunião que o sr. Guinzburg teve um verdadeiro lampejo de genialidade.

Emma se mostrou intrigada.

— Ele disse a Jelks: "Espero revê-lo assim que o contrato tiver sido redigido."

— E foi exatamente o que Jelks fez — disse Guinzburg — porque, depois de ler o contrato, percebi que havia sido elaborado tomando como base um outro formulado para F. Scott Fitzgerald, um autor que só foi publicado em edições de capa dura. Não havia nada no contrato que sugerisse que não poderíamos publicar em edições de bolso. Portanto, o subcontrato que firmei esta manhã permitirá à Pocket Books publicar o diário precedente de Harry sem violar meu acordo com Jelks.

Guinzburg deixou que Parker enchesse novamente sua taça de champanhe.

— Quanto você ganhou? — perguntou Emma.

— Às vezes, minha jovem, você abusa da sorte.

— Quanto você ganhou? — perguntou Phyllis.

— Duzentos mil dólares — admitiu Guinzburg.

— Você vai precisar de cada tostão — observou Phyllis —, pois, assim que esse livro começar a ser vendido, você e Alistair vão passar pelo menos dois anos nos tribunais se defendendo de meia dúzia de processos por difamação.

— Acho que não — disse Alistair depois de Parker ter lhe servido um conhaque. — Na verdade, aposto aquela nota de dez mil dólares que a senhora nunca viu, mamãe, que Sefton Jelks está desfrutando de seus últimos três meses como sócio principal da Jelks, Myers and Abernathy.

— Por que você tem tanta certeza disso?

— Pressinto que Jelks não contou aos sócios sobre o primeiro caderno. Então, quando a Pocket Books publicar o diário anterior, sua única opção será entregar a renúncia.

— E se ele não fizer isso?

— Então, eles o demitirão — disse Alistair. — Um escritório tão impiedoso com os próprios clientes não vai se tornar repentinamente benévolo com os próprios sócios. E não se esqueça: sempre existe alguém esperando para se tornar sócio principal... Portanto, sou obrigado a admitir, Emma, que você é muito mais interessante do que Amalgamated Wire...

— Contra New York Electric — disseram os outros em uníssono enquanto erguiam as taças em homenagem a Emma.

— E caso você mude de ideia sobre ficar em Nova York, mocinha — disse Guinzburg —, sempre haverá uma vaga para você na Viking.

— Obrigada, sr. Guinzburg — disse Emma. — Mas o único motivo para eu ter vindo para os Estados Unidos foi encontrar Harry e agora descobri que ele está na Europa enquanto eu estou presa em Nova York. Então, após meu encontro com o coronel Cleverdon, voarei de volta para casa para junto de nosso filho.

— Harry Clifton é um homem de sorte por ter você do lado dele — disse Alistair, melancólico.

— Se você alguma vez encontrar algum deles, Alistair, perceberá que a sorte é minha.

40

Emma acordou cedo na manhã seguinte e conversou alegremente com Phyllis durante o café da manhã sobre como ela estava ansiosa para rever Sebastian e a família. Phyllis anuiu com a cabeça, mas disse muito pouco.

Parker recolheu as malas de Emma no quarto, levou-as de elevador para o andar inferior e as deixou no saguão. Ela havia adquirido mais duas malas desde a chegada em Nova York. Alguém voltava para casa com menos coisas do que quando partiu?, ela se perguntou.

— Não vou descer — disse Phyllis depois de várias tentativas de se despedir. — Só vou fazer papel de tola. É melhor que você simplesmente se lembre de uma velha ranzinza que não gostava de ser perturbada durante suas partidas de bridge. Quando nos visitar da próxima vez, querida, traga Harry e Sebastian. Quero conhecer o homem que capturou seu coração.

Um táxi buzinou lá embaixo, na rua.

— Hora de partir — disse Phyllis. — Vá logo.

Emma deu um último abraço na tia-avó e não olhou mais para trás.

Quando ela saiu do elevador, Parker a estava esperando ao lado da porta de entrada da casa, a bagagem já guardada no porta-malas do táxi. Assim que a viu, ele foi para a calçada e abriu a porta traseira do carro.

— Adeus, Parker — disse Emma —, e obrigada por tudo.

— O prazer foi meu, madame — ele respondeu. Quando ela estava prestes a entrar no carro, o mordomo acrescentou: — Se não for impróprio, madame, eu poderia fazer uma observação?

Emma deu um passo para trás tentando mascarar a própria surpresa.

— Claro, por favor.

— Apreciei tanto o diário do sr. Clifton — ele disse — que espero que não demore muito para a senhorita voltar a Nova York acompanhada do seu marido.

—⁓—

Não se passou muito tempo, e o trem estava correndo pelo campo, Nova York fora de vista, enquanto eles se dirigiam à capital. Emma descobriu que não conseguia ler nem dormir por mais do que alguns minutos de cada vez. A tia-avó Phyllis, o sr. Guinzburg, o primo Alistair, o sr. Jelks, o detetive Kolowski e Parker, todos apareciam e iam embora.

Ela pensou no que precisava fazer quando chegasse a Washington. Primeiro, precisava ir à embaixada britânica e assinar alguns formulários para poder se juntar ao embaixador no voo para Londres conforme organizado por Rupert Harvey, o filho de um primo de terceiro grau. "Não caçoe, garota", ela ouviu a tia-avó resmungando, depois pegou no sono. Harry apareceu em seus sonhos, fardado daquela vez, sorrindo, rindo e, depois, ela acordou com um solavanco esperando que ele estivesse ao seu lado.

Quando o trem estacionou na Union Station cinco horas mais tarde, Emma teve dificuldade em carregar as malas para a plataforma, até que um carregador, ex-militar com um só braço, veio socorrê-la. Ele chamou um táxi, agradeceu a gorjeta e bateu continência com o braço errado. Outra pessoa cujo destino foi decidido por uma guerra declarada por outros.

— Para a embaixada britânica — Emma disse enquanto subia no táxi.

Ela foi deixada em Massachusetts Avenue, diante de um portão de ferro rebuscado que exibia o Estandarte Real. Dois jovens soldados correram para ajudar Emma com as malas.

— Quem a senhorita gostaria de ver? — perguntou um deles com um sotaque britânico.

— O sr. Rupert Harvey — ela respondeu.

— O comandante Harvey. Pois não — disse o coronel, pegando as malas e guiando Emma até um escritório nos fundos do edifício.

Emma entrou em um cômodo grande no qual os funcionários, em sua maioria fardados, corriam em todas as direções. Ninguém andava. Uma figura surgiu em meio àquela confusão e a cumprimentou com um enorme sorriso.

— Sou Rupert Harvey — disse. — Desculpe o caos organizado, mas é sempre assim quando o embaixador está voltando para a Inglaterra. Está ainda pior desta vez porque tivemos a visita de um ministro durante a última semana. Toda a sua documentação foi preparada — acrescentou voltando para a própria escrivaninha. — Só preciso ver seu passaporte.

Depois de folheá-lo, ele pediu que Emma assinasse alguns papéis.

— Um ônibus partirá da frente da embaixada para o aeroporto às seis da tarde. Por favor, seja pontual, pois todos devem estar a bordo do avião antes que o embaixador chegue.

— Serei pontual — disse Emma. — Seria possível deixar minhas malas aqui enquanto vou visitar a cidade?

— Isso não é problema — respondeu Rupert. — Mandarei que alguém as ponha no ônibus para a senhorita.

— Obrigada — disse Emma.

Ela estava prestes a sair quando ele acrescentou:

— A propósito, adorei o livro. E, só a título de aviso, o ministro gostaria de conversar em particular com a senhorita quando estivermos a bordo do avião. Acho que ele foi editor antes de entrar para a política.

— Qual é o nome dele?

— Harold Macmillan.

Emma se lembrou de alguns dos sábios conselhos do sr. Guinzburg: "Todo mundo vai querer esse livro", ele dissera. "Não existe editor algum que não abrirá as portas para você; portanto, não fique envaidecida facilmente. Procure Billy Collins e Allen Lane da Penguin." Ele não havia mencionado nenhum Harold Macmillan.

— Então nos vemos no ônibus por volta das seis — disse o filho de um primo de terceiro grau antes de desaparecer em meio ao tumulto.

Emma deixou a embaixada, foi para Massachusetts Avenue e olhou para o relógio de pulso. Pouco mais de duas horas livres antes do encontro com o coronel Cleverdon. Ela chamou um táxi.

— Para onde, senhorita?

— Quero ver tudo o que esta cidade tem a oferecer — disse ela.

— Quanto tempo a senhorita tem? Uns dois anos?

— Não — respondeu Emma —, umas duas horas. Portanto, vamos logo.

O táxi se distanciou rapidamente do meio-fio. Primeira parada: a Casa Branca; 15 minutos. Em seguida, o Capitólio; 20 minutos. Uma volta em torno dos monumentos dedicados a Washington, Jefferson e Lincoln; 25 minutos. Uma visita-relâmpago à Galeria Nacional; outros 25 minutos. Para terminar, o Smithsonian, mas só havia 30 minutos até o compromisso com o coronel Cleverdon; então, Emma não passou do primeiro andar.

Quando ela entrou novamente no táxi, o motorista perguntou:

— Para onde agora, senhorita?

Emma verificou o endereço na carta do coronel Cleverdon.

— Adams Street, 3022 — ela respondeu — e estou com pressa.

Quando o táxi parou diante de um grande edifício de mármore branco que ocupava todo o quarteirão, Emma entregou ao motorista sua última nota de cinco dólares. Ela teria de voltar andando até a embaixada após o encontro.

— Valeu cada centavo — disse ela.

Ele tocou a aba do quepe.

— Eu achava que só nós, americanos, fazíamos essas coisas — disse com um sorriso.

Emma subiu os degraus, passou por dois guardas que nem sequer a olharam e entrou no edifício. Percebeu que quase todo mundo estava vestindo tons diferentes de cáqui, embora poucos exibissem condecorações de batalhas. Uma jovem que estava atrás da mesa de recepção a direcionou à sala 9197. Emma se uniu a uma massa de uniformes cáqui enquanto se dirigia aos elevadores e, quando desceu no nono andar, encontrou a secretária do coronel Cleverdon à sua espera.

— Lamento, mas o coronel ficou preso em uma reunião, mas deverá recebê-la em alguns minutos — disse a moça enquanto as duas atravessavam o corredor.

Emma foi levada até o escritório do coronel. Após se sentar, ela observou um dossiê grosso sobre o centro da mesa. Como acontecera com a carta sobre a lareira de Maisie e os cadernos na mesa de Jelks, ela ficou se perguntando quanto tempo teria de esperar até que o conteúdo fosse revelado.

A resposta foi vinte minutos. Quando a porta finalmente foi aberta, um homem alto e atlético, mais ou menos da mesma idade que o pai de Emma, entrou no escritório com um charuto que subia e descia pendurado na sua boca.

— Lamento tê-la feito esperar, mas não há horas suficientes no dia — ele disse apertando a mão de Emma. Em seguida, sentou-se atrás da escrivaninha e sorriu para ela. — John Cleverdon, e eu a teria reconhecido em qualquer lugar — acrescentou. Emma pareceu surpresa até ele explicar: — A senhorita é exatamente como Harry a descreveu no livro. Aceita um café?

— Não, obrigada — respondeu Emma tentando não parecer impaciente enquanto olhava para o dossiê sobre a mesa do coronel.

— Nem preciso abrir isto — ele disse batendo no dossiê. — A maior parte, eu mesmo escrevi; portanto, posso dizer tudo o que Harry anda fazendo desde que deixou Lavenham. E agora, graças aos diários, todos nós sabemos que nem sequer deveria ter ido parar lá. Mal posso esperar para ler o próximo volume e descobrir o que aconteceu antes de ele ser mandado para Lavenham.

— E eu mal posso esperar para saber o que aconteceu depois de ele ter deixado Lavenham — disse Emma esperando não parecer impaciente.

— Então, vamos em frente — disse o coronel. — Em contrapartida à comutação da sua sentença, Harry se alistou voluntariamente em uma unidade de serviços especiais que eu tenho o privilégio de comandar. Começou a vida no Exército dos Estados Unidos como soldado raso, foi recentemente promovido em campo e, atualmente, está servindo como tenente. Está atrás de linhas inimigas há vários meses — continuou. — Tem trabalhado com grupos de resistência em países ocupados e ajudado a preparar nosso futuro desembarque na Europa.

Emma não gostou daquilo.

— O que de fato significa "atrás de linhas inimigas"?

— Não posso dizer com exatidão, porque nem sempre é fácil localizá-lo durante uma missão. Muitas vezes, ele interrompe a comunicação com o mundo exterior durante dias a fio. Mas o que posso lhe dizer é que ele e seu motorista, o cabo Pat Quinn, outro diplomado de Lavenham, se revelaram dois dos agentes mais eficazes do meu grupo. São como dois garotos de escola que ganharam um enorme kit de química e receberam ordens para usá-lo em experiências na rede de comunicação do inimigo. Eles passam boa parte do tempo explodindo pontes, desmantelando linhas ferroviárias e derrubando torres de eletricidade. A especialidade de Harry é interromper os movimentos das tropas alemãs e, em uma ou duas ocasiões, os boches quase o pegaram. Mas, até agora, ele conseguiu estar sempre um passo à frente deles. Na verdade, ele se revelou uma tal pedra no sapato dos nazistas que eles até criaram uma recompensa por sua cabeça, e o valor parece subir a cada mês. Estava em trinta mil francos da última vez que verifiquei.

O coronel notou que o rosto de Emma havia ficado branco como uma folha de papel.

— Sinto muito — disse ele. — Eu não queria alarmá-la, mas, às vezes, quando estou sentado atrás de uma escrivaninha, me esqueço do perigo que meus rapazes enfrentam diariamente.

— Quando Harry será dispensado? — Emma perguntou baixinho.

— Temo que ele deva servir pelo tempo da sua sentença — respondeu o coronel.

— Mas agora que o senhor sabe que ele é inocente, não pode pelo menos mandá-lo de volta para a Inglaterra?

— Acho que isso não faria muita diferença, srta. Barrington, porque, se conheço Harry, no momento em que ele puser os pés na própria pátria, só vai trocar uma farda por outra.

— Não se eu puder fazer alguma coisa.

O coronel sorriu.

— Vou ver o que posso fazer para ajudar — prometeu enquanto se levantava de trás da escrivaninha. Abriu a porta e a cumprimentou. — Faça uma boa viagem de volta à Inglaterra, srta. Barrington. Espero que não demore muito até vocês dois estarem no mesmo lugar no mesmo momento.

HARRY CLIFTON

1945

41

— Farei um novo relatório, senhor, assim que os tiver localizado — disse Harry antes de desligar o telefone de campo.

— Localizado quem? — perguntou Quinn.

— O exército de Kertel. Parece que o coronel Benson acha que eles poderiam estar no vale do outro lado da serra — ele disse apontando para o topo da colina.

— Só existe uma maneira para descobrirmos isso — disse Quinn engatando ruidosamente a primeira marcha do Jeep.

— Vá com calma — disse Harry. — Se os hunos estiverem aqui, não precisamos alertá-los.

Quinn manteve a primeira enquanto eles subiam lentamente a colina.

— Já estamos suficientemente perto — disse Harry quando eles estavam a menos de cinquenta metros da beirada da colina. Quinn puxou o freio de mão e desligou o motor. Eles saltaram do veículo e subiram o aclive correndo. Quando estavam a poucos metros do topo, jogaram-se de barriga no chão; em seguida, como dois caranguejos voltando para o mar, engatinharam até parar bem embaixo da crista.

Harry espiou por cima do topo e segurou o fôlego. Não precisou de um par de binóculos para ver o que eles tinham pela frente. O lendário 19º. Corpo de Blindados do marechal de campo Kertel estava claramente se preparando para a batalha no vale abaixo. Havia tanques alinhados a perder de vista, e as tropas de apoio teriam enchido um estádio de futebol. Harry estimava que a Segunda Divisão dos Texas Rangers estaria em desvantagem numérica, com pelo menos três alemães para cada soldado americano.

— Se dermos o fora daqui — sussurrou Quinn —, talvez tenhamos tempo suficiente para avisar o penúltimo posto de Custer.

— Não tão depressa — disse Harry. — Talvez seja possível virar essa situação a nosso favor.

— Você não acha que já usamos um número suficiente das nossas nove vidas no ano passado?

— Até agora, contei oito — replicou Harry. — Acho que podemos arriscar mais uma.

Ele começou a descer a colina se arrastando antes que Quinn pudesse dar uma opinião.

— Você tem um lenço? — perguntou Harry enquanto Quinn assumia seu posto atrás do volante.

— Sim, senhor — respondeu ele, tirando um lenço do bolso e o passando para Harry, que o amarrou à antena do rádio no Jeep.

— Você não vai...

— Se render? Sim, é nossa única chance — disse Harry. — Portanto, dirija devagar até o topo da colina, cabo, e em seguida desça o vale.

Harry só chamava Pat de "cabo" quando não queria prolongar uma discussão.

— O vale da morte — sugeriu Quinn.

— Não é uma comparação justa — rebateu Harry. — Eram seiscentos na Brigada Leve e éramos apenas dois. Portanto, eu me vejo mais como Horácio do que como Lord Cardigan.

— Eu me vejo mais como um alvo fácil.

— Isso porque você é irlandês — disse Harry enquanto eles subiam a colina e começavam a lenta descida do outro lado. — Não ultrapasse o limite de velocidade — acrescentou, tentando fazer ironia.

Ele estava esperando uma chuva de balas para receber aquela intrusão despudorada, mas, claramente, a curiosidade dos alemães foi mais forte.

— Não importa a situação, Pat — advertiu Harry com firmeza —, não abra a boca. E tente fazer parecer que tudo isto foi planejado de antemão.

Se Quinn tinha uma opinião, não a expressou, o que era muito estranho para ele. O cabo dirigiu a uma velocidade constante e só pisou no freio quando eles alcançaram a linha de frente dos tanques.

Os homens de Kertel ficaram encarando incrédulos os passageiros do Jeep, mas ninguém se mexeu até que um major abriu caminho entre os soldados e foi direto até eles. Harry saltou do Jeep, ficou em posição de atenção e bateu continência esperando que o alemão aceitasse aquilo.

— Que diabos você pensa que está fazendo? — perguntou o major.

Harry achou que havia entendido a parte essencial da mensagem. Manteve a calma exterior.

— Tenho uma mensagem do general Eisenhower, comandante supremo da Forças Aliadas na Europa, para o marechal de campo Kertel — anunciou sabendo que, quando o major ouvisse o nome Eisenhower, não poderia correr o risco de não passar a mensagem para um escalão superior.

Sem outra palavra, o major subiu na traseira do Jeep, bateu no ombro de Quinn com o seu bastão e apontou na direção de uma grande tenda bem camuflada que ficava para um dos lados das tropas reunidas.

Quando chegaram à tenda, o major saltou.

— Espere aqui — ordenou antes de entrar.

Quinn e Harry ficaram sentados, cercados por milhares de olhos atentos.

— Se olhares pudessem matar... — sussurrou Quinn. Harry o ignorou.

Vários minutos se passaram antes que o major voltasse.

— O que vai ser, senhor — murmurou Quinn —, o pelotão de fuzilamento ou será que ele vai convidá-lo para uma taça de schnapps?

— O marechal de campo concordou em recebê-lo — disse o major sem tentar esconder a própria surpresa.

— Obrigado, senhor — agradeceu Harry enquanto saía do Jeep e entrava na tenda atrás do major.

O marechal de campo Kertel se levantou de trás de uma comprida mesa coberta por um mapa que Harry reconheceu imediatamente, mas que tinha modelos de tanques e soldados virados na sua direção. Ele foi cercado por uma dúzia de oficiais de campo, nenhum de patente abaixo de coronel.

Harry ficou rijo na posição de atenção e, em seguida, bateu continência.

— Nome e patente? — o marechal de campo perguntou após ter retribuído a continência de Harry.

— Clifton, senhor, tenente Clifton. Sou o ajudante de ordens do general Eisenhower.

Harry avistou uma Bíblia em uma mesinha dobrável ao lado da cama do marechal de campo. Uma bandeira alemã cobria a tela de um lado da tenda. Algo estava faltando.

— E por que o general Eisenhower mandaria seu ajudante de ordens para falar comigo?

Harry observou atentamente o homem antes de responder à pergunta. Ao contrário de Goebbels ou Goering, o rosto cansado de guerra de Kertel confirmava que ele havia visto muitas ações na linha de frente. A única medalha que ele usava era uma Cruz de Ferro com um ramo de folhas de carvalho, que Harry sabia que ele havia ganhado como tenente na Batalha de Marne em 1918.

— O general Eisenhower quer que o senhor saiba que, na outra extremidade de Clemenceau, estão três batalhões completos de trinta mil homens, além de 22 mil tanques. No flanco direito está a Segunda Divisão dos Texas Rangers, no centro, o Terceiro Batalhão dos Jaquetas Verdes e, no flanco esquerdo, um batalhão da Infantaria Leve Australiana.

O marechal de campo teria sido um ótimo jogador de pôquer, pois não deixou transparecer nada. Ele sabia que os números estavam corretos, caso aqueles três regimentos estivessem realmente em posição.

— Então, a batalha deverá se revelar muito interessante, tenente. Porém, se o seu propósito era me alarmar, o senhor fracassou.

— Isso não fazia parte das minhas instruções, senhor — disse Harry baixando os olhos para o mapa —, pois suspeito não ter dito nada que o senhor já não soubesse, inclusive o fato de os Aliados terem recentemente assumido o controle do aeródromo em Wilhelmsberg — um fato que foi confirmado pela bandeirinha americana espetada no aeroporto no mapa. — O que o senhor talvez não saiba é que, alinhado na pista de pouso, está um esquadrão de bombardeiros Lancaster esperando uma ordem do general Eisenhower para destruir seus tanques enquanto os batalhões Aliados avançam em formação de batalha.

O que Harry sabia era que os únicos aviões no aeródromo eram um par de aeronaves de reconhecimento encalhadas por falta de combustível.

— Vá direto ao assunto, tenente — disse Kertel. — Por que o general Eisenhower o mandou falar comigo?

— Vou tentar me lembrar das palavras exatas do general, senhor — disse Harry tentando parecer que estava recitando uma mensagem. — Não pode haver dúvida de que esta terrível guerra está rapidamente se aproximando do fim, e apenas um homem iludido e com experiência limitada em assuntos de guerra ainda acreditaria na possibilidade de vitória.

A alusão a Hitler não passou despercebida pelos oficiais que circundavam o marechal de campo. Foi então que Harry percebeu o que estava faltando. Não havia nenhuma bandeira nazista ou fotografia do Führer na tenda do marechal de campo.

— O general Eisenhower tem a mais elevada consideração pelo senhor e pelo 19º. Corpo — Harry prosseguiu. — Ele não tem dúvida de que seus homens dariam a própria vida pelo senhor, a despeito das chances a favor deles. Mas, em nome de Deus, ele pergunta com que propósito? Este embate acabará com suas tropas sendo dizimadas enquanto nós sem dúvida perderemos uma grande quantidade de homens. Todos sabem que o fim da guerra não está a mais do que a algumas poucas semanas de distância; portanto, o que se pode ganhar com tal carnificina? O general Eisenhower leu seu livro, *O soldado profissional*, quando estava em West Point, senhor, e uma frase em particular ficou impressa de maneira indelével em sua memória ao longo de toda a sua carreira militar.

Harry lera as memórias de Kertel duas semanas antes quando percebeu que poderia enfrentá-lo; portanto, pôde recitar a frase quase palavra por palavra.

— "Mandar jovens para uma morte desnecessária não é um ato de liderança, mas de vanglória, indigno de um soldado profissional." Isso, senhor, é algo que o senhor tem em comum com o general Eisenhower e, por isso, ele garante que, se o senhor depuser as armas, seus homens serão tratados com a máxima dignidade e respeito, como determinado pela Terceira Convenção de Genebra.

Harry esperava que a resposta do marechal de campo fosse, "Boa tentativa, meu jovem, mas pode dizer a quem quer que esteja comandando sua débil brigada do outro lado daquela colina que estou prestes a varrê-los da face da Terra". Mas o que Kertel de fato disse foi:

— Discutirei a proposta do general com meus oficiais. Talvez o senhor possa ter a bondade de esperar do lado de fora.

— Claro, senhor — disse Harry, bateu continência, saiu da tenda e voltou para o Jeep. Quinn não falou quando ele se sentou novamente no banco dianteiro ao seu lado.

Estava na cara que os oficiais de Kertel não tinham todos a mesma opinião, pois vozes acaloradas provenientes da tenda puderam ser ouvidas. Harry conseguia imaginar as palavras honra, senso comum, dever, realismo, humilhação e sacrifício sendo lançadas de um lado e de outro. Mas as três que ele mais temia eram "ele está blefando".

Quase uma hora se passou até o major chamar Harry novamente para dentro da tenda. Kertel estava afastado dos seus conselheiros de maior confiança, uma expressão exausta em seu rosto. Ele havia tomado uma decisão e, embora alguns dos oficiais não concordassem, uma vez que ele desse a ordem, eles jamais o questionariam. Ele não precisou dizer a Harry qual era a decisão.

— Tenho a sua permissão, senhor, para contatar o general Eisenhower e informá-lo da sua decisão?

O marechal de campo anuiu abaixando levemente a cabeça, e os oficiais saíram rapidamente da tenda para garantir o cumprimento da ordem.

Harry voltou ao Jeep acompanhado do major e viu 23 mil homens deporem as armas, descerem dos tanques e fazerem fila em colunas de três enquanto se preparavam para a rendição. Tendo blefado com o marechal de campo, seu único temor era não conseguir fazer o mesmo com o seu comandante de área. Ele pegou o telefone de campo e só teve de esperar alguns instantes até o coronel Benson entrar na linha. Harry esperava que o major não tivesse notado a gota de suor que estava escorrendo pelo seu nariz.

— Descobriu quantos deles vamos enfrentar, Clifton? — foram as primeiras palavras do coronel.

— Poderia me passar o general Eisenhower, coronel? Aqui fala o tenente Clifton, ajudante de ordens dele.

— Ficou louco, Clifton?

— Sim, eu espero enquanto o senhor o procura.

O coração de Harry não poderia estar batendo mais rápido nem se ele tivesse acabado de correr duzentos metros, e ele começou a se perguntar quanto tempo demoraria até o coronel perceber o que ele estava aprontando. Ele acenou com a cabeça para o major, mas o major não reagiu. Será que ele estava ali em pé esperando encontrar uma falha em sua armadura? Enquanto esperava, Harry observava milhares de combatentes, alguns perplexos e outros aliviados, se unindo às filas daqueles que já haviam abandonado os tanques e deposto armas.

— Aqui fala o general Eisenhower. É você Clifton? — disse o coronel Benson quando voltou à linha.

— Sim, senhor. Estou aqui com o marechal de campo Kertel e ele aceitou sua proposta: o 19º. Corpo depõe as armas e se rende de acordo com os termos da Convenção de Genebra para evitar, se recordo corretamente suas palavras, senhor, uma carnificina desnecessária. Se o senhor avançar com um dos seus cinco batalhões, eles realizarão a operação ordenadamente. Prevejo superar o cume do monte Clemenceau, acompanhado pelo 19º. Corpo — ele olhou para o relógio — às 17 horas aproximadamente.

— Estaremos à sua espera, tenente.

— Obrigado, senhor.

Cinquenta minutos mais tarde, Harry cruzou o monte Clemenceau pela segunda vez naquele dia, o batalhão alemão no seu rastro como se ele fosse o Flautista de Hamelin, e desceu para os braços dos Texas Rangers. Quando setecentos homens e 214 tanques circundaram o 19º. Corpo, Kertal percebeu que fora enganado por um inglês e um irlandês cujas únicas armas eram um Jeep e um lenço.

O marechal de campo sacou uma arma de dentro da própria túnica e Harry pensou por um momento que seria baleado por ele. Kertel ficou em posição de atenção, bateu continência, pôs o revólver na têmpora e puxou o gatilho.

Harry não sentiu prazer algum com a sua morte.

Depois que os alemães foram cercados, o coronel Benson convidou Harry para levar o 19º. Corpo de Não Blindados até o acampamento. Enquanto eles dirigiam à frente da coluna, até mesmo Pat Quinn tinha um sorriso no rosto.

Eles deviam estar a cerca de um quilômetro e meio de distância quando o Jeep passou sobre uma mina terrestre alemã. Harry ouviu o estrondo de uma explosão e se lembrou das palavras proféticas de Pat, *Você não acha que já usamos um número suficiente das nossas nove vidas no ano passado?*, enquanto o Jeep era lançado aos ares antes de pegar fogo.

E, depois, nada.

42

Você sabe quando está morto?

Tudo acontece em um instante e, então, de repente, você não está mais lá?

Harry só podia ter certeza de uma coisa: as imagens que apareciam na sua frente eram como atores em uma peça de Shakespeare, cada um fazendo suas entradas e saídas. Mas ele não conseguia saber ao certo se era uma comédia, uma tragédia ou uma história.

O personagem central nunca mudava e era interpretado por uma mulher com um desempenho notável, enquanto os outros pareciam aparecer e desaparecer do palco de acordo com as suas ordens. Então, a certa altura, seus olhos se abriram e Emma estava ao seu lado.

Quando Harry sorriu, todo o rosto dela se iluminou. Ela se curvou e o beijou delicadamente nos lábios.

— Bem-vindo ao lar — disse ela.

Foi naquele momento que ele percebeu não somente quanto a amava, mas também que nada os separaria novamente. Harry segurou com gentileza a mão dela.

— Você vai precisar me ajudar — começou. — Onde estou? E há quanto tempo estou aqui?

— No Bristol General e há pouco mais de um mês. A situação ficou bastante precária por um tempo, mas eu não ia perder você novamente.

Harry segurou a mão dela com firmeza e sorriu. Estava se sentindo exausto e caiu no sono.

Quando acordou novamente, estava escuro e percebeu que estava sozinho. Tentou imaginar o que podia ter acontecido com todos aqueles personagens nos últimos cinco anos, pois, como em *Noite de Reis*, eles deviam ter acreditado que ele havia morrido no mar.

A mãe leu a carta que ele havia escrito? Giles usou o daltonismo como desculpa para não ser convocado? Hugo havia voltado para Bristol depois de se convencer de que Harry não era mais uma ameaça? Sir Walter Barrington e Lord Harvey ainda estavam vivos? E outro pensamento continuava a voltar o tempo todo: Emma estava esperando o momento certo para dizer a ele que havia outra pessoa na vida dela?

De repente, a porta do quarto foi aberta e um garotinho entrou correndo e gritando, "Papai, papai, papai!", antes de pular na cama e abraçá-lo.

Emma apareceu momentos mais tarde e observou o primeiro encontro dos dois homens da sua vida.

Harry se lembrou da foto dele mesmo quando criança que a mãe mantinha sobre a lareira em Still House Lane. Não foi necessário que ninguém dissesse que o menino era seu filho e ele sentiu uma alegria que jamais poderia ter imaginado antes. Observou o menino mais de perto enquanto ele pulava na cama: o cabelo claro, os olhos azuis, o queixo quadrado, iguais ao do pai de Harry.

— Ah, meu Deus — disse Harry e voltou a cair no sono.

Quando acordou novamente, Emma estava sentada na cama ao seu lado. Ele sorriu e pegou a mão dela.

— Agora que conheci meu filho, há alguma outra surpresa? — perguntou.

Emma hesitou antes de acrescentar com um sorriso encabulado:

— Não sei bem por onde começar.

— Possivelmente pelo começo — disse Harry —, como em qualquer boa história. Mas lembre-se de que a última vez em que a vi foi no dia do nosso casamento.

Emma começou com a viagem para a Escócia e o nascimento de Sebastian, o filho deles. Ela havia acabado de tocar a campainha do apartamento de Kristin em Nova York quando Harry adormeceu.

Quando ele acordou de novo, Emma ainda estava com ele.

Harry gostou do relato sobre a tia-avó Phyllis e do primo Alistair e, embora só se lembrasse vagamente do detetive Kolowski, não se esqueceria jamais de Sefton Jelks. Quando Emma chegou ao final da história, estava cruzando o Atlântico em um avião de volta à Inglaterra, sentada ao lado do sr. Harold Macmillan.

Emma presenteou Harry com um exemplar de *O diário de um condenado*. Tudo o que Harry disse foi:

— Preciso tentar descobrir o que aconteceu com Pat Quinn.

Emma achou difícil encontrar as palavras certas.

— Ele foi morto pela mina? — Harry perguntou baixinho.

Emma baixou a cabeça. Harry não falou mais naquela noite.

Cada dia produzia novas surpresas porque, inevitavelmente, a vida de todos havia seguido adiante nos cinco anos desde que Harry os vira pela última vez.

Quando foi visitá-lo no dia seguinte, sua mãe estava sozinha. Ele ficou muito orgulhoso ao saber que ela estava se destacando na leitura e na escrita, e era a vice-gerente do hotel, mas ficou entristecido quando ela admitiu que nunca abrira a carta entregue pelo dr. Wallace antes que a mesma desaparecesse.

— Achei que fosse de um tal Tom Bradshaw — explicou ela.

Harry trocou de assunto.

— Vejo que a senhora está usando um anel de noivado e também uma aliança de casamento.

A mãe corou.

— Sim, eu queria ver você sozinha antes que você visse seu padrasto.

— Meu padrasto? — perguntou Harry. — É alguém que conheço?

— Ah, sim — ela respondeu, e teria contado com quem havia se casado se Harry não tivesse adormecido.

Harry acordou em seguida no meio da noite. Acendeu a luz de cabeceira e começou a ler *O diário de um condenado*. Sorriu várias vezes antes de chegar à última página.

Nada do que Emma lhe contou sobre Max Lloyd o surpreendeu, especialmente depois do reaparecimento de Sefton Jelks. Contudo, ele ficou surpreso quando Emma contou que o livro fora um campeão de vendas instantâneo e que a continuação estava tendo ainda mais sucesso.

— A continuação? — indagou Harry.

— O primeiro diário que você escreveu, sobre o que aconteceu com você antes de ser enviado para Lavenham, acabou de ser publicado na Inglaterra. Está desbancando as listas de mais vendidos aqui, como aconteceu nos Estados Unidos. Isso me faz lembrar: o sr. Guinzburg continua a perguntar quando receberá seu primeiro romance, que você menciona em *O diário de um condenado*.

— Tenho ideias suficientes para meia dúzia de livros — Harry disse.

— Então, por que não começa logo? — perguntou Emma.

Quando Harry acordou aquela tarde, sua mãe e o sr. Holcombe estavam em pé ao lado da cama, de mãos dadas como se estivessem no segundo encontro. Ele nunca havia visto a mãe tão feliz.

— O senhor não pode ser meu padrasto — Harry protestou enquanto os dois trocavam um aperto de mãos.

— Claro que sou — disse Holcombe. — A bem da verdade, eu deveria ter pedido a sua mãe em casamento vinte anos atrás, mas simplesmente não achava que estava à altura dela.

— E ainda não está — disse Harry com um sorriso. — Mas, afinal, nenhum de nós dois jamais estará.

— Para falar a verdade, casei com a sua mãe por causa do dinheiro dela.

— Que dinheiro? — perguntou Harry.

— Os dez mil dólares que o sr. Jelks enviou, o que nos permitiu comprar um chalé no campo.

— O que nos deixará eternamente gratos — interveio Maisie.

— Não agradeçam a mim — disse Harry. — Agradeçam a Emma.

A surpresa de Harry ao descobrir que sua mãe se casara com o sr. Holcombe não foi nada em comparação ao choque de quando Giles entrou no quarto trajando a farda de tenente do regimento Wessex. Como se não bastasse, seu peito estava coberto de medalhas de combate, inclusive a Cruz Militar. Mas quando Harry perguntou como ele a ganhara, Giles mudou de assunto.

— Estou planejando me candidatar ao Parlamento nas próximas eleições — anunciou.

— A qual distrito eleitoral você planeja conceder essa honra? — perguntou Harry.

— Bristol Docklands — Giles respondeu.

— Mas esse distrito é um bastião dos trabalhistas.

— E pretendo ser o candidato do Partido Trabalhista.

Harry não tentou esconder a surpresa,

— O que deu motivo a essa conversão digna de São Paulo? — perguntou.

— O cabo Bates, que serviu comigo na frente de batalha...

— Terry Bates?

— Sim, você o conheceu?

— Claro que sim. O garoto mais inteligente da minha turma na Escola Elementar Merrywood e o melhor desportista. Ele deixou a escola aos 12 anos para trabalhar na loja do pai: Açougue Bates and Son.

— Por isso vou concorrer como candidato do Partido Trabalhista. — disse Giles. — Terry tinha tanto direito de ir para Oxford quanto você ou eu.

No dia seguinte, Emma e Sebastian voltaram, armados de canetas, lápis, blocos e borracha. Ela disse a Harry que era chegada a hora de ele parar de pensar e começar a escrever.

Durante as longas horas de insônia, ou apenas de solidão, os pensamentos de Harry se voltavam para o romance que ele tencionara escrever se não tivesse saído de Lavenham.

Ele começou a fazer anotações gerais sobre os personagens que deviam prender a atenção do leitor. Seu detetive teria de ser único, original, alguém que ele esperava pudesse se tornar parte do cotidiano dos leitores, como Poirot, Holmes ou Maigret.

Por fim, escolheu o nome William Warwick. O Ilustre William seria o segundo filho do conde de Warwick e declinaria a oportunidade de ir para Oxford, para desgosto do pai, porque queria entrar para a polícia. Seu caráter se basearia vagamente no de Giles. Após três anos de patrulhamento, andando pelas ruas de Bristol, Bill, como era conhecido pelos colegas, se tornaria detetive policial, e faria parte da equipe do inspetor-chefe Blakemore, o homem que interveio quando Stan, o tio de Harry, foi preso e injustamente acusado de ter roubado dinheiro do cofre de Hugo Barrington.

Lady Warwick, a mãe de Bill, seria baseada em Elizabeth Barrington; Bill teria uma namorada chamada Emma, e seus avós, Lord Harvey e Sir Walter Barrington, fariam entradas ocasionais na história, mas apenas para oferecer sábios conselhos.

Toda noite, Harry relia as páginas que havia escrito naquele dia e, todas as manhãs, sua lixeira precisava ser esvaziada.

Harry sempre aguardava ansioso as visitas de Sebastian. Seu filhinho tinha muita energia, era muito curioso e bonito, igual à mãe, como todos costumavam brincar com ele.

Sebastian muitas vezes fazia perguntas que mais ninguém ousaria fazer: como é ficar preso? Quantos alemães você matou? Por que você e mamãe não são casados? Harry contornava a maioria delas, mas, sabendo que Sebastian era inteligente demais para não perceber o que o pai estava fazendo, temia ser encurralado pelo menino.

—

Toda vez que estava sozinho, Harry continuava a trabalhar no esboço da trama do romance.

Ele havia lido mais de uma centena de romances policiais quando estava trabalhando como bibliotecário assistente em Lavenham e achava que alguns dos personagens com os quais cruzou na prisão e no Exército podiam fornecer material para uma dúzia de romances: Max Lloyd, Sefton Jelks, o diretor Swanson, o guarda Hessler, o coronel Cleverdon, o capitão Havens, Tom Bradshaw e Pat Quinn, especialmente Pat Quinn.

Durante as semanas seguintes, Harry se perdeu em seu próprio mundo, mas teve de admitir que o modo como seus visitantes haviam passado os últimos cinco anos também se revelou mais estranho do que a ficção.

—

Quando Grace, a irmã de Emma, fez uma visita, Harry não comentou o fato de ela parecer muito mais velha do que da última vez em que ele a vira; afinal de contas, ela estava na escola na época. Agora Grace já estava no último ano em Cambridge e logo prestaria os exames finais. Ela contou a Harry com orgulho que, por alguns anos, trabalhou em uma fazenda e só voltou a Cambridge quando se convenceu de que a guerra já estava ganha.

Foi com tristeza que Harry soube por Lady Barrington que seu marido, Sir Walter, havia falecido; um homem que Harry só não havia admirado mais do que o Velho Jack.

O tio Stan nunca o visitou.

Com o passar dos dias, Harry pensou em abordar o assunto do pai de Emma, mas sentiu que até mesmo a menção do seu nome era delicada.

Então, uma noite, depois de Harry ser informado pelo médico de que logo receberia alta, Emma se deitou ao seu lado na cama e disse que o pai dela havia morrido.

Quando ela terminou a história, Harry disse:

— Você nunca foi muito boa em dissimular as coisas, minha querida; então, talvez esteja na hora de me dizer por que a família toda está apreensiva.

43

Harry acordou na manhã seguinte e encontrou a mãe, mais toda a família Barrington, sentada em volta da sua cama.

Os únicos ausentes eram Sebastian e o tio Stan, que, na opinião de todos, não fariam nenhuma contribuição séria.

— O médico disse que você pode ir para casa — anunciou Emma.

— Ótima notícia — disse Harry. — Mas onde fica minha casa? Se significa voltar para Still House Lane e viver com o tio Stan, prefiro ficar no hospital ou até mesmo voltar para a prisão.

Ninguém riu.

— Estou morando agora em Barrington Hall — disse Giles. — Então, por que você não vai morar comigo? Aposentos não faltam.

— Tem inclusive uma biblioteca — disse Emma. — Assim você não vai ter desculpas para não continuar a trabalhar no romance.

— E você pode ir visitar Emma e Sebastian sempre que quiser — acrescentou Elizabeth Barrington.

Harry não reagiu por algum tempo.

— Vocês estão todos sendo muito gentis — conseguiu dizer por fim — e, por favor, não pensem que não sou grato, mas não posso acreditar que era necessária a presença da família inteira para decidir onde vou morar.

— Há outro motivo para querermos conversar com você — disse Lord Harvey — e a família me pediu para falar em nome de todos.

Harry se sentou ereto e dedicou toda a atenção ao avô de Emma.

— Uma questão grave surgiu em relação ao futuro da propriedade Barrington — começou Lord Harvey. — Os termos do testamento de Joshua Barrington se revelaram um pesadelo jurídico, só perdem para Jarndyce e Jarndyce, e podem terminar sendo igualmente debilitantes do ponto de vista financeiro.

— Mas não tenho interesse nem no título nem na propriedade — disse Harry. — Meu único desejo é provar que Hugo Barrington não era meu pai para que eu possa me casar com Emma.

— Graças a Deus — disse Lord Harvey. — Porém, preciso colocá-lo a par de algumas complicações que podem ter surgido.

— Fale, por favor, pois não consigo ver problema algum.

— Vou tentar explicar. Após a morte intempestiva de Hugo, como Lady Barrington havia sofrido duas tributações onerosas devido a impostos de transmissão e como eu estou com mais de 70 anos, eu disse a ela que seria interessante que nossas duas empresas, a Barrington's e a Harvey's, unissem suas forças. Isso, como você pode imaginar, foi em um momento no qual ainda acreditávamos que você estivesse morto. Portanto, qualquer controvérsia a respeito de quem herdaria o título e a propriedade parecia ter sido resolvida, ainda que de maneira infeliz, possibilitando que Giles se tornasse o chefe da família.

— E, no que me diz respeito, continua sendo possível — disse Harry.

— O problema é que outras partes interessadas se envolveram e as consequências agora vão muito além das pessoas que aqui se encontram. Quando Hugo foi assassinado, eu assumi o cargo de presidente da recém-incorporada empresa e pedi a Bill Lockwood que voltasse a ser o diretor executivo. Sem me vangloriar, a Barrington Harvey pagou aos acionistas belos dividendos nos últimos dois anos, apesar de Herr Hitler. Após sabermos que você ainda estava vivo, buscamos o parecer jurídico de Sir Danvers Barker para termos certeza de que não estávamos violando os termos do testamento de Joshua Barrington.

— Se eu tivesse aberto aquela carta... — disse Maisie quase que para si mesma.

— Sir Danvers nos assegurou — prosseguiu Lord Harvey — que, contanto que você abra mão do título ou da propriedade, podemos continuar a negociar como nos últimos dois anos. E, de fato, ele redigiu um documento com essa finalidade.

— Se alguém me entregar uma caneta — disse Harry —, eu o assino de bom grado.

— Quem dera fosse tão simples! — disse Lord Harvey. — E poderia ter sido se o *Daily Express* não tivesse se interessado pela história.

— Receio que a culpa disso foi minha — interrompeu Emma —, pois, após o sucesso do seu livro dos dois lados do Atlântico, tornou-se uma obsessão da imprensa saber quem herdará o título dos Barrington: será Sir Harry ou Sir Giles?

— Saiu uma charge no *News Chronicle* desta manhã — disse Giles — de nós dois a cavalo, em uma disputa, com Emma sentada na arquibancada entregando a você um lenço enquanto os homens da multidão vaiam e as mulheres aplaudem.

— O que eles estão insinuando? — perguntou Harry.

— A nação está dividida ao meio — disse Lord Harvey. — Os homens só parecem estar interessados em quem vai terminar levando o título e a propriedade, já as mulheres querem ver Emma cruzando o corredor da igreja pela segunda vez. Na verdade, vocês dois estão mantendo Cary Grant e Ingrid Bergman fora das primeiras páginas.

— Mas depois que eu assinar o documento abrindo mão do título e da propriedade, o público certamente vai perder o interesse e desviar a atenção para outra coisa.

— Esse seria o caso se o Rei de Armas da Ordem da Jarreteira não tivesse se envolvido.

— E quem é ele? — indagou Harry.

— O representante do rei quando se trata de decidir quem é o próximo na linha sucessória de qualquer título. Em 99% dos casos, ele simplesmente envia cartas patentes para o parente mais próximo. Nas raras ocasiões em que há desacordo entre duas partes, ele recomenda que a questão seja solucionada por um juiz.

— Não me diga que chegamos a esse ponto — disse Harry.

— Temo que sim. O desembargador Shawcross decidiu a favor de Giles, mas sob a condição de que, quando você estivesse em plena forma, assinasse um termo de renúncia abrindo mão dos seus direitos ao título e à propriedade e permitindo que a sucessão proceda de pai para filho.

— Bem, estou em plena forma agora; então, vamos marcar um horário com o juiz e resolver isso de uma vez por todas.

— É o que mais quero — disse Lord Harvey —, mas receio que a decisão foi tirada das minhas mãos.

— Por quem dessa vez? — perguntou Harry.

— Um nobre do Partido Trabalhista chamado Lord Preston — disse Giles. — Ele pegou a história na imprensa e redigiu uma solicitação ao ministro do Interior para que ele decida qual de nós dois tem direto a herdar o título de baronete. Em seguida, organizou uma coletiva de imprensa na qual afirmou que eu não tinha direito ao título porque o verdadeiro candidato estava inconsciente em um hospital de Bristol, incapaz de apresentar seus argumentos.

— Por que um nobre do Partido Trabalhista teria algum interesse pelo fato de o título ser herdado por mim ou por Giles?

— Quando a imprensa fez a mesma pergunta — disse Lord Harvey —, ele disse que, se Giles herdasse o título, seria um típico exemplo de preconceito de classe e que seria justo que o filho de um trabalhador das docas pudesse apresentar seus argumentos.

— Mas isso é ilógico — observou Harry —, pois, se eu sou filho de um trabalhador das docas, então Giles herdaria o título de qualquer maneira.

— Muitas pessoas escreveram para o *The Times* fazendo essa mesma observação — disse Lord Harvey. — Entretanto, como estamos muito próximos de uma eleição geral, o ministro do Interior se esquivou da questão e disse ao seu nobre amigo que encaminharia o caso para o gabinete do Lorde Chanceler. O Lorde Chanceler passou o caso para os Lordes da Lei. Vários homens doutos se detiveram a deliberar e acabaram chegando a uma decisão por quatro votos a três. A seu favor, Harry.

— Mas isso é loucura. Por que não fui consultado?

— Você estava inconsciente — Lord Harvey lembrou — e, de qualquer maneira, eles estavam debatendo uma questão legal, e não a sua opinião; portanto, o veredicto permanecerá válido, a menos que seja anulado por um recurso na Câmara dos Lordes.

Harry ficou sem palavras.

— Então, do jeito que estão as coisas — prosseguiu Lord Harvey —, você agora é *Sir* Harry, o maior acionista da Barrington Harvey e também o dono da propriedade dos Barrington e, citando o testamento original, tudo o mais aí incluído.

— Então, vou entrar com um recurso contra a decisão dos Lordes da Lei, deixando bem claro que quero renunciar ao título — disse Harry com firmeza.

— Aí está a ironia — disse Giles. — Você não pode. Só eu posso apresentar um recurso contra o veredicto, mas não tenho intenção alguma de fazer isso sem que você concorde.

— Claro que concordo — disse Harry. — Mas consigo ver uma solução bem mais fácil.

Todos olharam para ele.

— Eu poderia cometer suicídio.

— Acho que não — disse Emma, sentando-se na cama ao lado dele. — Você já tentou duas vezes e veja no que deu.

44

Emma entrou correndo na biblioteca segurando uma carta. Como ela raramente interrompia Harry quando ele estava escrevendo, ele sabia que devia ser algo importante e largou a caneta.

— Desculpe, querido — ela disse enquanto arrastava uma cadeira —, mas acabei de receber uma notícia importante e precisava vir compartilhá-la com você.

Harry sorriu para a mulher que adorava. A noção de importante dela podia variar desde Seb jogando água no gato até "telefonema do gabinete do Lorde Chanceler, eles precisam falar com você com urgência". Ele se recostou na cadeira e esperou para ver em que categoria a novidade se encaixaria daquela vez.

— Acabei de receber uma carta da tia-avó Phyllis — disse ela.

— Que todos nós veneramos — brincou Harry.

— Não caçoe, garoto — disse Emma. — Ela trouxe à tona um argumento que pode nos ajudar a provar que papai não era seu pai.

Harry não caçoou.

— Nós sabemos que seu grupo sanguíneo e o da sua mãe são Rh negativo — prosseguiu Emma. — Se *meu* pai for Rh negativo, ele não pode ser *seu* pai.

— Já discutimos isso em várias ocasiões — lembrou Harry.

— Mas se pudéssemos *provar* que o grupo sanguíneo do meu pai não era o mesmo que o seu, poderíamos nos casar. Isso se você ainda quiser se casar comigo.

— Não esta manhã, minha querida — disse Harry fingindo tédio. — Veja bem, estou no meio de um assassinato — acrescentou e riu.

— De qualquer maneira, não temos a menor ideia de qual era o grupo sanguíneo do seu pai porque, apesar de muita pressão da sua mãe e de Sir Walter, ele sempre se recusou a fazer o teste. Então, talvez você deva responder explicando que esse mistério continuará sem solução.

— Não necessariamente — disse Emma, não se dando por vencida. — Porque a tia-avó Phyllis está seguindo o caso de perto e acha que pode ter encontrado uma solução na qual nenhum de nós dois pensou.

— Ela compra um exemplar do *Bristol Evening News* de uma banca de jornal na esquina da Rua 64 toda manhã, não é mesmo?

— Não, mas ela lê o *The Times* — disse Emma ainda não se dando por vencida —, embora com uma semana de atraso.

— E? — disse Harry querendo dar prosseguimento ao assassinato.

— Ela diz que agora os cientistas podem identificar grupos sanguíneos muito depois da morte de uma pessoa.

— Está pensando em usar Burke e Hare para exumar o cadáver do seu pai, querida?

— Eu, não — disse Emma —, mas ela também destaca que, quando meu pai foi assassinado, uma artéria foi seccionada e, portanto, uma grande quantidade de sangue deve ter sido derramada no carpete e nas roupas que ele estava usando naquele momento.

Harry se levantou, atravessou o aposento e pegou o telefone.

— Para quem você está ligando? — perguntou Emma.

— Para o inspetor-chefe Blakemore, que foi o responsável pelo caso. Pode ser uma possibilidade remota, mas juro nunca mais caçoar de você nem da sua tia-avó Phyllis.

— Importa-se se eu fumar, Sir Harry?
— Absolutamente, inspetor.
Blakemore acendeu um cigarro e tragou fundo.
— Um hábito terrível — disse. — Culpo Sir Walter.
— Sir Walter? — perguntou Harry.

— Raleigh, não Barrington, se o senhor me entende.

Harry riu enquanto se sentava na cadeira em frente ao detetive.

— Então, em que posso ajudá-lo, Sir Harry?

— Prefiro sr. Clifton.

— Como quiser, senhor.

— Eu esperava que o senhor pudesse me fornecer algumas informações ligadas à morte de Hugo Barrington.

— Receio que isso vá depender do meu interlocutor porque posso ter essa conversa com Sir Harry Barrington, mas não com o sr. Harry Clifton.

— Por que não com o sr. Harry Clifton?

— Porque só posso discutir detalhes de um caso com parentes.

— Então, nesta ocasião, voltarei a ser Sir Harry.

— Então, em que posso ajudá-lo, Sir Harry?

— Quando Barrington foi assassinado...

— Ele não foi assassinado — disse o inspetor-chefe.

— Mas as matérias de jornal me fizeram acreditar...

— O mais importante é o que os jornais não publicaram. Mas, para ser justo, eles não puderam examinar a cena do crime. Se o tivessem feito — disse Blakemore antes que Harry pudesse fazer a pergunta seguinte —, teriam visto o ângulo em que o abridor de cartas penetrou no pescoço de Sir Hugo e seccionou a artéria.

— Por que isso é importante?

— Quando examinei o corpo, notei que a lâmina do abridor de cartas estava voltada para cima, e não para baixo. Se eu quisesse assassinar alguém — continuou Blakemore, levantando-se da cadeira e pegando uma régua — e fosse mais alto e mais pesado do que minha vítima, levantaria o braço e golpearia o pescoço assim. Mas, se eu fosse mais baixo e mais leve do que a vítima e, sobretudo, se estivesse me defendendo — Blakemore se ajoelhou na frente de Harry, levantou a cabeça e olhou para ele apontando a régua para o seu pescoço —, isso explicaria o ângulo em que a lâmina penetrou no pescoço de Sir Hugo. Desse ângulo, é até possível que ele tenha caído sobre a lâmina, o que me levou a concluir que era muito mais provável que ele tivesse sido morto em legítima defesa do que assassinado.

Harry pensou sobre as palavras do inspetor-chefe antes de dizer:

— O senhor usou as palavras "mais baixo e mais leve", inspetor, e "me defendendo". Está sugerindo que uma mulher pode ter sido a responsável pela morte de Barrington?

— O senhor teria sido um detetive de primeira — observou Blakemore.

— E o senhor sabe quem é essa mulher? — perguntou Harry.

— Tenho minhas suspeitas — admitiu Blakemore.

— Então, por que não a prendeu?

— Porque é bastante difícil prender alguém que se jogou na frente de um trem expresso para Londres.

— Meu Deus! — disse Harry. — Eu nunca estabeleci nenhuma ligação entre esses dois incidentes.

— E por que deveria? O senhor nem sequer estava na Inglaterra na época.

— É verdade, mas, após ter recebido alta do hospital, vasculhei todos os jornais que em algum momento mencionaram a morte de Sir Hugo. O senhor chegou a descobrir quem era aquela mulher?

— Não, o corpo não tinha como ser identificado. Todavia, um colega da Scotland Yard que investigava outro caso na época me informou que Sir Hugo viveu com outra mulher em Londres por mais de um ano e ela deu à luz uma filha pouco depois de ele voltar para Bristol.

— Essa foi a criança encontrada no escritório de Barrington?

— Exatamente — disse Blakemore.

— E onde ela está agora?

— Não faço ideia.

— O senhor pode pelo menos me dizer o nome da mulher com quem Barrington viveu?

— Não tenho autorização para isso — disse Blakemore apagando o cigarro no cinzeiro cheio de guimbas. — No entanto, não é segredo que Sir Hugo contratou um detetive particular que agora está desempregado e talvez esteja disposto a falar mediante uma modesta remuneração.

— O manco — disse Harry.

— Derek Mitchell, um ótimo policial até ser obrigado a deixar a corporação por invalidez.

— Mas tenho mais uma pergunta à qual Mitchell não poderá responder e que talvez o senhor possa. O senhor disse que o abridor de cartas seccionou uma artéria; portanto, muito sangue deve ter jorrado.

— De fato, senhor — respondeu o inspetor-chefe. — Quando cheguei, Sir Hugo jazia em uma poça de sangue.

— O senhor tem alguma ideia do que foi feito do terno que Sir Hugo estava usando naquele momento ou mesmo do carpete?

— Não, senhor. Depois que uma investigação de homicídio é encerrada, todos os pertences pessoais do defunto são devolvidos aos parentes mais próximos. Quanto ao carpete, ainda estava no escritório quando completei minha investigação.

— O senhor foi muito útil, inspetor. Muito obrigado.

— Foi um prazer, Sir Harry — disse Blakemore, levantando-se e acompanhando Harry até a porta. — Permita-me dizer que gostei muito de *O diário de um condenado* e, embora eu normalmente não dê ouvidos a boatos, li que o senhor está escrevendo um romance policial. Após nossa conversa de hoje, aguardarei ansioso a publicação.

— O senhor estaria disposto a ler uma primeira versão e a dar sua opinião profissional?

— No passado, Sir Harry, sua família não deu muita importância para a minha opinião profissional.

— Posso garantir, inspetor, que o sr. Clifton dá — retrucou Harry.

Após ter saído da delegacia, Harry pegou o carro e foi até Manor House para contar as novidades a Emma. Ela escutou com atenção e, quando ele chegou ao fim, o surpreendeu com a sua primeira pergunta.

— O inspetor Blakemore disse o que aconteceu com a garotinha?

— Não, ele não parecia interessado, mas por que deveria estar?

— Porque ela pode ser uma Barrington e, portanto, minha meia-irmã.

— Que falta de consideração a minha! — disse Harry abraçando Emma. — Nunca me passou pela cabeça.

— Por que deveria ter passado? — perguntou Emma. — Você já tem muita coisa para resolver. Por que não começa ligando para o meu avô e perguntando se ele sabe o que aconteceu com o carpete, e deixe que eu me preocupo com a garotinha.

— Sou um homem de muita sorte, sabia? — disse Harry enquanto, relutante, a soltava.

— Mexa-se — disse Emma.

Quando Harry telefonou para Lord Harvey para perguntar sobre o carpete, foi surpreendido novamente.

— Eu o troquei alguns dias após o final da investigação policial.

— O que foi feito do antigo? — Harry perguntou.

— Eu pessoalmente o joguei em uma das fornalhas do estaleiro e o vi queimar até só sobrarem cinzas — Lord Harvey disse com considerável emoção.

Harry queria dizer "droga", mas segurou a língua.

Quando se juntou a Emma para o almoço, perguntou à sra. Barrington se ela sabia o que havia sido feito das roupas de Sir Hugo. Ela disse a Harry que havia instruído a polícia a descartá-las da maneira que julgasse mais apropriada.

Depois do almoço, Harry voltou a Barrington Hall e ligou para a delegacia local. Perguntou ao sargento de plantão se ele se lembrava do que havia sido feito das roupas de Sir Hugo Barrington após o encerramento da investigação.

— Tudo deve ter sido registrado no Livro de Ocorrências da época, Sir Harry. Se me der um momento, vou verificar.

Vários momentos se passaram até que o sargento voltasse à linha.

— Como o tempo voa! — disse ele. — Eu não me lembrava mais de quando o caso havia acontecido. Mas consegui encontrar os detalhes que o senhor queria — informou e Harry prendeu o fôlego. — Jogamos fora a camisa, a roupa de baixo e as meias, mas demos um sobretudo cinza, um chapéu de feltro marrom, um terno de tweed verde-escuro e um par de sapatos de couro marrom para a srta. Penhaligon, que distribui todos os bens não reclamados em nome do Exército da Salvação. Não é das mulheres mais fáceis — acrescentou sem explicação.

A placa no balcão dizia: "Srta. Penhaligon".
— Isso é totalmente irregular, Sir Harry — disse a mulher atrás do nome. — Totalmente irregular.
Harry estava feliz por ter levado Emma junto.
— Mas poderia se revelar incrivelmente importante para nós dois — ele disse segurando a mão de Emma.
— Não duvido, Sir Harry, mas, mesmo assim, é totalmente irregular. Não imagino o que meu supervisor vai pensar.
Harry não conseguia imaginar que a srta. Penhaligon tivesse um supervisor. Ela deu as costas para o casal e começou a examinar uma fila bem arrumada de caixas de arquivos sobre uma prateleira na qual a poeira não tinha permissão para ficar. Por fim, puxou uma caixa com a escrita "1943" e a pôs sobre o balcão. Abriu-a e teve de virar várias páginas antes de encontrar o que estava procurando.
— Ninguém parecia querer o chapéu de feltro marrom — ela anunciou. — Na verdade, meus registros mostram que ele ainda está no depósito. O sobretudo foi dado para um tal sr. Stephenson; o terno, para alguém que responde pelo nome Velho Joey; e os sapatos marrons, para um certo sr. Watson.
— A senhora tem alguma ideia de onde podemos encontrar esses cavalheiros? — perguntou Emma.

— Eles raramente estão separados — respondeu a srta. Penhaligon.
— No verão, nunca se afastam muito do parque municipal, já no inverno, nós os acomodamos no nosso albergue. Acredito que, nesta época do ano, vocês os encontrarão no parque.
— Obrigado, srta. Penhaligon — disse Harry abrindo um sorriso caloroso. — A senhorita não poderia ter sido mais útil.
A srta. Penhaligon sorriu.
— Foi um prazer, Sir Harry.
— Posso acabar me acostumando a ser chamado de Sir Harry — ele disse a Emma enquanto os dois saíam do edifício.
— Não se você ainda tem alguma esperança de se casar comigo — ela disse — porque eu não tenho vontade alguma de ser Lady Barrington.

—

Harry o viu deitado em um banco do parque, de costas para eles. Estava envolto em um sobretudo cinza.
— Lamento incomodá-lo, sr. Stephenson — disse Harry tocando suavemente o ombro do homem —, mas precisamos da sua ajuda.
Uma mão sebenta despontou, mas ele não se virou. Harry pôs meia coroa na palma esticada. O sr. Stephenson mordeu a moeda antes de inclinar a cabeça para olhar mais de perto para Harry.
— O que você quer? — perguntou.
— Estamos procurando o Velho Joey — Emma disse baixinho.
— O cabo fica no banco número um por conta da sua idade e patente. Este é o banco número dois e eu vou assumir o banco número um quando o Velho Joey morrer, o que não deve demorar muito. O sr. Watson fica no banco número três e vai ocupar o número dois quando eu for para o número um. Mas sempre avisei que ele vai ter de esperar muito tempo.
— E, por acaso, o senhor sabe se o Velho Joey ainda tem um terno de tweed verde? — perguntou Harry.

— Nunca tira — respondeu o sr. Stephenson. — Ficou apegado, pode-se dizer — acrescentou com uma risadinha. — Ele ficou com o terno, eu fiquei com o sobretudo, e o sr. Watson, com os sapatos. Ele diz que está um pouco apertado, mas não reclama. Nenhum de nós quis o chapéu.

— Então, onde encontramos o banco número um? — perguntou Emma.

— Onde sempre esteve, no coreto, sob um teto. Joey o chama de palácio. Mas ele é meio tantã, já que ainda sofre de neurose de guerra.

O sr. Stephenson deu as costas para eles, já que achava que tinha feito jus à meia coroa.

Não foi difícil para Harry e Emma encontrar o coreto, ou o Velho Joey, que se revelou seu único ocupante. Ele estava sentado ereto no meio do banco número um como se estivesse acomodado em um trono. Emma não precisou ver as manchas marrons desbotadas para reconhecer o velho terno de tweed do pai, mas como eles fariam para que aquele homem se desfizesse dele?, ela pensou.

— O que vocês querem? — disse o Velho Joey desconfiado enquanto eles subiam os degraus até o seu reino. — Se estão atrás do meu banco, podem esquecer, porque a posse é um direito real, como eu vivo lembrando ao sr. Stephenson.

— Não — disse Emma com delicadeza —, não queremos seu banco, Velho Joey, mas estávamos nos perguntando se o senhor não gostaria de um terno novo.

— Não, obrigado, senhorita, estou muito feliz com o que tenho. Ele me mantém aquecido; portanto, não preciso de um novo.

— Mas nós daríamos um terno que o agasalharia da mesma maneira — observou Harry.

— O Velho Joey não fez nada de errado — disse ele, virando-se para encará-lo.

Harry observou a fila de medalhas em seu peito: a Estrela de Mons, a medalha por longos serviços, a Medalha Vitória e uma única faixa que havia sido costurada na manga.

— Preciso da sua ajuda, cabo — Harry disse.

O Velho Joey assumiu rapidamente a posição de atenção, bateu continência e disse:

— Baioneta armada, senhor, é só dar a ordem que os rapazes já estão prontos para cruzar o cume.

Harry sentiu-se envergonhado.

Emma e Harry voltaram no dia seguinte com um sobretudo de padronagem espinha de peixe, um novo terno de tweed e um par de sapatos para o Velho Joey. O sr. Stephenson desfilou pelo parque com seu novo blazer e suas novas calças de flanela cinza enquanto o sr. Watson, banco número três, ficou encantado com o seu paletó esportivo transpassado e suas calças de sarja, mas, como ele não precisava de outro par de sapatos, pediu que Emma os desse ao sr. Stephenson. Ela entregou o resto do guarda-roupa de Sir Hugo a uma grata srta. Penhaligon.

Harry saiu do parque com o terno de tweed verde-escuro manchado de sangue de Sir Hugo Barrington.

―

O professor Inchcape examinou as manchas de sangue com um microscópio durante algum tempo antes de dar uma opinião.

— Vou precisar realizar muitos outros testes antes de chegar a uma avaliação final, mas, em uma inspeção preliminar, estou bastante confiante de que poderei dizer a qual grupo sanguíneo essas amostras de sangue pertencem.

— Fico aliviado — disse Harry. — Mas quanto tempo vai demorar até o senhor ter os resultados?

— Uns dois dias, a meu ver — disse o professor —, três no máximo. Ligo assim que descobrir, Sir Harry.

— Tomara que o senhor tenha de ligar para o sr. Clifton.

―

— Telefonei para o gabinete do Lorde Chanceler — disse Lord Harvey — e informei que os testes do sangue estão sendo realizados nas roupas de Hugo. Se o grupo sanguíneo for Rh positivo, tenho certeza de que ele pedirá que os Lordes da Lei reconsiderem seu veredicto à luz das novas provas.

— Mas, se não obtivermos o resultado que esperamos — disse Harry —, o que vai acontecer?

— O Lorde Chanceler agendará um debate no calendário parlamentar logo após o final do recesso devido às eleições gerais. Mas tomara que os resultados do professor Inchcape tornem isso desnecessário. A propósito, Giles sabe o que vocês andam aprontando?

— Não, senhor, mas como vou passar a tarde com ele, poderei colocá-lo a par de tudo.

— Não me diga que ele convenceu você a tentar angariar votos.

— Receio que sim, embora ele saiba que vou votar nos Conservadores. Mas garanti que minha mãe e o tio Stan vão apoiá-lo.

— Não deixe que a imprensa descubra que você não vai votar nele porque eles vivem procurando uma oportunidade para dividir vocês dois. Amigos inseparáveis não interessam a eles.

— Mais um motivo para torcer que o professor chegue ao resultado esperado e ponha fim ao nosso sofrimento.

— Amém — disse Lord Harvey.

William Warwick estava prestes a desvendar o crime quando o telefone tocou. Harry ainda estava com a arma na mão enquanto atravessava a biblioteca e pegava o fone.

— Aqui é o professor Inchcape. Posso falar com Sir Harry?

A ficção foi substituída pela realidade em um instante cruel. Não era necessário informar a Harry o resultado dos testes com o sangue.

— É ele mesmo.

— Temo que as notícias não sejam exatamente as que o senhor esperava — disse o professor. — O tipo sanguíneo de Sir Hugo é Rh negativo; portanto, a possibilidade de ele ser seu pai não pode ser eliminada por esse motivo.

Harry ligou para Ashcombe Hall.

— Aqui fala Harvey — disse a voz que ele conhecia tão bem.

— É Harry, senhor. Receio que tenhamos de ligar para o Lorde Chanceler e informar que o debate deverá prosseguir.

45

Giles estava tão preocupado em ser eleito para a Câmara dos Comuns como membro do Parlamento por Bristol Docklands e Harry estava tão envolvido na publicação de *William Warwick e o caso da testemunha cega* que, ao receberem um convite para almoçar com Lord Harvey em sua propriedade no campo, no domingo, ambos acharam que seria uma reunião de família. Mas, quando chegaram a Ashcombe Hall, não havia sinal de nenhum outro parente.

Lawson não os acompanhou até a sala de estar, nem mesmo à sala de jantar, mas os levou ao estúdio de Lord Harvey, onde os dois o encontraram sentado atrás da escrivaninha com duas poltronas de couro vazias à sua frente. Ele não perdeu tempo com futilidades.

— Fui informado pelo gabinete do Lorde Chanceler de que a quinta-feira, 6 de setembro, foi reservada no calendário parlamentar para um debate que determinará qual de vocês dois herdará o título de família. Temos dois meses para nos preparar. Estarei no primeiro banco e abrirei o debate — disse Lord Harvey — e espero ser confrontado por Lord Preston.

— O que ele espera conseguir? — perguntou Harry.

— Ele quer enfraquecer o sistema hereditário e, sejamos justos, não faz segredo algum disso.

— Talvez eu pudesse marcar um encontro com ele — disse Harry — e expor minha opinião...

— Ele não está interessado em você nem em suas opiniões — disse Lord Harvey. — Está simplesmente usando o debate como uma plataforma para difundir suas conhecidas opiniões sobre o princípio hereditário.

— Mas, certamente, se eu escrevesse para ele...

— Eu já escrevi — disse Giles — e, embora sejamos do mesmo partido, ele não se deu ao trabalho de responder.

— Na opinião dele, a questão é muito mais importante do que qualquer caso individual — afirmou Lord Harvey.

— Uma posição tão intransigente não será mal aceita pelos lordes? — indagou Harry.

— Não necessariamente — respondeu Lord Harvey. — Reg Preston era um sindicalista aguerrido até Ramsay MacDonald lhe oferecer uma cadeira na Câmara dos Lordes. Ele sempre foi um excelente orador e, desde que entrou para o Parlamento, se tornou alguém que não deve ser subestimado.

— O senhor tem alguma ideia de como a Câmara vai se dividir? — perguntou Giles.

— Os articuladores do governo me dizem que será uma disputa acirrada. Os parlamentares do Partido Trabalhista apoiarão Reg porque não podem se dar ao luxo de serem vistos apoiando o princípio hereditário.

— E os Conservadores? — interrogou Harry.

— A maioria vai me apoiar, sobretudo porque a última coisa que eles querem é ver o princípio hereditário sofrer um golpe em seu próprio quintal, embora eu ainda precise conversar com um ou dois indecisos.

— E quanto aos Liberais? — perguntou Giles.

— Só Deus sabe, embora eles tenham anunciado que será uma votação livre.

— Uma votação livre? — indagou Harry.

— Não haverá diretriz partidária — explicou Giles. — Cada membro pode decidir a estrada a seguir por princípio.

— E, por fim, existem os Não Alinhados — prosseguiu Lord Harvey. — Eles ouvirão os argumentos de ambos os lados e seguirão a própria consciência. Portanto, só descobriremos qual é a intenção de voto deles quando for feita a convocação das partes para a divisão.

— Então, o que podemos fazer para ajudar? — perguntou Harry.

— Você, Harry, como escritor, e você, Giles, como político, podem começar a me ajudar em meu discurso. Qualquer contribuição que vocês queiram dar será muito bem-vinda. Vamos começar esboçando um esquema durante o almoço.

Nem Giles nem Harry achou que valeria a pena mencionar ao anfitrião questões frívolas como as próximas eleições gerais ou as datas de publicação do novo livro enquanto os três se encaminhavam para a sala de jantar.

— Quando seu livro vai ser publicado? — perguntou Giles enquanto os dois saíam de carro de Ashcombe Hall naquela tarde.

— No dia 20 de julho — disse Harry. — Portanto, só depois das eleições. Meus editores querem que eu faça uma turnê pelo país com algumas sessões de autógrafos e entrevistas.

— Fique sabendo — disse Giles — que os jornalistas não vão fazer nenhuma pergunta sobre o livro, apenas sobre a sua opinião acerca de quem deveria herdar o título.

— Quantas vezes preciso dizer a eles que meu único interesse é Emma e que eu sacrificaria tudo para poder passar o resto da vida com ela? — perguntou Harry tentando não parecer exasperado. — Você pode ficar com o título, com a propriedade e tudo o que nela houver se eu puder ficar com Emma.

William Warwick e o caso da testemunha cega foi bem-recebido pela crítica, mas Giles estava com a razão: a imprensa não parecia estar particularmente interessada no ambicioso e jovem detetive de Bristol, mas apenas no alter ego do escritor, Giles Barrington, e suas chances de recuperar o título de família. Toda vez que Harry dizia à imprensa que não tinha interesse algum no título, eles cada vez mais se convenciam do contrário.

Naquela que os jornalistas consideravam a batalha pela herança dos Barrington, todos os jornais, exceto o *Daily Telegraph*, apoiavam o bonito, corajoso, empreendedor, popular e inteligente menino de origem humilde que, como eles viviam lembrando aos leitores, fora criado nas vielas de Bristol.

Harry aproveitava todas as oportunidades para lembrar aos mesmos jornalistas que Giles havia frequentado a Bristol Grammar School com ele, era agora um parlamentar do Partido Trabalhista por Bristol Docklands, havia recebido a Cruz Militar em Tobruk, um prêmio de críquete no primeiro ano em Oxford e, certamente, não tinha culpa alguma pelo berço em que nascera. A lealdade de Harry ao amigo só o tornava cada vez mais popular junto à imprensa e ao público.

Embora tivesse sido eleito para a Câmara dos Comuns com mais de três mil votos de vantagem e já estivesse atuando nos bancos verdes do Parlamento, Giles sabia que era um debate que aconteceria nos bancos vermelhos da Câmara dos Lordes, do outro lado do corredor, dali a pouco mais de um mês, que decidiria o futuro dele e de Harry.

46

Harry estava acostumado a ser acordado por pássaros cantando alegremente nas árvores que circundavam Barrington Hall e a ver Sebastian invadindo desabalado a biblioteca sem ser anunciado ou a ouvir o som de Emma chegando para o café da manhã depois da sua cavalgada matinal.

Mas, naquele dia, foi diferente.

Ele foi acordado pelas luzes da rua, pelo barulho do tráfego e pelo Big Ben badalando implacavelmente a cada quinze minutos para fazê-lo lembrar quantas horas faltavam até que, diante de uma assembleia de homens que Harry não conhecia, Lord Harvey se levantasse e iniciasse o debate que antecederia a votação que decidiria o futuro dele e de Giles por mil anos.

Harry tomou um longo banho, ainda era cedo demais para descer para o café da manhã. Depois de se vestir, ligou para Barrington Hall e soube pelo mordomo que a srta. Barrington já havia ido para a estação. Harry ficou intrigado: por que Emma pegaria o trem mais cedo quando o planejado era que eles só se encontrassem na hora do almoço? Quando entrou no salão matinal pouco depois das sete horas, ele não ficou surpreso ao encontrar Giles já de pé e lendo os jornais matutinos.

— Seu avô já se levantou? — perguntou Harry.

— Suspeito que muito antes do que qualquer um de nós. Quando desci, pouco depois das seis, a luz no estúdio dele estava acesa. Quando essa terrível história chegar ao fim, seja qual for o resultado, precisaremos fazer com que ele passe alguns dias no castelo de Mulgelrie para um merecido repouso.

— Boa ideia — disse Harry afundando na poltrona mais próxima, mas, logo em seguida, voltando a se levantar rapidamente enquanto Lord Harvey entrava na sala.

— Hora do café da manhã, rapazes. Nunca é bom ir para o cadafalso de barriga vazia.

Apesar do conselho de Lord Harvey, os três não comeram muito enquanto avaliavam o dia que teriam pela frente. Lord Harvey ensaiou algumas frases importantes enquanto Harry e Giles faziam algumas sugestões de último minuto a serem acrescentadas ou retiradas do discurso.

— Eu gostaria de poder revelar aos lordes a contribuição de vocês dois — disse o velho depois de acrescentar algumas frases à conclusão.

— Muito bem, rapazes, hora de fixar as baionetas e escalar o cume.

―

Ambos estavam nervosos.

— Eu esperava que você pudesse me ajudar — disse Emma, incapaz de encará-lo.

— Ajudarei se puder, senhorita — ele disse.

Emma levantou a cabeça e viu um homem que, embora estivesse barbeado e calçando sapatos que provavelmente haviam sido engraxados naquela manhã, trajava uma camisa de colarinho puído e as calças largas de um terno surrado.

— Quando meu pai faleceu... — Emma nunca conseguia dizer "foi assassinado" —, a polícia encontrou uma menina em seu escritório. O senhor tem alguma ideia do que aconteceu com ela?

— Não — respondeu o homem —, mas, como a polícia não conseguiu contatar o parente mais próximo, a menina deve ter sido mandada para uma igreja ou para a adoção.

— O senhor sabe em qual orfanato ela foi parar?

— Não, mas posso sempre apurar se...

— Quanto meu pai devia ao senhor?

— Trinta e sete libras e onze xelins — disse o detetive particular tirando um maço de contas de um bolso interno.

Emma agitou a mão, abriu a bolsa e retirou duas notas novas de cinco libras.

— Quitarei o resto da dívida quando nos encontrarmos novamente.

— Obrigado, srta. Barrington — disse Mitchell enquanto se levantava, deduzindo que o encontro havia chegado ao fim. — Entrarei em contato assim que tiver novidades.

— Só mais uma pergunta — disse Emma levantando a cabeça e olhando para ele. — O senhor sabe o nome da garotinha?

— Jessica Smith — ele respondeu.

— Por que Smith?

— É o nome que sempre dão a uma criança que ninguém quer.

Lord Harvey se trancou no próprio gabinete no terceiro andar da Queen's Tower pelo resto da manhã. Não saiu dos seus aposentos nem mesmo para almoçar com Harry, Giles e Emma, preferindo sanduíche e um uísque puro enquanto revisava mais uma vez o discurso.

Giles e Harry sentaram-se nos bancos verdes no saguão central da Câmara dos Comuns e conversaram cordialmente enquanto esperavam que Emma se unisse a eles. Harry esperava que qualquer um que os visse — nobres, plebeus e também a imprensa — não tivesse dúvida alguma de que eles eram amigos muito íntimos.

Harry continuava a olhar para o próprio relógio, pois sabia que eles precisavam estar sentados na galeria dos visitantes da Câmara dos Lordes antes que o Lorde Chanceler ocupasse seu lugar no Woolsack às duas horas.

Harry se permitiu um sorriso quando viu Emma entrar correndo no saguão central pouco antes de uma hora. Giles acenou para a irmã enquanto os dois homens se levantavam para recebê-la.

— O que você andou aprontando? — perguntou Harry antes mesmo de se curvar para beijá-la.

— Vou contar durante o almoço — prometeu Emma enquanto dava os braços aos dois. — Mas, primeiro, quero ficar a par das suas notícias.

— Resultado incerto parece ser o consenso — disse Giles enquanto guiava os convidados em direção à sala de jantar dos convidados. — Mas não vai mais demorar muito para conhecermos nossos destinos — acrescentou morbidamente.

—◈—

A Câmara dos Lordes já estava cheia muito antes de o Big Ben dar duas badaladas e, quando o Lorde Chanceler da Grã-Bretanha adentrou o plenário, não havia um lugar sobrando nos bancos apinhados. Na verdade, vários parlamentares ficaram em pé no bar da Câmara. Lord Harvey olhou para o outro lado da assembleia e viu Reg Preston sorrindo para ele como um leão que acabara de avistar o almoço.

Os lordes se levantaram todos juntos quando o Lorde Chanceler assumiu seu posto no Woolsack. Ele se curvou para a assembleia e eles retribuíram o cumprimento antes de voltarem a se sentar.

O Lorde Chanceler abriu sua pasta de couro vermelho com adornos em ouro.

— Meus lordes, estamos aqui reunidos para julgar se o sr. Giles Barrington ou o sr. Harry Clifton tem direito a herdar o título, a propriedade e as alfaias do finado Sir Hugo Barrington, baronete, defensor da paz.

Lord Harvey levantou a cabeça e viu Harry, Emma e Giles sentados na primeira fila da galeria dos visitantes. Foi saudado com um sorriso caloroso da neta e conseguiu ler as palavras formadas por seus lábios: "Boa sorte, vovô."

— Convido Lord Harvey para abrir o debate — anunciou o Lorde Chanceler antes de se sentar no Woolsack.

Lord Harvey levantou-se do seu lugar no primeiro banco e segurou as laterais da arca dos despachos para ajudar a estabilizar os nervos enquanto os colegas na bancada atrás dele saudavam o nobre e galante amigo com gritos de "Ouçam, ouçam!". Ele correu os olhos pela Câmara, ciente de que estava prestes a pronunciar o discurso mais importante da sua vida.

— Meus lordes — iniciou —, estou aqui diante de vocês hoje representando meu descendente, sr. Giles Barrington, membro da outra câmara, em sua lícita reivindicação ao título da família Barrington e todas as pertenças daquela linhagem. Meus lordes, permitam-me familiarizá-los com as circunstâncias que trouxeram este caso à sua atenção. Em 1877, Joshua Barrington foi agraciado com o título de baronete pela rainha Vitória por serviços prestados ao setor de transporte marítimo, que incluía a Barrington Line, uma frota de embarcações oceânicas que, até a presente data, continua baseada em Bristol.

"Joshua foi o quinto de uma família de nove filhos e deixou a escola aos 7 anos de idade, incapaz de ler ou escrever, antes de começar a vida como aprendiz na Coldwater Shipping Company, na qual logo ficou claro para todos à sua volta que aquela não era uma criança qualquer.

"Aos 30 anos de idade, ele obteve o certificado de mestre e, aos 42 anos, foi convidado a fazer parte do conselho da Coldwater, que estava passando por um período difícil. Durante os dez anos seguintes, ele salvou a empresa quase que sozinho e, nos 22 anos seguintes, atuou como seu presidente.

"Todavia, meus lordes, os senhores precisam conhecer um pouco mais sobre o homem que foi Joshua para entender por que estamos aqui reunidos, pois certamente essa não teria sido a sua vontade. Sir Joshua era, sobretudo, um homem temente a Deus que honrava a própria palavra. Um aperto de mãos era suficiente para que Sir Joshua aceitasse que um contrato havia sido firmado. Onde estão esses homens hoje?"

— Ouçam, ouçam! — ecoou a assembleia.

— Porém, como tantos homens de sucesso, meus lordes, Sir Joshua demorou um pouco mais do que o resto de nós a aceitar a própria mortalidade — afirmou Lord Harvey suscitando uma onda de risos.

— Portanto, quando chegou a hora de redigir seu primeiro e único testamento, sete décadas já haviam se passado desde a firma do seu contrato com o Criador. Isso não o impediu de se dedicar àquela tarefa com o vigor e a visão costumeiros. Para tal fim, ele convidou Sir Isaiah Waldergrave, principal Queen's Counsel do país, para representá-lo, um advogado que, como Vossa Excelência — disse, voltando-se para o Woolsack —, encerrou sua carreira jurídica como Lorde Chanceler. Menciono tal fato, meus lordes, para enfatizar que o testamento de Sir Joshua está revestido de tamanha força e autoridade jurídicas a ponto de não consentir questionamentos por parte de seus sucessores.

"Nesse testamento, ele deixou tudo para seu primogênito e parente mais próximo, Walter Barrington, meu mais antigo e caro amigo. Cito textualmente o testamento: 'E tudo o mais aí incluído'. Este debate, meus lordes, não põe em questão a validade das disposições da última vontade e testamento de Sir Joshua, mas apenas o fato de quem pode legitimamente reivindicar a posição de herdeiro. A esta altura, meus lordes, eu gostaria que os senhores levassem em consideração algo que jamais passou pela cabeça temente a Deus de Sir Joshua: a possibilidade de um dos seus herdeiros poder ser o pai de um filho ilegítimo.

"Hugo Barrington se tornou o primeiro na linha sucessória quando seu irmão mais velho Nicolas foi morto em combate por seu país em Ypres no ano de 1918. Hugo recebeu o título em 1942 por ocasião da morte do seu pai, Sir Walter. Quando esta assembleia se retirar, meus lordes, os senhores serão convocados a decidir entre meu neto, o sr. Giles Barrington, que é o filho legítimo de uma união entre o finado Sir Hugo Barrington e minha filha única, Elizabeth Harvey, e o sr. Harry Clifton, que, sugiro, é o filho legítimo da sra. Maisie Clifton e do finado Arthur Clifton.

"Permitam-me, a esta altura, valer-me da sua complacência e expor brevemente alguns fatos acerca do meu neto Giles Barrington. Ele estudou na Bristol Grammar School e, em seguida, conquistou uma vaga no Brasenose College, em Oxford. No entanto, não concluiu os estudos superiores, tendo decidido abandonar a vida de estudante de graduação para alistar-se no regimento Wessex logo após a eclosão da guerra. Enquanto servia em Tobruk como jovem tenente, foi condecorado com a Cruz Militar ao defender aquela localidade do Afrika Korps de Rommel. Em seguida, foi capturado e levado para o campo de prisioneiros de guerra Weinsberg, na Alemanha, de onde fugiu, retornando à Inglaterra para continuar a servir em seu regimento até o fim das hostilidades. Nas eleições gerais, ele concorreu e, de fato, conquistou, o cargo de ilustre representante de Bristol Docklands na outra câmara."

Da bancada oposta, levantaram-se gritos de "Ouçam, ouçam!".

— Com a morte do pai, ele herdou o título, sem contestação, pois havia sido amplamente divulgada a notícia de que Harry Clifton fora enterrado no mar pouco após a declaração de guerra. Por ironia da vida, meus lordes, foi minha neta Emma, graças à sua diligência e determinação, que descobriu que Harry ainda estava vivo e, involuntariamente, desencadeou uma série de eventos que trouxe os senhores até aqui hoje.

Lord Harvey olhou para a galeria e abriu um sorriso caloroso para a neta.

— Não há dúvida, meus lordes, de que Harry Clifton nasceu antes de Giles Barrington. Todavia, eu diria que não há prova definitiva ou conclusiva de que Harry Clifton é o resultado de uma relação extraconjugal entre Sir Hugo Barrington e a srta. Maisie Tancock, que se tornaria posteriormente a sra. Arthur Clifton.

"A sra. Clifton não nega que teve relações sexuais com Hugo Barrington em uma única ocasião em 1919. Porém, algumas semanas mais tarde, ela se casou com o sr. Arthur Clifton, dando em seguida à luz uma criança cujo nome foi registrado no assento de nascimento como Harry Arthur Clifton.

"Portanto, meus lordes, os senhores têm, de um lado, Giles Barrington, o rebento legítimo de Sir Hugo Barrington; do outro,

Harry Clifton, que pode, porventura, ser filho de Sir Hugo, ao passo que Giles Barrington certamente o é. Esse é um risco que os senhores estão dispostos a enfrentar, meus lordes? Se for, permitam-me acrescentar apenas mais um fator que poderá ajudar Vossas Excelências a decidir em que salão eles devem entrar ao final do presente debate. Harry Clifton, que está sentado na galeria dos visitantes esta tarde, deixou bem clara a própria posição inúmeras vezes: ele não tem interesse algum em carregar o fardo — e uso aqui suas próprias palavras — do título, preferindo que seja seu amigo íntimo Giles Barrington a herdá-lo."

Vários pares levantaram a cabeça em direção à galeria para ver Giles e Emma Barrington sentados cada um de um lado de Harry Clifton, que anuía com a cabeça. Lord Harvey só continuou após ter novamente a atenção de todo o plenário.

— Então, meus lordes, quando os senhores votarem mais tarde, eu os exorto a levar em consideração os anseios de Harry Clifton e as intenções de Sir Joshua Barrington, concedendo ao meu neto Giles Barrigton o benefício da dúvida. Agradeço à câmara por sua complacência.

Lord Harvey se sentou no banco e foi saudado por gritos de aprovação e pautas do dia sendo agitadas. Harry estava confiante de que ele havia ganhado o dia.

Quando a assembleia se recompôs, o Lorde Chanceler se levantou e disse:

— Chamo Lord Preston para a réplica.

Harry olhou lá para baixo e ficou observando aquele até então desconhecido se levantar lentamente da bancada adversária. Lord Preston não devia ter um centímetro além de 1,60 metro, seu corpo atarracado e musculoso e seu rosto marcado não deixavam dúvida de que ele havia sido um operário durante toda a sua vida profissional. Sua expressão combativa sugeria que ele não temia ninguém.

Reg Preston ficou um instante examinando a bancada do outro lado, como um soldado raso que põe a cabeça acima do parapeito para observar o inimigo mais de perto.

— Meus lordes, eu gostaria de iniciar minhas observações parabenizando Lord Harvey por seu discurso brilhante e comovente. No entanto, sugiro que seu brilhantismo também foi sua fraqueza, carregando em si as sementes da sua própria derrocada. A contribuição do nobre lorde foi de fato comovente, mas, à medida que progredia, ele parecia cada vez mais um advogado que sabe muito bem que está defendendo um argumento fraco.

Preston criou um silêncio na assembleia que Lord Harvey não fora capaz de suscitar.

— Consideremos, meus lordes, alguns dos fatos tão convenientemente citados pelo nobre e galante Lord Harvey. Ninguém questiona o fato de o jovem Hugo Barrington ter tido relações sexuais com Maisie Tancock cerca de seis semanas antes do casamento dela com Arthur Clifton. Ou o fato de, quase exatamente nove meses mais tarde, ela ter dado à luz um filho cujo nome foi convenientemente registrado no assento de nascimento como Harry Arthur Clifton. Bem, esse pequeno problema foi resolvido, não é mesmo, meus lordes? Salvo pelo inconveniente fato de que, se a srta. Clifton concebeu aquela criança no dia do seu casamento, o menino nasceu de sete meses e doze dias.

"Bem, caros lordes, eu seria o primeiro a aceitar que essa é uma possibilidade, mas, como apostador, podendo escolher entre nove meses e sete meses e doze dias, eu sei onde poria meu dinheiro e não acho que os corretores me ofereceriam um prêmio muito vultoso."

Risinhos foram ouvidos na bancada Trabalhista.

— E devo acrescentar, meus lordes, que a criança pesava quatro quilos e meio. Para mim, isso não parece um parto prematuro.

Risos mais altos.

— Vamos considerar em seguida outra coisa que deve ter escapado à ágil mente de Lord Harvey: Hugo Barrington, assim como o pai e o avô, sofria de uma doença hereditária conhecida como daltonismo, que acomete igualmente seu filho Giles. E também Harry Clifton. As probabilidades estão se reduzindo, meus lordes.

Seguiram-se mais risadas, e conversas sussurradas surgiram em ambos os lados da Câmara. Lord Harvey manteve-se firme, esperando o próximo golpe.

— Vamos reduzir ainda mais tais possibilidades, meus lordes. Foi o ilustre dr. Milne, do hospital St. Thomas, que descobriu que, se os pais têm o mesmo tipo sanguíneo Rh negativo, os filhos também serão Rh negativo. Sir Hugo Barrington era Rh negativo. A sra. Clifton é Rh negativo. E, vejam só, Harry Clifton é Rh negativo, um tipo sanguíneo que apenas 12% da população britânica têm. Acho que os corretores de apostas estão pagando, meus lordes, porque o outro cavalo da corrida não chegou até os portões de largada.

Mais risos se seguiram e Lord Harvey afundou ainda mais no banco, com raiva por não ter dito que Arthur Clifton também era Rh negativo.

— Agora, permitam-me falar de um assunto, meus lordes, sobre o qual concordo plenamente com Lord Harvey. Ninguém tem o direito de questionar o testamento de Sir Joshua Barrington, dotado de um pedigree jurídico tão elevado. Portanto, só nos resta decidir o que as palavras *primogênito* e *parente mais próximo* significam.

"A maioria de vocês nesta Casa têm plena consciência das minhas opiniões convictas sobre o princípio hereditário — disse Preston e sorriu antes de acrescentar: — Considero-o *desprovido* de princípio."

Daquela vez, o riso só surgiu de um lado da Câmara, os que estavam na bancada do lado oposto permaneceram em silêncio sepulcral.

— Caros lordes, caso decidam ignorar o precedente legal e alterar a tradição histórica simplesmente para adequá-la à sua própria conveniência, os senhores farão o conceito de hereditariedade cair em descrédito e, com o tempo, todo esse construto certamente desabará sobre a cabeça de Vossas Excelências — disse Preston apontando para a bancada à sua frente.

"Vamos, então, examinar os dois jovens envolvidos nessa triste disputa, que, aliás, caros lordes, não foi por eles causada. Harry Clifton, segundo nos dizem, preferiria que seu amigo Giles Barrington herdasse o título. Muito respeitável de sua parte. Mas Harry Clifton é, de fato, um homem respeitável. Todavia, caros lordes, se decidirmos seguir essa estrada, todos os nobres hereditários do país poderiam, no futuro, decidir qual rebento é seu preferido em termos de sucessão, e essa é uma estrada sem saída."

A Câmara estava em silêncio absoluto e Lord Preston pôde abaixar o tom de voz a quase um sussurro.

— Esse respeitável jovem, Harry Clifton, teve algum outro motivo para dizer ao mundo que queria que o amigo Giles Barrington fosse reconhecido como primogênito?

Todos os olhos estavam fixos em Lord Preston.

— Vejam, caros lordes, a Igreja Anglicana não permitiu que Harry Clifton se casasse com a mulher amada, Emma Barrington, irmã de Giles Barrington, porque não tinha muita dúvida de que os dois tinham o mesmo pai.

Harry nunca desprezara tanto um homem em sua vida.

— Vejo que a bancada dos bispos está apinhada hoje, caros lordes — prosseguiu Preston, voltando-se para os clérigos. — Seria um enorme prazer saber qual é a opinião eclesiástica a respeito, pois eles não podem acatar as duas teses — declarou e alguns bispos pareceram incomodados. — Enquanto abordo o tema da linhagem de Harry Clifton, permitam-me sugerir que, como candidato na arena, ele está absolutamente no mesmo nível de Giles Barrington. Criado nas vielas de Bristol, obteve, contra todas as chances, uma vaga na Bristol Grammar School e, cinco anos mais tarde, uma bolsa de estudos do Brasenose College, em Oxford. E o jovem Harry nem esperou a declaração de guerra para deixar a universidade com a intenção de se alistar, só sendo impedido de concretizar seu desejo quando um submarino alemão torpedeou seu navio, fazendo com que Lord Harvey e o resto da família Barrington acreditassem que ele havia sido enterrado no mar.

"Qualquer um que tenha lido as comoventes palavras do sr. Clifton em seu livro *O diário de um condenado* sabe como ele acabou servindo no Exército Americano, onde ganhou a Estrela de Prata antes de ser gravemente ferido por uma mina terrestre alemã semanas antes da declaração de paz. Mas os alemães não conseguiram acabar tão facilmente com Harry Clifton, caros lordes, e nós também não deveríamos fazê-lo."

A bancada do Partido Trabalhista protestou em uníssono e Lord Preston esperou até a assembleia voltar ao silêncio.

— Por fim, caros lordes, devemos nos perguntar por que estamos aqui hoje. Vou lhes dizer o porquê. É porque Giles Barrington está recorrendo de um julgamento proferido pelos sete principais juristas da nação, outro fato que Lord Harvey deixou de mencionar em seu emocionado discurso. Mas lembro-lhes que, em sua sabedoria, os Lordes da Lei decidiram a favor de Harry Clifton no mérito da herança do título de baronete. Se Vossas Excelências estão pensando em reverter tal decisão, caros lordes, devem, antes de fazê-lo, ter certeza de que nossos juristas cometeram um erro fundamental em seu julgamento.

"Assim, caros lordes — disse Preston ao iniciar sua peroração —, quando votarem para decidir qual desses dois homens deve herdar o título dos Barrington, não baseiem sua decisão em conveniência, mas em fortes probabilidades. Pois, nesse caso, para citar Lord Harvey, os senhores concederão o benefício da dúvida não a Giles Barrington, mas a Harry Clifton, pois as probabilidades, senão a própria linhagem, estão a seu favor. E me permitam concluir, caros lordes — disse ele, olhando desafiadoramente para a bancada à sua frente —, sugerindo que, ao entrar no salão das votações, Vossas Excelências levem consigo a própria consciência e deixem a política na assembleia."

Lord Preston sentou-se enquanto era ruidosamente aclamado pela própria bancada, e vários nobres do lado oposto da Câmara anuíam com a cabeça.

Lord Harvey escreveu um bilhete ao adversário parabenizando-o por um discurso poderoso que tornou-se ainda mais persuasivo por sua óbvia convicção. Seguindo a tradição da Câmara, os dois oradores iniciais permaneceram em seus lugares para ouvir a opinião de outros colegas.

Houve várias contribuições imprevistas de ambos os lados da Câmara, o que só deixou Lord Harvey ainda mais inseguro acerca do resultado da votação por divisão. Um discurso ouvido com total atenção por toda a assembleia foi o do bispo de Bristol, claramente endossado por seus amigos nobres e eclesiásticos, sentados na bancada ao seu lado.

— Caros lordes — disse o bispo — se, em sua sabedoria, os senhores votarem hoje a favor do sr. Giles Barrington no que tange à herança do título, meus nobres amigos e eu não teremos outra opção a não ser retirar a objeção da igreja ao legítimo matrimônio do sr. Harry Clifton e da srta. Emma Barrington. Porque, caros lordes, se os senhores decidirem que Harry não é filho de Hugo Barrington, não poderá mais haver objeção alguma a tal união.

— Mas como eles vão votar? — sussurrou Lord Harvey ao colega sentado ao seu lado no primeiro banco.

— Meus colegas e eu não vamos votar a favor de nenhum dos lados quando a divisão for convocada, pois achamos que não somos qualificados para julgar política ou legalmente essa questão.

— E quanto a um julgamento moral? — perguntou Lord Preston suficientemente alto para ser ouvido na bancada dos bispos. Lord Harvey finalmente encontrou um ponto de concordância entre eles.

Outro discurso que surpreendeu a Câmara foi o de Lord Hughes, um parlamentar não alinhado e ex-presidente da Associação Médica Britânica.

— Caros lordes, devo informar à Câmara que recentes pesquisas médicas realizadas no hospital Moorfields mostraram que o daltonismo pode apenas ser transmitido pela linhagem feminina.

O Lorde Chanceler abriu sua pasta vermelha e fez uma correção em suas anotações.

— Portanto, a sugestão avançada por Lord Preston de que, devido ao fato de Sir Hugo Barrington ter sido daltônico, é maior a probabilidade de Harry Clifton ser seu filho, é inválida e deve ser rejeitada como nada mais do que pura coincidência.

Quando o Big Ben deu dez badaladas, ainda havia vários parlamentares que desejavam atrair a atenção do Lorde Chanceler. Em sua sabedoria, ele decidiu permitir que o debate seguisse seu curso natural. O orador final sentou-se poucos minutos depois das três horas na madrugada seguinte.

Quando o sino da divisão finalmente tocou, fileiras de parlamentares desgrenhados e exaustos saíram da câmara e se dirigiram ao salão da divisão. Harry, ainda sentado na galeria, notou que Lord Harvey estava ferrado no sono. Ninguém comentou. Afinal de contas, ele não saía do lugar havia 13 horas.

— Tomara que ele acorde em tempo para votar — disse Giles com um risinho que ele mesmo abafou quando o avô afundou ainda mais no banco.

Um mensageiro saiu rapidamente da câmara e chamou uma ambulância enquanto dois oficiais de protocolo adentraram o plenário e, com delicadeza, deitaram o nobre lorde em uma maca.

Harry, Giles e Emma deixaram a galeria dos visitantes, desceram a escada correndo e chegaram ao saguão no exato momento em que os maqueiros saíam do plenário. Os três acompanharam Lord Harvey até fora do edifício e entraram em uma ambulância que estava à espera.

Depois de votarem no parecer de sua escolha, os parlamentares retornaram lentamente para o plenário. Ninguém queria ir embora antes de ter ouvido o resultado da contagem dos votos. Parlamentares dos dois lados da Câmara ficaram intrigados por não verem Lord Harvey em seu lugar no primeiro banco.

Boatos começaram a circular pelo plenário e, quando foi informado da notícia, Lord Preston ficou branco como uma folha de papel.

Vários minutos se passaram até os quatro articuladores de serviço retornarem ao plenário e informarem à Câmara o resultado da votação. Eles atravessaram o corredor central com passo cadenciado, como os oficiais militares que haviam sido, e pararam diante do Lorde Chanceler.

Fez-se silêncio na Câmara.

O articulador principal ergueu a cédula de votação e declarou em voz alta:

— À direita, os favoráveis: duzentos e setenta e três votos. À esquerda, os contrários: duzentos e setenta e três votos.

O pandemônio se instaurou no plenário e na galeria do andar superior enquanto parlamentares e visitantes tentavam obter orientação sobre o que aconteceria em seguida. Os mais tarimbados perceberam que o Lorde Chanceler teria o voto de Minerva. Ele estava sentado sozinho no Woolsack, imperscrutável e inabalado pelo ruído e clamor à sua volta, esperando pacientemente que a Câmara voltasse à ordem.

Quando os últimos sussurros desvaneceram, o Lorde Chanceler se levantou lentamente do Woolsack, ajeitou sua longa peruca e arrumou as lapelas de sua túnica negra com bordados dourados antes de se dirigir à Câmara. Todos os olhos no plenário estavam fixos nele. Na apinhada galeria, aqueles que tiveram a sorte de adquirir um bilhete se debruçaram ansiosos nas grades. Havia três assentos vazios na galeria de convidados ilustres: os das três pessoas cujo futuro o Lorde Chanceler tinha nas mãos.

— Caros lordes — ele iniciou —, ouvi com interesse a cada uma das contribuições de Vossas Excelências durante o longo e fascinante debate. Avaliei os argumentos expostos com tamanha eloquência e paixão por todas as partes e me vejo diante de um dilema. Eu gostaria de compartilhar minhas preocupações com todos os senhores.

"Em circunstâncias normais, diante de um voto empatado, eu não hesitaria em apoiar os Lordes da Lei em seu julgamento anterior, no qual decidiram, por quatro votos a três, a favor de Harry Clifton como herdeiro o título dos Barrington. De fato, teria sido irresponsável de minha parte não fazê-lo. Todavia, Vossas Excelências talvez não estejam cientes de que, pouco após a convocação da divisão, Lord Harvey, que propôs a moção, sentiu-se mal e, portanto, não pôde votar. Nenhum de nós pode ter dúvida alguma acerca de qual corredor ele teria escolhido, assegurando a sua vitória, ainda que pela mais ínfima margem, e o título teria, assim, sido passado ao seu neto Giles Barrington.

"Caros lordes, tenho certeza de que a Câmara concordará que, em vista das circunstâncias, minha decisão final exigirá a sabedoria de Salomão.

Gritos abafados de "ouçam, ouçam" podiam ser ouvidos de ambos os lados da assembleia.

— Todavia, devo dizer à Câmara — prosseguiu o Lorde Chanceler — que ainda não decidi que filho devo cortar ao meio e a que filho devo restabelecer seu direito inato.

Uma onda de risadas seguiu-se a essas observações, o que ajudou a quebrar a tensão no plenário.

— Portanto, caros lordes — ele disse após ganhar novamente a atenção de toda a Câmara —, anunciarei minha decisão sobre o caso de Barrington contra Clifton às dez horas desta manhã.

Ele voltou ao seu assento no Woolsack sem pronunciar mais nenhuma palavra. O diretor de protocolo bateu com seu cajado três vezes no chão, mas mal pôde ser ouvido devido ao clamor.

— A Câmara voltará a se reunir às dez horas da manhã — bradou —, quando o Lorde Chanceler informará sua decisão sobre o caso de Barrington contra Clifton. Levantem-se todos!

O Lorde Chanceler se ergueu, curvou-se diante da assembleia reunida, e Suas Excelências retribuíram o cumprimento.

O diretor de protocolo bateu novamente com o cajado três vezes no chão.

— Sessão suspensa!

Impresso no Brasil pelo
Sistema Cameron da Divisão Gráfica da
DISTRIBUIDORA RECORD DE SERVIÇOS DE IMPRENSA S.A.
Rua Argentina, 171 – Rio de Janeiro, RJ – 20921-380 – Tel.: 2585-2000